La estela
de los
perfumes

Cristina Caboni vive en Cagliari, Cerdeña, con su marido y sus hijos. Aparte de escribir, se dedica a la apicultura y a cultivar rosas. *La estela de los perfumes,* publicada en veinte países, es un homenaje a su gran pasión: el mundo de los perfumes y de las esencias naturales. Su segunda novela se publicará en España en 2017.

Si tienes un club de lectura o quieres organizar uno, en nuestra web encontrarás guías de lectura de algunos de nuestros libros. **www.maeva.es/guias-lectura**

EMBOLSILLO desea contribuir al esfuerzo colectivo y permanente de proteger y preservar el medio ambiente y nuestros bosques con el compromiso de producir nuestros libros con materiales responsables.

CRISTINA CABONI

La estela
de los
perfumes

Traducción:
Teresa Clavel

EM BOLSILLO

Título original:
IL SENTIERO DEI PROFUMI

Diseño e imagen de cubierta:
SANDRA DIOS / STOCK PHOTO

Diseño de colección:
TONI INGLÈS

Adaptación de cubierta:
GRÁFICAS 4

© CRISTINA CABONI, 2014
   Publicado bajo acuerdo con Laura Ceccacci Agency
© de la traducción: TERESA CLAVEL, 2015
© de esta edición: EMBOLSILLO, 2016
   Benito Castro, 6
   28028 MADRID
   emaeva@maeva.es
   www.maeva.es

   ISBN: 978-84-16087-36-5
   Depósito legal: M-7.296-2016

   Fotomecánica: Gráficas 4, S.A.
   Impresión y encuadernación por Novoprint
   Impreso en España / Printed in Spain

«Dime mujer dónde escondes tu misterio
mujer agua pesada volumen transparente
más secreta cuando más te desnudas
cuál es la fuerza de tu esplendor inerme
tu deslumbrante armadura de belleza...»

–Tomás Segovia

A todas las mujeres de mi vida:
mi madre, mis hermanas,
mis hijas, mis amigas.
Este libro es para vosotras.

«La felicidad no es sino el perfume de nuestra alma.»

–Coco Chanel

Prólogo

Palo de rosa. Dulce, afrutado, con leves toques especiados.
Es el perfume de la confianza, de la serenidad.
Evoca el dulce dolor de la espera y de la esperanza.

–Venga, cierra los ojos.

–¿Así, abuela?

–Sí, Elena, así. Y ahora haz lo que te he enseñado.

Con las manos apoyadas en la mesa, en penumbra en el centro de la habitación, la niña mantiene los ojos cerrados. Los finos dedos se deslizan por la superficie y se agarran al borde redondeado, delante de ella. Pero no son las esencias conservadas en los frascos que cubren la pared lo que percibe con más fuerza.

Es la impaciencia de su abuela. Es el olor de su propio miedo.

–Bueno, ¿qué?

–Lo estoy intentando.

La anciana aprieta los labios. El olor de su rabia es acre, recuerda el último humo que retiene la leña cuando casi se ha reducido a cenizas. Dentro de un minuto, le pegará y se irá. Elena lo sabe, debe resistir un poco más, solo un poco.

–Esfuérzate, debes concentrarte. ¡Y te he dicho que cierres los ojos!

La bofetada apenas le desplaza el pelo. Falsa, como todo lo demás. Como las mentiras que le cuenta su abuela y como las que Elena le dice a ella.

—¡Bueno, dime qué es!

Se ha cansado de esperar y ahora le pone delante de la nariz una botellita llena de esencia. Pero lo que ella desea no es una simple respuesta. Quiere otra cosa. Algo que Elena no tiene ninguna intención de darle.

—Romero, tomillo, verbena.

Otro bofetón.

Las lágrimas le abrasan la garganta. Pero no cede y, para armarse de valor, empieza a canturrear.

—No, no. Así no encontrarás el Perfume Perfecto. No te quedes fuera. Entra, búscalo... Forma parte de ti, debes sentir lo que te sugiere, debes comprenderlo, debes amarlo. Inténtalo de nuevo, ¡y esta vez concéntrate!

Pero Elena ya no ama los perfumes. No quiere ver el césped junto al río adonde su madre la llevaba de pequeña, nada más salir del pueblo. No quiere oír el rumor de la hierba tierna que crece, ni el del agua que fluye. No quiere notar los ojos de las ranas que la miran bajo el cañaveral.

Cierra de nuevo los párpados y aprieta los dientes, decidida a mantenerlo todo fuera. Pero en aquella negrura a duras penas salpicada de blanco salta una chispa.

—El romero es blanco.

La abuela abre mucho los ojos.

—Sí —murmura mientras la esperanza enciende su mirada—. ¿Por qué? Háblame de él.

Elena abre la boca al tiempo que deja que las emociones se le cuelen dentro y le llenen la mente y el alma.

El romero es ahora un color. Lo nota en la punta de la lengua, la recorre por debajo de la piel, produciéndole largos estremecimientos. El blanco cambia, se convierte en rojo y luego en morado.

Entorna los ojos, asustada.

—¡No! ¡No quiero! ¡No quiero!

La abuela, petrificada, la mira irse corriendo. Con el semblante sombrío, mueve la cabeza y se sienta en un taburete. Después de dejar escapar un largo suspiro, se levanta y abre los postigos.

La luz fatigada del anochecer penetra en el interior del laboratorio que pertenece a las Rossini desde hace más de tres siglos.

Lucia se acerca al aparador de madera maciza que ocupa toda la pared. Saca la llave del bolsillo del delantal y la introduce en la cerradura. Mientras abre la puerta central, un ligero aroma de hierbas silvestres se mezcla con el olor a vainilla presente en la estancia y, apenas unos instantes después, se suma un fresco perfume de cítricos.

Rodeada por esta sinfonía de olores tan distintos, la mujer acaricia los volúmenes ordenados ante ella; con calma, escoge uno. Lo estrecha contra su pecho un instante y, después de haberse sentado a la mesa de madera pulida, lo abre y lo hojea con cuidado. Sus dedos recorren las páginas amarilleadas por el tiempo, como han hecho innumerables veces en busca del rastro del Perfume Perfecto.

También en ese momento parece que Lucia busque algo. Pero no hay nada en esa escritura ordenada que pueda ayudarle a explicar a su nietecita que el perfume no es una cosa que se elige.

El perfume es la estela. Seguirla significa encontrar la propia alma.

1

*Musgo de roble. Intenso, penetrante, ancestral. Es el perfume
de la constancia y de la fuerza. Destierra la decepción
que oprime el alma cuando la conciencia del error se filtra
en las certezas ilusorias. Atenúa la nostalgia de lo que podía
ser y no ha sido.*

Aquel olor que subía del Arno era seco. Sabía a harina
enmohecida, nauseabundo como la desilusión que se agitaba en su interior.

Elena Rossini se apretó los brazos en torno al pecho y
retrocedió. Frente a ella, el río corría a duras penas, mermado su caudal por un verano seco en el que la lluvia
había sido infrecuente.

—Ni siquiera hay estrellas —susurró para sí, después de
haber dirigido una larga mirada al cielo.

No obstante, un destello de luz iluminaba de vez en
cuando la noche templada de septiembre y hacía brillar
la superficie cromada de los candados del amor. Estaban
agrupados en el enrejado del parapeto como los pensamientos que se amontonaban uno sobre otro en su
mente.

Alargó la mano y acarició con el índice uno de esos objetos que representaban para los enamorados auténticos
pactos confiados a la eternidad, en un intento de sustraerlos al deterioro del tiempo.

Matteo había escogido un candado grande y resistente,
lo había cerrado delante de ella y había echado la llave al
río. Elena todavía recordaba el sabor del beso que le dio

inmediatamente después, un momento antes de pedirle que se fuera a vivir con él.

Se puso tensa.

Ahora era su exnovio, su exsocio..., su exmuchas cosas.

Apretó aún más los brazos alrededor del pecho para evitar un escalofrío y echó a andar. Antes de alejarse definitivamente hacia el Piazzale Michelangelo, lanzó un último vistazo a la hilera de aquellas esperanzas de amor. Si conocía bien a su exnovio, pronto habría otro candado, apostaría cualquier cosa. Uno nuevo, flamante, dorado.

Matteo y Alessia... Alessia, así se llamaba la nueva chef, la mujer que había ocupado su lugar. Y pensar que durante un tiempo Elena, como una idiota, la consideró una amiga... Por un momento los imaginó juntos, inclinados uno sobre el otro, contándose lo que nadie más en el mundo parecía capaz de comprender.

Había sido una tonta, se reprochó.

Debería haberse dado cuenta. Pero Matteo parecía el mismo de siempre, no había cambiado en su relación con ella. Y eso la sacaba de sus casillas. Había sido injusto. No le había dado ninguna posibilidad.

Apretó el paso, como si quisiera dejar a su espalda la escena que había aparecido ante sus ojos esa mañana. Pero era inútil, porque no paraba de volverle a la mente, como un fotograma que se repetía sin fin.

Elena había entrado en el pequeño restaurante que dirigía con Matteo. Normalmente, a esa hora él estaba en la cocina organizando el menú. Sin embargo, al abrir la puerta se encontró ante una escena que la dejó paralizada. Había tenido que agarrarse al marco a causa de la conmoción, porque las piernas no la sostenían.

Alessia y Matteo se pusieron en pie de un salto, tratando de taparse como podían.

Se miraron, desconcertados los tres; el silencio solo lo rompía la respiración jadeante de los dos amantes.

Elena se había quedado sin habla, inmóvil, intentando comprender la escena que acababa de presenciar. Luego, poco a poco, los pensamientos habían logrado abrirse paso entre la confusión de su mente.

—¿Qué coño estáis haciendo? —había gritado.

Más tarde se arrepentiría de esa frase idiota, hubiera querido decir muchas más cosas y hacer algo muy distinto. La respuesta era obvia. La evidencia le habría saltado a la cara incluso a la mujer más miope, y ella veía perfectamente. Y oía igual de bien.

Matteo, que al principio le había parecido sorprendido, se había puesto hecho una furia.

Si la sangre no se hubiera retirado por completo de sus venas, llevándose todo rastro de humor, Elena se habría echado a reír ante esa escena grotesca. En cambio, se quedó con las manos cerradas y el corazón latiéndole fuerte contra las costillas, ultrajada, indignada, en espera de que él dijese algo.

Matteo, sin embargo, no se había tomado siquiera la molestia de negar. No había habido ningún «cariño, no es lo que parece». Ningún «puedo explicártelo todo».

—¿Qué haces aquí? ¿No tenías que estar en Milán? —le había espetado.

Su reacción la dejó descolocada, como si fuese ella quien tuviera que justificarse. Se había encontrado mal, por eso había vuelto. Pero no había avisado.

Estaba desconcertada, no acababa de entender.

—¿Cómo has podido hacerme una cosa así?

Otra frase equivocada.

Silencio, incomodidad, impotencia y, por último, rabia. Las palabras no habían sido nunca su fuerte y en ese momento habían desaparecido. Apartó entonces los ojos de él para clavarlos en Alessia, como si ella pudiera explicarle lo obvio. Habría querido golpearla, pisotearla con todas sus fuerzas. ¿Acaso no se daba cuenta de lo que acababa de hacer?

Matteo era su novio desde hacía más de dos años. Un día u otro se habrían casado. No es que él se lo hubiera propuesto explícitamente, pero ¿acaso no vivían juntos? ¿Acaso Elena no había invertido gran parte de sus ahorros en ese maldito restaurante?

Y ahora, sus sueños, sus proyectos... se habían volatilizado... ¡Todo había acabado!

–No te lo tomes así, no sirve de nada. Son cosas que pasan...

¿Cosas que pasan?

Su indignación había llegado entonces al límite y, en vez de acabar de rodillas, destrozada por la traición, le invadió una rabia feroz que de pronto prendió fuego en su interior.

Un instante después, una cazuela volaba por los aires en dirección a la pareja, que se había apresurado a refugiarse detrás de la mesa. El estrépito del metal contra el suelo marcó el fin de la escena.

Elena dio media vuelta para alejarse de lo que hasta unos momentos antes había creído que era su futuro.

Una risa bastante cercana la arrancó de sus pensamientos, dejando aflorar una reflexión agridulce, apenas un recuerdo, pero que le daba una pizca de satisfacción.

A su abuela Lucia nunca le había gustado Matteo Ferrari.

Ella, en cambio, se había prendado de él de inmediato. Lo había complacido, respaldado, servido... Sí, lo había servido, como pensaba que debía hacer una buena compañera. Nada debía comprometer su relación, así lo había decidido. Las historias carentes de significado, los vínculos sin sentido no iban con ella, nunca le habían interesado de verdad. Matteo era lo que necesitaba. Quería una familia, le gustaban los niños. Y eso para ella era fundamental. Era también el motivo por el cual finalmente lo había elegido y había hecho de todo para mantener en pie su relación sin quejarse nunca.

Pero pese a todo él la había traicionado.

Eso era lo que más le dolía. Por más que se había esforzado, por más que se había implicado, el resultado había sido más que decepcionante.

Había sido un auténtico desastre.

Mucha gente deambulaba por la calle esa noche. El centro histórico de Florencia se iba a dormir al amanecer. Las plazas estaban llenas de artistas, estudiantes y turistas que se paraban a charlar bajo la luz de las farolas o en un rincón más oscuro, adecuado para otro tipo de amistades, mucho más íntimas.

Elena caminaba abandonándose a los recuerdos, inmersa en los olores familiares del barrio de Santa Croce. Conocía hasta el más pequeño desnivel de esas calles, todas y cada una de las piedras redondeadas por siglos de pisadas. El perfil de las casas se recortaba ante su mirada cansada. Los rótulos de los comercios brillaban en la oscuridad. Nada parecía haber cambiado. Era tan curiosa la sensación de placer que le producía ver de nuevo esos lugares que le causó cierto asombro.

Un año, pensó, hacía más de un año que no iba a casa de su abuela. Desde que murió, no había vuelto a poner los pies allí.

Y sin embargo, durante mucho tiempo ese fue su mundo. Había ido allí al colegio y luego había cursado el bachillerato con las mojas de Via della Colonna, a dos pasos de la casa de las Rossini. Desde esas mismas ventanas había observado a las otras niñas jugar.

Ninguna de ellas entendía de perfumes. Ni siquiera habían visto nunca un alambique, ni se les pasaba por la cabeza que la grasa absorbiera los olores. «Esencia», «concreto», «absoluto» o «mezcla» eran palabras carentes de significado para ellas.

Pero todas tenían una madre y un padre.

Al principio había fingido indiferencia. Con el tiempo, no obstante, había empezado a envidiar su mundo ordenado, a desear formar parte de él. Quería ser como ellas.

Los padres de sus compañeras de colegio siempre habían sido muy amables con ella: regalos, invitaciones... No había habido una sola celebración de la que la hubieran excluido. Con todo, aquellas sonrisas nunca habían llegado a los ojos. Elena los había notado vagar sobre ella con prisa, como las tareas de las que hay que librarse cuanto antes. Como los deberes cumplidos y olvidados.

Y entonces comprendió.

El sabor amargo de la vergüenza la había alejado también de aquellas amigas, que parecían no fijarse en la extraña casa donde vivía y en el hecho de que fuera su abuela la que asistía a las representaciones, la que iba a hablar con los profesores. Había otros niños huérfanos, claro... La cuestión era que, a diferencia de ellos, ella sí que tenía madre.

Apartó con furia ese recuerdo. Hacía años que ya no pensaba en esas cosas. Compadecerse de sí misma... ¡Solo faltaba eso!

Se tragó la amargura y apretó el paso. Ya casi había llegado.

A su alrededor, las altas paredes de piedra de los palacetes parecían acogerla y consolarla. El aire, antes templado, se había vuelto frío, mientras que del empedrado subía un olor acre de humedad. Elena lo aspiró esperando el momento en que se uniría al procedente del río.

El olor del pasado, el olor de las cosas perdidas.

Se detuvo delante de un portón macizo. Metió una vieja llave en la cerradura y empujó. Cerró los ojos un momento y enseguida se sintió mejor.

Había vuelto.

Y, aunque era la única cosa sensata que podía hacer, no lograba desterrar una profunda sensación de derrota. Se había marchado decidida a cambiar de vida; sin embargo, estaba de nuevo allí, dentro de esa casa que un día, llena de esperanza, había dejado a su espalda.

Subió la escalera casi corriendo, evitando mirar los dos pasillos oscuros de la planta baja que conducían a las dependencias que tiempo atrás habían sido el laboratorio y la tienda de Lucia Rossini. Se dirigió al baño y, tras darse una ducha rápida, cambió las sábanas y se metió en la cama.

Lavanda, bergamota, salvia. Su perfume flotaba por toda la casa, era penetrante, como la soledad que le oprimía el corazón. Unos segundos antes de ceder al cansancio, le pareció notar que una mano amable le acariciaba el pelo.

A la mañana siguiente se despertó, como siempre, tempranísimo. Se quedó unos instantes inmóvil, mirando el techo con el corazón latiéndole en la garganta. Había dejado los postigos abiertos, ese era el motivo de tanta luz. El sol inundaba el suelo y la cama. Pero fue el perfume de la casa lo que se abrió paso en el sopor que aún la envolvía.

Se levantó porque no sabía qué otra cosa hacer. Bajó y se sentó en el sitio que siempre había ocupado, desde que era pequeña. Al cabo de un momento miró la mesa de madera pulida y se percató de lo grande que era. Incómoda, se revolvió en la silla. Y no tardó en llegar el silencio. Un oscuro y asfixiante silencio.

—Podría encender la tele —murmuró.

Pero su abuela no tenía, siempre había odiado la televisión. Y, a decir verdad, tampoco a ella le entusiasmaba. Prefería con mucho leer.

Todos sus libros, sin embargo, se habían quedado en casa de Matteo.

Un dolor opresivo le estalló dentro del pecho. Y ahora que todo se había esfumado, sus sueños, sus proyectos, ¿qué iba a hacer?

Miró a su alrededor, perdida.

Conocía todos aquellos objetos, allí dentro todo le era familiar. Estaba encariñada con aquellas cosas viejas y extrañas. Los platos colgados en la pared, los recipientes de barro esmaltado en los que su abuela guardaba la pasta, los muebles que, después de haber remoloneado interminablemente, había tenido que abrillantar infinidad de veces. Debería sentirse menos sola rodeada de aquellos objetos. En cambio, estaba como vacía; vacía y sola.

Se levantó y, cabizbaja, volvió a subir la escalera para ir directa a su dormitorio. Llamaría a Monie, le telefonearía y se lo contaría todo. Lo del cerdo de Matteo y Alessia. Menuda pareja. Reprimió una imprecación. Luego, teniendo en cuenta que estaba sola y no escandalizaría a nadie, comenzó a desgranar un rosario de palabrotas. Las dijo todas, todas las que sabía. Empezó bajito; después, más segura, se puso a gritar. Siguió vociferando hasta que se sintió ridícula, y solo entonces calló.

Un instante después, sentada en la cama, marcó el número. Con una mano, se secó bruscamente la cara. No debía llorar, Monie se daría cuenta. A su amiga no le gustaba la gente llorona, recordó. Inspiró un par de veces mientras contaba las señales.

¿Cuánto tiempo hacía que no hablaba con Monique? Un mes, pensó, quizá dos. Sí, había estado muy ocupada con la dirección del restaurante y las exigencias de Matteo.

—*Oui?*

—Monie, ¿eres tú?

—¿Elena? Cariño, ¿cómo estás? ¿Sabes que estaba pensando precisamente en ti? ¿Qué tal?

No respondió, apretó el móvil en la mano y rompió a llorar.

2

*Mirto. Sempervirente, mágico, precioso. Intenso
y profundamente aromático. Serena el espíritu, ahuyenta
la rabia y el rencor. Es el perfume de la serenidad, de la esencia
misma del alma.*

—El perfume es emoción, es una visión que debes traducir en fragancia.

—Sí, abuela.

—Eso es lo que nosotras hacemos. Es nuestra tarea, pequeña. Es nuestro deber, y un privilegio...

Elena baja la mirada. Las palabras de Lucia vuelan como las notas delicadas del jazmín, que primero rozan, aparentemente inocuas, y luego penetran, hipnóticas y prepotentes. No quiere escuchar, no quiere perderse en los sueños que evocan, no quiere seguirlas. El corazón empieza a latirle con fuerza y los colores terminan por abrirse paso en su interior. Ahora son perfumes, se convierten en un cielo lleno de estrellas luminosas.

Es fácil perderse en ellas, es bonito. Le hacen sonreír, le hacen sentirse feliz.

No hay realidad o deber. No hay nada que tenga ya importancia, solo los colores, solo el perfume.

—El perfume es el lenguaje, con él hablamos, pequeña. Recuerda, Elena, el perfume es verdad. La única que cuenta realmente. Al perfume no se le miente, el perfume es lo que somos, es nuestra verdadera esencia.

Un zumbido agudo penetró en el sueño de Elena, que se sentó en la cama de golpe, aturdida. Los últimos filamentos del sueño se escabulleron rápidamente. Se pasó las manos por la cara mientras reconocía los objetos y el lugar donde se encontraba. El cargamento de recuerdos se le vino encima, implacable.

Fue un instante, un momento de separación de la realidad en el que no existían ni el tiempo ni el espacio. Luego oyó de nuevo el zumbido del móvil.

Saltó de la cama a trompicones, tenía las sábanas enrolladas alrededor de las piernas. De rodillas sobre las tablas pulidas del suelo, rebuscó en el fondo del bolso con el corazón latiéndole, sordo, en la garganta.

—¿Dónde estás? ¿Dónde narices te has metido? —masculló mientras el contenido del bolso se esparcía por el suelo, rodando en todas direcciones.

Al final encontró el móvil. Cuando leyó el nombre en la pantalla, cerró los ojos y apretó el aparato contra los labios antes de aceptar la llamada.

—Monie... —Tenía voz de recién salida del sueño.

—Elena, pero ¿qué haces? Llevo aquí casi una hora. No puedo creer que te hayas olvidado de que habíamos quedado esta mañana.

—Perdona..., tienes razón. Es que no es un buen momento. —Hizo una pausa y suspiró—. Oye, ¿te importa si lo dejamos para otro día? De verdad, hoy no me siento con ánimos para salir.

—Vale más que llames al cura y hagas que te entierren, Elena. Estoy empezando a pensar en llamar a mi madre y contárselo todo.

—No puedes, prometiste no hacerlo, ¿te acuerdas?

—No, no me acuerdo. Debe de ser el aire de Florencia, el mismo que te ha hecho olvidar que habíamos quedado esta mañana.

Elena negó con la cabeza.

—Se me pasará, Monie... Necesito tiempo.

—¡Ya! No dejaré que te revuelques en la autoconmiseración. Eso no hará que mejore la situación, en absoluto. En cambio, salir podría ser justo lo que necesitas.

Silencio, tras el cual Elena hizo otro intento:

—Quizá otro día, ¿vale?

—No, no podemos dejarlo para otro día —replicó Monique—. Esta tarde vuelo para París, lo sabes perfectamente. Te necesito ahora, Elena. Prometiste que me acompañarías —protestó—. Y además, seguro que te sienta bien. Por lo menos dejarás de dar vueltas como un alma en pena. ¡Te lo juro, Elena, estás volviéndome loca! ¿Dónde estás ahora?

—En casa de mi abuela.

—*Parfait!* Se tarda menos de veinte minutos en llegar a la estación Leopolda. Te espero delante de la verja —dijo, tajante, antes de cortar la comunicación.

Elena miró el móvil, luego se volvió hacia la ventana, por la que entraba un rayo de sol que parecía dividirse en miles de destellos.

Puede que Monie tuviera razón, puede que hubiera llegado el momento de empezar a vivir de nuevo. Salir era un intento tan válido como cualquier otro, y además, quedarse enclaustrada en casa no cambiaría las cosas.

No es que ella tuviera ganas, nada más lejos. Para su tipo de sufrimiento no le supondría ningún beneficio reanudar una relación que, ahora se daba cuenta con claridad, solo había existido porque ella lo había decidido así. No, lo que realmente la devastaba era encontrarse de improviso sin nada. Ningún proyecto, ninguna ambición, ningún pensamiento, ninguna certeza. Salvo el hecho de que su historia con Matteo estaba acabada, muerta y enterrada.

Sí, decidió que, después de todo, salir con Monique no era una mala idea.

—Has soportado cosas peores, Elena —masculló, levantándose para ir al cuarto de baño.

Media hora más tarde entraba en el patio de la antigua estación florentina que albergaba Pitti Fragancias, el evento más importante de perfumería artística internacional. Hacía mucho que no visitaba ese lugar, el reino de las esencias.

Monique fue a su encuentro, le estampó tres besos en las mejillas y la arrastró hasta el interior del edificio. Llevaba un vestido de seda negro, sencillísimo, que había combinado con unos botines de charol rojos. Alta y esbelta, de una belleza exótica, su pasado de modelo se intuía por los andares sinuosos y rápidos, mientras que sus orígenes aparecían a las claras en la piel de color caramelo y en la mata de pequeños rizos negros que le llegaba hasta la mitad de la espalda. Calificarla de guapa era quedarse corto.

Mientras andaban una junto a la otra, Elena se observó las chanclas, la falda vaquera y la camiseta rosa de flores, y movió la cabeza con ademán triste.

—Ya he sacado las entradas —le dijo Monique—. Y ponte esto —añadió, tendiéndole una tarjeta de identificación.

—¿Narcissus? —dijo Elena, mirando la tarjeta.

—*Oui*. Ahora eres mi..., ¿cómo se dice? Ayudante, eso.

Sí, ya. Mirándola, nadie pensaría que tenía algo que ver con Narcissus, una de las más prestigiosas tiendas parisinas de perfumería artística. Monique trabajaba allí desde hacía unos años y le encantaba. La tienda más chic de París, como decía siempre.

Chic, justo eso. O sea, no era un lugar donde Elena se sentiría a sus anchas. Ella vestía de forma sencilla y no era nada sofisticada. A pesar de que tenía casi veintiséis años, era menuda como una adolescente, y sus grandes ojos verdes destacaban sobre una piel blanquísima. La larga melena rubia acentuaba todavía más su tez pálida. Con todo, su verdadero punto fuerte era la boca: quizá un poco más grande de lo deseable, pero, cuando se decidía a entreabrirla en una sonrisa, era maravillosa.

Nunca se había preocupado mucho de su aspecto, le gustaba sobre todo lo práctico; y creía haber llegado a un buen acuerdo consigo misma en ese sentido.

No obstante, en ese momento le parecía absolutamente inadecuado. Monique y ella estaban en las antípodas en cuestión de clase y elegancia. Su amiga parecía no percatarse de esos detalles, andaba a su lado señalándole distintos *stands*, ametrallándola a preguntas y escuchando con atención sus respuestas.

Elena miró de nuevo a su alrededor y, con cierto alivio, vio a muchas personas vestidas también de manera informal. Animada, irguió la espalda y la cabeza. A fin de cuentas, lo que contaba de verdad era el porte, ¿no?

Acababan de entrar en el salón central cuando Monique se detuvo de golpe, cerró los ojos e inspiró profundamente.

—Este perfume tiene alma, Elena —susurró—, y yo la quiero. ¿La hueles?

Claro que la olía. Todos la olían. Nadaban dentro de ella, seguían su estela, cada uno inmerso en un olor específico, el que más estimulaba de todos la parte ancestral, la memoria límbica. Eran emociones destiladas, un concentrado de acción y pensamiento a la vez. Evocaban el pasado de modo vívido e inmediato, como si fuera inmune al transcurso inexorable del tiempo.

Mientras Monique se desplazaba entre los *stands* separados por tabiques transparentes, Elena la observaba en silencio. A su alrededor, los perfumes eran intensos y penetrantes. Al poco tiempo, a su pesar, empezó a dejarse envolver por ellos y a analizarlos uno a uno, tratando de adivinar de cuántos compuestos estaban formados y cuáles eran. Llevaba mucho sin hacerlo, es más, durante mucho tiempo había evitado cuidadosamente dejarse cautivar por cualquier cosa que formara parte de ese mundo que era su pasado. Ahora, sin embargo, la tentación de identificarlos adquirió una gran fuerza. Lo pensó y decidió no resistirse a ese súbito interés. Elaboró mentalmente los compuestos, dedujo su pirámide olfativa y la analizó para dejarla a un lado y pasar enseguida a otra. Y se sorprendió sonriendo.

Monique se detuvo delante de unas composiciones de rosas. Elena se acercó sin poder apartar la mirada de aquellos pétalos de matices únicos. Había encontrado la fuente de su tormento y de su alegría: la rosa centifolia de Grasse. Cuando era pequeña, el trabajo de su madre, Susanna, la había llevado a recorrer el mundo, pero esa pequeña ciudad francesa había sido una etapa fundamental de su incesante peregrinar. Volvían continuamente. Grasse albergaba desde siempre la esencia misma de la tradición perfumera.

Elena había crecido en la ciudad símbolo del perfume, entre los laboratorios donde se destilaban las esencias naturales, las pequeñas tiendas artesanas fundadas hacía siglos y los grandes establecimientos ultramodernos para los que Susanna Rossini trabajaba con frecuencia. Independientemente del tamaño de los diferentes espacios, en todas partes flotaba una mezcla de olores delicada o penetrante, según la elaboración del momento. En primavera, la ciudad se transformaba. Colores por doquier, y perfumes. Cada uno de ellos significaba una cosa y todos estaban impresos de forma indeleble en su memoria.

Para ella, las rosas eran su símbolo.

Alargó una mano para rozarlas con la yema de los dedos. Eran tal cual las recordaba, con los pétalos sedosos al tacto y el perfume delicado, envolvente.

—Son maravillosas. —En la voz de Monique había una nota de reverencia.

Elena se vio catapultada al pasado.

Era una niña y ante ella se extendían los inmensos campos de rosa centifolia que rodeaban Grasse. Verde por todas partes y capullos marfil, rosa pálido, rosa fuerte, casi púrpura. La fragancia que emanaba de las flores era tan intensa que la envolvía por completo.

Su madre le acaba de soltar la mano para dentrarse sola en la rosaleda. Se detuvo casi en el centro, con los dedos entre los pétalos y la mirada lejana, como su leve sonrisa. Después llegó un hombre, que se acercó a ella y, tras un instante en el que se miraron, le acarició la cara. Susanna le rodeó entonces el cuello con los brazos y se abandonó a su beso. Cuando por fin se volvió hacia la niña para indicarle que se acercara, la sonrisa del hombre se había desvanecido, sustituida por una mueca.

Elena, asustada, se fue corriendo.

Esa fue la primera vez que vio a Maurice Vidal, el hombre que se convertiría en su padrastro.

–En septiembre el perfume es diferente. Está más concentrado y lleva el olor del sol y del mar.

–¿El sol? ¿En qué perfume está el sol, Elena?

Cerró los ojos un momento, buscando las palabras precisas.

–Es infinito, caliente, suave. Es como un nido, una cuna acogedora. Es penetrante, pero al mismo tiempo deja la más amplia libertad. El sol acompaña a los perfumes. Por ejemplo, el jazmín: al amanecer su fragancia es más intensa, distinta de la liviana de mediodía, pero después del ocaso, cuando el sol es solo un recuerdo, la flor despide su verdadera alma. No puedes confundirlos, es imposible.

Monique frunció el ceño, observándola con interés.

–Es una definición extraordinaria... No te oía hablar así de un perfume desde hacía muchísimo tiempo.

Una sensación de alarma se propagó bajo la piel de Elena, que se sintió repentinamente vulnerable. Su imaginación se había impuesto a su racionalidad. Se había dejado transportar por los recuerdos y las emociones. Una cosa era jugar con el perfume y otra dejarse poseer por él: debía tenerlo presente, debía llevar cuidado.

–Vayámonos de aquí, Monie, ven –dijo, y se dirigió rápidamente hacia las amplias cristaleras abiertas.

Un mareo la obligó a detenerse. ¿Qué le estaba sucediendo? ¿Sería posible que se tratara de los perfumes?

Siempre había conseguido mantenerlos a raya. Había aprendido pronto a no hacerles caso, relegándolos a un papel marginal. Desde que tenía doce años, siempre había decidido ella cómo y cuándo darles importancia. Los había amado, temido y finalmente dominado.

Esa mañana, en cambio, se dio cuenta de que ellos se habían hecho con el control, arrastrándola tras de sí, obligándola a recordar, a mirar cosas que no quería ver. La llenaban de emociones, eran palabras que le susurraban su verdadera naturaleza, eran conceptos que no quería entender. Era como entonces, cuando, de pequeña, el perfume fluía por su interior y ella lo tomaba por un amigo.

–¿Estás bien, Elena? Tienes una cara que da miedo. No estarás pensando en Matteo, ¿verdad?

Monique la asió de un brazo y la obligó a detenerse.

Elena intentó recuperar el dominio de sí misma. Observó las altas paredes de piedra, siguió sus contornos hasta detenerse en las vigas de acero. Antiguo y moderno. Una mezcla que podía parecer estridente y que, en cambio, poseía atractivo y carácter.

–¿Quieres dejar de mirar las paredes? No pienso dejarte en paz hasta que me contestes.

Elena miró a Monique, movió la cabeza, se echó a reír y se pasó las manos por la cara.

–¿Te han dicho alguna vez que pareces un mastín?

La chica se encogió de hombros.

—*Oui*. —Repiqueteó con la yema de un dedo en el labio inferior—. Se llama carácter, *chérie*. Así que explícame qué te pasa hoy, estás rara.

Un suspiro barrió parte de la tensión entre las dos.

—Son los perfumes, hoy no soy capaz de soportarlos.

Monique, atónita, rompió a reír.

—Es una broma, ¿no? —dijo.

Pero Elena ya no sonreía y tenía los ojos brillantes y cansados.

—Oye —le dijo Monique después de respirar hondo—, necesito tu talento. Me hace falta una nariz, o algo que se le parezca todo lo posible. Me hace falta tu ayuda. Si vuelvo a París sin una creación realmente original, Jacques... Entre nosotros las cosas ya no son como antes, Elena. Quisiera sorprenderlo, quisiera que me respetase.

—Yo no soy una nariz, Monique —replicó, tratando de mantener bajo control la arcada que empezaba a subirle desde el estómago.

Su amiga frunció los labios.

—No, eres mucho más. No te limitas a percibir una esencia, ves a través de ella. El perfume no tiene secretos para ti.

—¿Y crees que eso es una ventaja? —replicó con amargura Elena.

Las palabras habían escapado de sus labios antes de que hubiera podido detenerlas, antes de que hubiera podido reducirlas y esconderlas. Nariz o no, no quería que el olfato gobernara su vida. Ya se había apoderado de su infancia, y había decidido que sería todo lo que le concedería.

Racionalidad, eso era lo que necesitaba. Debía pensar, debía reaccionar.

En los ojos de Monique había una mezcla de exasperación y paciencia.

—Sí, probablemente sería una ventaja aunque te dedicaras a guardar ovejas. Descubrirías la presencia de zorros por su olor. Pero resulta que eres perfumista, y endemoniadamente buena. Además conoces los perfumes suficientemente bien como para saber indicarme algo único, una composición que haga pensar un buen rato a mi jefe, que le indique una nueva tendencia. Algo que añadir a la producción de Narcissus. No lo digo en broma. Te necesito de verdad. Ayúdame.

Elena miró alrededor. A su espalda, una ligera brisa traía el perfume de Florencia: sabía a tejas cocidas al sol, a sueños y a tradición, a amores susurrados y a esperanza.

Pestañeó varias veces, inspiró y sonrió.

Nunca había sido capaz de plantarle cara a Monique. Su amiga le daba órdenes desde que, de pequeñas, habían competido por primera vez, corriendo con los pies sumergidos en las aguas de los canales del campo provenzal para acabar cayendo la una sobre la otra.

Se conocieron así, entre los matorrales de menta silvestre, a poca distancia de los braceros que recogían las flores. Y desde entonces siempre habían permanecido unidas.

Monique la había llevado a su casa. Jasmine, su madre, que era egipcia, las riñó, las secó y las abrazó, y luego, delante de una taza de té con jengibre y un plato de galletas, las puso en guardia contra las asechanzas que se escondían en aquellos canales. Al frecuentar la casa de Monique, Elena había descubierto lo que significaba tener una verdadera familia. Su amiga le había dado acceso a aquel calor materno y aquella serenidad que Jasmine poseía en abundancia. Había conseguido hacer que se sintiera de la casa, una hermana.

—Bueno, ¿me ayudarás?

—Sinceramente, no entiendo en qué podría serte útil. Conoces todos los pasos de la creación de un perfume y has producido algunos extraordinarios.

Monique frunció los labios.

—Vamos, Elena, las dos sabemos que mis perfumes son sencillos, correctos y populares. El mejor apenas era pasable. Tú, en cambio, eres como un pintor que se obstina en pintar un cuadro con palabras. Al final, el viento se las lleva todas y aparentemente no te queda delante más que un lienzo en blanco. Pero quien ha tenido la paciencia de escuchar lo que has dicho, ha grabado en su mente esa obra. Para mí es lo mismo. Nadie que yo conozca tiene tus aptitudes y tu talento.

—¡Sí, seguro! Un genio que ni siquiera ha conseguido cubrir gastos...

—No saques a relucir la historia del negocio de tu abuela —la interrumpió Monique—. Cerraste la perfumería porque eres la persona más cabezota que conozco. En cuanto al negocio, si hubieras hecho caso de tu instinto en vez de aplicar las reglas anticuadas de Lucia, las cosas habrían ido de otro modo y tú lo sabes. Ya hemos hablado de eso. Y todavía entiendo menos que hasta le dieras voz y voto a Matteo y tuvieras en cuenta sus desvaríos. Ese podía enseñarte como mucho a poner una mesa. —Resopló y miró a su alrededor, nerviosa y enfadada. Al cabo de un momento buscó los ojos de su amiga—. Nunca decidiste nada sobre la gestión de la tienda, la sufriste sin más. Sabes que me gusta decir las cosas como son, Elena. Tú eres una nariz y punto. Y los perfumes que creaste para mí y para mi madre eran realmente únicos. Siguen siéndolo. Y eso es lo que desea la gente: un perfume especial.

—Tú sabes lo mismo que sé yo —replicó Elena con terquedad—. Hemos hecho los mismos estudios, tenemos la misma preparación.

Se desplazó delante de un estante de metal sobre el que se alineaba una serie de frasquitos de diferentes tamaños. El cristal parecía cobrar vida bajo la luz fría que se deslizaba sobre las líneas rectas.

–Puede, pero yo no me he criado en una tienda de especieros. No desciendo de generaciones de perfumeros. Y eso marca una diferencia abismal.

Sí, esa era la diferencia entre ellas.

Monique había tenido una infancia normal: padres presentes, un hermano, dos hermanas, colegio, casa, universidad, novios, y al final un trabajo que le gustaba. Había podido elegir.

Elena, en cierto sentido, también. Había elegido el camino más fácil, el de la obediencia. Había hecho todo lo que le había pedido su abuela, dentro de los límites de lo tolerable. Había estudiado perfumería con aplicación. Sin embargo, en silencio, había empezado a albergar rencor hacia el perfume. Y había acabado cultivando esa intolerancia como se hace con las grandes desilusiones. Con abnegación. Atribuyéndole la responsabilidad de sus propios problemas.

–¿Sabes cuáles fueron las últimas palabras de mi abuela? –Esperó un momento y, animada por el silencio de su amiga, continuó–: «Sigue la estela, no abandones el perfume».

–En los últimos tiempos, Lucia no estaba bien –replicó Monique.

Los labios de Elena se estiraron apenas en una mínima sonrisa.

–Aunque su enfermedad era devastadora, conservó la lucidez hasta el final. No creas ni por un segundo que dijo o hizo algo que no estuviera en sus planes. Lo suyo era una obsesión. La misma que padecieron las demás antes que ella, y también mi madre. Siempre antepusieron el perfume a todo. –Hizo una pausa, buscó la mano de su amiga y la estrechó–. Cerré el negocio porque quería una vida normal, horarios regulares, un hombre al que querer y que me quisiera, e hijos.

—Lo uno no habría excluido lo otro... Habría dependido de ti hacer las cosas de modo que fueran en esa dirección, *n'est-ce pas?*

¡No!

La respuesta estalló dentro de ella. El perfume no era así, ¿cómo era posible que ni siquiera Monique lo entendiese? Era todo o nada.

Y ella lo odiaba. Lo odiaba porque no podía evitar amarlo.

Y además había tomado una decisión.

El perfume no era compatible con la vida que había elegido llevar con Matteo. Por esa razón había cerrado el negocio. El perfume, al final, la habría hechizado como había hecho con las otras mujeres de la familia, comprometiendo así sus planes para el futuro. Era ese temor el que la había empujado a alejarse de él definitivamente.

—Pero no quería arriesgarme —contestó.

No, no quería arriesgarse. No quería ceder. No quería siquiera hablar de ello.

—No me parece que haber renunciado a lo que eres te haya hecho feliz.

Elena palideció.

—¿Lo que soy? —Negó despacio con la cabeza—. No, te equivocas —susurró.

—Piénsalo, Elena, desde que cerraste el negocio y te fuiste a vivir con Matteo, ¿has sido en algún momento feliz de verdad? Has renegado de todo lo que sabes y que forma parte de ti para perseguir una idea, algo que creías que podría satisfacerte. Pero has pasado de un extremo al otro. ¿Era esta la vida que querías?

No, claro que no lo era. Pero en cualquier caso era mejor que quedarse mirando, ¿no?

—Lo he intentado. ¡Creía en ello y lo he intentado! —exclamó.

Monique la miró. Frunció los labios y sonrió.

—No es eso lo que te he preguntado. Pero da igual, dejemos ahora a un lado estas reflexiones tristes y concentrémonos en lo que tenemos que hacer. Porque vas a ayudarme a encontrar el perfume para Narcissus, ¿verdad?

—Sí, claro.

Elena asintió mecánicamente. Pero lo que le había dicho Monique siguió resonando en su interior.

¿De verdad había renunciado a lo que era?

3

Benjuí. Al igual que el gran árbol del que se extrae su oscura
resina, infunde serenidad, así su esencia balsámica densa
y penetrante ahuyenta el ansia y las preocupaciones. Permite
a la energía espiritual encontrar fuerza y prepara para la meditación.

El primer recuerdo de Elena era el sol cegador de la
Costa Azul; el segundo, una extensión infinita de lavanda.
Verde y azul y rosa y lila, y luego blanco, y más blanco, y
más..., y luego estaba la oscuridad del laboratorio, donde
su madre trabajaba inclinada sobre mesas cubiertas de frascos de cristal y aluminio.

Era en la Provenza, donde su madre trabajaba buena
parte del año. Allí tenían una casa. Y allí Susanna había
conocido a un hombre, su primer amor. Maurice Vidal.

Elena había aprendido los primeros rudimentos de
perfumería entre los campos floridos: qué hierbas escoger, cuáles destinar a la destilación y cuáles transformar en
concretos de los que extraer los *absolutos*. Pétalos de todos
los colores y tamaños volaban transportados por el mistral, o descendían como pequeñas cascadas rosas desde las
galerías en las que se conservaban. A continuación, los
recolectores los almacenaban en grandes silos con capacidad para contener cientos de kilos de flores, que, una
vez repletos de pétalos, se cerraban. Empezaba entonces
la elaboración o, como se llamaba en la jerga del oficio,
«los lavados». El *concreto* era lo que se obtenía mediante
este procedimiento: una sustancia cerosa, concentrada,

extremadamente perfumada. Por último, un posterior lavado con alcohol lo transformaba en *absoluto* al separarlo de la parte impura.

Cada paso estaba grabado en su mente infantil como una imagen nítida. En su existencia solitaria, el perfume se había convertido en el lenguaje a través del cual podía comunicarse con su silenciosa madre, que la llevaba siempre con ella, pero raras veces le hablaba. A Elena le gustaba mirar el perfume líquido, le encantaba su color. Algunos contenedores eran tan pequeños como su mano; otros, en cambio, tan grandes que exigían la ayuda de Maurice para levantarlos.

Maurice era alto y fuerte. Era el dueño del laboratorio y de los campos, y adoraba a Susanna Rossini. La amaba tanto como odiaba a su hija.

Elena sabía por qué no la miraba nunca: era hija de otro.

Ignoraba qué significaba exactamente, pero sin duda era algo malo. Había hecho llorar a su madre.

Un día había vuelto a casa para merendar y oyó a su madre discutiendo con Maurice. Sucedía a menudo, así que al principio no hizo caso. Fue por una galleta, y se disponía a marcharse para seguir jugando cuando se le ocurrió ir por otra para Monique.

—Es igual que su padre, ¿verdad? Reconócelo..., no se parece en nada a ti. No consigo siquiera mirarla. ¿Cómo puedes pedirme que viva conmigo, con nosotros?

Al oír esto, Elena se detuvo. De repente se le había hecho un nudo en el estómago. Era el tono de voz del hombre lo que la había retenido. Maurice había hablado en voz baja, como cuando se cuentan secretos. Pero ella lo había oído perfectamente.

Volvió sobre sus pasos. La puerta del dormitorio estaba abierta. Vio a Maurice sentado en una silla, con la cabeza inclinada y las manos entre el pelo.

—Cometí un error, pero no puedo hacerlo desaparecer. Además, cuando volví con ella dijiste que no te importaba el pasado y que querías empezar de nuevo juntos. Intenta entenderlo. Es mi hija.

Sí, ella era su hija. Susanna había pronunciado aquella palabra de un modo extraño. ¿Y por qué estaba llorando? No le gustaban esas palabras, pensó Elena. Hacían que le picaran los ojos y la garganta.

Maurice se había tapado la cara con las manos y al cabo de un momento se levantó de golpe.

—¡Tu hija! ¿Tuya y de quién? ¿Quién es su padre?

—Nadie, te lo he dicho mil veces. Ni siquiera sabe que la niña existe.

Él movió la cabeza de un lado a otro.

—No soy capaz de soportarlo, Susanna. Sé que te lo había prometido, lo sé, pero no puedo.

En ese momento se percató de su presencia.

—¿Qué haces aquí? —le espetó, gritando.

Elena, enmudecida, retrocedió y se fue corriendo. Lloró solo un poco mientras volvía a casa de Monique y, antes de entrar, se secó bien la cara. Monie odiaba a las niñas lloronas. Llorar no servía de nada. Se lo había dicho muchas veces, y era verdad. El dolor se quedaba dentro de la garganta, como un agujero. Pero le contó lo que había sucedido, porque ella la escuchaba y la comprendía.

Y mientras hablaba con Monique, se dio cuenta de que Maurice estaba equivocado. Ella no había tenido nunca un papá. Quizá debería decírselo, así las cosas se arreglarían.

Pero, por más que en los días siguientes lo intentó, la mirada severa de aquel hombre le daba miedo. Las palabras se habían negado a salir, se quedaron encerradas dentro de la boca, pegadas a la lengua. Entonces se le ocurrió hacer un dibujo.

Le hizo falta una hoja entera porque Maurice era muy alto, pero consiguió que cupiera. Allí estaban los tres juntos:

Susanna la llevaba de la mano y al lado estaba él, no otro papá.

Antes de regalárselo, se lo enseñó a su madre.

—Es precioso, tesoro —le dijo.

A Susanna le gustaban mucho sus dibujos, aunque nunca tenía mucho tiempo para mirarlos con calma. Pero aquel era especial, así que Elena insistió para que lo viera bien, señalándole los detalles. Los detalles eran importantes…, la maestra lo repetía continuamente. Había dibujado a su madre con una larga melena negra que le llegaba a los hombros, y a su lado a Maurice. Ella aparecía, entre los dos…, agarrándolos de la mano. Llevaba un vestido rosa, le gustaba mucho ese color.

No había ningún otro papá, y él podía ser el suyo, si quería. En cuanto al parecido, sin duda Maurice estaba equivocado, porque Jasmine le había dicho que cuando creciera sería igual que su mamá. Y ella de esas cosas entendía, tenía muchos hijos.

Un día que Maurice estaba muy muy enfadado, Elena decidió regalarle el dibujo para que se pusiera contento. Haciendo caso omiso de aquella expresión sombría que la intimidaba, se armó de valor y le tendió la hoja. Él la alcanzó sin decir nada y, tras echarle un vistazo rápido, dirigió su atención hacia ella, con el rostro contraído por la rabia.

Elena, instintivamente, retrocedió, con la palma de las manos sudada y los puños cerrados sobre la tela del vestido.

Enarbolando la hoja, Maurice se giró hacia Susanna, que estaba preparando la cena.

—¿Crees que esto resolverá las cosas entre nosotros? —preguntó en voz baja, casi en un susurro—. La familia feliz… ¿Tú, yo y la hija de…, de ese? ¿Ahora te dedicas a utilizar a la niña para convencerme?

Susanna miró el dibujo y se quedó blanca.

—Ya vale, no es más que un dibujo —replicó con un hilo de voz.

—¡Sabes de sobra lo que pienso! —gritó él mientras arrugaba la hoja y la mantenía apretada dentro de aquella mano enorme—. ¿Por qué demonios no quieres entender? —añadió en el mismo tono, antes de arrojar el dibujo a un rincón.

El llanto de Elena rompió el silencio tenso que se había abatido sobre ellos.

Como si no hubiera sido consciente de lo que había hecho hasta ese momento, Maurice miró a la chiquilla y, lentamente, recogió el papel del suelo y lo alisó con los dedos.

—Toma —le dijo, tendiéndoselo.

Pero ella negó con la cabeza. Maurice lo dejó sobre la mesa, se encogió de hombros y, de pronto, se echó a reír.

Si se esforzaba, si se concentraba, Elena todavía lograba recordar, después de tantos años, aquel sonido áspero y forzado.

Susanna intervino y la mandó a jugar a casa de Monique. Al salir, Elena oyó el comienzo de la discusión y echó a correr. Jasmine le secó las lágrimas y le aseguró que Maurice no había entendido lo que ella había dibujado. Los adultos hacían a menudo cosas así, no entendían y eso les daba miedo. Después, llevándola de la mano, la acompañó a casa.

Maurice ya no estaba, y Susanna tenía los ojos rojos e hinchados. Jasmine preparó un té y se quedó con ellas hasta entrada la noche. A la mañana siguiente, Susanna hizo las maletas y se marcharon. Pasaron toda la primavera fuera. Pero después volvieron.

Volvían siempre, y Maurice estaba allí. Y allí Elena había percibido por primera vez el olor del odio. Frío como el de una noche sin estrellas después de haber llovido, con el viento aullando sin fin.

El olor del odio da miedo.

Unos meses más tarde, Elena cumplió ocho años. En otoño se fueron una vez más y ella se quedó en Florencia con su abuela.

—Estos me gustan —dijo, rompiendo el hilo del recuerdo.

Los frascos de cristal resplandecían bajo los focos, eran peculiares, muy angulosos y con carácter.

—No, demasiado rotundos. Jacques quiere algo más armonioso.

Tras un instante, Elena negó con la cabeza.

—La armonía es un concepto subjetivo y no marca tendencia. Si a lo que aspiras es a algo nuevo, tienes que ir más allá, Monie. Tienes que arriesgar.

Su amiga se quedó mirándola, pensativa.

—¿Tú qué elegirías, Elena?

—¿Yo?

—¡Sí, tú! ¿Y si nos separáramos para buscar el perfume idóneo? Jacques tendría dos opciones. A él le chiflan esas cosas. *Oui,* está decidido. Nos encontramos aquí dentro de una hora y te llevo a comer. Hoy domingo, en el Four Seasons hay *brunch,* una experiencia maravillosa. Tengo la tarjeta de crédito de Jacques, nos correremos una buena juerga y tú me harás el favor de borrar esa tristeza de la cara. ¡Vamos, arriba ese ánimo! Has perdido un amante, qué le vamos a hacer. ¿Tienes idea de cuántos hombres harían locuras por ti solo con que tú quisieras? —dijo Monique—. Montones, *chérie,* montones de hombres.

—Sí, seguro.

Suspiró, se sentía como vacía. Ni siquiera tenía energías para enfadarse con Monie, y además, ¿por qué? El tacto nunca había sido su fuerte, lo sabía perfectamente. Ya desde pequeña siempre le había dicho todo lo que pensaba, sin preocuparse de las consecuencias.

De pronto sintió la necesidad de estar sola. Monique era la persona a la que más quería del mundo, pero en ese momento Elena era demasiado vulnerable, se sentía desprotegida. Bastaba una mirada, una palabra para romper ese equilibrio que con tanto esfuerzo estaba tratando de reconstruir.

—¿De verdad quieres que vayamos cada una por nuestro lado? —Casi le parecía mentira esa especie de tregua, y no le daba miedo la idea de sumergirse en los perfumes para elegir uno.

Monique hizo un mohín.

—Haré como que no he oído ese tono lleno de esperanza —dijo—. ¡Venga, va, desaparece! —exclamó, y se apresuró a sonreír—. Ordena las ideas e intenta calmarte. Pero recuerda que quiero un perfume. Lo necesito de verdad. *Vite, vite!* Nos vemos aquí dentro de una hora.

Elena esbozó una sonrisa y giró sobre sus talones.

No había dado más que unos pasos cuando cayó en la cuenta de que no tenía ni la menor idea de lo que quería Jacques. Apenas sabía de él que era el propietario de Narcissus, el establecimiento donde trabajaba Monique, que pertenecía a una antigua e ilustre familia de perfumistas y que su amiga había tenido con él una breve e intensa relación. El mejor sexo de su vida, así había descrito en pocas palabras a Jacques Montier.

Se volvió y la buscó entre la multitud. Protegidos por altas paredes de piedra, coronadas por una cubierta de vigas de acero y madera, los *stands* estaban llenos de personas concentradas en escrutar el ambiente saturado de olores. Las diferentes esencias se entremezclaban, creando una única y persistente armonía que variaba según la distancia entre los expositores. Elena no conseguía localizar a su amiga, hasta que la vio junto a una enorme orquídea, una *Phalaenopsis* blanca, delante de una mesa cubierta de botellitas de cristal. Mientras se acercaba a ella, observó los líquidos que contenían los lujosos recipientes. Los distintos colores iban desde el rosa pálido hasta el amarillo ámbar más intenso, pasando por las diferentes tonalidades de gris opalescente.

—Monie, no me has dicho qué desea Jacques en concreto —dijo, tras haberse detenido a su lado.

La chica, con los dedos alrededor de una botellita cuadrada, de formas lisas y aristas limpias, apenas se volvió.

—*Non, c'est vrai*. Pero no importa —le contestó, desplazando de nuevo su atención hacia la pequeña obra maestra de cristal—, el perfume no es para él. Jacques desea una fragancia nueva, enérgica, que pueda incluir en su catálogo y vender en Narcissus. Quiere crear una tendencia capaz de satisfacer a las dinámicas mujeres de París, nada demasiado previsible, pero sin perder feminidad y armonía.

—Vamos, cualquier cosa... —masculló Elena haciendo una mueca.

Monique le sonrió.

—Tú le sorprenderás; mejor dicho, yo. Me adjudicaré todo el mérito, en vista de que tú no sabes qué hacer con él.

Elena se alejó moviendo la cabeza.

—Si es una manera de hacerme considerar la idea de que vuelva a trabajar con los perfumes, te advierto que no funcionará.

Sin embargo, mientras caminaba entre los diferentes expositores, acariciaba los recipientes y percibía la energía liberada de los distintos aromas, Elena se dio cuenta de que el malestar que desde siempre la había acompañado cuando trabajaba en una nueva esencia parecía haberse desvanecido. Al igual que la sensación opresiva y de obligación. Era solo la sombra de una desazón en un rincón de su mente, estaba ahí, pero ya no hacía daño, como una cicatriz antigua.

En su interior se agitaba algo distinto, una necesidad que la empujaba a olfatear, a llenarse los pulmones de este o aquel ingrediente. Las náuseas también habían desaparecido. No sabía cuándo había sucedido; simplemente, de pronto ya no estaban. Quedaba solo esa especie de necesidad. Se había vuelto súbitamente curiosa. Quería oler, como si fuera la primera vez que aspiraba una esencia, como si no conociera ese mundo que desde siempre había formado parte de su vida. Era casi ridícula esa agitación. Era ridícula y estaba fuera de lugar..., pero ahí estaba.

Sus certezas acababan de desmoronarse, así como sus planes tan cuidadosamente forjados. Más valía dejarse llevar por el instinto.

En ese momento Elena se encontraba ante el *stand* de una joven perfumera india. La escuchó a una cierta distancia. La mujer tenía las ideas muy claras. Le gustó la descripción que hacía de sus perfumes. Aunaba la técnica de quien conoce a la perfección su oficio y las palabras sencillas capaces de despertar la imaginación de los que se habían parado a escuchar.

Y entre aquellos perfumes exóticos encontró lo que buscaba. Al abrir, una explosión de flores: pachulí, gardenia y jazmín; luego, un núcleo especiado, con notas misteriosas de clavo y cilantro; y por último, madera, que además de armonizar la composición le daba untuosidad. Lo imaginó en su propia piel y le pareció que se fundía en un aroma de elegancia y refinamiento. Y comprendió que era el perfume idóneo.

No sabía si le gustaría a Jacques, pero desde luego ella creía que era perfecto para cualquier mujer que apreciara su feminidad y no quisiera renunciar a una chispa de frivolidad. Era como si ese perfume le hablara, le contara cosas suyas, de los lugares donde había nacido, de las mujeres de los *sari* de color turquesa, rojo y dorado para quienes había sido concebido, de la ciudad moderna, la metrópoli en que se había convertido Delhi. Y si era adecuado para la exótica capital de la India, a París le apasionaría. Decidió escucharlo y lo compró.

Continuó paseando por los locales de la estación Leopolda con el perfume en el bolso y, cuando se encontró con Monique más tarde, cayó en la cuenta de que no se había sentido tan serena desde hacía mucho tiempo. El dolor seguía ahí, desde luego, pero, mientras subían al taxi que las llevaría al Four Seasons, notaba bullir algo en su interior, una sensación de espera y excitación.

Y tenía un hambre canina.

Mucho más tarde, cuando la noche ya había caído sobre la ciudad, Elena siguió con la mirada las luces del avión que llevaba a su amiga de vuelta a París. Antes de separarse se habían prometido llamarse pronto. Y esta vez Elena tenía realmente intención de hacerlo.

4

Bergamota. Ágil, burbujeante, proporciona energía y ligereza
cuando las expectativas se marchitan bajo el peso
de la monotonía. Ilumina el camino y ayuda a vislumbrar
las alternativas.

El palacete de Borgo Pinti pertenecía a la familia de
Elena desde siempre. Se decía que había sido comprado
con la remuneración por un perfume especial, una esencia
extraordinaria que salió en secreto de Florencia con destino a Francia. El perfume en cuestión había cumplido a
la perfección su cometido. Había hechizado a una mujer, la
había hecho sentirse especial, más aún, única. A cambio
de este presente, la dama le concedió su mano y su dote
principesca, lo que convirtió al autor del encargo en un
hombre inmensamente rico.

Eso era lo que se contaba. Los pocos que conocían los
motivos reales de esa recompensa tan generosa habían
muerto hacía tiempo.

Pero la leyenda del Perfume Perfecto había sobrevivido.

Se sabía, por ejemplo, que lo creó Beatrice Rossini, la
matriarca de la familia, que en la primera mitad del siglo XVII, mientras en el trono francés se sucedían dos
reinas florentinas, dejó su ciudad para aceptar un encargo
especial. Era una perfumista extraordinaria. Las damas
más célebres de Florencia ansiaban figurar entre sus clientas, pocas y bien seleccionadas. Para cada una de ellas,

Beatrice había creado un perfume único. Los nobles y los poderosos también se disputaban sus favores. Todos deseaban distinguirse, tener un olor especial, un perfume digno de su grandeza.

Su fama se extendió de tal forma que Beatrice debía viajar a menudo a la corte de algún príncipe que requería sus servicios. Decían que durante uno de esos viajes creó un perfume realmente maravilloso, tan extraordinario que quedaba impreso para siempre en los recuerdos y en la imaginación de los que habían tenido el privilegio de olerlo. Conquistaba de inmediato, era brillante como una estrella luminosa, equilibrado como la más pura de las aguas perfumadas, sencillo como el soplo del viento. Sus notas creaban una armonía arrolladora a la par que delicada. Era persistente y sensual. Un perfume distinto a todo lo que se había creado hasta entonces.

A su regreso a Florencia, rica como pocas, Beatrice no quiso hablar con nadie sobre esta particular creación. Se la veía cambiada. Parecía ausente, silenciosa. Dejó de frecuentar la corte, abandonó las fiestas y a los amigos. Desilusionando profundamente a sus acaudalados pretendientes, se casó casi enseguida con un joven de extracción modesta con quien tuvo una hija, Laura. En el contrato matrimonial el hombre le concedió el privilegio de conservar el apellido de su familia y transmitirlo a sus herederos.

Así pues, siguió siendo siempre Beatrice Rossini. Y desde entonces todas las mujeres de la familia heredarían ese apellido, como una marca con solera y prestigio.

Al quedarse viuda apenas dos años después, no llevó luto. No fue necesario, dado que desde su regreso de Francia siempre había vestido de negro: raso, terciopelo o encaje de Irlanda, puesto que podía permitirse lo mejor, con tal de que fuera de ese tenebroso color.

No le reveló a nadie el secreto del origen de su fortuna. Tampoco se volvió a casar, pese a las numerosas proposiciones que había recibido. Vivió componiendo perfumes, creando jabones y cremas para quienes deseaban algo especial.

Especial como aquel perfume que, a veces, durante las largas noches de verano, con la única compañía de su propia respiración, sacaba de un compartimento secreto de su joyero. No lo olía, tampoco abría el frasco de plata. Nunca. Se limitaba a estrecharlo contra su corazón. Y ese era también el único momento en que se permitía el desahogo del llanto.

El Perfume Perfecto era la fuente de su alegría y su dolor.

Una noche de diciembre, cuando abundaban ya hilos de plata en sus espléndidos cabellos negros y su respiración se detenía cada vez con más frecuencia, comprendió que su hora había llegado. Entonces le pidió a su hija, Laura, que le trajera el cofre y, tras haber apartado las joyas, le enseñó el perfume. Tuvo que hacerlo. Porque la fórmula del Perfume Perfecto era parte del legado que le correspondía a su única heredera. Sin embargo, el cansancio y la emoción fueron fatales. Había esperado demasiado tiempo y murió entre los brazos de Laura, ante el hogar, recordando el pasado y hablándole de su secreto sin revelarle en realidad toda la historia. Beatrice no fue capaz de dictarle la fórmula del perfume a su hija, pero sí le dijo que la había escondido. Debía de estar entre sus libros, entre sus anotaciones, entre las cosas que más había amado. Para encontrarla bastaría seguir la estela del perfume.

Pero Laura no encontró la fórmula, tampoco consiguió reconstruirla a partir del poco perfume que quedaba en el frasco. Beatrice había dejado demasiadas fórmulas por elaborar, demasiados libros por leer, demasiado dolor por afrontar.

Desde aquel momento, las demás perfumistas de la familia Rossini continuaron la búsqueda, empujadas por la certeza de que todas las recetas de las composiciones siempre habían sido escrupulosamente transcritas. Esa era la regla número uno, la que aprendían antes aún de saber que el perfume era una mezcla de extractos florales, de madera y animales, diluidos en alcohol o en sustancias oleosas. Era un pacto, una promesa. Todos los perfumes se registraban y conservaban con esmero.

La fórmula estaba allí, en los archivos. Todas habían estado siempre convencidas de eso, pero era como buscar una aguja en un pajar.

¿Cómo lograr distinguir la fórmula que las Rossini buscaban desde siempre con tanta pasión de los otros millones de fórmulas cuidadosamente conservadas en los archivos de Beatrice? ¿Cuál de ellas era la del Perfume Perfecto? Había cajas llenas de papeles donde buscar: apuntes, estudios, reflexiones que cada una de ellas había anotado meticulosamente. Y estaba también, por supuesto, el diario.

El destino de todas esas mujeres había estado estrechamente unido a esa búsqueda. Cada una profundizó a su manera en los estudios sobre la perfumería. Algunas experimentaron nuevas alquimias, propusieron cambios audaces, se atrevieron con lo que todos considerarían una locura, incluso una herejía. Pero todas sabían que no bastarían los conocimientos comunes que poseían para encontrar lo que se había perdido.

También Lucia Rossini, como las mujeres que la habían precedido, consagró toda su existencia a la búsqueda del Perfume Perfecto. Año tras año experimentó sin éxito las fórmulas transcritas en los papeles de Beatrice: ninguno de aquellos perfumes le parecía tan especial. Basándose en sus propios conocimientos y en la experiencia acumulada de sus antepasadas, estaba convencida de que era posible percibir el olor del perfume simplemente leyendo la composición de la fórmula. Ella misma, por ejemplo, lograba percibir el resultado de la unión de dos o más esencias. Pero su talento no bastaría para identificar el Perfume Perfecto, cuya fórmula sin duda era muy compleja.

Sus esperanzas se concentraron entonces en su hija, Susanna, pero esta no tenía ninguna intención de seguir la estela. Estaba tan fascinada por las múltiples posibilidades que ofrecían las sustancias sintéticas que rechazaba la tradición y las enseñanzas de su madre.

Y después nació Elena.

Al llegar la última etapa de su vida, cuando el tiempo le había agarrotado los dedos hasta el punto de no permitirle destapar los contenedores de las esencias, Lucia decidió transmitir sus conocimientos a quien, estaba segura, poseía la capacidad y la pasión, la profundidad de alma y la intuición necesarias para devolver el perfume a la vida: su nieta.

Así pues, se lo dejó todo a ella.

Las paredes de piedra y de ladrillos cocidos en los hornos del casco antiguo de la ciudad se elevaban, oscuras y macizas, hasta una altura de tres pisos. En la planta baja siempre habían estado la tienda, el laboratorio y el patio interior, al que daban las habitaciones de las plantas superiores. En la primera estaban la cocina y el salón; en la segunda, los dormitorios. Con el paso de los siglos, la casa no había cambiado mucho, hasta las plantas aromáticas que crecían en una esquina del jardín eran las mismas.

En aquella casa había también un estudio secreto, porque las Rossini eran perfumistas desde cuando la alquimia era la extensión natural de esa profesión. Se encontraba en el sótano, que nadie pisaba desde hacía décadas.

La vivienda se conservaba en excelentes condiciones, gracias a los materiales nobles con los que había sido construida: maderas de barco curtidas por las tempestades y el viento marino, piedras excavadas en la roca, ladrillos cocidos a temperaturas infernales. Había sido testigo mudo de nacimientos y muertes, de extraordinarios descubrimientos, de alegrías, lágrimas y sangre. Y continuaba conservando intacto su atractivo, su carácter y una pizca de misterio.

Lucia Rossini había vivido para los perfumes, el resto no tenía para ella ninguna relevancia. Un día acogió a un hombre en su cama, y ese fue el vínculo más fuerte que tuvo con el mundo exterior en toda su vida. Cuando Giuseppe Rinaldi murió, crio a su hija, Susanna, con el objetivo de enseñarle todo lo que sabía; también mantuvo, como era tradición, el apellido de las Rossini, que para ella, al igual que para sus predecesoras, era un símbolo, un vínculo con sus antepasadas; era identidad y esfuerzo.

A Susanna, sin embargo, le traían sin cuidado el apellido ilustre y el Perfume Perfecto. No compartía las ambiciones de su madre. A ella le interesaban los perfumes y punto. Quería aprender técnicas vanguardistas, estaba harta de ese mundo rancio que Lucia se empeñaba en ofrecerle, de esos papeles polvorientos. No le interesaba el pasado, para ella solo contaba el futuro. De modo que se fue. Envió postales desde Alejandría, Atenas y Bombay, y al final de aquel vagabundeo se estableció en la localidad francesa de Grasse.

Un día, muchos años después, se presentó en casa de su madre con una niña.

«No puedo seguir teniéndola conmigo», fue todo lo que dijo.

Las dos mujeres se miraron largamente, hasta que Lucia acabó por abrir la puerta de par en par y sonreír por primera vez a su nietecita.

—Ven, Elena, entra. De ahora en adelante esta será tu casa.

Pero la niña se agarró con fuerza a la falda de Susanna, cerró los ojos y bajó la cabeza. Aquel día llovía a raudales, estaban a fines de noviembre. Susanna llevaba un perfume de almendra, violeta y lirio azul que Maurice había preparado para ella. Un regalo de bodas.

Desde aquel momento, Elena odiaría la lluvia.

A partir de entonces, Lucia Rossini le transmitió sus conocimientos a esa nieta silenciosa y reservada. Y pese a que la niña solo tenía ocho años, enseguida demostró ser increíblemente receptiva. Su relación con los perfumes era extraordinaria, los manejaba con destreza y sabía dosificar las esencias a la perfección. Los sentía, y era capaz de explicar cómo eran.

Lucia Rossini vio concretarse por primera vez sus esperanzas. ¡Esa niña encontraría el Perfume Perfecto, estaba segura! Así pues, se dedicó en cuerpo y alma a su adiestramiento. Nada de juegos tontos ni de perder el tiempo. Mandarla al colegio de las monjas para que recibiera la mejor educación posible era más que suficiente.

Elena, por otro lado, no era una niña como las demás, era una esperanza. Era *su* esperanza.

Las visitas que Susanna le hacía a su hija fueron regulares al principio, luego se hicieron esporádicas, y finalmente cesaron del todo.

Como el interés de la niña por el perfume.

Desconcertada, su abuela le preguntó los motivos que habían desencadenado de pronto ese absurdo rechazo, pero la chiquilla guardó silencio. No obstante, Lucia acabó por comprenderlo. El problema era Susanna…, mejor dicho, el problema era el hombre con el que se había casado, ese Maurice Vidal que no soportaba siquiera la visión de su hijastra, como si la pobre criatura pudiera ser responsable de las decisiones de su madre.

Lucia empezaba a creerse lo que le había dicho Susanna cuando, años antes, había dejado a Elena a su cargo: «Es por su bien».

Sí..., posiblemente fuera de verdad un bien para la niña permanecer alejada de ese hombre.

¡Los hombres! Cómo se les podía dar tanto poder era algo que Lucia no acababa de entender. Pero Susanna siempre había tenido debilidad por el tal Maurice, al que conoció cuando era estudiante... Y sin embargo debería haberlo echado a patadas de su vida para ocuparse de Elena.

Quizá había llegado el momento de tener una conversación con esa hija suya tan irresponsable. Pero, si Susanna se llevara a Elena, el proyecto que ella tenía reservado para su nieta —la búsqueda del Perfume Perfecto— se esfumaría.

La niña era la única que podía encontrarlo.

Y entonces Lucia tomó una decisión.

«Es mejor así —le dijo para consolarla—. Hace falta tiempo y tener la mente despejada para poder percibir mentalmente los perfumes, para comprenderlos. La creación es un trayecto muy delicado. No puedes distraerte ni un momento. Una gota de más y todo tu trabajo se puede ver comprometido. ¿Comprendes, pequeña?»

Elena se secó la cara y asintió. Pero el perfume ya no era su compañero. Se había convertido en dolor y fracaso.

«Un día lo entenderás. Es tu destino», le dijo su abuela acariciándole la cabeza.

Sola en casa, fregando el antiguo suelo de mármol de la tienda el día siguiente de que se marchara Monique, Elena restregaba una mancha especialmente obstinada mientras pensaba en el pasado. Un episodio particular emergía entre todos los recuerdos y le parecía sentir aún un dolor intenso dentro del pecho. Todavía frío, cortante.

Era ya mayor, había cumplido doce años y en aquellos meses había elaborado un plan, un proyecto. Su abuela siempre decía que el perfume era la estela de la verdad. Así que intentó preparar uno especial, exclusivo para su madre. Quería que le hablara de lo sola que se sentía, de lo mucho que echaba de menos aunque solo fuese mirarla. La vida con la abuela era bonita, pero aburrida. Aprender tantísimos nombres y buscar tantísimas cosas en los libros... Además, ella lo que quería era estar con su madre. Y un perfume podía explicar mejor que cualquier otra cosa lo que tenía en el corazón. Su abuela se lo repetía sin cesar.

«El mensaje está en el perfume.»

Le puso nardo. Esa flor era blanca, como los vestidos que a Susanna le gustaba llevar. Y eligió también gardenia, húmeda y verde. Después añadió cuero y madera, para atenuar la luminosidad y la dulzura afrutada. En esa composición, sin embargo, había algo estridente. Era el dolor del abandono, la forma de pedirle a Susanna que la aceptara a su lado.

Lo preparó con diligencia, teniendo en cuenta todas las enseñanzas de la abuela, y lo metió en una botellita de cristal. Las vacaciones de Navidad por fin habían llegado y, conteniendo la respiración, esperó el momento en que se lo regalaría a su madre.

—¿Era para mí? —le preguntó Susanna—. ¿Un perfume? ¿Lo has hecho tú, tesoro?

A Elena le gustaba el sonido de aquella voz. Era leve y delicada. Quizá porque la utilizaba realmente poco. Ese tono amable le hacía sentirse bien. Y desde su llegada, la noche anterior, Maurice también se había mostrado amable. Quizá esta vez la dejarían quedarse con ellos.

—Sí, mamá, lo he hecho yo sola.

Susanna lo abrió con mucho cuidado y olfateó el contenido. Con una sonrisa, lo probó en la muñeca y asintió.

–Lo has hecho muy bien, cariño. Me gusta, es delicado y al mismo tiempo posee carácter.

¡Le había gustado! Con el corazón a punto de salírsele del pecho, Elena no era capaz de pensar en otra cosa. Se acercó a su madre. Paso a paso, como si temiera que ese momento perfecto pudiera desvanecerse. Pero Susanna seguía sonriendo y hablando.

El sol que entraba por las ventanas iluminaba el suelo de madera pulida. Su madre se sentó en el sofá y, mientras dejaba el frasco de perfume en el centro de la mesa, siguió elogiándolo.

–Una composición original, no acabo de identificar las notas de fondo... No, no me las digas, cielo, quiero adivinarlas yo. ¡Increíble, mi niña ha hecho un perfume exclusivo para mí! ¡Maurice, ven a ver, mira lo que ha hecho Elena!

Se acercó. Sonreía, pero su mirada era fría. Con la botellita en la mano, aspiró el perfume antes de volver a dejarla en su sitio.

–No deberías animarla así. Hay grandes errores, las notas de salida chirrían y al final..., ¿qué me dices de ese desmoronamiento de la estructura? No, Susanna, no le haces ningún favor a tu hija ilusionándola de ese modo. No es un buen perfume, y tú lo sabes. Deja de burlarte de ella.

–Pero ¿qué dices...? –murmuró Susanna–. ¡Solo tiene doce años!

Entonces, Maurice se giró de golpe y golpeó la mesa de centro. El frasco empezó a rodar sobre la superficie pulida y cayó al suelo. El olor se propagó por la habitación, impregnando el aire.

–Da igual. Su edad no cambia las cosas. Lo único que cuenta es la verdad, esa que no tienes el valor de decirle. Ese perfume está mal de arriba abajo, no vale nada.

Se abatió sobre ellos un silencio tenso, que hizo añicos los sueños de Elena y destruyó sus esperanzas.

—No hace falta gritar —le contestó Susanna. Después se agachó para recoger el frasco, lo cerró y se volvió hacia Elena—. Comprometer una composición incluyendo notas tan audaces es un error muy común en los principiantes. Ten muy presentes la pirámide olfativa y las familias. Para ser atrevido hacen falta conocimientos que tú aún no posees. De todas formas, te lo agradezco. Ha sido un detalle muy bonito.

A continuación se levantó, salió del salón y se encerró en su dormitorio. Maurice salió tras ella. Al día siguiente, Elena se fue a casa de Monique, y Susanna, que aprobó la decisión, llevó allí su equipaje.

Mucho tiempo después comprendió lo que no funcionaba en aquel perfume. Había demasiado dolor.

Después de aquello vio a su madre cada vez menos, y solo en las fechas más señaladas. Las relaciones entre ellas, desde entonces, se volvieron muy frías. Por suerte, Maurice se las había ingeniado para encontrar siempre alguna ocupación en los breves períodos que Elena pasaba en Grasse, y ella también se las ingenió para inventarse mil excusas con tal de quedarse en casa de Monique.

Tenía casi diecisiete años cuando, en el laboratorio donde Susanna y Maurice estaban trabajando, un escape de gas provocó una pequeña explosión. Su madre casi había alcanzado la puerta cuando una llamarada la obligó a retroceder hacia la ventana. El incendio se propagó en unos segundos, alimentado por los líquidos altamente inflamables presentes en la habitación. Cuando Maurice consiguió hacerse con el extintor, el incendio era ya incontrolable. El laboratorio estaba completamente lleno de humo. Tomó a su esposa entre los brazos y saltó por la ventana. Él sufrió quemaduras en la cara y graves lesiones en la columna.

Elena suspiró y se secó los ojos. ¿Cómo podía ser que últimamente no hiciera otra cosa que recordar el pasado? La preocupación por el futuro empezaba a pesarle de verdad.

Esa mañana sus pensamientos estaban atrapados en un círculo que la hacía toparse constantemente con la misma pregunta: ¿qué demonios iba a hacer ahora?

Y no se refería a un concepto profundo, como el sentido de la vida. No, no llegaba a tanto. Su preocupación era práctica, inmediata.

Se levantó del suelo y miró alrededor. Las paredes de la tienda eran altas y sobrias, en claro contraste con el techo, todo él pintado al fresco: una profusión de flores que cubrían por entero la bóveda, como un prado colgado boca abajo.

Los colores estaban apagados, el rojo de las amapolas no era sino un pálido bermejo, al igual que la cálida tonalidad rosada de las rosas damascenas, casi indefinible, por no hablar de las pequeñas grietas que orlaban el borde de los pétalos. El azul de los lirios y el morado todavía intenso de las anémonas eran también testigos del transcurso incesante del tiempo. Su abuela nunca había permitido que la Dirección de Bellas Artes pusiera los pies allí.

«¡Cambiaría el olor! ¿Cómo es posible que no lo entiendan?», exclamó en una ocasión, exasperada por la insistencia del funcionario del ayuntamiento, que quería incluir el palacete en un plan de restauración.

Era verdad, la armonía de los perfumes que animaban aquella estancia se habría perdido para siempre. Las pinturas modernas habrían devuelto al fresco su brillantez original, una auténtica alegría para la vista, pero ¿qué habría sido del perfume de aquel lugar, una vez contaminado? La mesa de madera de cedro con patas macizas, los delicados aparadores de taracea que contenían las esencias, la vitrina con los libros de tapas de piel, el armario veneciano donde se guardaban los utensilios que siempre habían formado parte de aquel lugar. Cada objeto concreto tenía su olor específico, y así debía seguir siendo.

Había también otra cosa en aquella amplia habitación con suelo de mármol. Elena la buscó con la mirada y allí estaba, como una certeza. Seguía estando en el último rincón de la estancia. Se acercó y la acarició con la yema de los dedos.

El marco del biombo estaba desconchado, y la seda que lo cubría, un tanto descolorida. Pero a fin de cuentas estaba aún en buenas condiciones, solo un poco polvoriento. Tenía la altura de una puerta y, al extenderlo, creaba un rincón protegido. Era antiguo, muy antiguo. Se decía que tenía la misma edad que la casa y que había pertenecido a la propia Beatrice Rossini. Pero había demasiadas leyendas sobre su antepasada para creerlas todas. A Elena le daba igual cuáles fueran los orígenes del biombo; le gustaba la sensación de calidez e intimidad que se sentía tras él y el olor que emanaba de la seda. En el pasado se utilizó para hacer un reservado destinado a aquellos clientes que no querían revelar su identidad. Y para ella, cuando las cosas le resultaban insoportables o hacía alguna trastada, se había convertido en su refugio.

Elena se encontró olfateándolo más atentamente y, con una pizca de sorpresa, percibió que desprendía el leve efluvio de un verdadero perfume, como si en el pasado hubieran sumergido el biombo dentro de él. Y probablemente hubiera sido así. En la casa había otros objetos antiguos que sus antepasadas habían sometido a experimentos para tratar de conservar la persistencia de las fragancias. En la caja de caoba de su abuela, en su dormitorio, había varios pares de guantes de piel española todavía vagamente perfumados. Allí se guardaban también chinelas, hechas con el mismo material ya en desuso desde hacía decenios, de las que emanaba una esencia de rosa búlgara. Y varias resmas de papel, cada una con un olor específico y todas precintadas.

Pero, de todos aquellos objetos curiosos, su preferido seguía siendo el viejo biombo.

Había también, a decir verdad, otras cosas que la sorprendían, como esa sensación de confortable bienestar. Sentía que había vuelto a casa. Y lo cierto es que no lograba explicárselo.

Aquella no había sido nunca su casa. Nunca la había considerado como tal. No había un solo sitio donde hubiera sentido alguna vez que era el suyo propio. Jasmine fue espléndida con ella, en su casa Elena respiró amor y había sido feliz, pero al mismo tiempo había tenido la medida exacta de lo que no poseía. Y ese viejo palacete siempre fue la casa de su abuela, no la suya. La única razón por la que había vuelto, tras la separación de Matteo, era que no tenía otro lugar donde refugiarse. Pero no lo había hecho con gusto.

Y ahora, casi a traición, la sensación de calor experimentada la primera noche se repetía.

Sabía que antes o después tendría que ajustar cuentas consigo misma, con esas sensaciones. Pero aquel no era el momento adecuado.

Matteo acababa de traerle sus cosas. Cinco grandes cajas que se amontonaban en el centro del patio recordándole un año de vida en común y un puñado de estúpidos sueños que, al parecer, siempre habían sido solo suyos.

Y, en resumidas cuentas, ese era el quid de la cuestión. Había transferido a esa relación sus necesidades y sus deseos de un modo obstinado y ciego. Y después había pretendido que esa especie de vínculo funcionara.

–Has cometido un error de cálculo, Elena. Has olvidado lo único que debe tener en cuenta una mujer –le había dicho Jasmine por teléfono hacía un rato.

–¿Has hablado con Monie? –le preguntó Elena, después de haber buscado consuelo en la persona que desde hacía años había sustituido la figura de su madre.

–*Oui,* no se le da bien guardar secretos. No te enfades con ella.

–Ya sabes que no lo haré –respondió.

–¿Ni siquiera si te digo que me alegro de que ese idiota haya salido de tu vida?

Elena sonrío entre lágrimas.

–*Non, maman.* –El suspiro de placer de Jasmine había hecho que volvieran a asomarle las lágrimas a los ojos–. Continúa –le dijo, después de sorber por la nariz.

–No puedes apostarlo todo a un solo caballo, *ma petite.* Tienes que diversificar forzosamente. Lo llaman plan B. Debes tener un plan B, Elena, una mujer siempre debe tenerlo.

–¿Y si ni siquiera tienes un plan A?

–Tonterías. Tienes una casa grande, preciosa, llena de objetos maravillosos. Tienes una profesión: te guste o no, eres perfumista, sabes crear perfumes, sabes reconocerlos, y si no quieres elaborarlos, siempre puedes venderlos, como hace Monique, ¿no crees? Y además, cielo, tienes una familia que te quiere mucho.

Más lágrimas, y esta vez Elena no consiguió disimularlas.

Jasmine suspiró de nuevo.

–No te había oído nunca llorar tanto, ni siquiera cuando eras pequeña. ¿Seguro que te encuentras bien? ¿Por qué no vienes a Grasse a pasar unos días con nosotros? Cambiar de aires te sentará bien.

Elena se secó la cara y dijo:

—Sabes que no puedo.

—¿Por qué? Desde que tuvo el accidente, Maurice no sale nunca de casa, ni siquiera lo verás. En cuanto a tu madre…, no creo que te perjudique volver a verla. Sabes de sobra que, en el fondo, a Susanna le encantaría.

El nudo que le cerraba a Elena la garganta se estrechó un poco más.

—¿De verdad lo crees? Yo no estaría tan segura. Nunca ha venido a verme.

—Es verdad, pero sabes por qué no lo ha hecho. Se siente responsable de Maurice, no quiere dejarlo solo en su estado.

—Eso es absurdo, ella no tiene ninguna culpa. Fue una desgracia, podía haberle pasado a cualquiera —susurró Elena.

—Pero le pasó a Susanna. Y al margen de cualquier otra consideración, Maurice salió gravemente perjudicado por salvarla, eso ella no lo olvidará nunca.

Un silencio cargado de pensamientos y consideraciones se había abatido sobre ellas antes de que Jasmine dejara escapar un suspiro.

—No estoy justificando lo que te ha hecho, que quede claro, pero creo que deberías ser más indulgente. Deberías dejar a un lado tu resentimiento. Susanna tomó decisiones equivocadas y lo ha pagado caro. Pero, aun así, sigue siendo tu madre.

Sí, claro…, aun así, seguía siendo su madre. Pero ahora a ella ya no le interesaba. Desde hacía muchos años ya no formaba parte de su vida. Simplemente, un día había dejado de confiar en que Susanna pudiese quererla. Y además, las cosas no eran tan sencillas.

Aunque lo que decía Jasmine era razonable, no tenía ninguna intención de pensar en Maurice o en su madre, no quería enfrentarse a nada de todo eso, y no se trataba solo de ellos. En aquel momento los pensamientos se agolpaban en su mente, le dolía el corazón, las emociones la arrollaban, arrastrándola en un torbellino de sensaciones de las que no sabía cómo librarse.

—Lo pensaré —dijo antes de colgar.

5

Lavanda. Su complejo perfume seduce y hechiza.
Refresca y purifica el espíritu,
aleja el cansancio, el miedo
y la ansiedad.

De día, París era preciosa, más fascinante de lo que cupiera imaginar, pero era de noche cuando la ciudad mostraba su verdadera alma. Monique siempre lo había pensado. Mientras la sobrevolaba y observaba las luces de los altos edificios, la Torre Eiffel y las largas cintas doradas de las avenidas iluminadas que dividían los barrios más elegantes, pensó que era también un himno a la apariencia. Esas luces que brillaban ahí abajo como diamantes no eran sino los faros de miles de coches que circulaban por las calles de la ciudad. Pero desde el cielo parecían joyas.

Jacques le había enviado un mensaje. No iría a recogerla al aeropuerto. Le había surgido un imprevisto a última hora, algo muy importante. Pero le mandaría el coche.

Monique suspiró: desde hacía un tiempo surgían cada vez más imprevistos, siempre cosas más importantes que hacer.

Siguió contemplando la ciudad, que brillaba alegremente, y rechazó con firmeza esa brizna de autocompasión que había tratado de abrirse paso desde el fondo de su alma. Luego, el piloto reclamó la atención de los pasajeros. Aterrizarían al cabo de unos minutos. La voz, ligeramente distorsionada, recomendó mantener los cinturones abrochados hasta que se abrieran las puertas, dio las últimas recomendaciones antes del aterrizaje y terminó con un apresurado «bienvenidos a París». Cuando las ruedas tocaron tierra, un aplauso fatigado se elevó a su alrededor. Monique se desabrochó el cinturón de seguridad, se colgó el bolso del hombro y se puso en fila para bajar.

—Despierta, *mon amour*. No pienso dejarte seguir durmiendo...

Monique abrió los ojos y se incorporó de un salto, con las manos de Jacques todavía sobre su cuerpo.

—Aparta ahora mismo esa mano.

Él le mostró una sonrisa perezosa. Se levantó de la cama y se ajustó la corbata. Su expresión era imperturbable.

—¿Nerviosa, *chérie*?

La chica se pasó las manos por la cara. Luego apretó los puños conteniendo un escalofrío.

—¿Qué haces en mi casa?

Jacques le sonrió de nuevo: el pelo perfectamente peinado hacia atrás, los ojos negros y penetrantes, la expresión de un hombre seguro que sabe que tiene el mundo entero a sus pies. Plantado en el centro del pequeño *loft* de Monique, parecía el amo de todo. Era firme, decidido, todo iba tal como él había previsto.

¡Dios, qué guapo era! Monique tuvo que esforzarse para mantenerse alejada. Apretó las sábanas, se agarró a ellas como si fueran una tabla de salvación. El deseo de suplicarle que continuara con lo que le había ordenado interrumpir era casi irresistible.

—Quería que me perdonaras. No he sido atento contigo —le contestó, mientras se desabrochaba el botón de la americana.

—¡Menudo eufemismo! —masculló Monique.

Jacques le sonrió, se detuvo delante de la ventana y descorrió las cortinas. El sol invadió la habitación y lo iluminó. Monique se puso una mano a modo de visera sobre los ojos, pero casi enseguida se acostumbró a aquella luz repentina.

−¿Y qué, cómo estaba Florencia?

−Antigua, maravillosa, decadente...

−Sí, es una ciudad encantadora. La próxima vez iré contigo.

Lo dijo como si lo pensara de verdad. Pero, si había una cosa que Monique había aprendido de su relación, era que Jacques hablaba mucho. Palabras, frases, promesas que después por regla general olvidaba. Para él eran simples ornamentos, como la ropa que llevaba, las joyas, su elegancia. Nada era nunca verdad, aunque diera a entender lo contrario. Había momentos en los que Monique pensaba que era un mago, un prestidigitador de los sentimientos.

Jacques la miró de nuevo. Ojos mentirosos, que hechizaban y engañaban al mismo tiempo. Era tan convincente, pensó Monique, tan fácil hacerse la ilusión de que eras realmente importante para él... Demasiado amable, demasiado guapo, demasiado muchas cosas, todas juntas.

Monique frunció el ceño. Luego respiró hondo y bajó de la cama. No reparó en la mirada de admiración de Jacques. Mientras caminaba hacia el armario, se esforzó en no hacer caso de la expresión rapaz que lo hacía irresistible. El deseo que sentía por él vibraba en su interior. Por un instante estuvo tentada de creerlo. Quizá la había echado de menos de verdad, quizá quería disculparse por haberse comportado como el peor de los indeseables.

Una mirada a la mesa del salón la devolvió a la realidad. Los dos paquetes que había traído de Florencia estaban abiertos. Una tirita de papel, una *mouillette,* estaba junto al perfume elegido por Elena; otra estaba arrugada en el suelo. La esperanza se atenuó hasta desaparecer del todo, dejando paso a una gélida certeza.

—¿No podías esperar hasta mañana? —le preguntó, tratando de disimular su irritación.

—¿Para qué? ¿Habría cambiado algo? Has encontrado lo que quería. Vístete, te llevo por ahí. Quiero celebrarlo. El perfume que has elegido es perfecto. Eres un genio.

Monique dejó que se acercara. El genio era Elena. Se disponía a decírselo cuando él la agarró. Las palabras murieron en sus labios. Jacques la abrazó y sus manos empezaron a subir por su cuerpo.

Cerró los ojos saboreando la sensación de aquella piel caliente que la acariciaba con habilidad. Un intenso calor le arrancó un gemido. Él presionó los labios contra su cuello y Monique suspiró.

—No soy yo tu genio.

Podría haberle mentido, lo sabía. A Elena no le habría importado. En el fondo, a ella le tenían sin cuidado los perfumes. Pero ¿qué sentido habría tenido saber que esas miradas de admiración, la consideración que Jacques estaba demostrándole, eran en realidad fruto de un engaño? Se estaba adueñando de lo que le pertenecía por derecho a Elena y solo a ella.

No le importaba. En ese momento se dio cuenta de que no le importaba nada. Lo quería, lo deseaba, haría falta muy poco para tenerlo de nuevo con ella. Sería suficiente con mentir.

Fue entonces cuando lo vio todo claro. Pese a sus buenas intenciones y los discursos sobre la verdad, estaba dispuesta a cualquier cosa por él.

Jacques se crispó.

—Qué tontería —le susurró sobre la piel antes de clavar en ella los dientes y morderla con dulzura.

Era el mejor. Nadie la hacía sentir líquida y caliente como él. El paraíso o, mejor aún, el embrujo del infierno no era nada comparado con lo que Jacques sabía hacer.

—¿Y si fuera verdad? ¿Y si le hubiera pedido a otra persona que buscara el perfume por mí?

Se arrepintió de aquellas palabras al instante. Habría podido quedarse en silencio y él la habría amado. Cuando Jacques se apartó y retrocedió, Monique comprendió que la duda se había abierto paso en la mente de su amante. Y entonces, bajo esas capas de ilusiones, esperanzas y mentiras, se agitó algo que tenía el sabor amargo de la vergüenza. Sintió pena de sí misma.

¿De verdad se había rebajado a mentir para conservar a Jacques? ¿En qué clase de mujer se había convertido?

Agachó la cabeza. Trató de recuperar su orgullo, o lo que quedaba de él. Inspiró, y de nuevo el perfume delicado y envolvente del ámbar gris la invadió. Pero esta vez no sintió ningún estremecimiento, no vio el mar ni notó el sol.

Con un gesto brusco, se recogió el pelo en una cola de caballo. No lo miró a la cara. Se dirigió hacia el cuarto de baño conteniendo la respiración.

—Cuando te vayas, deja la llave en la mesita que está al lado de la puerta. La próxima vez que te encuentre en mi casa sin haberte invitado, llamo a la Policía.

Sin esperar la respuesta de Jacques, cerró la puerta a su espalda.

Necesitó un rato, pero cuando salió del baño había recuperado la tranquilidad.

No necesitaba comprobarlo para saber que Jacques ya no estaba en casa. Percibía su ausencia.

Dejó que un poco de la rabia que anidaba en su interior se filtrara a la superficie y la acogió casi con alegría, con tal de desterrar a Jacques y sus estúpidas carantoñas de ese lugar patético de su alma donde todavía existían los sueños.

—¡Vete al infierno! —exclamó contra la nota que le había dejado sobre la cama. Arrugó el papel y lo tiró al suelo de parqué—. ¡Espérate sentado si crees que voy a llamarte!

Estaba dispuesta a apostar lo que fuera a que se había llevado los dos perfumes. Jacques era una persona que dejaba todas las puertas abiertas. La esencia de la fábrica india que había elegido Elena era lo que buscaba, pero el otro, el que había encontrado ella, también era una buena opción. Era una perfumera lo suficientemente experta como para conocer su propia valía.

La decoración de la vivienda, de un estilo minimalista en tonos crema, contrastaba con el refinamiento de las prendas que guardaba en el armario antiguo de palo de rosa. Escogió un vestido de seda verde botella y lo combinó con un jersey corto morado. Un poco de maquillaje y el pelo recogido. Debería cortárselo, pensó. Pero no se decidía nunca. En eso era un poco como Elena. Las dos aferradas a algo que había formado parte de ellas desde siempre.

La llamaría, le hablaría de Jacques, le diría que su formidable intuición había dado en el blanco.

Le gustara o no, Elena era una nariz. Lo había sido siempre. Mejor dicho, era mucho más que una nariz, porque sabía extraer las emociones de los olores y sabía expresarlas. Para Elena, el olfato equivalía al sentido de la vista para el resto del mundo. El hecho de que no quisiera admitirlo, de que rechazara ese don, era otro cantar.

Suspiró, un instante antes de salir se miró al espejo y abrió el bolso. En un compartimento había guardado una tarjeta de visita. Era de cartulina gruesa, de un color marfil intenso, y estaba deliciosamente perfumada. Sin duda se trataba de almizcle y sándalo. Al fondo, Monique percibía el amargor de otra nota, tal vez una madera. Pensó un poco en ello, tratando de identificarla. No es que fuera importante..., así que se dejó llevar, limitándose a aspirar el perfume, un *mélange* absolutamente fascinante.

Alain Le Notre, de la *maison* La Fougérie, era un hombre sofisticado, elegante, y le había hecho una buena oferta. Había llegado el momento de comprobar si le convenía cambiar de trabajo.

6

*Mirra. Más terrenal y concreto que el incienso, representa
el vínculo entre el espíritu y la realidad. Fuerte, sólido,
sin ninguna vacilación. Es el perfume de la constancia
y de la transparencia de los sentimientos.*

La hilera de árboles comenzaba en un lado de la calle
y seguía casi hasta el infinito para detenerse de pronto y
empezar en el otro lado. En la place Louis-Lépine los árboles seguían las líneas de los edificios, mientras que un
poco más adelante, en el interior del mercado de las flores, matas de lavanda, mirto y romero asomaban desde los
mostradores, erizadas como en actitud de protesta.

Con las manos metidas en los bolsillos, Caillen
McLean avanzaba deprisa hacia la tienda donde encontraría las rosas. La tupida melena, pegada a la frente por la
lluvia, le caía con todo su peso sobre el rostro demacrado.
Junto a los ojos azules, penetrantes y fríos, se extendían
finas arrugas de expresión. Nada en comparación con la
cicatriz profunda e irregular que le recorría una mejilla,
pero bastante para inquietar a quien lo veía por primera
vez.

Giró a la derecha, haciendo caso omiso de los puestos
de lilas que olían a caramelo, tulipanes recién abiertos y
fresias. Se volvió para mirar una curiosa combinación de
cubos llenos de rosas color crema ribeteadas de rojo y
amarillo e hizo una mueca. Uno de ellos, justo en el centro, contenía un ramo de rosas azul eléctrico.

—*Bonjour*, Cail, ¿cómo estás?

Un hombre de mediana edad se secó las manos con el delantal manchado de tierra. La aparente placidez de su físico lozano era desmentida por la expresión aguda de sus ojos, de un azul clarísimo.

Sin responder al saludo cordial del hombre, Cail señaló las rosas azules.

—¿De verdad hay alguien que compra esas... cosas?

El otro se rascó la frente.

—Tengo unas verdes y doradas, ¿quieres verlas?

—Estás de broma, ¿verdad?

El vendedor se encogió de hombros.

—No están tan mal.

Cail ni siquiera le contestó, limitándose a dirigirle una mirada fría. Luego apartó los ojos, como si no soportara ni la simple visión de aquellas flores.

—¿Liliane está donde siempre? —Su voz era profunda, con un leve acento escocés, y el tono apenas delataba una pizca de impaciencia.

—Sí —asintió Lambert—, al otro lado del mercado, junto al puesto de Louise, la de los hibiscos.

Cail le dio las gracias haciendo un gesto con la cabeza y, después de haber lanzado una última mirada despreciativa a las flores, echó a andar. Lambert siguió su alta figura mientras se adentraba en el corazón del mercado y meneó la cabeza.

—Las rosas siguen las modas, como todo en este mundo. ¿Los clientes quieren pétalos azules? Pues yo hago rosas azules. ¿Los quieren verdes? Pues que sean verdes —masculló, volviendo a su sitio.

Miró las flores de pétalos arrugados, con esa nota metálica que daba escalofríos. «No hace del todo mal detestándoos», se dijo. Y al cabo de un instante desplegaba una sonrisa radiante en dirección a una señora que se había

71

acercado con un tiesto de petunias jaspeadas de morado entre las manos.

Cail casi había llegado al fondo del edificio que albergaba el mercado de flores cuando vio a los vendedores de rosas. Examinó con atención las flores de aire fatigado que despuntaban de los tallos espinosos. Desde lejos no había ninguna diferencia entre ellas y los grandes capullos de las peonías. También las tonalidades de rosa, que abarcaban toda la gama, desde el más vivo hasta el más tenue, parecían catalogarlas como tal. Pero un observador más atento no dejaría de advertir la gracia delicada y un tanto decadente de las flores con forma de cáliz, con los pétalos entreabiertos y suavemente abandonados uno sobre otro. Se trataba de rosas Claire Austin. Un leve aroma de mirra, inconfundible, parecía mezclarse con la ulmaria, lo que les confería poder y daba carácter a la dulzura de su aspecto.

Cail las miró, levantó una con la palma de la mano y se inclinó para sumergir el rostro en la flor. No debería haberlo hecho, no hacía falta. El perfume se extendía alrededor, claro y delineado. Pero había algo profundamente sensual en el tacto delicado sobre la piel de aquellos pétalos de un blanco perlado. Y Cail pensaba disfrutar de él. Si a los transeúntes les parecía estrafalario, le daba igual. Se limitó a desentenderse de las miradas que seguían aquel gesto tan insólito, como hacía con todo lo que no tenía el menor interés para él.

—Hola, Cail —dijo una chica que se acercó a él.

Lentamente, con gracia, Cail se incorporó.

—¿Tienes mi paquete? —le preguntó sin preámbulos.

Liliane lo miró unos instantes y acabó por mover la cabeza, resignada.

—Sí, estoy bien, gracias, tú también tienes un aspecto magnífico —le dijo con brusquedad antes de pasar detrás del mostrador y volver con una caja marrón. Aquel día

Liliane llevaba un vestido sin mangas, de color azul y amplio escote cuadrado, por el que había recibido miradas asesinas y cumplidos de sus clientes a partes iguales. Sabía que Cail iría a retirar el paquete y, pese al frío, no estaba en absoluto arrepentida. Se habría puesto hasta un bañador, si eso hubiera servido para llamar su atención.

Cail, sin embargo, no pareció prestar atención a su aspecto. Se limitó a recibir el paquete de sus manos y a darle a cambio cien euros. Al ver la expresión perpleja de ella, hizo un gesto señalando la caja.

—Quédate con el resto. Necesitaré más material para la semana que viene.

Liliane asintió.

—Puedo hacer algo más por ti —le dijo, y no era una pregunta.

Cail se quedó un momento en silencio antes de dirigirle un gesto de saludo.

—No, nos vemos el próximo sábado.

Liliane apretó los labios, tragándose su frustración.

Alain Le Notre. Solo el nombre daba miedo.

Monique se alisó la falda del vestido. Sentada en un incómodo silloncito de época, observaba con indiferencia lo que podía haber sido el escritorio de algún soberano francés y que había pasado al responsable de recursos humanos de la *maison*. Incrustaciones, florituras, madreperla y palo de rosa. ¿Por qué los hombres tenían que ostentar su poder de ese modo?

Se levantó y fue hasta el ventanal. París dormitaba bajo una llovizna que agrisaba el día. Solo unos pocos turistas animosos deambulaban con sus impermeables de plástico de colores vivos, pensados para proteger las cámaras de fotos de última generación. Monique, con el estómago cerrado por los nervios, miró las gruesas gotas que salpicaban el cristal. ¿Y si Le Notre retirara su oferta? ¿Qué haría entonces?

Negó con la cabeza. Tenía que dejar de pensar en las consecuencias de algo que aún no habría sucedido. ¡Parecía su madre! Se preguntó si al final Elena habría aceptado su invitación. No es que ella estuviera de acuerdo. Elena no necesitaba recrearse en el pasado. Divertirse, estar con la gente, eso es lo que tenía que hacer. Y sobre todo tenía que aceptar su verdadera naturaleza. Una vez que su amiga fuera consciente de su talento, se convertiría en una de las narices más buscadas del mundo. Sí..., el problema era que Elena odiaba ser el centro de atención.

La que necesitaba las luces de candilejas era ella. Qué bien se le daba resolver los problemas de los demás..., lástima que con los suyos fuera un auténtico desastre.

Otro suspiro. Se alisó de nuevo la falda. Después, oyó la puerta a su espalda.

—Señor Le Notre —dijo, volviéndose.

—Es un placer volver a verla, señorita.

Los ojos de Alain eran de una fría tonalidad de gris, pero en aquel momento brillaban divertidos. Debía de tener alrededor de cuarenta años, pero su físico enjuto y atlético revelaba un cuidado sistemático de su aspecto, lo cual lo situaba en esa categoría de hombres de edad indefinible que aún sabían manipular la realidad y la explotaban en beneficio propio. Era alto, elegante y sofisticado.

«Benjuí, bergamota, vetiver, sándalo y una mixtura de madera de cedro. Y haba tonka.»

Monique no sabía qué le había pasado por la mente, pero conocía el perfume que llevaba. Era una de sus creaciones. Nada especial, cualquier perfumista habría podido crear una esencia así para un hombre decidido y a la vez sofisticado como Le Notre.

Él sonrió, mostrando una hilera de dientes blanquísimos. Solo entonces Monique se dio cuenta de que el directivo de la *maison* debía su atractivo al aspecto deportivo y el bronceado natural de su piel. Un barco, apostaría lo que fuera. Le Notre era aficionado a la vela.

—Venga, señorita, sentémonos.

La condujo a un pequeño sofá y se sentó a su lado. No era la primera vez que Monique veía a Alain. Ya había tenido oportunidad de disfrutar de su brillante conversación.

—Me gusta su manera de trabajar. —Le Notre le sonrió y continuó—: Tiene una intuición que considero maravillosa, consigue encontrar mezclas compactas y originales con unos costes aceptables. Y ese sentido práctico es lo que deseo para una nueva línea que deje a un lado seducciones inútiles. Quiero acción, seguridad, energía. Y que sea accesible a un público amplio. ¿Cree que podrá contentarme?

Monique contuvo la respiración.

—Tendría que pensarlo —dijo tranquilamente, mientras el corazón le martilleaba el pecho.

Aquel hombre había captado sus limitaciones, lo que la hacía normal y corriente, y las había transformado en un punto fuerte. Estaba emocionada, estaba tan profundamente impresionada por lo que había dicho Alain que casi se le olvidó respirar. Era como haber encontrado a alguien capaz de apreciarla por sus defectos. Se sentía perpleja e incrédula.

Le Notre la observaba con su mirada profunda, intensa. Despedía una inmensa vitalidad, igual que las palabras que acababa de pronunciar.

El perfume flotaba entre ellos, uniéndolos.

—Creo... que podremos llegar a un acuerdo —murmuró de nuevo, esta vez con más seguridad. Y a continuación irguió la espalda y le devolvió la mirada.

—Bien, señorita Duval, ¿qué le parece si pasamos ahora al aspecto administrativo?

Monique asintió e intentó no dejar traslucir demasiado entusiasmo.

—Le escucho, señor Le Notre.

Era casi ridícula aquella espera bajo la lluvia. Estaba completamente empapado, con los vaqueros y la camiseta pegados a la piel, las pestañas tiesas por el agua. Y sin embargo, Cail no se habría apartado de aquel arbusto ni aunque le hubiera caído el cielo encima.

Miró alrededor unos instantes. Los antiguos cobertizos restaurados en torno al gran patio común, corazón de lo que había sido el palacio de una de las más ricas y acomodadas familias de la aristocracia parisina, se hallaban todavía sumidos en la oscuridad.

Cail desplazó el paraguas de modo que el tallo siguiera protegido de la lluvia. Al final de la rama espinosa, un capullo abultado parecía querer abrirse de un momento a otro.

Entornó los párpados. La lluvia repiqueteaba sin cesar, le caía en el pelo y se deslizaba por la cara para acabar empapándole la barba de un par de días. Se sacudió con decisión, pero procurando no mojar la rosa.

Desconocía los efectos que un exceso de humedad podía tener en un capullo en aquella fase de maduración: normalmente, realizaba ese tipo de experimentos en el interior de un invernadero, pero aquella planta había nacido gracias a una serie de circunstancias que eran la negación de todos los manuales de técnica de hibridación, y no pensaba arriesgarse a poner en peligro meses de tentativas por una lluvia imprevista. Era un rosal de tres años con su primer capullo maduro.

Se inclinó hacia delante para proteger la flor. Apoyó una rodilla sobre la hierba. Bullía de impaciencia. Estaba excitado y no veía la hora de que el alba iluminase el cielo. Pronto dejaría de llover, lo presentía.

—¡Ya está bien! —exclamó—. ¿Quieres parar de una vez, maldito tiempo?

John, su perro, se puso en pie de un salto y fue hasta él.

Cail sonrió y, con la mano libre, le acarició el pelaje leonado.

—Vuelve a tu sitio —le ordenó—. Si no, te mojarás.

El perro le lamió la mano y obedeció.

París estaba despertando. El murmullo de los coches se convertía rápidamente en estruendo. Parecía un arroyo que crecía al llegar al valle. Las luces de los edificios desaparecían, reemplazadas por un alba cada vez más segura.

Cail sabía que no faltaba mucho para que el patio se llenara de gente. Apretó la mandíbula. Más les valía mantenerse a distancia.

Le tenían sin cuidado las miradas curiosas de los vecinos, que más de una vez lo habían sorprendido conversando con el arbusto. De todas formas, ninguno de ellos tendría valor para burlarse de él. Ni para criticarlo a sus espaldas. Esa era la ventaja de sobrepasar el metro noventa de altura y los ochenta kilos de peso. Aunque él creía más en el efecto disuasorio de la cicatriz.

—Buenos días, Caillen. No te preguntaré qué demonios haces bajo la lluvia protegiendo un rosal para que no se moje. Así que procura controlar tu mal carácter.

—¡Que te jodan, Ben!

La risa de su amigo le arrancó una mueca. Ben le hizo un gesto de saludo y empezó su carrera diaria.

¡Al infierno! Sabía perfectamente que tenía un aspecto ridículo sosteniendo aquel paraguas de cuadros encima de la rosa. Su madre, Elizabeth, se lo había dejado olvidado en una de sus visitas. Le serviría como excusa para volver a verlo. Pero Cail decidió que se lo mandaría en cuanto pudiera. Se sacudió de encima el agua y siguió esperando, con los ojos clavados en la flor.

Un alud de color rosa aclaró por fin la negrura de las nubes. Poco a poco, la lluvia amainó hasta convertirse en un lento goteo. De los montones de hojas mojadas en los lados del patio se elevaba un penetrante olor vegetal, musgoso.

Cail aspiró ese efluvio acre, condensado en el aire frío, y se concentró de nuevo en la rosa. Era la única que había sobrevivido de una siembra en la que él había depositado muchas esperanzas, aunque había ido francamente mal. Durante un tiempo se había desarrollado con normalidad; cuando empezó a languidecer, Cail decidió trasplantarla a la tierra desde la maceta donde había crecido. Era una operación arriesgada para un híbrido tan joven, lo sabía. Sin embargo, a pesar de que la práctica sugiriera un cuidado selectivo, esa solución había reforzado la planta, que había crecido vigorosa gracias a sus atenciones, y ahora Cail no veía el momento de observar el resultado de la hibridación.

Le parecía que todos los meses que había dedicado a aquella planta se habían reducido a un solo instante. La rosa se abriría en cuanto aparecieran los primeros rayos de sol y él sabría por fin si había malgastado o no su tiempo.

La lluvia cesó finalmente del todo. El cielo adquirió enseguida tersura, barrido por un viento frío que hizo que Cail se estremeciera. Pasaría como mínimo otra hora antes de que la flor se calentara y decidiera abrir sus pétalos. Maldiciendo aquel imprevisto descenso de la temperatura, Cail cerró el paraguas.

—Lo siento, *John,* tenemos que tener un poco más de paciencia.

Miró al perro, que se había puesto a su lado, y luego la rosa. No se movería de allí hasta que supiera con certeza si había tenido éxito.

Monique esperó a que el chofer de Le Notre le abriera la portezuela. Podría ir a pie, después de todo la *maison* no estaba muy lejos de Narcissus, pero volvía a llover. Alain le había ofrecido cortésmente un vehículo que la llevara y ella había aceptado. No tenía intención de llegar empapada al que sería su último día de trabajo en la empresa.

Observó la tienda cómodamente arrellanada en el asiento de piel color crema, aspirando el olor de cuero y lujo. Era algo a lo que podría acostumbrarse, pensó.

—*Madame*, ¿puedo hacer algo más por usted?

—No, gracias, puede marcharse —le respondió al chofer, que la acompañaba con el paraguas abierto hasta la puerta de Narcissus.

El hombre esperó a que hubiera entrado y volvió al coche.

—*Bonjour*, Philippe. ¿Está el señor Montier? —le preguntó al responsable.

El hombre le sonrió.

—¡La señorita ha regresado de Italia! ¿Ha encontrado algo interesante?

Philippe Renaud era un hombre cumplidor en el trabajo hasta extremos casi maniáticos y también una buena persona, aunque un poco esnob. En general, a Monique le gustaba quedarse charlando con él, pero en aquel momento estaba nerviosa. Había llegado a un acuerdo con La Fougérie y en unos días formaría parte del personal de la *maison,* algo que Jacques no le perdonaría nunca.

Monique lo sabía. Su ingreso en La Fougérie pondría fin definitivamente a su relación.

—Sí. Un *brief* original. Muy eficaz, te gustará. ¿Dónde está Jacques?

La sonrisa de Philippe perdió un poco de su viveza. El hombre le señaló la puerta que estaba a su espalda.

—El señor está ocupado en el laboratorio. ¿Quiere que vaya a avisarlo?

Debería haber imaginado que se pondría enseguida manos a la obra, pensó Monique. Miró a Philippe y negó con la cabeza.

—No, gracias, ya voy yo.

Dejó atrás al hombre y avanzó por un pasillo. No llamó, se limitó a abrir la puerta despacio. No iba vestida del modo adecuado y no quería contaminar el ambiente.

—Quisiera hablar contigo —le dijo.

Jacques la recibió con frialdad.

—Pasa, pero mantente a distancia. No quiero que tu olor comprometa la fórmula. Por cierto, ¿qué demonios es? No lo conozco.

Le habló sin siquiera volverse.

Monique lo miró unos instantes. Llevaba una nueva fragancia, un perfume que acababa de regalarle Alain Le Notre. Lo lanzaría pronto al mercado, le había explicado; sería su producto estrella durante todo el otoño y el invierno. Y a ella le había gustado, le parecía que olía a nuevas posibilidades.

—¿No te gusta? —preguntó.

Jacques no se tomó siquiera la molestia de responder; tenía los ojos cerrados y la nariz sobre una *mouillette*. Monique sabía que a Jacques solo le importaba lo suyo, lo sabía de sobra, pero, aun así, se sintió herida. Respiró hondo y decidió que lo mejor era acabar cuanto antes.

—Tranquilo, no tengo ninguna intención de entrar. Solo he venido para aclarar un par de cosas.

—Si es por el perfume, he cerrado ya el trato con Shindia. Venderemos sus perfumes... Tu segunda opción es buena, pero la otra es mejor. Por supuesto, te daré lo que te corresponde por haberlo descubierto...

¿Cómo conseguía hacerla sentir una nulidad con tan pocas palabras? Monique se armó de valor mientras Jacques se decidía por fin a mirarla. Por un instante pensó en decirle dónde podía meterse su dinero, pero con eso no ganaría mucho, aparte de cerrarle las puertas de Narcissus a Elena.

—En Florencia le pedí a una amiga que me ayudara. Como te dije, no he elegido yo ese perfume.

Unos segundos de silencio seguidos de una risita.

—¿Y quién es esa maga de las esencias, esa... nariz?

El sarcasmo que contenían aquellas palabras convenció a Monique de ir hasta el final. Era un cabrón. Y de la peor calaña, se dijo. Estaría bien sin él.

—Dejo el trabajo, he venido solo para decírtelo.

Nuevo silencio, esta vez más largo, hasta que finalmente él levantó los ojos y la miró.

—¿No te parece que te estás pasando un poco? No creía que fueras tan susceptible.

Jacques llevaba puesta la bata de laboratorio. Su expresión era concentrada; su mirada, fría. Delante de él se disponían una serie de botellitas de aluminio que contenían aceites esenciales. El resto de los ingredientes estaba en contenedores de cristal, probetas y alambiques de diferentes formas y tamaños. Sobre la mesa de acero había muchos cuentagotas y embudos de papel, y en el centro, un cilindro graduado del que emanaba un perfume intenso. Abrió la boca para continuar al mismo tiempo que miraba el cilindro, como si justo en ese momento se hubiera acordado de lo que estaba haciendo.

—Espera, debo anotar el último paso, luego hablamos.

Se inclinó sobre la mesa y apuntó en un bloc que tenía junto al perfume el número exacto de gramos de las esencias que acababa de utilizar.

Monique lo miró y sonrió con tristeza.

—Siempre hay algo más importante —susurró en voz muy baja.

Esperó unos minutos más. Jacques se había vuelto hacia el ordenador que estaba en la mesa de al lado y, después de teclear una contraseña, se tomó su tiempo para leer algo, tras lo cual se puso de nuevo a escribir en el bloc.

—Adiós, Jacques.

El ruido del lápiz al partirse rompió el silencio tenso que había entre ellos.

—Ahora no puedo atenderte, lo sabes perfectamente.

Claro, ¿qué se había imaginado? ¿De verdad había esperado de él algo distinto? Una decepción absurda, repentina, alimentada casi con desesperación, afloró en Monique.

—Encontrarás mi renuncia encima de tu mesa —dijo pasados unos instantes, antes de cerrar la puerta a su espalda.

Mientras volvía a la tienda, siguió confiando en oír sus pasos, suplicó que fuera tras ella, que le hablara. Aguardó un minuto más, inmóvil delante de la salida, contando los segundos. Le daría un poco más de tiempo. Luego empujó la puerta con ambas manos y entró en la sala principal de Narcissus, elegante, espléndida, repleta de clientes.

Saludó a algunos compañeros, recogió rápidamente sus cosas de detrás de uno de los mostradores y se marchó.

Con los ojos clavados en la pantalla de la cámara de vigilancia, Jacques la siguió incluso después de que hubiera salido del establecimiento. Cuando desapareció del vídeo, soltó varios reniegos pasándose las manos por el pelo y se dejó caer en uno de los sillones.

¡Oxidado ese también!

Elena frunció la nariz y alejó de golpe el frasco. El olor era acre, rancio. Había desechado una cincuentena de aceites esenciales que se habían estropeado, tendría que tirarlos. No existía ninguna posibilidad de salvar nada.

No podría volver a abrir la tienda de su abuela ni aunque quisiera. Se había animado a bajar al sótano para comprobar en qué estado se encontraba lo que había quedado allí abajo después del cierre del negocio. Aún no había decidido recorrer ese camino, no había llegado a tanto. Pero no dejaba de ser una hipótesis y, dado que no tenía ni la menor idea de qué hacer con su vida, era una posibilidad tan buena como cualquier otra. Tenía gracia, pensó con una pizca de amargura. Ahora que ya no existía ningún impedimento para abrir la perfumería, no podía hacerlo.

Ni una sola esencia, ni un solo perfume. Y ni un solo perfume significaba ni una sola ganancia. Además, ¿qué ocurrencia era aquella? Una actividad de ese tipo no podía reanudarse solo porque de repente los perfumes hubieran dejado de darle náuseas.

Suspiró. A decir verdad, eso era una descripción exagerada. No era asco lo que sentía cuando trabajaba en la tienda. Se trataba de otra cosa, de algo en lo que en ese momento no quería pensar.

El móvil vibró. Elena miró el número y sonrió.

—¿Ha ido todo bien? —le preguntó a Monique.

—¿Qué entiendes por «bien»? No, mejor no digas nada, olvídalo. En cualquier caso, he conseguido el puesto. Le Notre es un auténtico señor. ¿Y tú qué? ¿Cómo va el inventario?

Elena se restregó la palma de la mano contra la bata.

—Todo para tirar. Solo me han quedado unos frascos que había preparado para un hotel y que no vinieron a recogerlos, y alguna cosa muy antigua, nada que pueda funcionar ahora.

—¿Te refieres a perfumes de otra época?

Elena se acercó a un armario de madera negra, envejecida por el tiempo, y giró el quicio de las puertas tirando un poco de ellas.

—Sí, mi abuela los almacenaba a oscuras, y en el sótano la temperatura es constante, entre estas paredes...

—¿Quieres decir que has bajado al estudio secreto? —La voz de Monique era de incredulidad y a la vez estaba llena de entusiasmo.

Elena asintió.

—No tienes ni idea de lo que hay aquí. Se podría montar un museo, hay alambiques y extractores que parece que tengan siglos.

—¿Has echado una ojeada a las fórmulas? —le preguntó su amiga.

—No ha cambiado absolutamente nada desde la última vez que las vimos juntas. El Perfume Secreto de Beatrice Rossini es una mera leyenda, Monique —dijo.

—El diario dice algo muy distinto... —susurró su amiga.

—Lo hemos leído de cabo a rabo, no hay nada que pueda indicar una fórmula. No eran más que desvaríos de una mujer obsesionada.

Era verdad, tanto ella como Monique habían leído el diario de Beatrice Rossini repetidas veces, pero, aparte de la evidencia de las referencias a algunos ingredientes de uso común en perfumería y una serie de símbolos dibujados en las páginas, no habían encontrado nada relevante destinado a producir un perfume específico. Los símbolos eran interesantes, desde luego..., así como los dibujos, los poemas y las rimas. Pero el contenido de esas páginas se refería casi todo a una historia de amor de sentido único, conmovedora, con un final previsible y trágico. Beatrice se enamoró del hombre equivocado. Y lo deseó hasta el extremo de dejarse destruir por lo que acabó convirtiéndose en una obsesión. Aquel perfume era el destilado de la ilusión y la traición. Era apariencia, era engaño.

A esa conclusión habían llegado las dos amigas.

Él, el ilustre cliente, había pagado el perfume en metálico. Beatrice Rossini no había obtenido otra cosa: lágrimas y dinero, una cantidad de florines de oro suficiente para garantizarles a ella y a sus descendientes el bienestar durante mucho tiempo.

—El amor puede producir ese efecto —murmuró Monique.

—No sabría qué decirte. Estoy bastante confusa sobre la cuestión. Aparte de las náuseas que me asaltan cada vez que pienso en Matteo y Alessia, me ha quedado una especie de vacío en el centro del pecho. —Elena se quedó un momento en silencio—. Sabes cuánto he deseado una familia normal, un marido, hijos..., una situación estable. Tengo casi treinta años, Monique, no puedo esperar eternamente. Y ahora estoy sola... No tengo trabajo...

—Vas a tardar todavía un poco en alcanzar esa meta, esa es la verdad. Sea como sea, ¡no puedes casarte con el primer idiota con el que te encuentres! —explotó Monique.

Elena asintió. Un escalofrío la impulsó a abandonar aquel ambiente oscuro y frío.

—Tampoco estaba tan mal si aguantabas un par de cosas —contestó, mientras apagaba la luz y cerraba la puerta a su espalda.

Subió la escalera y al llegar arriba se percató de que se sentía de nuevo cansada.

—¿Como cuáles? El mero hecho de tener que comer todos los domingos con su madre... ¡Qué mujer más horrible! —Monique se estremeció—. Es esnob, ofensiva, ignorante... Solo pensar en ella me da escalofríos.

—¡A mí me lo vas a decir! Me lanzaba unas miradas...

—Yo habría salido corriendo. Te lo juro, me habría inventado algo. Pero, por Dios, ¿por qué estabas con él?

Como siempre, Monique era directa. Elena se sentó en el banco que estaba junto a la escalera. Necesitaba recobrar el aliento.

—Por los niños..., quería muchos hijos. Decía que para él eran lo más importante. Y yo deseaba un hijo. Además..., no sé..., me pregunto cómo pude no darme cuenta de la clase de hombre que era.

—Oye, ya está bien de hablar de él. ¿Qué hay de ti? ¿Has decidido ir a Grasse?

Elena cerró los ojos.

—No puedo, ahora no. No me apetece...

—Entonces, ¿qué te parecería venir a París? Mi puesto en Narcissus está vacante. Si Jacques supiera quién eres, te contrataría inmediatamente.

Monique se tumbó en la cama con la tarjeta de visita de Le Notre en la mano. Elena frunció el entrecejo.

—¿Qué dices? Venga, déjate de bromas. Estamos hablando de Narcissus, no de una perfumería cualquiera.

Su amiga se quedó callada un momento, pensativa.

—Suponiendo que pudieras ocupar el puesto, ¿vendrías? Podrías instalarte en mi antiguo apartamento. Está en el Marais, hay muchos italianos, veinte minutos de metro y te plantas en mi casa. ¿Qué me dices?

Su tono se había vuelto rotundo y ansioso, como si una idea hubiera adquirido poco a poco consistencia hasta convertirse en algo concreto.

—No sé, un puesto de trabajo como ese..., bueno, quiero decir... Y además, tendría que organizarme, cerrar la casa...

Monique se sentó en la cama.

—Vamos, Elena, piénsalo. Un trabajo en París, una nueva vida. El apartamento no está perfecto, desde luego, necesitará una mano de pintura, algunos muebles nuevos, pero será un gran cambio. Un ambiente distinto donde podrás volver a empezar desde cero. Para poner en orden tus cosas no necesitarás más de una semana o dos, ¿no?

Elena se puso de pie. A su alrededor, el silencio de la casa aumentaba la sensación de soledad que había empezado a sentir hacía unos días. La melancolía le cerró la garganta, pero se obligó a rechazarla. Imaginó París, las callejas estrechas del Marais, los edificios y los jardines floridos, los museos... Y además un trabajo... Podría mejorar, entrar de nuevo en el círculo que había dejado hacía un par de años, recuperar los contactos. Y si todo iba bien, podría volver a abrir la tienda. No enseguida, no..., quizá tardara un tiempo, pero lo haría.

En ese momento se dio cuenta de que aquello no eran más que ilusiones, no creía en ello de verdad. Eran como sueños, tal vez un poco más concretos, solo eso.

De pronto algo cambió en su interior. Fue un movimiento imperceptible, pero decidido. Era la voluntad.

¿Desde cuándo no decidía algo? Se dio cuenta de que en los últimos tiempos le había faltado la satisfacción que derivaba de haber decidido y hecho algo por sí misma, sin otra razón que cumplir sus propias expectativas.

Iría a París, quería ir, quería cambiar, quería y punto.

—Debo decir que... me parece una buena idea. Pero no estoy segura. No sé nada de las nuevas técnicas, no estoy al día.

Monique se acercó a la mesa donde se había quedado el envase del perfume indio.

—Compra el billete. De lo demás me encargo yo. Mándame un correo electrónico con el número de vuelo y déjame hacer a mí.

Colgó el teléfono. Después se acercó a la cara la *mouillette;* todavía conservaba un ligero perfume y lo aspiró lentamente. Después sonrió.

Sacó el móvil y marcó un número.

—Voy a enviarte un currículum —le dijo a Philippe.

7

*Helicriso. Dulce como la miel y amargo como la llegada
del alba cuando no ha habido reposo. Su perfume es intenso,
potente como la bondad. Hay que usarlo con moderación,
mezclándolo con fragancias delicadas como las rosas, capaces
de abrazar su sensibilidad. Une el corazón y la mente,
la pasión y la sensatez. Evoca la compasión.*

El Marais era uno de los pocos barrios que había conservado el carácter del París del siglo XVII. Fue el preferido por la aristocracia que optó por vivir junto a la corte real, en lugar de en su interior, y que había salido indemne de la Revolución y sobrevivido a las fantasías urbanísticas de Haussmann, a las inundaciones del Sena, que se había desbordado en las zonas más al sur de la ciudad, a los reyes y a Napoleón.

Elena vagaba entre las estrechas callejas, en busca del apartamento donde empezaría su nueva vida. Pese a la lluvia, había decenas de turistas que, con obstinación, seguían fotografiando, observando y buscando. Elena los había dejado en la Rue des Rosiers para adentrarse en el dédalo de callejuelas: allí el escenario cambiaba y uno creía estar en otro lugar, un pueblecito detenido en el tiempo.

Se paró junto al cartel de una *boulangerie* para consultar por enésima vez el trozo de papel donde había escrito la dirección: Rue du Parc-Royal, número doce. Continuó andando casi por inercia. De repente las ruedecitas de la maleta, a causa de la lluvia, dejaron de colaborar.

Mascullando un par de palabrotas, Elena dio un tirón de su equipaje antes de percatarse de que había llegado a su destino.

—¡Aquí estás por fin! —exclamó delante de un arco de piedra con el número doce grabado.

El arco estaba cerrado con una verja de hierro forjado. Se asomó, tratando de ver si al otro lado de los barrotes había algún mecanismo de apertura. Le caían gotas del pelo sobre la nariz y los labios; se pasó una mano por la cara e inspiró para animarse. Entre la oscuridad apenas iluminada por algunos conos de luz, consiguió entrever un jardín, unas bicicletas y un par de coches aparcados.

Monique le había dicho que no hacían falta llaves. ¿Se habría equivocado? Miró de nuevo el papel que tenía en la mano, lo estrujó, irritada, y se apoyó en la pared húmeda. Olía a ladrillos, a revoque y a cansancio. El mismo cansancio que notaba Elena en los hombros. El viaje desde Florencia no había sido fácil. El avión había despegado con retraso, no había encontrado taxi en el aeropuerto y había tenido que venir hasta el centro de la ciudad en autobús.

Con la ropa pegada al cuerpo y de pésimo humor, pasó revista de nuevo a todas las puertas y ventanas de la calle, yendo de un lado al otro bajo una lluvia cada vez más insistente que parecía querer calarla hasta los huesos. De pronto oyó un ruido imprevisto y se volvió. Alguien había accionado la apertura automática de la verja donde se había parado poco antes. Esperó un momento, observando con atención el coche que entraba en el patio interior. La verja se quedó abierta. Elena suspiró. Estaba empapada, cada ráfaga de viento la hacía temblar de arriba abajo y se sentía tentada de mandarlo todo a paseo y buscar un lugar donde resguardarse. Quería darse un baño caliente, y lo quería ya.

Apretó los dientes, decidida a sumergirse en una bañera en los diez minutos siguientes aunque se hundiera el mundo.

Arrastrando la maleta, entró en el patio. En la primera puerta de la derecha estaba grabado también el número doce. Una sensación de alivio la invadió. ¡Lo había encontrado! Un vacío en el estómago la empujó a darse prisa. Ya tendría tiempo de mirarlo todo al día siguiente. Se dirigió hacia la puerta; las ruedas de la maleta protestaban, como si también ellas estuvieran hartas.

—Hemos llegado —dijo para animarse.

Monique le había mandado un *sms*. Había pasado por la tarde, le había llevado algunas provisiones y había dejado la puerta entornada. En teoría, solo tendría que empujar con un poco de energía.

Con ambas manos sobre el portón, Elena hizo lo que le había indicado su amiga. Pero no sucedió nada. Una fina rendija dejaba pasar un olor intenso, a moho y cerrado, no desagradable, pero desde luego antiguo. Como si en el interior hubiera pilas de libros viejos, plantas y musgo.

Con los ojos cerrados y las palmas de las manos sobre la madera, Elena se encontró de improviso proyectada a otro mundo: el de los olores. Desde los restaurantes se elevaba el humo de los asados: pescado y verduras variadas a la brasa. Calabacines y pimientos. Y el glaseado de una tarta de chocolate. Sémola y pan recién salido del horno. El viento traía el perfume de los árboles, cedros con las hojas cargadas de lluvia, y de las flores: gardenias, aster, y el atrayente y delicioso aroma de las rosas; por último, el olor de un día difícil en el que no había hecho otra cosa más que viajar.

Impaciencia, cansancio y dudas. Y de pronto se produjo una explosión de colores: rojo, verde, morado. Abrió mucho los ojos. Las emociones la habían dominado. Las notó deslizarse por su interior como espirales. La acaricia-ban para después arremolinarse, concentrarse y estallar.

Debía detenerlas, debía dejar de sentir.

Empujó entonces con todas sus fuerzas. El portón se abrió de golpe, catapultándola hacia delante. Trató de re-cuperar el equilibrio estirando los brazos, con la respiración entrecortada. Profirió un grito cuando la oscuridad pare-ció engullirla, mientras su carrera terminaba contra un obstáculo y las rodillas le fallaban.

—¿Qué demonios...? —Un brazo robusto la agarró por la cintura, frenando su caída— ¿Todo bien?

Elena necesitó unos segundos para darse cuenta de lo que había pasado. Por suerte aquel hombre la había aga-rrado antes de que acabara en el suelo. Solo le hubiera faltado eso, pensó, un poco aturdida.

—Sí, gracias —murmuró.

Él no contestó. Elena se revolvió, nerviosa.

—Ya puede soltarme —le dijo, un poco violenta, mien-tras él seguía sujetándola.

El hombre la soltó de inmediato y se apartó.

—No quería asustarla —dijo con brusquedad.

Elena se aferró a la voz del desconocido, a la nota do-liente que había en el fondo de aquella frase. Las opresoras emociones de hacía un momento se habían disipado. Las sustituían otras, infinitamente más interesantes.

Había dolor en las palabras de aquel hombre. Un sufri-miento antiguo, injusto. Elena se preguntó por qué y sin-tió una inexplicable frustración al pensar que no podía obtener una respuesta. Quería conocerlo, quería saber. No era algo muy definido, se trataba más que nada de instinto.

—No lo veo —contestó, buscando su mano y agarrán-dose a él, sujetándolo fuerte como si quisiera consolarlo por aquel absurdo. No la había asustado, ¿por qué iba a haberlo hecho?

Agarrándole las manos con las suyas, se volvió para verle la cara. La luz de las farolas que entraba por el portón delineaba un cuerpo macizo, aunque lo dejaba en la sombra. Elena no conseguía distinguir sino una figura robusta. Era muy alto, de voz áspera, pero al mismo tiempo cortés, profunda.

—No me ha asustado —dijo, y le sonrió.

Él no contestó, se limitó a asir los dedos de ella, que no querían soltarlo. Elena sabía que era irracional, incluso absurdo. Pero en los últimos tiempos había dejado de actuar de forma razonable.

—Huele bien.

Aquella confesión fue un impulso, las palabras simplemente escaparon de sus labios. Nada más decirlo, se sonrojó. ¡Dios mío, parecía que quisiese ligar con él! Monique se habría sentido orgullosa de ella.

—Perdone, creerá que estoy loca. Pero he tenido un día horrible y la primera cosa positiva que me ha pasado ha sido su... salvación. Si usted no me hubiera sujetado, me habría caído al suelo, un final digno de este día tremendo. Estaba simplemente desconcertada porque la puerta se ha abierto de improviso...

—¿A qué?

Elena enmudeció.

—¿A qué... qué?

—Ha dicho que huelo bien. ¿A qué?

—Ah, vale. —Elena rio, un sonido ligero, aterciopelado—. Es una deformación profesional.

Pero él no reía, continuaba mirándola intensamente. Elena notaba aquella mirada sobre ella, percibía la importancia de aquella respuesta y de las palabras que aquel hombre, quienquiera que fuese, esperaba. De modo que se concentró y dejó que su olor le hablara, que le contara cosas que solo ella sabría percibir.

—Huele a lluvia y a frío, aunque también a sol. A palabras pensadas, a largos silencios y a reflexión. Huele a tierra y a rosas... Usted tiene un perro, es una persona amable que se para a ayudar a los demás y está apenado por lo que lleva dentro del corazón.

Otro largo silencio antes de que el hombre retirara la mano, casi de golpe.

—Tengo que irme. Deje la puerta abierta, la luz del vestíbulo no funciona. Tenga cuidado.

Se alejó retrocediendo poco a poco, sin apartar la mirada de ella. Y cuando llegó a la puerta, se volvió y salió.

Elena reprimió el deseo súbito de llamarlo. Con los ojos clavados en la entrada, apretó los brazos contra el pecho. Le entraron ganas de reír. Se había comportado como una loca. Había faltado poco para que le pidiera el número de teléfono. ¿Qué demonios había pensado? Se había agarrado a aquel hombre cuando... Bueno, en realidad, había sido él quien la había agarrado a ella. Siguió dándole vueltas al asunto, entre divertida y escandalizada por su comportamiento. No obstante, aquellas consideraciones no tardaron en ser barridas por las emociones que se agitaban en su interior. Levantó la cara y buscó de nuevo aquel olor. Era una promesa mantenida, era la dulzura de la confianza, la importancia y la responsabilidad juntas. Era acción y necesidad. Buscó en la noche, olfateando el aire, tratando de encontrar esa estela que iba desapareciendo. Pero, por más que deseara aferrarlo, se había desvanecido y le había dejado dentro una sensación casi de pesar.

Volvió atrás. Ya se había acostumbrado a aquella especie de penumbra. Parpadeó. El vestíbulo era amplio, los techos, altísimos. En un rincón, junto a una ventana, había una planta, probablemente un ficus benjamina. Un tramo de escalera llevaba a los pisos superiores. En la planta baja había una sola puerta con un felpudo, y parecía corresponder a la descripción de Monique.

Elena empujó la puerta, que tras una ligera resistencia se abrió, chirriando a duras penas. Así que ese era el apartamento. Buscó el interruptor y al encender la luz vio una amplia sala desnuda de altas paredes: alguien había intentado poner revoque sobre los antiguos ladrillos, inútilmente, en vista del resultado, y después se había conformado con aplicar pintura. Evidentemente, Monique no había conseguido convencer a la pared de que se dejara revocar, así que acabó pintándola. De uno u otro modo, siempre se hacía lo que ella decía. Le entraron ganas de reír.

Avanzó hasta el centro de la habitación. Las baldosas se movieron bajo la presión de sus pies. Frunció el ceño. Debían de ser viejísimas. Lamentablemente, algunas estaban arrancadas, amontonadas en un rincón, y debajo se entreveía un suelo todavía más antiguo. A su derecha había una ventana y una puerta que debían de dar a la calle principal, pero parecían herméticamente cerradas desde hacía años. Monique le había dicho que el apartamento lo había heredado su familia, pero ninguno de ellos había tenido intención de vivir allí, y de venderlo ni se hablaba, ya que había pertenecido al padre de Jasmine, Ismael Ahdad, emigrado de primera generación. El hombre había dedicado todos sus esfuerzos a comprarlo y Jasmine se sentía muy orgullosa. Pero, a pesar de eso, los Duval no apreciaban realmente aquel lugar. Monique lo había utilizado solo un par de meses al trasladarse a París y, en cuanto pudo, se mudó a otra zona de la ciudad.

Al final de la pared desconchada había una abertura, casi una cavidad. Elena se acercó. Una escalera ascendía hacia un piso superior que debía de albergar el dormitorio y el cuarto de baño. Presionó un viejo interruptor y un chorro de luz iluminó el descansillo, arriba.

Monique le había dicho que había comprado sábanas nuevas, un edredón y toallas. Y ella quería un baño y después una cama.

Empezó a subir los peldaños y, una vez que hubo llegado al piso superior, miró a su alrededor. Había tres estancias: un pequeño salón con cocina, un cuarto de baño y un dormitorio. Pocos muebles, libros amontonados acá y allá. En la cocina había algún electrodoméstico viejo, un aparador de formica rojo, tres sillas y una mesa sobre la que descansaba una bolsa de plástico, de la cual salía un olor delicioso.

—Dios te bendiga, Monie —masculló, rebuscando dentro. Mordió un trozo de *baguette* y siguió explorando la casa.

A través de las ventanas abiertas, una brisa ligera traía otros olores, ruidos, la voz de una ciudad que Elena estaba impaciente por volver a ver.

Debería llamar a Monique, decirle que había llegado. ¿Dónde había puesto el móvil? ¡Ahí va! ¿Y el bolso?

Miró a su alrededor, nerviosa, bajó la escalera y, cuando lo vio al lado de la puerta, suspiró aliviada. La maleta también estaba allí. De pronto se acordó de que había dejado sus cosas fuera. ¿Las habría llevado dentro el desconocido con quien se había topado al llegar?

Al pensar en aquel hombre lanzó un suspiro. A saber quién era. ¿Un vecino quizá? La idea le gustó.

Se había sentido bien junto a él. Y eso la dejaba un poco perpleja. Nunca le había sucedido nada semejante. Nunca había abordado a nadie hasta entonces.

Cerró la puerta y volvió al piso de arriba. Mientras se sumergía en la bañera llena de agua caliente, se sintió entusiasmada y excitada.

Por un instante Matteo asomó a su mente, pero lo echó de allí enseguida. Tenía demasiadas cosas que hacer y organizar. Estaba ocupada planificando su nueva vida. No tenía tiempo de rumiar sobre su pasado.

—Estoy demasiado ocupada amando para tener tiempo de odiar —susurró, recordando una frase que circulaba cíclicamente en Facebook.

Aunque no era del todo verdad. Había pasado momentos en los que habría querido arrancarle los ojos a Alessia y apuñalar a Matteo. No obstante, el concepto era muy interesante y decidió que se atendría a él lo máximo posible: llenaría sus días de cosas bellas.

Los pensamientos se sucedían en su mente, se encontraban para luego separarse e ir en nuevas direcciones.

Relajada y hambrienta, Elena salió de la bañera. Y cuando, después de haber comido, se metió en la cama, le pareció que era casi feliz.

Cail observaba fijamente la rosa que unos días antes había protegido de la lluvia.

Ahora, sus pétalos se habían abierto. En los bordes brillaban perlitas en espera de unirse unas con otras y caer al suelo, como lágrimas. Un leve perfume de manzana y té era todo lo que despedía aquella flor. Demasiado poco, demasiado común, apenas pasable. Era bonita, eso sí, armoniosa. No había previsto que, llegada a la maduración, la rosa tendría esa forma de cáliz. No había dado ningún indicio antes de abrirse. Pero eso no cambiaba nada. Rosa confite, con un corazón de albaricoque.

Es cierto que al final no había sido un trabajo desperdiciado. Sus clientes alemanes lo incluirían en su catálogo sin problemas. Se lo pagarían bien y luego cobraría los *royalties*.

Se metió las manos en los bolsillos. Mientras subía la escalera, pensó en la chica con la que se había encontrado en la entrada. Por el acento, parecía italiana. Le había dicho que olía a lluvia. Repasó sus palabras, haciéndolas rodar por su mente, repescándolas y sopesándolas, hasta que *John* salió a su encuentro y se restregó contra él. Notó una agradable sensación de calor, sonrió a su perro y le acarició el pelaje.

—¿Cuántas veces te he dicho que eres un perro, no un gato?

Por toda respuesta, *John* le lamió la mano.

Cail sonrió.

—¿Tienes hambre? Ven, entremos en casa.

El apartamento que Cail había alquilado formaba parte de los locales que tiempo atrás estuvieron destinados a los mozos de las cuadras del antiguo palacio. Se accedía a él por una escalera interior que compartía con los demás inquilinos y que acababa en una azotea. Había tenido que pagar un suplemento para disponer libremente de ella, pero valió la pena. Después de haber colocado alrededor una celosía de madera, había plantado una *Banksiae lutea*. En dos años, la planta, con sus largas ramas sin espinas, había tomado posesión de todo el espacio disponible, cubriendo el enrejado y protegiendo el espacio. Florecía una sola vez al año, en ramilletes perfumados que duraban unas semanas. En esa zona resguardada, Cail cultivaba rosas especiales: las madres, o sea, las plantas que después utilizaba para desarrollar su trabajo. Un pequeño invernadero de nailon, en el centro de la azotea, contenía los jóvenes híbridos por los que apostaba para encontrar nuevas variedades de rosa. Alrededor, todo estaba organizado y dispuesto en perfecto orden: útiles, tierra vegetal, abono. Junto a la entrada de la vivienda estaba la caseta de *John*.

Con el perro pisándole los talones, Cail entró en casa, encendió las luces y fue a la cocina. Cortó unas verduras en rodajas, las echó en una sartén con un poco de aceite de oliva y añadió un diente de ajo y un par de hojas de albahaca.

Escogió un CD, lo sacó con cuidado del estuche y lo introdujo en el lector.

Tumbado en la alfombra de la sala de estar, *John* dormitaba perezosamente con un ojo puesto en Cail. Cuando este salió a la azotea, después de haber limpiado la cocina y metido los platos en el lavavajillas, lo siguió hasta la entrada y allí se detuvo.

El aire era frío, cortante. Las nubes se habían deshilachado y permitían a un puñado de estrellas brillar. Cail las miró un momento mientras el piano de Ludovico Einaudi apaciguaba sus pensamientos. Al cabo de unos minutos decidió que, en cualquier caso, valdría la pena. Entró en el apartamento y salió de nuevo a la azotea cargado con un largo cilindro metálico. Lo colocó sobre un soporte y lo ajustó. Unos instantes después, mientras estaba inclinado sobre el telescopio, su mundo se volvió remoto, negro y, en cierto modo, brillante.

–¿Lo encontraste todo? La compra, las sábanas... ¿Has dormido bien?

–Sí, tranquila. Lo encontré todo y he dormido como un tronco. Pero, oye, ¿cuántos años tiene este edificio?

Monique suspiró.

–Es muy antiguo, creo que tiene dos o tres siglos. Pertenecía a un noble que perdió la cabeza.

–¿Por una mujer?

–No, en la guillotina.

Elena se estremeció.

–¡No tiene gracia!

–No pretendía ser graciosa. ¡Son los hechos, yo no tengo la culpa! Es todo lo que te puedo decir... Piensa que es solo para unos meses, y además, las dependencias señoriales se encuentran en otra ala de la residencia. No hay ningún espíritu errante en esa parte de la casa, te lo aseguro.

—¿Por eso prefieres pagar un alquiler en vez de vivir en tu casa? ¿Todavía no has superado el miedo a los fantasmas?

Monique resopló.

—¡No seas tonta! Lo que pasa es que no me gusta el ambiente que hay allí. Pero bueno, a lo que iba, en cuanto te hayas instalado, buscaremos algo más adecuado.

—No, me gusta esto, en serio. Además, por ahora preferiría dejar las cosas como están. Digamos que me he tomado unas vacaciones. No me apetece hacer planes a largo plazo. Si encuentro trabajo, quizá me quede en París, Monie. Si no, me vuelvo a Florencia.

Silencio. Monique aún no tenía ninguna noticia segura que darle. Philippe no le había dicho nada respecto a la selección y ella no quería llamar a Jacques. Estaba segura de que, entre sus conocidos, antes o después le encontraría a Elena un trabajo decente, pero eso no era suficiente. Monique siempre había admirado a su amiga, no pensaba permitir que un talento como el suyo se desperdiciara. Narcissus era el sitio perfecto. Tenía que encontrar la manera de convencer a Jacques.

Dejó escapar un largo suspiro antes de decir:

—Vale, relájate. Paso a buscarte esta noche. ¿Qué te parece a las siete?

Elena se desperezó, todavía envuelta en el edredón de plumas de oca.

—Perfecto.

—¿Por qué no sales un poco? En el Marais hay de todo. Ve a la Rue des Rosiers, cómprate algo de comer y tómatelo por la calle, tiene un sabor distinto, ya verás.

Elena lo pensó un momento y asintió:

—De acuerdo, hoy iré de turista —contestó, a la vez que observaba la luz pálida de la mañana que entraba por las ventanas sin cortinas–. Nos vemos a las siete, entonces. Que tengas un buen día.

Colgó y se incorporó para sentarse. Un repentino retortijón le arrancó un gemido. Se tapó la boca con una mano y se levantó a toda prisa. Se quedó de rodillas junto al retrete incluso después de haber dejado de sentir arcadas. Después se mojó la cara y se metió en la ducha.

¿Qué demonios me pasa?, pensó. A lo mejor la noche pasada se le había metido el frío en el cuerpo. Tenía el estómago revuelto. Se le habían pasado las náuseas, pero unos fuertes retortijones seguían atenazándole el estómago, como si llevara días sin comer.

Abrió el grifo y se metió bajo el chorro de agua caliente. Diez minutos después, mientras se secaba el pelo, decidió que de todas formas saldría. Podía comer en uno de los bares a los que les había echado el ojo el día anterior. Después compraría aspirinas o algo parecido. Escogió unos vaqueros cómodos, una camisa de lino blanca y un jersey corto rojo. Se dejó el pelo suelto, se puso crema hidratante en la cara y un poco de rímel en las pestañas. Después decidió darse también colorete.

—En honor a París —le dijo al espejo.

Con el bolso al hombro, bajó las escaleras. Mientras cruzaba el salón en dirección a la puerta, imaginó cómo podría quedar el apartamento si lo arreglaba. Y se sorprendió. Esos pensamientos eran de alguien que quería quedarse, organizar y crear. Era una sensación curiosa, casi de entusiasmo.

No hagas planes a largo plazo, no te conviene en absoluto, se reprendió, y cerró la puerta a su espalda.

A la luz del día, el vestíbulo del edificio le pareció muy similar a tantos otros. Quizá únicamente un poco más oscuro. Las ramas de una tupida planta actuaban de pantalla delante de la única ventana. El techo era abovedado.

Elena llegó al portón y, cuando el batiente se abrió sin ninguna dificultad, frunció el ceño. No creía que hubiera desarrollado una fuerza extraordinaria durante la noche; no, esas bisagras habían sido engrasadas.

¿A las ocho de la mañana?, se preguntó. Asombroso. Un servicio de mantenimiento realmente eficiente.

Se disponía a salir cuando un pensamiento le pasó por la mente. Alargó la mano y pulsó el interruptor. La luz blanca del plafón se encendió. La miró unos instantes y la apagó. Mientras salía, una sonrisa le iluminaba el semblante. Había sido él. No podía estar del todo segura, pero estaba dispuesta a apostar que sí.

Cuando se encontró en el exterior, le pareció haber retrocedido en el tiempo. Un jardín a la italiana ocupaba la parte central del gran patio, con parterres divididos en zonas de diversos colores. Las hojas de los árboles, todavía mojadas, goteaban sobre los niños que se perseguían por los senderos de aquella curiosa creación. Siguió mirando a su alrededor con una mezcla de alegría y estupor. Si a lo largo de todo el perímetro no hubiera habido puertas con diferentes números, habría pensado que se encontraba en el interior del patio de un castillo.

Se entretuvo unos minutos mirando a los niños, sin prisa, desentendiéndose deliberadamente de las miradas curiosas de un grupo de señoras que hablaban entre sí. Al parecer, se había convertido en el tema de las conversaciones de esa mañana. Y si antes esa situación la habría incomodado, ahora no podría importarle menos.

El cielo estaba límpido, franjas de azul cobalto destacaban entre las hileras ordenadas de tejados. Aire frío, aromas de una mañana que apenas había empezado, galletas, pan recién hecho, café. Tenía hambre.

Entró en un bar al final de la Rue des Rosiers y comió con apetito. Le hizo gracia descubrir, al pagar la cuenta, que Antoine, el propietario, era en realidad un tal Antonio

Grassi, nacido en Nápoles, donde había vivido hasta hacía unos meses.

—Vuelva por aquí, *signurì, che 'o cappuccino bono comme chisto, nun lo fa nisciuno a Pariggi.**

Continuó paseando por las calles del barrio procurando no alejarse demasiado, perdiéndose y orientándose de nuevo. Era reconfortante aquel caminar sin una meta concreta, sin horarios, sin nadie a quien avisar o a quien tener en cuenta. Se sintió ligera, profunda y totalmente libre. Podía hacer lo que quisiera, podía pararse, mirar el cielo, el río o los escaparates hasta que se cansara. Nadie la juzgaría, nadie la conocía. Era como si de pronto alguien hubiera soltado el hilo del globo que era su vida.

Por primera vez no le pesaba estar sola. Elena se dio cuenta de que la urgencia de tener a alguien al lado ya no era tal; es más, ni siquiera era una necesidad.

Por primera vez estaba bien consigo misma.

---

* En dialecto napolitano, «señora, que un capuchino tan bueno como este no lo hace nadie en París». *(N. de la T.)*

8

Rosa. Esencia difícil de obtener, dulce y leve, es el símbolo
del amor, de los sentimientos y de las emociones.
Favorece la iniciativa personal y las artes.

*H*ola, *cariño. He leído el currículum de tu amiga, hablamos*
de eso cenando, si sigues pensando en proponerla para ocupar tu
puesto. Reconozco que me parece interesante, pero no hay que
olvidar que Narcissus no es una oficina de empleo. Tendrás que con-
vencerme. Prepárate.

Era la tercera vez que Monique escuchaba el mensaje
que Jacques le había dejado en el contestador automático.
La rabia fluía en su interior a oleadas, se encrespaba, se
calmaba y volvía a empezar.

Jacques le enviaría el coche esa noche. Había sido con-
vocada... ¿Cómo se atrevía a tratarla de ese modo?

Inspiró y espiró. Luego, con el bolso en la mano, salió.

Pues claro que lo convencería, de eso no cabía ninguna
duda. ¡Vaya que si lo convencería!

–¿*E*stás preparada? Te llevo a cenar fuera, quiero presen-
tarte a una persona –dijo Monique al entrar en el apartamento.

–Creía que estaríamos solo nosotras dos –contestó ella,
y le dio un beso–. ¿Me equivoco o estás de un humor de
perros?

Monique la miró.

—Perdona, no me hagas caso. Es que Jacques consigue que me entren ganas de matar a alguien. Sé que te había prometido una salida de chicas, pero es importante, se trata de tu futuro trabajo.

Elena sostuvo la mirada de su amiga.

—No estoy muy segura de que sea una buena idea obligar a tu jefe, o exjefe, para ser precisos, a contratarme. Sobre todo ahora que entre vosotros no hay una relación demasiado amistosa.

—¿Desde cuándo eres tan... perspicaz?

Elena intuía que lo que Monique quería decirle era algo muy distinto. Así que no hizo caso de la provocación y decidió aclarar su posición.

—No me malinterpretes, te estoy muy agradecida por todo lo que estás haciendo, pero estoy bastante segura de que conseguiré encontrar un trabajo por mi cuenta.

—Nunca he afirmado lo contrario —precisó, ofendida, Monique—. La cuestión es que tienes un gran talento y no creo que encerrarte en una cocina y hacer de pinche sea la mejor elección.

—¿Y quién te ha dicho que es eso lo que pienso hacer? —replicó Elena con sequedad.

Se dio cuenta de que el tono era más áspero de lo que habría querido. Sobre ellas se abatió un silencio incómodo.

—¿Por qué estamos discutiendo? —le preguntó Monique de pronto.

Elena suspiró.

—No tengo ni idea. En cualquier caso, discutir en la entrada no es buena idea, pasa, dentro nos pelearemos mejor —dijo, y cerró la puerta.

Monique se echó a reír y la besó otra vez.

—Perdóname, cielo, tienes razón, estoy de pésimo humor. Pero tengo un plan, ¿sabes?

Su rostro se iluminó y Elena se encomendó a todos los santos.

—No me lo cuentes —masculló—. Miedo me da oírlo.

—¡Tonterías! Escúchame bien... El perfume que escogiste ha hecho que se muera de curiosidad, él quiere tenerte, aunque moriría antes que admitirlo. Tú necesitas el trabajo, no para sobrevivir, desde luego, sino para preparar tu futuro. Piénsalo, Elena, quizá un establecimiento exclusivamente tuyo, donde seas tú quien lo decida todo, desde la disposición del mobiliario hasta las relaciones con los clientes. Moderno y luminoso, como tú querías. Y contarás con un pasado en Narcissus. El éxito estará prácticamente garantizado.

Elena escuchaba a su amiga en silencio.

—No soy tonta, Monie, y probablemente la idea de trabajar en esa tienda es lo que al final me ha decidido a venir a París, pero no puedo permitir que te rebajes a hacer tratos con ese hombre, ¿comprendes?

Monique se encogió de hombros.

—No hará falta. Te llevo conmigo esta noche y él se dará cuenta de que sería una locura dejarte ir.

Planteado así, parecía muy fácil, pero Elena había sufrido mucho en los últimos tiempos. El entusiasmo de Monique no la convencía lo más mínimo. Por lo que le había contado, el tal Jacques era un hombre sagaz. No se dejaría manipular. Movió la cabeza.

—Debería haber imaginado que sería más complicado de lo previsto. Quizá podría buscar algo en otro sitio. Narcissus no será la única perfumería de París, ¿no?

No tenía intención de rendirse, pero no permitiría que Monie acabara metida en una situación desagradable a causa de ella.

—No, pero es la idónea. Narcissus crea, Elena, no se limita a vender vulgaridades. Tú eres lo que Jacques está buscando y él tiene todo lo que tú necesitas.

—No sé...

Monique había llegado al límite de su paciencia. Se puso a andar de un lado para otro, nerviosa, buscando las palabras apropiadas para convencer a Elena de que le hiciera caso. Se pasó las manos por el pelo y, de pronto, lo que había guardado dentro de sí durante años salió afuera atropelladamente.

—¿Será posible que no lo entiendas? ¡Daría cualquier cosa por ser como tú, pero no tengo el don que tú tienes! Debo adaptarme, debo conformarme con mi mediocridad. No puedes echar por la borda todo lo que sabes. ¡Yo haría lo que fuera por ser como tú!

Elena abrió los ojos como platos.

—Oye, ¿se puede saber qué has bebido? ¿Qué ideas tan absurdas te has inventado para decir semejante tontería? ¿Estás ciega o qué? ¿Tú me has visto? Y además, debes de tener amnesia. ¿No te acuerdas de que hace un par de semanas prácticamente estaba hecha una piltrafa y me ofreciste una nueva vida en París?

Ahora, Elena estaba enfadada de verdad.

Hacía tanto tiempo que Monique no la veía tan viva que se quedó impresionada.

—Eso no tiene nada que ver. Necesitabas cambiar de aires, nada más. Tú habrías hecho lo mismo por mí.

—No puedo creerlo —replicó Elena, alzando los ojos al cielo. Luego estrechó una mano de Monique entre las suyas—. Hay cosas que debo hacer por mí misma, yo sola. No puedo dejar que libres mis batallas, Monie, ¿lo entiendes? —le dijo con dulzura tras un largo silencio.

—Pero yo no quiero hacer eso. No me malinterpretes, Elena: en Narcissus hay un ambiente competitivo, todo lo que consigas tendrás que ganártelo con uñas y dientes. Aunque Jacques te contrate, serás tú quien tenga que hacer todo lo necesario para conservar ese trabajo.

Las amigas se miraron. Aunque Elena consiguiera el trabajo, todo dependería de ella, de su voluntad. De cuánto creyera en esa idea. Algo que hasta hacía un mes habría sido inconcebible para ella y que ahora, en cambio, se sorprendía deseando. Qué extraña es la vida, pensó.

—Si dejas escapar esta oportunidad, cometerás un gran error —la apremió Monique.

Era verdad. Ambas lo sabían. Sin embargo, le costaba reconocerlo. Demasiadas emociones juntas, demasiadas cosas que valorar desde una perspectiva distinta.

Monique suspiró y decidió cambiar de tema, al menos por el momento; hacía falta una tregua para que ambas se calmaran un poco.

—Este sitio es horrible, *maman* debería decidirse a deshacerse de él —dijo, mirando a su alrededor.

—A mí me gusta. ¿Recordabas que la ventana y la puerta que dan a la calle tienen barrotes y un candado enorme? Como si alguien hubiera querido aislarse del mundo entero.

Monique se volvió y abrió la boca para contestar, pero optó por negar con la cabeza y se dirigió a la cocina.

—Esos perfumes que has encontrado en el estudio de tu abuela, ¿los has traído? —le preguntó, acariciando un ramo de tulipanes que Elena había comprado en el mercado—. Es increíble cómo una flor y un mantel pueden volver un ambiente acogedor —susurró.

La cocina era la misma de siempre, pero Elena la había limpiado de arriba abajo y había puesto algunos adornos que debía de haber encontrado en el trastero.

—Sí, y también he traído el diario de Beatrice.

Monique abrió los ojos como platos.

—¿En serio? ¡Fantástico! Con él podrías hacer un montón de dinero. ¿Te das cuenta de lo que significaría recuperar perfumes de hace siglos? Tendrías una línea única en su género y absolutamente auténtica. Nadie podría hacerte la competencia.

–No lo creo. Los gustos de la época eran diferentes. Es un poco como los perfumes de los años sesenta, ¿quién se los pondría hoy?

–Bastante gente –le respondió Monique mientras seguía curioseando–. Chanel N.º 5 es de 1921.

–Pero eso fue una innovación histórica –protestó Elena–. Se utilizaron por primera vez los aldehídos para potenciar un perfume. Continúa siendo un clásico. Nadie podría calificarlo de obsoleto.

–¿Y qué me dices de Shalimar o Mitsouko de Guerlain? Sabes mejor que yo lo actuales que siguen siendo. En última instancia, depende de ti renovar esas composiciones. ¿Crees que sería muy difícil?

No, no lo era. Aunque había sido Monique la que había sacado el tema, en Florencia Elena había empezado a pensar en las posibles variantes de los perfumes creados por las Rossini, y la idea de reanudar la actividad ya no le había parecido tan penosa y forzada. Cambiaría esos perfumes, claro. No sabía cuánto y cómo los transformaría. Era aún algo indefinido. Pero empezaban a representar un reto.

–Cuanto más particulares y difícilmente reproducibles sean los perfumes, más los querrá la gente. Y estará dispuesta a desembolsar un montón de dinero –continuó Monique.

–¿Tú crees? No sé... –murmuró Elena, pensativa.

–Pues yo estoy segura. Y en cualquier caso, el diario tiene un valor enorme, tanto desde el punto de vista histórico como empresarial. Resolverías todos tus problemas.

Era verdad. Aquellas fórmulas debían de valer un dineral. Eran infinitamente valiosas, eran su herencia.

De pronto, Elena se notó la boca seca.

—Cuando estábamos juntos, Matteo quería que vendiera la casa. Pero siempre me negué. —Hizo una pausa y se sentó—. No tengo intención de vender, Monie —le dijo, mirándola a los ojos—. No sé por qué de repente mi vida está patas arriba, ni por qué lo que he deseado hacer durante años, es decir, librarme de los perfumes, de las Rossini y de sus obsesiones, ahora está fuera de discusión. Solo sé que es así.

Monique pareció reflexionar sobre las palabras de Elena y acabó por asentir.

—Creo que es normal tener apego a las propias raíces, al propio pasado. Mira a mi madre. Siempre odió con toda su alma este sitio, y ahora no es capaz de desprenderse de él. Parece que ignoramos lo que tenemos, incluso llegamos a detestarlo. Pero después algo cambia. En el fondo, la vida es cuestión de perspectiva.

En una mujer decidida como Monique, la capacidad de detenerse y escuchar podía parecer un contrasentido. A Elena, en cambio, siempre le había gustado ese aspecto del carácter de su amiga. Le había permitido sentirse a gusto con ella. Pese a su agresividad, Monie sabía cuándo frenar y concederle el espacio que necesitaba para expresarse.

—Me temo que es algo más complicado —susurró Elena estirando los brazos por encima de la mesa. Luego se puso de pie—. No te he ofrecido nada. ¿Te preparo un poco de té?

Monique negó con la cabeza.

—Siéntate y termina de hablar.

Elena se había puesto nerviosa, pero obedeció suspirando. Probablemente hablar le serviría para poner orden en aquel caos en que se había convertido su mente.

—¡No quería ser perfumista, tú lo sabes! —exclamó al cabo de un momento. Miraba a su amiga con el ceño fruncido y los labios temblorosos—. La búsqueda de ese maldito Perfume Perfecto de las Rossini y los perfumes en general —dijo— siempre han sido una fuente de dolor para mí. Y se diría que ahora esa aversión, la rabia que llevaba dentro, simplemente ha desaparecido. ¿Te das cuenta? Es incoherente, me hace sentir como una persona que no sabe lo que quiere.

La indignación de Elena era tan patente, tan profunda y totalmente carente de lógica que a Monique le arrancó una sonrisa.

—No crees lo que dices. Ya hemos hablado muchas veces de esto. Tu problema no son los perfumes, sino la obsesión de unas mujeres que no tenían nada en la vida y decidieron llenar ese vacío con lo que creían que les daría prestigio y riqueza. El error estaba en ellas, no en los perfumes. Tú has heredado un don especial, pero no necesariamente su maldición.

Elena negó con la cabeza.

—No es tan simple. ¿Sabes que lo primero que me llama la atención cuando veo a una persona es su olor? ¿Te das cuenta? ¿Y qué me dices de las emociones? ¿Te parece normal llorar ante la armonía de un *bouquet,* o no descansar hasta no haber conseguido identificar todos los elementos que componen un *mélange?* ¿Asignarle a toda costa un color, escucharlo mientras te habla a través de su esencia? Monique, me parece que soy una pobre loca.

—Una loca... ¿Te refieres para la gente común? Seguramente sí, Elena. Todos estamos un poco locos, ¿no crees? Pero recuerda que pocos poseen tu sensibilidad, tus capacidades olfativas. Y todavía son menos los que han tenido el privilegio de haber sido iniciados en el arte de la perfumería como se hacía antes, con la mente, con el corazón y con toda el alma. No puedes cuadrar un círculo. ¿Por qué no intentas dejarte llevar? Escucha tus emociones y pasa de los demás. Por otro lado, ¿quiénes son los demás para ti?

En efecto, ¿quiénes eran los demás? Su abuela, que la había querido en virtud del puesto que ocuparía un día.

Su madre, que la había abandonado para vivir junto a un hombre que no podía soportarla. Matteo y sus mentiras. Se pasó una mano por los ojos como si quisiera borrar las huellas de cansancio y, tras un instante de silencio, buscó la mirada de su amiga.

—He soñado con la tienda —susurró de improviso—. Estaba justo aquí, en el piso de abajo. Y era preciosa, en tonos crema y rosa palo. Pequeña, con el mostrador de madera y cristal, una mesa, un pequeño sofá donde poder conversar y varias lámparas.

Monique sonrió. Ni en un millón de años lograría encontrar bonito ese lugar. Jasmine no le había contado mucho de su infancia, pero ella intuía que su madre había sido muy infeliz y eso le bastaba.

—Entonces, demos el primer paso hacia la realización de tus sueños, Elena.

No era el Ritz, desde luego, aunque ningún restaurante estaba a la altura del local donde Jacques había reservado mesa. En todos los sentidos, ya que el Jules Verne se encontraba en la planta superior de la Torre Eiffel.

Ya al pie de la torre, Elena miraba alrededor ávida de detalles; caminaba despacio, intentando perderse lo menos posible, pero era difícil. Sonidos, imágenes, luces y perfumes. Era un conjunto extraordinario y ella quería verlo todo, sentirlo todo. Inspiraba lentamente, en pequeñas dosis, buscando entre los perfumes los detalles que en el pasado habían sido para ella fuente de malestar y dolor y que ahora, en cambio, completaban la percepción de lo que la rodeaba. Y era verdaderamente una sensación extraña, porque ella conocía París, había estado de pequeña con su madre, pero ahora le parecía una ciudad distinta.

—Santo cielo, Elena, prometo traerte otro día para ver el panorama, pero ahora tenemos que irnos.

—Pero ¿cómo es posible no hacer caso de todo esto? —protestó.

Monique no dijo nada, se limitó a asirla de la mano y arrastrarla. Y ni siquiera la soltó una vez dentro, porque temía que a Elena se le ocurriera subir por la escalera. ¡Con todos aquellos peldaños! No, ni hablar. No tenía ningunas ganas de presentarse ante Jacques acalorada. Había necesitado horas para tranquilizarse. Se había vestido y maquillado con esmero porque esa noche tenía intención de imponerse. No le concedería la más mínima ventaja. Quizá tuviera el corazón destrozado, pero eso era un asunto exclusivamente suyo. Jacques no debía saberlo. Al verlo, Monique se obligó a sonreír.

—Míralo, es aquel que está sentado a la mesa de la esquina.

Elena dirigió la mirada hacia donde le indicaba Monique hasta que vio a un hombre elegante, que contemplaba las vistas.

—Es muy atractivo.

—Algunas serpientes también lo son.

—Oye —dijo Elena evitando sonreír—, no parece que haya reservado para tres. Quizá es mejor que me vaya.

—No te atrevas a moverte —la amenazó Monique—. Todo esto empezó en Florencia con el perfume que elegiste para él. Bien, él ha tenido lo que quería y ahora tú tendrás el puesto que te mereces. Se trata de negocios, Elena, ni más ni menos.

A decir verdad, Elena no estaba muy convencida de la bondad de aquel razonamiento. Pero sentía curiosidad por ver cómo iba a acabar aquel asunto, aunque tenía la vaga impresión de que, antes de llegar al final de la velada, Jacques se arrepentiría de unas cuantas cosas. Monique apretaba los puños y vibraba de cólera.

—¿Sigues enamorada de él?

La pregunta afloró a los labios de Elena antes de que le hubiera dado tiempo a pensar. Lo suyo no era simple curiosidad, quería comprender. Por ejemplo, ella ya no se sentía trasportada cuando pensaba en Matteo. Y eso la desconcertaba profundamente.

Monique siguió mirando a Jacques.

—Sí, pero a mi pesar. Es como una maldición, ¿sabes? Quisiera no amarlo, quisiera que desapareciese de mi vida. Y luego, cuando no lo veo, quisiera que estuviese conmigo abrazándome. ¿Creías que eras la única loca del mundo? Bienvenida al club, cariño. Deja que sea yo quien dirija la conversación, ¿de acuerdo?

No, no quería.

—Ni hablar, si me quedo, debo actuar por mi cuenta.

Elena no dijo nada más. No hizo falta. La expresión resuelta de su mirada convenció a Monique de que no se pasara de la raya, de que le dejara el espacio que necesitaba. Estaba bajo presión, pese a las sonrisas y el ahínco con que lo hacía todo. Estaba pálida y las ojeras hablaban de noches de insomnio, de soledad. Elena era una mujer que se estaba buscando a sí misma, y lo hacía a marchas forzadas.

Monique bajó los ojos, suspiró y asintió.

—Está bien, pero de todas formas estaré a tu lado, ¿vale?

—Claro, pero seré yo quien me las vea con él.

Era importante para Elena, era fundamental ser ella quien hablase con Jacques Montier. Sentía la necesidad de encontrar un espacio, de actuar. Había permanecido demasiado tiempo al margen, observando y dejando que fueran los demás los que tomaban sus decisiones. Y el resultado no le gustaba, no le gustaba en absoluto. Quizá había sido la conciencia de lo insensato de una actitud como esa, o quizá la soledad en la que había vivido durante las últimas semanas, lo que le había dado fuerzas para reaccionar; en todo caso, había decidido cambiar, y

113

eso significaba negociar ella misma su futuro. Iba a añadir algo, pero Jacques las había visto y se había acercado a ellas.

—Buenas noches, Monique, supongo que tu amiga es Elena Rossini.

—Sí, como ves, vengo preparada. Pensabas proponerle que trabajara para ti cuando me has dejado ese mensaje, ¿no?

Elena abrió los ojos como platos y se tapó la boca con una mano, disimulando una carcajada con un golpe de tos. Monique había tirado a matar. Decir que estaba furiosa con aquel hombre era un eufemismo.

Pasó una fracción de segundo más de lo necesario antes de que el semblante severo de Jacques se distendiera en una sonrisa.

—Por supuesto. Encantado de conocerla, *mademoiselle*. El perfume que Monique trajo de Florencia es muy interesante. La felicito por la elección. Hemos decidido comercializarlo nosotros aquí.

Le estrechó la mano y la retuvo un instante entre las suyas.

—Estupendo —contestó Elena con una sonrisa un poco titubeante. No se esperaba tanta galantería. Ese Jacques sabía cómo comportarse con las mujeres.

Mientras las acompañaba a la mesa en la que un camarero se había apresurado a añadir un cubierto, Elena empezó a comprender por qué Monique estaba tan cautivada por aquella relación. Jacques Montier emanaba una energía y una seguridad en sí mismo tales que intimidaba a cualquiera. Una mujer se sentiría protegida por ese modo de actuar. O quizá oprimida.

Instintivamente, retrocedió para evitar el contacto con él, incluso cuando tuvo la amabilidad de apartarle la silla para que se sentara. Y luego percibió el olor de su cólera. Era acre y estaba bien escondido bajo el delicado aroma de la madera de roble, la base del perfume que llevaba. Y había algo más: desconfianza y tal vez una pizca de curiosidad. Olía a resina, penetrante y balsámica. Elena se preguntó si Monique también notaría aquel olor, tan intenso y casi repulsivo. Después siguió la mirada del hombre y vio que estaba fija en su amiga. Esos dos tenían aún muchas cosas que decirse, pensó.

—El perfume que eligió es exactamente lo que buscaba, *mademoiselle* Rossini —prosiguió Jacques después de haber indicado que sirvieran el menú—. ¿Tiene una formación específica o se ha tratado de una intuición afortunada? —preguntó en el mismo tono sosegado, con los ojos clavados en ella y escrutándola con frialdad.

Elena se obligó a sostener aquella mirada penetrante. No tenía ninguna intención de dejarse intimidar. El corazón le latía muy fuerte y tenía la impresión de estar de más. La tensión entre Jacques y Monique parecía crepitar en el aire.

Se aclaró la voz y empezó a explicar:

—Intuición..., no. No se trata de eso...

Pero, antes de que pudiera explicarse mejor, Jacques tomó de nuevo la palabra:

—La mezcla es equilibrada, no hay brusquedad, sino una armonía acogedora, y sin embargo, la composición tiene una nota chispeante. —Esta vez el tono era duro, las palabras habían sido escogidas con cuidado—. Se necesitan conocimientos específicos para elegir un *mélange* de ese tipo. Vayamos al grano, *mademoiselle,* ¿qué preparación tiene?

La pregunta quedó un instante flotando entre ellos. Era algo muy distinto lo que Jacques quería saber o, mejor dicho, establecer. Elena tradujo mentalmente lo que le había preguntado de verdad: «¿Por qué tendría que contratarla para mi tienda?». No lo había dicho abiertamente, eso no. Pero el tono despreciativo de su voz y la expresión de su semblante valían más que mil palabras. Alternaba cortesía con dardos poco amables. En realidad, estaba jugando una partida de ajedrez. Y Elena sospechaba que no era ella la adversaria sobre la que Jacques quería triunfar.

A la espalda del hombre, la noche parisina parecía un estallido de color. Elena la contempló mientras decidía qué decir. No era una conversación fácil. Se sentía incómoda. La tentación de levantarse, mandarlo a paseo e irse era fortísima. Pero no podía hacerlo. Es más, no quería. Renunciar no era una opción que quisiera tomar en consideración. Tomó aire. Monie había seguido al pie de la letra sus palabras y guardaba silencio, ocupada en observar la porcelana sobre el mantel blanco bordado.

No le hacía falta su ayuda, pensó Elena. No le hacía falta la ayuda de nadie. Se esforzó en permanecer tranquila, con una sonrisa de circunstancias en los labios. Volvió a centrar la atención en Jacques, clavó en él la mirada.

—Conozco todas las técnicas extractivas, desde las más antiguas hasta las más modernas. Sé componer perfumes, cremas y jabones para personas o para ambientes. Y no lo he aprendido solo en los libros, sino trabajando. Separar, purificar, combinar de nuevo y fijar no son capacidades comunes en la perfumería moderna, pero yo estoy en condiciones de ejecutar todos los pasos porque es eso lo que he hecho desde que tuve edad para tener en las manos un alambique. Y eso significa también conocer a la perfección el destilado y las técnicas del *enfleurage*.

Un destello en la mirada de Jacques delató su interés. Así que esa mujer decía que dominaba el arte antiguo. No era algo tan particular, en el fondo. Cualquiera que entendiese de perfumería podía enumerar esas cosas. Pero si realmente lo que afirmaba era cierto, su competencia podría serle útil.

—Bien, ¿qué me dice del Peau d'Espagne?

Elena se humedeció los labios y respondió:

—Perfume complejo que se remonta al siglo diecisiete. Neroli, rosa, sándalo, lavanda, verbena, bergamota, clavo y canela. A veces se añadía también algalia y almizcle. Una fascinante mezcla de olores, ningún *brief* de base, ninguna personalidad específica, muchas fragancias caras, y todas juntas.

Quizá fue el orgullo contenido en aquellas palabras lo que decidió a Jacques, o quizá fue el tacón de aguja de Monique presionándole el tobillo lo que le arrancó la risa que, de pronto, rompió la tensión entre ellos.

—Espléndido, justo la respuesta que quería.

Estaba mintiendo, y lo estaba haciendo por Monique. La había hecho sentarse a su lado. El largo mantel le había permitido cierta libertad de movimientos. Ella permaneció inmóvil mientras le acariciaba una pierna y subía por el borde del vestido. E incluso un poco más. Después, Monique levantó la copa llena, con una advertencia en la mirada. Entonces él había desistido, convencido de que pronto se le presentaría una nueva oportunidad para tentarla.

Lo único que tenía que hacer era cargar con su amiga. Y quién sabe, quizá haría un buen negocio. Esa tal Rossini parecía conocer a fondo la perfumería. Y en cualquier caso, al principio la pondría de vendedora. Era bastante mona; nada especial, pero con la ropa adecuada daría el pego. Sí, decidió. La contrataría, pero no como perfumista. No era tan idiota como para otorgarle esa confianza a una desconocida, por más credenciales que tuviera. La contraría, desde luego, pero imponiendo sus condiciones. Y esa decisión lo puso de buen humor. El juego en el que se había enzarzado con Monique empezaba a gustarle. Ganaría él, estaba seguro. A pesar de lo que Monique pudiera pensar, al final quien decidía era él.

El resto de la cena se desarrolló en un clima relajado. Jacques desplegó toda su capacidad de seducción. La conversación, sin embargo, no afrontó en ningún momento cuestiones serias, se limitó a rozar un poco esto y lo otro, como una brisa ligera, a veces tibia, pero siempre poco convincente.

Más tarde, varias horas después de que la hubieran acompañado a casa, Elena no paraba de dar vueltas en la cama. Estaba nerviosa y no le gustaba el curso que habían tomado las cosas. Ahora tenía un trabajo en Narcissus, desde luego..., pero también la impresión de que no había sido mérito suyo, más aún, estaba segura de eso. Y le molestaba, porque, pese a ser exactamente eso lo que deseaba, no era como había imaginado.

Ahuecó la almohada e intentó relajarse poniéndose boca arriba, pero la inquietud no quería darle tregua.

Monique había cumplido lo acordado, aunque eso no cambiaba las cosas. Ese trabajo se lo habían regalado. Si Montier no tuviera los ojos puestos en Monique con intenciones muy concretas y ella no fuera su amiga, dudaba mucho que la hubiera tomado en consideración. Y además, al final de la cena había sido muy claro sobre el trabajo que tenía en mente para ella. No estaba interesado en su experiencia como perfumista, al menos por el momento. La pondría primero a prueba como simple dependienta. A Elena le partió el corazón tener que aceptar una humillación semejante. Y por un momento pensó en rechazar la oferta. Pero, al cruzar una mirada con Monique, le pareció notar a su amiga angustiada. Sabía cuánto le había costado organizar aquella cita. De modo que asintió y, tras haberse tragado el nudo que tenía en la garganta, aceptó. No quería decepcionarla. Y además, lo importante era entrar en la plantilla de Narcissus, ¿no? Habría tiempo para hacerle tragar a ese hombre sus aires de superioridad. Solo tendría que esperar pacientemente un poco más.

Se revolvió y acabó sentándose en la cama.

Vaya, no había hecho otra cosa en la vida que tener paciencia. «Paciencia» se había convertido en su maldito segundo nombre. Y estaba más que harta.

La desagradable sensación que tenía en el centro del pecho se convirtió rápidamente en rabia. Porque, a ver, ¿cómo se permitía el tal Jacques esa actitud? ¿Quién se creía que era?

Su familia producía perfumes desde siempre, estaba dispuesta a apostar que ella sabía más que todos los empleados de Narcissus juntos e incluso que el propio Jacques.

Su abuela lo habría mirado con suficiencia y no se habría dignado dirigirle ni una palabra. Le pareció verla mientras ponía en su sitio a ese engreído y se sintió mejor. Pero no conseguiría dormir tampoco esa noche. Por un momento pensó en encender la lámpara de las esencias; unas gotas de lavanda en el agua del difusor podrían ayudarle a relajarse. Pero no se dormiría. Estaba demasiado nerviosa.

Se levantó y se vistió. Decidió dar un paseo. La noche era lo suficientemente templada como para salir sin chaqueta. Sin embargo, una vez en el patio la oscuridad la detuvo. Un repentino miedo la asaltó. No era a causa de la negrura que la rodeaba. No era eso lo que temía, sino lo que encontraría al otro lado de la verja. Solo quería relajarse, sentarse en algún sitio a mirar las estrellas. No era prudente salir sola a esas horas de la noche, pero podía quedarse allí tranquilamente... Lo único que necesitaba era una terraza, o subir a la azotea y encontrar un sitio bastante a resguardo que le permitiera quitarse de encima aquella desagradable sensación.

Volvió sobre sus pasos. Una vez en el interior del vestíbulo del edificio, se dirigió hacia la escalera. Al principio no logró calcular cuántos pisos había encima de su vivienda. Empezó a subir, despacio, mirando al frente.

Había recorrido tres tramos cuando, después de abrir una puerta, se encontró al aire libre. Delante de ella, bajo un cielo lleno de estrellas, había una especie de emparrado. Un intenso perfume flotaba en el aire.

Rosas, alguien cultivaba rosas allí arriba.

¿Cómo era posible? Por un momento pensó que se había equivocado. Vamos, ya era octubre y estaba en el Marais, a más de diez metros de altura. ¿Quién podía tener un jardín en la azotea? Pero, por más que la lógica le dijera que estaba equivocándose, su nariz no admitía errores. Se trataba de rosas: de té, damascenas, *gallica*... Y también había menta, albahaca... y otras hierbas aromáticas. Un jardín entero. Percibía esos perfumes, limpios y claros; se escabullían y después se agrupaban, transportados por la brisa nocturna. Dominada por la curiosidad, se desplazó despacio, en parte a causa de la oscuridad y en parte porque se sentía una intrusa. Aquella armonía de olores la atraía y la intrigaba. Tierra, húmeda y fértil. Frutos. Para saborear y para tocar. Flores variadas, pero sobre todo rosas.

Sintió llegar las emociones: quien quiera que cuidase aquel jardín había creado un *mélange* extraordinario, algo que tenía notas de salida, de corazón y de fondo. Un perfume completo, fuerte y embriagador. Un hombre, diría ella. Un hombre práctico, resuelto, alguien que actuaba con delicadeza y al tiempo con rigor. Y entonces se acordó de él...

—¿Quién está ahí?

La voz masculina la paralizó. Se volvió, decidida a huir. El corazón le latía con fuerza. De pronto algo la agarró de la manga y tiró de ella hacia atrás. ¡Un perro! El miedo estalló en su interior. Cuando notó los dientes del animal en la mano, profirió un grito.

9

Franchipán. Extraído de la flor de la Plumeria,
es rotundo, voluptuoso, intensamente floral.
Es la esencia de la feminidad que nace
y se abre a la vida.

–¿Qué demonios...? ¡*John,* quieto! –ordenó Cail.

¿Una mujer? ¿Qué hacía una mujer a esas horas de la noche en la azotea?

–Deje de moverse, *John* no va a hacerle nada.

–Eso lo dice usted. –Con la espalda contra la pared y los brazos estirados hacia delante, Elena seguía temblando–. Me dan miedo los perros –masculló.

–Es evidente, pero ya le he dicho que *John* no va a atacarla. Si no hubiera entrado en mi casa de esta forma, no se habría abalanzado contra usted.

La dureza de aquellas palabras no desanimó a Elena.

–No sabía que aquí viviese alguien, yo... solo quería un poco de tranquilidad –dijo–. Además, debería haber puesto algo fuera, un timbre, una placa o algo así.

En ese momento una nube empezó a segmentarse y dio paso a la luz de la luna. Ahora veía a aquel hombre, no claramente, pero sí lo suficiente como para vislumbrar sus facciones rotundas y su mirada penetrante. Parecía de plata; en aquel mundo lleno de grises, la camiseta blanca que llevaba destacaba con decisión. El pelo largo le caía sobre los hombros y algo le atravesaba la cara, una cicatriz.

Entonces lo reconoció.

—Eres tú..., el que me ayudó ayer.

La mujer de los olores. Cail también la reconoció.

—Aquí no viene nadie. Nunca ha habido necesidad de poner una cerradura.

—Ya, bueno, pues para todo hay una primera vez. Y en cualquier caso, el hecho de que no recibas visitas no es razón suficiente.

—No, es verdad. Hay personas más curiosas que otras —dijo Cail ladeando la cabeza, sin apartar la mirada de ella.

Elena se había ensombrecido. No era una simple curiosa. Había subido allí por una razón concreta.

—¿Por qué te dan miedo los perros? —le preguntó Cail.

Ella pensó en decírselo, al menos así comprendería que había motivos serios que justificaban su terror, pero al final cambió de idea. En el fondo, no lo conocía, no tenía que darle ninguna explicación.

—Por una mordedura, es evidente —contestó, molesta.

Cail se encogió de hombros.

—Lo dices como si fuera culpa mía.

Elena se apartó de la pared. Él estaba a unos pasos. Era altísimo. Pero no le daba miedo, el temblor que la sacudía se debía en parte al recuerdo de aquella vez, cuando de pequeña la mordió el pastor alemán de Maurice, y en parte al frío de la noche.

De pronto Cail retrocedió. Los brazos ya no le colgaban a los costados, sino que los tenía cruzados sobre el pecho, en una posición casi hostil.

Elena lo miró, perpleja. ¿Lo había ofendido de algún modo?

—No, la culpa no es tuya. Pero no vives en una montaña, aquí hay otros inquilinos, es lógico que antes o después alguien suba.

—Solo estás tú.

Elena enmudeció.

—¿Cómo?

Cail señaló la puerta.

—Somos los únicos inquilinos de esta escalera.

—¡Ah! —contestó ella. Todo empezaba a tener sentido—. Sea como sea, deberías poner una cerradura.

Él seguía mirándola tranquilamente, de la misma forma en que le había hablado, sin prisa, midiendo las palabras. Elena inspiró. Esa noche el olor de aquel hombre era distinto, un poco más cálido, un poco más complejo. Se dio cuenta de que lo había despertado. Debía de parecerle una loca.

—¿Por qué has venido hasta aquí arriba?

La pregunta directa, casi brutal, le sorprendió. ¿Y ahora qué podía responderle?

—Solo quería mirar el cielo.

No sabía por qué había pronunciado esas palabras. ¿Qué podía importarle a aquel tipo su desasosiego, la necesidad que tenía de perderse en la contemplación de la noche para recobrar un poco de serenidad y de paz liberando a la mente de todo pensamiento? Se quedó indecisa sobre qué hacer, mientras Cail parecía absorto en algún pensamiento.

—Dame la mano.

—¿Por qué?

Cail le señaló el brazo.

—Quiero comprobar que *John* no te haya hecho daño.

No, no le había hecho nada, ni siquiera un rasguño. Elena se avergonzó un poco. El perro, en efecto, se había limitado a hacerle una advertencia, no había apretado con fuerza la mandíbula. Quizá, en realidad, simplemente le había lamido la mano. La idea de que su reacción hubiera sido exagerada la hizo sentir incómoda. Los perros le daban pavor, incluso los muy pequeños.

—No querrás castigar a tu perro, ¿verdad? —dijo, nerviosa—. Te aseguro que no me ha hecho nada, y de todas formas él no tiene la culpa.

—Para ser alguien que odia a los perros eres muy rara.

—Yo no odio a los perros —replicó, indignada—. Solo procuro por todos los medios mantenerme alejada de sus dientes, que es muy distinto. En cualquier caso, mira, estoy perfectamente... Pero ¿no hay una luz en esta terraza?

Cail se puso en guardia.

—Para mirar las estrellas hace falta oscuridad.

—No entiendo... ¿Las estrellas? —murmuró, perpleja. Por un instante creyó haber oído mal.

—Sí, has dicho que querías mirar el cielo y yo tengo un telescopio.

¿Era una broma? Elena se sintió tentada de dejarlo plantado y marcharse. Eso era al menos lo que haría una mujer razonable. Pero sabía que aquel hombre no le haría daño, lo intuía.

Las estrellas, santo cielo... Olía a rosas y tenía un telescopio.

—Ven, acompáñame. No es gran cosa, pero lo suficiente para ver con claridad Alfa Centauri, Sirio, Altair. En realidad, esas podrías verlas sin nada, pero a través del telescopio causan otro efecto.

Elena no conocía tantos detalles, a ella le bastaba dirigir la mirada hacia la noche y contemplar la negrura salpicada de puntos brillantes. La sensación de paz llegaba casi enseguida y después era fácil abandonarse a la contemplación del infinito. Pero siempre había admirado a los que sabían los nombres de las constelaciones. Para ella ya era mucho saber que existían la Osa Mayor y la Menor.

—Mira aquí adentro, así.

Le enseñó cómo hacerlo. Fascinada, no lograba quitarle los ojos de encima. Cuando él se apartó para dejarle sitio, inclinó la cabeza en silencio y apoyó la cara en el ocular. Y fue como sumergirse en un mundo de terciopelo negro, donde enormes brillantes resplandecían con una luz única, profunda y jamás vista hasta entonces. El corazón empezó a latirle fuerte y la invadió una sensación extraña, la sensación de ser pequeña e insignificante. Las emociones se mezclaron en su interior mientras la estela luminosa de la Vía Láctea resplandecía tan cerca, aunque en realidad infinitamente lejos. Tragó saliva y levantó la mirada. El desconocido estaba allí, a su lado. Si alargaba un brazo, podría tocarlo. Él también la miraba, perdido en el mismo silencio. Pero no había incomodidad ni malestar entre ellos. Es más, pocas veces se había sentido tan en sintonía con alguien. Se inclinó de nuevo hacia el telescopio y en aquella penumbra descubrió lo engañosas que podían ser las estrellas, tan grandes y misteriosas.

—Ni siquiera sé cómo te llamas —le dijo de repente, levantando la cabeza.

—¿Qué más da? Yo tampoco sé cuál es tu nombre.

Era verdad, y era como mínimo extraño. De pronto le entró risa, un sonido delicado y profundamente femenino.

—Elena Rossini —dijo, y le tendió la mano.

—Caillen McLean. Cail, si lo prefieres —contestó él, estrechándosela—. Eres italiana.

No era una pregunta. Caillen McLean tenía una manera de actuar muy franca, casi brusca.

—Sí, acabo de llegar. ¿Y tú?

—¿Yo qué?

—¿Hace mucho tiempo que vives en París?

Él negó con la cabeza.

—Cinco años en diciembre.

De pronto había aparecido una sombra en su voz. Era incluso menos que una inflexión. Pero ahí estaba, era real. Elena lo miró fijamente, aunque estaba demasiado oscuro para ver qué ocultaba aquella mirada. Después cayó en la cuenta de que, con toda probabilidad, simplemente estaba cansado. No todo el mundo padecía insomnio como ella.

—Perdona, a veces pierdo la noción del tiempo, ya es hora de que me vaya.

Cail no protestó. Se limitó a mirarla, impasible.

—Te acompaño.

Una pizca de desilusión le hizo apretar el paso. Quién sabe por qué, había esperado que le pidiera que se quedase un rato más. Era de lo más ridícula, se reprochó. Instintivamente, alargó los brazos hacia delante, preocupada por tropezar con algo en medio de la noche. Se encontraban de nuevo sumergidos en la oscuridad.

—Gracias, eres muy amable.

Antes de salir al rellano, Elena se detuvo.

—*John*, quiero decir, tu perro... No he vuelto a verlo, ¿crees que se ha asustado?

Cail rio bajito.

—No, solo está un poco ofendido. No te preocupes. A lo mejor la próxima vez podréis haceros amigos.

¿Hacerse amiga de un perro? Ni en un millón de años. Pero no se lo dijo. En el fondo, le gustaba ese «la próxima vez». De repente, sin embargo, se sintió incómoda, cortada. Su desconfianza natural se impuso y se apresuró a salir.

—No..., no creo. Gracias, y perdona que te haya entretenido tanto. Me cuesta dormir y a menudo se me olvida que no a todo el mundo le ocurre lo mismo.

—No pasa nada —le dijo Cail en voz baja.

Elena llegó a la puerta.

—Acuérdate de la cerradura.

—Sí.

—Buenas noches, y gracias de nuevo, Cail.

En silencio, con los ojos clavados en ella, Cail siguió mirando en su dirección incluso después de que la puerta se hubiera cerrado a su espalda. Luego entró en casa.

—Ven, *John,* vamos a dormir.

Unos días después de la cena en el Jules Verne, Montier le pidió a Monique que acompañara a Elena a Narcissus.

—¿Qué te parece si vamos andando?

—¿Está muy lejos?

Últimamente Elena se cansaba enseguida y no le entusiasmaba la idea de hacer largos recorridos a pie.

—Una media hora, pero casi toda por la Rue de Rivoli hasta la plaza Vendôme, la perfumería está allí. No tendremos tiempo de aburrirnos.

—Vale. Por mí, perfecto —le contestó Elena, dando por zanjado el asunto.

Un par de horas después, Monique la esperaba en la puerta. Ambas estaban tensas, pensativas, pero enseguida se relajaron.

La Rue de Rivoli era un espectáculo. Llena de animación, albergaba tiendas de todo tipo, y mientras la recorría junto a Monie, charlando y riendo, Elena se tranquilizó. La inquietud que le producía aquella cita tan importante desapareció. Y por fin allí estaba la perfumería de la que tanto había oído hablar: bajo los majestuosos soportales que rodeaban la famosa plaza, formados por gruesas arcadas de piedra, había una puerta de madera maciza entre dos amplios escaparates, y encima de esta, un simple nombre grabado sobre una placa antigua.

Oro. Si tuviera que definir Narcissus con un color, Elena elegiría el oro.

Se desplazaba por el interior del establecimiento observando las altas paredes cubiertas de espejos con marcos elaborados, el artesonado, los mostradores de mármol rosa y los estantes de cristal. Frascos de diferentes formas y tamaños estaban preparados para que los llenaran y otros ya estaban llenos, con los perfumes más clásicos y sencillos. El suelo, también de mármol rosa, reflejaba la luz. Todo parecía brillar: luz y lujo servidos en abundancia. Sueños, esperanzas, ilusiones y seducción. Todo eso se encontraba en aquel lugar.

El perfume que Elena percibía en el aire, sin embargo, no era adecuado, no pegaba. Demasiado exuberante, casi asfixiaba. Resultaba extraño encontrarlo en esa perfección cromática; parecía que el establecimiento tuviera un perfume propio e hiciera oídos sordos a las exigencias de quien entraba a buscar algo por sí mismo.

Allí ya estaba todo decidido. No había espacio libre, estaba todo ocupado por las intensas fragancias. No había sugerencias, solo imposiciones. Espléndidas, lujosas, pero, pese a todo, ya decididas.

Elena notó como si se le viniera encima una especie de opresión. Era como Jacques. Aquella tienda era Jacques, reflejaba su modo de vivir, de gestionarlo todo.

Ya no le sorprendía tanto que Monique hubiera decidido romper con aquello. Estaba bastante segura de que su amiga estaba enamorada de ese hombre, pero permitirle controlar su vida... No, Monique, no. Era un vanidoso egoísta y solo quería poseerla. Jacques era un dominador en el sentido más profundo del término.

Suspiró y, cuando aquel perfume tan invasivo la impregnó, se arrepintió de haberlo hecho. No estaba mareada. Eso no. Para ella era más bien como ver un batiburrillo de colores mal combinados. Eso es, era excesivo. Esa palabra explicaba perfectamente la sensación que se tenía en el interior de Narcissus. Si dependiera de ella, haría lo necesario para que la sala fuera lo más neutra posible. Dejaría que se filtrara justo alguna leve nota de fondo, sencilla, discreta, adecuada para acompañar cualquier composición, desde la más audaz hasta la más delicada, sin cubrirla jamás. Ella sugeriría, nunca impondría las esencias a sus clientes.

Estaba a punto de hablar de esa cuestión con Monique cuando su amiga volvió en compañía de un hombre delgado, muy elegante, de mirada huidiza y rostro enjuto. Un bigote fino, negro y muy brillante, destacaba sobre una sonrisa forzada. El pelo tenía la misma tonalidad que el bigote. Llevaba un perfume dulzón, empalagoso, que cubría algo más penetrante. Elena lo identificó casi enseguida. Se trataba de amoniaco. Frunció la frente ante aquella rareza. Pero había otras cosas discordantes en el tal Philippe. No parecía en absoluto contento de conocerla, por ejemplo. En la mirada que le dirigió, en aquella expresión circunspecta, había algo que le molestaba. Parecía que la estuviese juzgando.

Elena se sintió presa de la inquietud. Percibía claramente su hostilidad y se preguntó cuál sería el motivo. No lo había visto nunca hasta ese momento.

De pronto el hombre alargó la mano y esperó a que ella le tendiese la suya. Le dio un apretón blando, y la palma estaba húmeda. Tuvo que esforzarse para devolver el saludo. No veía el momento de secarse la mano con la falda.

—*Bonjour.*

Ahora que se había acercado parecía un poco más cordial. Y su mirada era menos acerada. Le sonrió, pero Elena no logró ahuyentar su inquietud.

Menos mal que había decidido vestirse con un poco más de estilo, pensó. Siguiendo los consejos de su amiga, se había puesto un sencillo vestido negro, zapatos de tacón y un velo de maquillaje, y se había recogido el pelo. La transformación fue inmediata y agradable. Eso también formaba parte del cambio, ¿no?

Como su nuevo vecino, Cail McLean. Con él se sentía bien, a gusto, pese al evidente apuro de ambos. No le había contado nada a Monique. Debería haberlo hecho, pensó. Ese hombre era... notable, eso es. Brusco, es verdad, pero con una amabilidad de fondo que formaba parte de su ser, de su masculinidad. Pero no era ese el momento de pensar en él. Ella y su manía de perderse fantaseando.

—Elena, deja que te presente a Philippe, él es... el pilar de Narcissus.

Philippe, mientras tanto, había doblado la cabeza hacia un lado y entornado los ojos, como si estuviera saboreando con gusto las palabras de Monique.

—Cuando las mujeres empiezan a hacerte cumplidos como este, ha llegado el momento de preocuparse —dijo, dirigiéndose a Elena—. *Mademoiselle* me concede un crédito que no me corresponde. No soy el pilar, solo el director del establecimiento.

Elena percibió de nuevo aquel efluvio dulzón, que se había vuelto pulverulento, nauseabundo. No era sincero, y aquella falsa modestia le molestó.

—El verdadero pilar de Narcissus es el señor Montier, antes que él lo fue su padre, y antes aún, su abuelo. ¿Sabe que esta es una de las pocas empresas prestigiosas en este campo que pueden vanagloriarse de tener siglos de tradición? Y la tienda siempre ha estado aquí, en la plaza Vendôme.

Su tono se había tornado de pronto serio y rebosaba respeto y consideración. Philippe se adentró entonces en el pasado de Narcissus para enumerar los clientes importantes a los que la perfumería había servido. Las dos mujeres guardaron silencio, evitando cuidadosamente cruzar la mirada.

—El señor Montier me ha permitido oler el perfume que usted eligió. La felicito, *mademoiselle*. Trabajar juntos será interesante, supongo. Hay cierta predisposición en usted. Podríamos incluso llamarla sensibilidad hacia el perfume. Una cosa nada común, debo admitirlo.

Había marcado con largas pausas todo el discurso, que a Elena le había parecido interminable y había incrementado aún más su ansiedad. Y en ese momento la mirada huidiza de Philippe se posó sobre ella una vez más, antes de dirigirse de nuevo a la pared.

—Supongo que está al corriente de que no nos limitamos a vender perfumes. Aquí, en Narcissus, los creamos. —Lo dijo de improviso, como si la idea de especificar ese hecho se le hubiera ocurrido en aquel momento—. Por supuesto, de eso se ocupan los creadores, las narices. Usted tendrá que escuchar al cliente, recibir sus peticiones y explicárselas al perfumista. Puede que al principio le resulte difícil, pero se acostumbrará.

Las dos amigas lo miraron atónitas. Jacques no le había informado sobre la competencia de Elena. Una oleada de calor la recorrió hasta invadirle el rostro. El propietario de Narcissus había sido claro sobre el trabajo que realizaría allí, le había dicho que, por lo menos al principio, se limitaría a vender los perfumes. Pero ¿por qué le había ocultado a Philippe sus aptitudes reales?, se preguntó, confundida. Y entonces, desde el fondo de su alma, aquel brote de orgullo por lo que era, por su legado, se agitó con furia. Se sentía profundamente humillada. Como si de pronto alguien hubiera empezado a mofarse de ella. Las palabras de Philippe fueron como una lluvia de piedras sobre aquello en lo que, se dio cuenta en ese momento, se habían convertido sus sueños.

—Lo haré lo mejor que pueda —contestó, desviando la mirada.

Philippe no pareció percatarse de la contrariedad de Elena y continuó hablando:

—Se necesitan años de experiencia, dedicación y un estudio profundo de la materia para crear un perfume. —Otra pausa, esta vez acompañada de una sonrisa burlona—. Muchos piensan que pueden convertirse en perfumistas de buenas a primeras porque poseen instinto, sensibilidad. Pero no es así. Hoy en día salen perfumistas como champiñones, una cosa molesta e incluso bochornosa. —Su voz era monótona; su tono, plano.

Elena apretó los labios.

—Supongo —murmuró.

Con el ceño fruncido, Monique seguía la conversación como si en realidad pensara en otra cosa. Sin embargo, la irritación se traslucía en su mirada.

El hombre siguió hablando un poco más; le explicó a Elena lo que ya sabía de sobra e incrementó de manera exponencial su irritación, que a duras penas lograba controlar. ¿Sería posible que fuera tan obtuso como para no captar las señales? No tenía intuición, por decirlo de manera amable, y en ese momento Elena tuvo que hacer un verdadero esfuerzo por ser empática. Quizá el tal Philippe fuese perfumista, pero no sería capaz de distinguir una emoción ni aunque esta le diera una patada en la cabeza, se dijo sosteniendo su mirada.

—Hay aceites, aguas, esencias. No entro en detalles, son procedimientos técnicos que usted ahora no podría entender, pero no se preocupe, con la adecuada dosis de paciencia y aplicación aprenderá.

¿No podía entenderlos? Tragó saliva, pero la indignación era fuerte y pugnaba por salir.

Philippe no se había dado cuenta de nada y le sonreía con afabilidad, satisfecho de sí mismo; parecía tan genuinamente convencido que Elena notó atenuarse su irritación; solo quedaron el malestar y la humillación. No era más que una etapa, y ella podía salir airosa. En todo caso, era el lugar idóneo, ¿no? Solo debía tener un poco más de paciencia. Muy pronto, ese Philippe se comería cada una de sus palabras.

—Aquí, en Narcissus, hay muy pocas normas para los dependientes, pero deben cumplirse al pie de la letra. —La voz del hombre se volvió súbitamente dura. También su expresión había cambiado. Ahora tenía aspecto de búho, con los ojos redondos y la nariz picuda. Y ya no se mostraba tan amable—. Pero estoy seguro de que usted no tendrá problemas para respetarlas. Se ve que es una mujer inteligente.

¿Ah, sí? ¿Y qué le hacía verlo? ¿Sus ojos, su expresión, o el hecho de que entendiera de perfumes? Se obligó a calmarse, no beneficiaría a nadie que se pusiera a gritar. Aunque se moría de ganas de hacerlo. Abrió el puño, estiró los dedos e inspiró. A fin de cuentas, la culpa no la tenía Philippe, se dijo. Desde luego, no era el culpable de que ella hubiera dejado su antigua vida y ahora, de buenas a primeras, pretendiera empezar otra. No podía saltarse etapas, lo sabía. Así que buscó en su interior ese poco de paciencia que todavía le quedaba y se obligó a escuchar las normas de la casa.

Monique se había alejado. Elena la observaba pasear por la tienda, con mirada absorta y expresión pensativa. Cuando la vio sacar la *tablet* del bolso, intuyó lo que su amiga pensaba hacer.

—¿Le parece bien si empiezo ahora mismo?

Philippe parpadeó.

—No sé..., no es la práctica habitual.

Pero Elena no pensaba renunciar. No quería que Monique tuviera que seguir preocupándose por ella. Ese poco de independencia que había empezado a crecer en su interior deseaba espacio y autonomía. Los exigía.

—No le molestaré, me mantendré apartada y me limitaré a observar. Así me resultará más fácil entender cómo se gestionan las ventas y la relación que hay que establecer con los clientes, ¿no cree?

Philippe se encogió de hombros.

—Sí, quizá sea buena idea. Pero, se lo advierto, su contrato tiene efectos a partir de la próxima semana y no empezará a percibir hasta entonces el salario pactado, que, para ser sincero —hizo una pausa mirándola a los ojos—, es muy generoso. En todo París nadie le habría ofrecido esas condiciones a una dependienta —puntualizó con una leve sonrisa.

Elena tragó saliva y le mantuvo la mirada.

—Claro, una dependienta. —Estiró los labios en una sonrisa forzada. «Puedes conseguirlo», se dijo. La simpatía no era una de las dotes de Philippe, desde luego, pero podía pasar de él. Se obligó a mantener una expresión cortés—. Perfecto —dijo—, entonces voy a despedirme de Monique. Con permiso.

Le saldría una úlcera, Elena estaba segura. Si no empezaba a ver las cosas desde la perspectiva adecuada, su aventura acabaría antes incluso de haber empezado. Tendría que volver a Florencia. Pero allí no había nada para ella. No tenía ninguna posibilidad de volver a poner en marcha el negocio, no tenía suficiente dinero, no quería volver a ver a Matteo, ni a los amigos que tenían en común y que se habían guardado mucho de hacerle una llamada para preguntarle cómo estaba.

Quería quedarse en París, pasear por el Marais, volver a la torre Eiffel, quería seguir mirando las estrellas con Cail, oler las rosas que él cultivaba en la azotea. Quería y punto: no renunciaría al sabor de esas pocas decisiones que había tomado por sí misma.

Ahora solo le faltaba enfrentarse a Monique. Pese a que su amiga la hubiera convencido de que Narcissus era el lugar idóneo para ella, estaba segura de que, después de ver el comportamiento de Philippe, influido por la arrogancia de Jacques, había cambiado de idea.

—Cielo, no tienes que preocuparte. Llamaré a un amigo mío. No te verás obligada a soportar todo esto. —Tal como Elena había imaginado, su amiga ya tenía en mente un plan B—. Te encontraré otro trabajo —añadió de inmediato.

Esa afirmación tan cargada de solicitud y de preocupación fue la gota que colmó el vaso. La rabia que Elena había contenido subió a la superficie, como un calor insoportable. No era una niña, podía cuidar de sí misma. ¿Por qué Monie no se daba cuenta de una vez por todas? Iba a decírselo sin rodeos, pero se percató del estado de agitación en que se encontraba su amiga. Estaba pálida y profundamente disgustada. Tenía los ojos brillantes, y eso la puso todavía más furiosa. Antes o después arreglaría cuentas con Jacques. No merecía a una mujer generosa como Monique. Elena se preguntó si sería a causa de ese hombre por lo que su amiga se tenía en tan poca estima y valoraba tan poco sus cualidades.

—No, ¿por qué? Aquí estaré muy bien —le contestó. Hizo caso omiso de la expresión de auténtico estupor que se dibujaba en el semblante de Monie y fingió sentirse tranquila y serena.

—Estás de broma, ¿verdad? Jacques no te abrirá la puerta de los laboratorios, ¿has oído a Philippe? Tendrás que limitarte a vender los perfumes en el mostrador, como una dependienta cualquiera.

En realidad, eso aún estaba por ver. Jacques no tenía ni la más remota idea de lo que ella sabía hacer realmente. Se encogió de hombros.

—¿Tienes algo contra las dependientas cualesquiera? —le preguntó con una amplia sonrisa, decidida a desdramatizar. Y puesto que pensaba tener la última palabra, acompañó a Monique hasta la salida–. ¿No tenías una cita con Le Notre?

Monique, poco convencida, asintió.

–Si necesitas...

–Te he dicho que te vayas.

Esta vez, la voz de Elena había perdido toda su amabilidad. Dejó plantada a su amiga en la puerta y volvió al interior de la perfumería, con la respiración acelerada, decidida a hacer lo necesario para satisfacer las exigencias de Jacques, de Philippe y de quien hiciera falta. La rabia se había transformado en un nudo que le oprimía la garganta. Se obligó a respirar despacio y, cuando estuvo lo bastante tranquila, se acercó a Philippe, se concentró en la organización interna de la tienda, observó atentamente la disposición de los perfumes y la manera de atender a los clientes, y al final de la jornada, mientras regresaba a casa a pie ciñéndose la cazadora, se había hecho una idea bastante precisa de lo que era importante y lo que no lo era en absoluto.

Y estaba desconcertada, además de hecha una furia. Había ayudado a su abuela durante años en la tienda. Y su referencia era lo que había aprendido trabajando a su lado. Aunque nada de lo que sabía casaba con la teoría de Narcissus. Ellos convencían al cliente, minaban sus certezas, lo atraían con lo que, a todos los efectos, era una trampa olfativa.

Pero ¿quién era ella para decir que ese no era el camino correcto? Aquel negocio era un éxito; ella, en cambio, había cerrado el suyo porque no tenía suficientes clientes ni siquiera para cubrir gastos. Cuando Lucia enfermó, a ella se le cayó el mundo encima. Su abuela había sido consciente desde el principio de la gravedad de su enfermedad y había insistido en quedarse en casa. No quería ni oír hablar de hospitales, salvo para los cuidados estrictamente necesarios. Y ella no había podido sino adaptarse a la situación. En unos meses, el mal había consumido a Lucia, que no paraba de hablar del pasado, de Beatrice, del Perfume Perfecto. Le había repetido la historia de su familia, lo que sus antepasadas, las Rossini, habían creado. Le había dicho hasta la saciedad lo importante que era seguir su estela. A pesar de que se sabía esos relatos de memoria, había escuchado a su abuela con atención y permanecido a su lado en todo momento. Le quedó muy poco tiempo para dedicar a la gestión del negocio. Cerrar la perfumería tras la muerte de Lucia fue lo único que pudo hacer. Ya no tenía ni fuerzas ni ganas de continuar.

Las notas de «La vie en rose» rompieron de improviso el hilo de sus pensamientos. Se dio cuenta de que había llegado al Marais, y allí, justo en la esquina con la Rue des Rosiers, un viejo vendía láminas antiguas de la ciudad. Todas las noches, Edith Piaf cantaba: *«Quand il me prend dans ses bras, il me parle tout bas, je vois la vie en rose. Il me dit des mots d'amour, des mots de tous les jours...».*

El viejo se empeñaba en poner aquel disco una y otra vez, lloviera o hiciera sol. Aquel gesto hablaba de añoranza, desilusión, tormento, de un amor acabado, eso le había sugerido Monique una noche que habían pasado las dos por allí.

Elena siempre había tarareado esa canción sin pensar demasiado en su significado. Le gustaba el sonido, la voz profunda y casi desgarradora de Piaf, el sabor de otros tiempos que desprendía. Pero esta vez Elena miró al viejo a los ojos sin distinguir en ellos nada romántico. En su mirada astuta y acuosa, solo veía una firme convicción y una sonrisa sarcástica. Por supuesto, un anciano podía poner continuamente una canción porque le recordaba un amor, a una mujer, una vida pasada. O simplemente para atraer a los turistas, para invitarlos a que abrieran la cartera y se llevaran a casa un trocito de París y una historia lacrimógena. Y hasta los más cínicos, cuando se encontraban delante de aquel quiosco pintoresco estrechando la mano de su amor de turno, deponían las armas y se dejaban fascinar por la canción más famosa del mundo, que decía que la vida sería infinitamente más bella vista a través de un prisma rosa. Pese a que, para Elena, la estrategia del hombre era patente, clarísima, a todos les encantaba pasear tarareando aquella canción. Incluso ella se había quedado inmóvil delante del quiosco, presa de una especie de encantamiento.

Pasó de largo sin mirar al anciano, casi enfadada con él. Giró en la primera esquina y continuó hacia la Rue du Parc-Royal. Se sentía triste y cínica. No le gustaba aquella especie de explotación de los sentimientos. El pensamiento de Matteo se coló en aquella maraña de emociones.

Y fue una sensación desagradable. Lo rechazó. Ya no era un recuerdo doloroso, como al principio, pero no quería pensar en ello. Melancolía, eso era lo que le suscitaba. Y un deseo tonto: también a ella le gustaría ver *la vie en rose,* no quería fijarse en la astucia de aquel viejo vendedor, sino confiar en que estuviera unido a esa canción por motivos muy distintos, quería realmente creerlo.

Pero luego empezó a reflexionar en lo que tenía, no en lo que le había sucedido. Un trabajo, incluso prestigioso. Un sitio donde vivir que le gustaba muchísimo y una oportunidad.

En el fondo no estaba tan mal, ¿no?

Mientras entraba en el patio, la voz de Edith Piaf, apenas audible, continuaba hechizando. *«Des nuits d'amour à ne plus en finir, un grand bonheur qui prend sa place, des ennuis, des chagrins, des phases heureux, heureux à en mourir.»*

10

Jazmín. Flor de la noche, solo desprende su perfume al
amanecer o al anochecer. Embriagador, cálido, evoca el mundo
mágico, reduce sus confines, aporta bienestar y felicidad.
Sensual, fácilmente adaptable. El placer está oculto en sus
pequeños pétalos blancos, percibirlo no es más que el comienzo.

La moto afrontaba la noche a demasiada velocidad. La carretera estaba oscura; el asfalto, resbaladizo a causa de la intensa lluvia. De pronto el ensordecedor claxon del camión rasgó el silencio.

Empapado de sudor, Cail se agitó en el sueño. Sus manos estrujaron las sábanas. Recordaba pocas cosas del accidente, pero aquella sensación que le revolvía el estómago seguía muy presente. Otras sensaciones las llevaba en la mente y en el alma. Nadaba dentro de ellas, tratando de respirar, buscando desesperadamente algo que le concediera una tregua, que le permitiera descansar al menos el tiempo suficiente para recuperar las fuerzas.

«Un olor de tierra y de rosas.» Aquellas palabras se abrieron paso entre los estratos nebulosos del sueño, entre la oscuridad y el tormento. Las aferró y las retuvo, buscando entre los recuerdos el rostro de la mujer que las había pronunciado, que empezó a emerger.

Se sentó en la cama de golpe, ansioso, con la respiración presa entre los dientes, y en la garganta, que le ardía. Cuando vio con claridad los muebles, se dio cuenta de que estaba en su dormitorio, en el Marais. Sintió un alivio inmenso. Había sido solo un sueño, un maldito sueño.

Poco a poco, el estado de confusión fue disminuyendo. Se pasó las manos por la cara y bajó de la cama.

John se acercó a él. Cail le acarició el pelaje y luego se llevó la mano a la cabeza.

—Si no la hubiera dejado conducir, no habría pasado —murmuró.

Pero era mentira y lo sabía. Si hubiera ocupado él el sitio de Juliette, su novia, el accidente se habría producido igualmente. El camión les habría dado de lleno. Sin embargo, Juliette probablemente se habría salvado. Era ese pensamiento el que lo atormentaba. Con la yema de los dedos siguió la cicatriz que le afeaba el lado derecho de la cara.

Salió a la azotea aún con el torso desnudo. Notó el aire frío de la mañana en la piel. Al llegar a la puerta que daba a la escalera, la abrió y examinó la cerradura. Se acercaría a la ferretería para comprar otra. Se lo había prometido a su nueva vecina, pensó, frunciendo el ceño. Así no se la encontraría en su casa sin previo aviso. No le había desagradado, era lo bastante sincero consigo mismo para reconocerlo. Pero eso no significaba que encontrarse extraños en casa tuviera que convertirse en una costumbre. En el fondo estaba bien como estaba, solo.

Las náuseas se negaban a dejarla en paz. Elena aspiró despacio la brisa de la mañana, mordió de mala gana la punta de un cruasán y esperó unos minutos más.

Insomnio, náuseas, cansancio: estaba hecha un trapo. Por fin, la tenaza que le oprimía la garganta se aflojó y le permitió levantarse de la mesa donde había desayunado. Saludó con un gesto de la mano a Antonio y su mujer, cruzó la calle y miró la hora. Mientras se dirigía a la tienda a pie, decidió tomarse un poco de tiempo para ella. Le sentaba bien andar por París. Podría pedirle a Cail que le sugiriera algún itinerario. En realidad, podría pedírselo también a Monique, y seguro que ella la acompañaría. Pero no quería hacerlo. En cambio, la idea de salir con Cail le atraía. Siguió caminando y observando los edificios. Qué bonita era aquella zona de París. Dejó a su espalda la Rue Saint-Honoré y al poco se encontró admirando la enorme columna del centro de la plaza Vendôme; después continuó bajo los soportales. Cuando entró en la tienda, miró a su alrededor en busca de Philippe.

¿Sería posible que nadie excepto ella notara lo penetrante y predominante que era aquella fragancia? Frunció la nariz, esperando acostumbrarse pronto a ese olor tan fuerte. Tendría que aprender a ignorarlo.

—Ah, por fin ha llegado —le dijo Philippe, que levantó la cabeza de una mesa en la que había dispuesto una serie de frascos de plata.

—Me dijo a las nueve —replicó ella mirando el reloj de cristal que descansaba sobre una repisa.

—Nosotros venimos una hora antes de la apertura, téngalo presente.

Eso, sin embargo, se lo había guardado para él.

—No lo sabía —contestó Elena.

—Pues procure informarse. Exijo el máximo del personal; si quiere quedarse con nosotros, adáptese, *mademoiselle*.

Elena iba a replicar, pero cambió de opinión. Se tragó la protesta airada que tenía en la punta de la lengua y apretó los dientes.

Una mujer se acercó a ellos y Philippe se aclaró la voz.

—Esta es Claudine —dijo, presentando a la mujer, de unos treinta y cinco años, rubia, de expresión impasible.

—*Bonjour, madame* —la saludó Elena.

La mujer se limitó a hacer un ademán con la cabeza. La leve sonrisa que ostentaba permaneció imperturbable. A Elena le recordó la Gioconda. No es que se esperara besos y abrazos, pero sí un indicio de vida. En cambio, Claudine permaneció en esa especie de catalepsia atenta. No había absolutamente nada en aquella sonrisa. Ni siquiera había nada en su perfume, Elena casi no lograba percibirlo. Y no se trataba del hecho de que fuese ligero, o delicado, simplemente desaparecía en el de Narcissus, como si se fundiera con él. Intentó concentrarse. Le llegó una ráfaga de benjuí, penetrante y armoniosa, después le tocó el turno al incienso, seguido de una serie de maderas y almizcles. Y notas ahumadas, que equilibraban la fragancia de un modo original, dándole más carácter. Era audaz, brillante, pero lejano. Como un perfume que se hubiera puesto el día anterior. O antes de ducharse.

Prada, esa mujer llevaba Benjoin de Prada y lo había cubierto con algo que se fundía con el perfume ambiental de Narcissus, algo que, se habría apostado lo que fuera, procedía de su producción. Era como un cuadro escondido bajo otro cuadro. Esa decisión le pareció extraña. Cada uno tenía derecho a llevar lo que quisiera, ¿por qué tomarse tanta molestia en esconderlo? ¿Acaso en Narcissus no les gustaba que el personal usara perfumes de otras marcas? ¿Sería posible? Tendría que informarse, pensó.

—Hoy trabajará a su lado —continuó Philippe—. Siga sus indicaciones, por favor —añadió, y acto seguido, tras hacerle un gesto de entendimiento a Claudine, atravesó la tienda para detenerse delante de unos estantes.

Finalmente la estatua cobró vida, se volvió hacia Elena y le dirigió una mirada impasible. Sus ojos azules salpicados de verde eran gélidos.

—Usted habla bien francés, ¿verdad?

—Sí —respondió, tranquila, Elena.

—Perfecto. Odio tener que repetir las cosas. Acompáñeme y lleve cuidado. No toque nada.

Empezamos bien, se dijo Elena. Suspiró, pensando que en ciertos niveles la simpatía quizá fuera opcional.

—Por supuesto —contestó.

La Gioconda, después de todo, no estaba tan mal. Sistemáticamente, sin vacilar ni un instante, le mostró la disposición de todos los perfumes, las dependencias, las tareas que tendría que realizar, las normas oficiales y las oficiosas, no menos importantes, y, por último, la condujo al laboratorio.

—Aquí solo se entra por invitación —le dijo, quedándose en la puerta.

—Lógico.

Claudine observó la expresión inescrutable de Elena y, llevada por la curiosidad, arqueó una ceja.

—¿Ha trabajado alguna vez en un laboratorio? —le preguntó.

Ella asintió:

—Sí.

La mujer la miró unos instantes.

—Escuela florentina, ¿no?

—Entre otras —respondió Elena.

—Explíquese, por favor.

Aquel súbito interés la incomodó. ¿Y ahora qué? Probablemente habría hecho mejor manteniendo un perfil modesto con Claudine, pero esa especie de orgullo respecto de sí misma y su familia salía en los momentos más inimaginables. Más valía hablar claro. Eso sí, se guardaría mucho de revelarle que había creado los primeros perfumes bajo la supervisión de su abuela y con solo doce años. Eso era mejor que se lo callase.

—Empecé a estudiar en Grasse: cultivo, extracción, todos los pasos hasta el perfume acabado. En Florencia terminé los estudios y perfeccioné la técnica.

Si las palabras de Elena la habían impresionado, Claudine no lo dio a entender. Se limitó a hacer un gesto con la cabeza y esbozar una sonrisa.

—Tendrá oportunidad de demostrarme su competencia. Hay algunos clientes que prefieren composiciones personalizadas; en general, cambiamos solo algunos ingredientes a las fórmulas ya establecidas. La veré cuando se ponga a trabajar.

Elena notó que el corazón le daba un vuelco. Así que componer perfumes en Narcissus sería solo cuestión de tiempo...

—Acompáñeme, hoy trabajaremos con los clientes. Preste atención y, diga lo que diga, no me interrumpa, ¿entendido?

Elena asintió.

Claudine continuó hablando y durante un rato ella fingió escucharla, pero su mente estaba demasiado ocupada en alegrarse como para poder concentrarse en cosas que conocía a la perfección. Finalmente la mujer le mostró su sitio y se alejó, preparándose para recibir a los primeros clientes.

Aquella mañana entraron muchas personas en la tienda. Todos los dependientes de la perfumería estaban ocupados. Después de haber memorizado una buena parte de los perfumes creados por Jacques, Elena fue hacia los mostradores de venta, pero se mantuvo un poco apartada. Claudine había empezado a atender a un hombre de cierta edad que deseaba un perfume especial. Estaba manifiestamente irritado, y sus dedos nudosos se cerraban en torno al mango de un lujoso bastón de paseo.

—No, este no me gusta. ¡Huele a viejo, Dios santo, me recuerda la naftalina! —exclamó, indignado.

Claudine continuó exhibiendo su sonrisa inoxidable.

—Puedo sugerirle un *mélange* más discreto, si lo desea. ¿Qué le parece añadir madera de sándalo?

El hombre frunció los labios.

—¿Y cómo voy a saberlo, si no me lo da a oler?

Estaba delante del mostrador, malcarado, con los ojos brillantes y la decepción pintada en el semblante. Sobre la mesa había una decena de *mouillettes* usadas. La sonrisa de Claudine empezaba a mostrar los primeros signos de debilidad.

–Me habían asegurado que serían capaces de satisfacerme, lo que es evidentemente una exageración. No sé por qué pierdo el tiempo con ustedes.

Había levantado la voz y algún cliente se había vuelto con curiosidad.

Claudine apretó los labios.

–Dígame exactamente qué desea.

–¿No me ha escuchado hasta ahora? ¡Necesito un perfume nuevo! No quiero la fragancia habitual.

–Todos estos perfumes –contestó Claudine señalando los frascos alineados sobre el mostrador– se ajustan a su descripción. ¿Quiere probarlos otra vez?

El hombre entornó los párpados.

–¿Insinúa que no sé lo que quiero?

Las delicadas aletas de la nariz de la mujer se dilataron, estaba perdiendo terreno a marchas forzadas.

–Un momento, por favor –contestó.

Elena había asistido a la escena a distancia. El hombre iba vestido de forma original, pero elegante. Estaba nervioso, de vez en cuando metía un dedo en el pañuelo de cuello, tratando de aflojar la tensión. Miraba alrededor, dirigía la atención a los perfumes; en aquella mirada se concentraba la necesidad de novedad: una segunda juventud, algo capaz de cubrir la vejez, de darle confianza. Los hombres hacían ese tipo de elecciones, trataban de renovarse confiando en pequeños milagros, como un nuevo amor. Elena no sabía de dónde había sacado esa idea, pero, si era así, si lo que deseaba aquel señor mayor era un cambio, presentarse con un aspecto olfativo atrayente, ella sabía lo que haría en su caso.

—Pruebe esto, estoy segura de que le gustará —dijo Claudine, y le tendió otra *mouillette*.

El hombre le lanzó una mirada de desconfianza y, después de haberse acercado la tira a la nariz, frunció el ceño.

—¿Le parezco un chiquillo? ¿De verdad piensa que puedo andar por ahí con este... olor? —replicó, indignado.

Claudine apretó el puño y su mirada se tornó gélida.

—Si tiene la bondad de esperar un momento, veré qué puedo encontrar para usted.

Cuando Claudine pasó junto a Elena, estaba lívida, pero, pese a todo, llevaba estampada la sonrisa en la cara como una especie de sello. ¡Vaya, pensó Elena, esto sí que es profesionalidad! Pero Claudine había perdido realmente la paciencia y se dirigía a otro cliente que pedía un agua perfumada de rosa.

El señor mayor pareció entonces desinflarse. La rabia había pasado, quedaba la desilusión, profunda y punzante, algo que tenía muy poco que ver con el perfume. Era impotencia, era el intento de detener el fluir incesante del tiempo en busca de otra oportunidad.

Elena se acercó a él.

—¿Me permite preguntarle qué perfume usaba antes? —le consultó.

Claudine le había indicado que no la interrumpiera, pero no había dicho nada respecto de conversar con los clientes. Técnicamente no estaba contraviniendo ninguna orden.

En vista de que el señor parecía absorto en sus pensamientos, le repitió la pregunta en un tono más dulce. El hombre levantó la cabeza de golpe, como si hasta ese momento no se hubiera percatado de su presencia. Ella, un poco cohibida, le tendió la mano.

—Me llamo Elena Rossini. —Su abuela siempre se presentaba a los clientes.

—Jean-Baptiste Lagose —le contestó él. Pero, en lugar de estrecharle la mano, la tomó entre las suyas y se inclinó para besársela, como un caballero de otros tiempos.

Cuero, ládano y bergamota, pensó Elena cuando él se acercó, casi rozándola. Un aroma fuerte y sofisticado a la vez, con un olor de fondo profundamente almizclado. Casi podía ver a Jean-Baptiste observando el carrusel de la vida que lo había dejado en tierra. Percibía su abatimiento, su desprecio instintivo y, oculto bajo estratos de angustia, su poderoso deseo de volver a subirse en él.

—¿Es usted una empleada? —le preguntó.

Elena asintió:

—Hoy es mi primer día de trabajo aquí.

El señor miró alrededor y, cuando encontró la mirada de Claudine, se volvió hacia Elena.

—¿Es esa su jefa?

Estaba muy ofendido, ni siquiera se molestó en disimular el gesto con el que la señalaba.

—En cierto sentido.

—Pobrecilla —dijo, moviendo la cabeza. Luego apretó los labios mientras lanzaba otra mirada hacia Claudine—. Algunas personas son desagradables por naturaleza.

Sí, ella también lo pensaba. Pero no era cuestión de decírselo al cliente, así que desvió la conversación hacia un terreno más apropiado.

—Usted lleva un chipre, y es muy bueno, pero, si he entendido bien, le gustaría algo nuevo.

De pronto Jean-Baptiste dejó a un lado toda su belicosidad.

—Sí, exacto. Quería un perfume con carácter, algo rotundo, pero también original. Pero esa..., esa... no acaba de entenderlo, no me escucha.

Elena pensó en otro chipre. Es verdad que se trataba de un perfume clásico a base de musgo de roble, pero podía darle un aspecto más chispeante, quizá con limón y vetiver, para hacerlo más redondo y fresco. Ese hombre lo llevaría estupendamente. Parecía tener gustos audaces y poco convencionales, a juzgar por cómo vestía: americana azul marino, pantalones de rayas finas azul claro, pañuelo de cuello rojo. Llevaba un anillo de oro macizo y brillantes en el anular derecho. No había ninguna timidez en él, sino una fuerte determinación. Tenía una idea muy precisa que pensaba poner en práctica. El perfume que quería era una estrategia de conquista y para él era lo suficientemente importante como para ocuparse personalmente de buscarlo.

—¿Por qué no huele otra vez estas fragancias? Podríamos modificarlas de acuerdo con su gusto —le propuso Elena.

Necesitaba ganar tiempo, tenía que hablar con Claudine. Estaba segura de que en la tienda tenían un chipre de nueva generación; por lo demás, Montier era un profesional, no se habría quedado sin una nueva versión de los perfumes clásicos universalmente más apreciados.

Jean-Baptiste se enfurruñó de pronto. Por un momento Elena temió en serio que se negase. Miró a Claudine y luego de nuevo al cliente. Quizá fue a causa de la preocupación que mostraba el rostro de la chica, o simplemente porque quería de verdad fastidiar a la bruja que lo había tratado con tanta arrogancia, el caso es que Jean-Baptiste alargó una mano y empezó a olfatear una *mouillette*.

—Vuelvo enseguida —le dijo Elena con una sonrisa de alivio.

—Tranquila, no hay prisa —contestó él.

Se acercó a Claudine y le explicó lo que tenía en mente.

—¿Tienen algo con neroli, pomelo rosa o incluso limón como notas de salida, jazmín, gardenia, magnolia u otro *mélange* floral como notas de corazón, ámbar, sándalo y almizcle? El vetiver, por ejemplo, sería perfecto.

Claudine se quedó pensando.

–Sí, es un chipre. Tenemos uno que podría ser el idóneo. Me parece que tiene también cuero.

Elena no esperaba tanto. El cuero era un perfume ancestral, masculino, potente.

–Sería el súmmum.

Sin devolverle la sonrisa a Elena, Claudine se puso enseguida manos a la obra. No usaban a menudo los chipres; demasiado rotundos y ricos, eran perfumes de fuerte personalidad, difíciles de llevar, casi siempre pensados para las mujeres. Pero en composiciones particulares, con los ingredientes adecuados, eran intensamente masculinos. ¿Por qué no? La intuición de Elena podía ser acertada. Claudine consultó el archivo, encontró lo que buscaba y volvió con el hombre.

Elena la seguía a poca distancia. Jean-Baptiste todavía estaba ofendido. Cuando Claudine le ofreció la *mouillette,* fingió mirar para otro lado.

La mujer apretó los labios.

–*Mademoiselle,* ¿podría mostrarle usted el perfume al señor?

El hombre continuó en sus trece, con la mandíbula contraída y la expresión torva.

–Elena, sustitúyame, Philippe necesita mi ayuda –le susurró Claudine a Elena, con quien intercambió un gesto de complicidad.

Cuando la mujer los dejó solos, Jean-Baptiste se acercó a la *mouillette.*

–¿Es para una ocasión importante? –le preguntó entonces Elena.

El hombre asió la tira de papel con la yema de los dedos y se la acercó a la nariz.

–Sí, muy importante –susurró.

—Aspírelo con calma y piense en lo que le gustaría, en lo que querría que pasara. Vea si las emociones que siente son adecuadas o si falta algo.

Él siguió sus consejos. En silencio, casi con reverencia. Al cabo de un momento, empezó a hablar.

—Nos separamos mal, y por nada. Éramos jóvenes, orgullosos. Ahora las cosas han cambiado. Yo no me he casado nunca y ella es viuda.

El hombre continuó moviendo suavemente el papel impregnado de chipre. Elena se quedó en silencio, fascinada por aquella historia.

—No ha sido la única mujer a la que he amado, eso no. Pero ha sido la que más me ha hecho sufrir. Y ha permanecido siempre en mi recuerdo, con una constancia sorprendente. —Hizo una pausa y agitó la tirita de papel—. Cabezota a más no poder —protestó, frunciendo de nuevo el ceño—. Pero cuando sonreía..., cuando sonríe, sus ojos se iluminan de golpe, su mirada te llega directa al alma. Es guapa, lo es pese a todos los años que han pasado. Yo la encuentro guapísima. —Olió de nuevo el perfume—. Me recuerda a un jardín, no solo de flores, sino también de plantas. Tengo la impresión de oír el agua correr, limón, o quizá se trata de naranja. Una vez estuvimos juntos en un campo de cítricos. Fue un día precioso, nos reímos mucho, éramos muy felices en aquellos días. Después regresamos a la ciudad.

Había vuelto a sus recuerdos. Y había sido gracias a aquel perfume. Elena, con los ojos brillantes a causa de la emoción, no lograba apartar la mirada de él.

—¿Ha estado enamorada alguna vez, *mademoiselle?*

—No, creo que no —susurró, tras un largo silencio.

Él le dirigió una mirada extraña.

—No se preocupe, es usted guapa y amable, encontrará pronto al hombre adecuado. Es triste estar solo, *mademoiselle* —dijo—. El orgullo es cálido en apariencia, pero acaba convirtiéndose en un compañero gélido. Trate de seguir al corazón.

De repente, Elena sintió la necesidad de decirle a alguien que su corazón tenía curiosidad por un hombre realmente singular al que solo había visto dos veces y a oscuras. Ni siquiera sabía qué aspecto tenía realmente. Aunque su olor..., eso lo conocía bien. Sintió un estremecimiento en la base del estómago, pero ahuyentó sus pensamientos y se concentró en Jean-Baptiste.

—Bueno, estuve prometida una vez —se apresuró a aclarar—, pero él..., él prefirió... En fin, no funcionó —concluyó, con los ojos clavados en la superficie lisa del mostrador.

Jean-Baptiste se quedó callado. Luego alargó una mano y la puso sobre la de ella.

—Un idiota, estoy seguro. No se preocupe, *ma chère,* la vida propone y Dios dispone, pero nosotros tenemos la última palabra sobre todo.

—Claro —murmuró Elena, poco convencida.

—Este perfume me gusta mucho —continuó el hombre—. Me recuerda el pasado, pero tiene algo nuevo. Una esperanza, diría para ser exacto. Y eso es justo lo que quería. Una esperanza. La vida no tiene sentido sin esperanza, ¿lo sabe, *mademoiselle?*

Sí, lo sabía. Por eso se había trasladado a París casi sin pensarlo. Y lo había hecho pese a ser consciente de que no sería fácil. Entonces, ¿por qué se le había hecho de pronto un nudo en la garganta? ¿Y por qué esas estúpidas lágrimas habían empezado a abrasarle los ojos? Se las tragó casi con rabia y se obligó a sonreír.

—Estoy aprendiéndolo —le respondió.

Jean-Baptiste sonrió.

—Es usted una buena chica. Y ahora deme un frasco de este perfume. No demasiado grande, por favor, así tendré una excusa para volver pronto.

Le guiñó un ojo y Elena comprendió que de joven debía de haber sido un gran rompecorazones. Quién sabe lo que podría contar la misteriosa mujer que lo había empujado a buscar un perfume tan especial, algo que le recordara los buenos tiempos y la convenciera de volver a intentarlo, de dar a su relación una segunda oportunidad.

Esa no fue la única venta de Elena aquel día. Bajo la mirada atenta pero discreta de Claudine, atendió a otros clientes y consiguió dos pedidos importantes.

De regreso a casa, cansada y muy satisfecha, trataba de recordar, nerviosa, lo que sabía sobre la composición.

Las emociones de aquellas personas la invadían, las sentía, le hablaban. Había intentado oponerse y rechazarlas, más por costumbre que por otra cosa. Pero consiguieron quebrantar sus defensas y allí estaban, como pájaros posados en una rama, sin dejar de mirarla ni un instante. Sentía sus peticiones, aunque más que nada sentía el deseo de satisfacerlas. Porque sabía hacerlo, porque eso era lo que sabía hacer mejor que cualquier otra cosa.

Y le daba miedo. Estaba aterrada ante sus aptitudes, tenía miedo de que la obsesión de las Rossini se manifestara en ella como había hecho con su abuela y su madre.

Sus antepasadas lo habían abandonado todo por los perfumes. ¿Sería ella capaz de oponerse a esa fuerza, de acercarse a los perfumes sin convertirse en su esclava?

No lo sabía o, mejor dicho, no estaba segura. Porque ese día se había sentido realmente bien. Ofrecer a los clientes de Narcissus realidades y visiones olfativas la había satisfecho. No, era algo más importante: había dado sentido al día.

Cuando entró en el patio, se dirigió a la puerta sin mirar alrededor, inmersa en sus pensamientos. Revolvió el contenido del bolso en busca de la llave y la introdujo en la cerradura.

—Hola, Elena.

Cail. Ese nombre se abrió paso en la maraña de emociones que se arremolinaban en su interior. Levantó la cabeza y allí estaba, a unos metros, tranquilamente apoyado con un hombro en la pared. La luz de la farola le caía encima, acentuando sus facciones angulosas. Tenía los ojos azules, oscuros y profundos, y el cabello castaño con reflejos rojizos.

El corazón le dio un vuelco, y de repente fue como si, al mirar a Cail, su mente se liberara.

—Por fin nos vemos con luz —le dijo sonriendo.

Inmediatamente, Cail se ensombreció. Con un movimiento fluido, se apartó de la pared y retrocedió sin apartar la mirada de ella. Ya no estaba relajado. Tenía las manos metidas en los bolsillos de la cazadora y su expresión era fría.

La sonrisa de Elena se apagó. ¿Qué demonios le pasaba ahora? Otro de sus repentinos cambios de humor... Pero ella no había tenido ninguna intención de ofenderlo.

Clavó entonces los ojos en el portón e intentó girar la llave, pero esta se resistió. Volvió a intentarlo, en vano.

—¡Maldita sea! —exclamó, antes de dar una patada contra la madera.

—Déjame a mí —dijo Cail, avanzando casi de mala gana.

—¿Seguro que quieres acercarte? —repuso Elena, fulminándolo con la mirada.

Él frunció el ceño, con una expresión interrogativa en la mirada.

—Es que a veces la gente se pone nerviosa si estoy demasiado cerca —dijo, echando un vistazo a su alrededor.

—Será una broma, ¿no? —Pero él no tenía pinta de bromear. Estaba frente a ella, impenetrable, con la mirada apagada. Elena negó con la cabeza—. Sea como sea, a duras penas nos conocemos, así que no tienes por qué justificarte.

Supo que se había acercado a ella porque notó que contenía la respiración. Por un instante, pensó en apartarse, ser igual de descortés, pero al final decidió que no tenía ganas. Estaba demasiado cansada para pelearse con él. Tomó aire y la llamarada de rabia que la había invadido se extinguió de improviso.

Elena percibió de nuevo su olor, pero modificado primero por el desconcierto y, luego, por un ligero pesar. Mantuvo los ojos clavados en el portón y se apartó.

—No sé qué me ha pasado, yo... De acuerdo, inténtalo tú.

Cail no contestó. Alargó una mano y con la otra tiró un poco de la manija. En ese momento la llave giró. Sonó un «clic» seco entre ellos.

—Ya está —le dijo, a la vez que abría la puerta.

Elena lo miró y entró en el vestíbulo del edificio.

—Pasa, te invito a un café.

Pero Cail no contestó, se limitó a seguirla en silencio, con las manos metidas de nuevo en los bolsillos. Ella se arrepintió en el acto de haberlo invitado. Qué idiota había sido. Se veía a la legua que no tenía ningunas ganas.

—Vale, olvídalo. Nos vemos. Gracias por ayudarme con la puerta —masculló.

—Preferiría un té. —La voz de Cail sonó profunda, poniendo fin a todas las conjeturas de Elena. Pulsó entonces el interruptor y la luz se encendió—. ¿Tienes? —preguntó, mirándola a la cara—. Si no, no pasa nada, yo sí que tengo.

Al parecer tomarían un té juntos, al parecer no le era absolutamente hostil. Tenía que relajarse, pensó Elena. Estar tan a la defensiva no le hacía ningún bien. Sonrió débilmente, un poco aturdida.

—No, tranquilo, creo que tengo unas bolsitas.

Él pareció a punto de decir algo, pero se limitó a acercarse a la puerta del apartamento de Elena.

—¿Me das las llaves? —preguntó Elena, que le tendió la mano con la palma hacia arriba.

—¿Me dejas a mí? —dijo Cail. No le sonreía, pero parecía esperar su permiso.

Elena tuvo que esforzarse en apartar los ojos de los suyos.

—Sí, claro —asintió.

Cail tardó solo un momento en abrir la puerta y se hizo a un lado para dejarla pasar. Elena entró, un poco turbada. No lo entendía, pero sabía que entre ellos había sucedido algo.

Lo adelantó sin mirarlo, muy consciente de su presencia y de su olor, y se dirigió rápidamente a la escalera que llevaba al piso de arriba.

—No había entrado nunca en este apartamento —dijo Cail, mirando con detenimiento el interior—. Es muy interesante, la estructura original se ha mantenido intacta. —Alargó un brazo para señalar la serie de arcadas sostenidas por las gruesas paredes de piedra—. ¿Te has fijado en la altura que tiene? Aquí guardaban los carruajes, y arriba estaban las dependencias para la servidumbre.

Siguió describiendo la estructura arquitectónica original del edificio. Poco a poco, pareció darle vida, y de pronto fue como si a su alrededor las paredes hubieran perdido su pátina húmeda y los enlucidos hubieran adquirido fuerza.

—Es una pena dejar la planta baja así —concluyó.

Elena seguía mirándolo parada en el primer peldaño.

—Si fuera mío, lo reformaría y pondría una tienda, una perfumería.

Cail se acercó a ella después de haberla mirado largamente.

—¿Te dedicas a eso, entonces? ¿Eres perfumista?

De pronto todo tenía sentido. Un olor de tierra y rosas... Los olores ocupaban un lugar importante en la vida de esa mujer. Y había algo más, pensó Cail. Por un momento había pensado que ella era como el resto de la gente. Su cicatriz no era tan terrible, pero la mayoría experimentaba una repulsión instintiva por lo que no era perfecto. Con el tiempo se había acostumbrado; en el fondo, a él tampoco le caía bien todo el mundo. Al sentir la mirada de Elena sobre él, había percibido su sorpresa. Él se había apartado, como siempre, la gente detestaba estar demasiado cerca de él. En general, bastaba darles un poco más de espacio, restablecer cierta distancia para que no estuvieran tan nerviosos. Ella, en cambio, le había sorprendido de nuevo al enfadarse. Y al cabo de un momento había vuelto a mostrarse amigable y hasta lo había invitado a un café.

—Sí, exacto, soy perfumista. ¡Aunque para lo que me sirve! —le respondió Elena, antes de dar media vuelta y seguir subiendo la escalera.

—Depende de ti.

Elena volvió la cabeza.

—¿En qué sentido?

—Que sirva o no.

Silencio. Luego, ella sonrió con tristeza.

—Sí, claro, tienes razón. Al final, todo depende de mí.

Cail no lograba apartar los ojos de la figura esbelta que había empezado otra vez a subir la escalera, le gustaban aquellos cabellos claros que oscilaban sobre sus hombros, la mirada franca y directa. Pero lo que le había impresionado desde el primer momento era la sonrisa. Cuando sonreía estaba muy guapa.

De pronto, Elena se tambaleó. Había llegado al rellano y apoyó una mano en la pared. Cail se apresuró hacia ella subiendo los peldaños de dos en dos.

—¿Qué te pasa? —le preguntó bruscamente, agarrándola de los hombros.

Elena apoyó la frente en la pared, respiró despacio, con suavidad, y el vértigo que la había asaltado fue remitiendo.

–Nada, es solo un mareo. Debo de haber pillado una gripe –respondió, recuperándose del aturdimiento.

Sin embargo, tenía la mirada casi vidriosa, no podía respirar bien y empezaba a preocuparse de verdad. Hacía ya unas semanas que se encontraba mal con frecuencia.

–¿Se te pasa? –le preguntó Cail sin soltarla. La acompañó hasta la cocina estrechándola contra sí–. Siéntate aquí, estás pálida. ¿Dónde tienes las cosas? –Empezó a buscar dentro de los armarios–. Un té hace milagros –añadió en voz baja al cabo de un momento.

–¿De verdad? –repuso ella, todavía un poco confusa, antes de apoyar el cuerpo en el respaldo de la silla.

Cail encontró el hervidor, lo llenó de agua y lo puso enseguida al fuego.

–Por lo menos eso es lo que dice mi madre. Así que supongo que es verdad. –Se detuvo y se quedó mirándola. Luego se acercó a ella y le puso la palma de la mano sobre la frente–. ¿Has comido? –le preguntó.

–Sí.

Siguió mirándola como si estuviera sopesando su respuesta.

–Probablemente ha sido una bajada de tensión. El té te sentará bien.

Volvió a los fogones, bajó el fuego y sacó las bolsitas.

–¿Estabas esperándome? –Elena hizo la pregunta en parte porque no le gustaba pensar en las madres, y en parte porque tenía verdadera curiosidad por saberlo.

–Sí –le respondió Cail–. Quería decirte que he cambiado la cerradura de la azotea.

Elena se quedó mirándolo.

–¡Ah, vale!

La fría punzada de la decepción le quitó un poco de la alegría que le producía mirar al hombre trajinar en su cocina.

—Pero no hay timbre, así que he pensado darte mi número de móvil y pedirte el tuyo. La próxima vez que te apetezca venir a mirar las estrellas, me llamas. No —hizo una pausa—, no estoy acostumbrado a recibir visitas. —Hablaba tan bajo que Elena tuvo que esforzarse para oírlo—. Por cierto, todavía tienes que contarme por qué te dan miedo los perros —añadió.

Después sacó un papelito del bolsillo de los vaqueros, lo estiró con los dedos y lo dejó en la mesa.

—Aquí está —dijo, antes de ir a servir el té.

Elena no sabía qué decir. Continuó siguiéndolo con la mirada, entre perpleja y feliz. Pero se trataba de una alegría absurda, sin sentido. La había esperado para darle su número de móvil, no, aún mejor, para que se intercambiaran los números. Se sintió como una adolescente haciendo sus primeros pinitos. Y esa sensación la llenaba de serenidad.

—Bueno, ¿qué te pasó? ¿Cuándo te mordió un perro?

La pregunta de Cail la devolvió a la realidad.

—Cuando era pequeña.

Él se sentó enfrente, mirándola a los ojos.

—Vale, eras pequeña, ¿y qué más?

Elena desvió la mirada. Empezó a alisar el mantel con las manos. Se concentró para escoger las palabras con cuidado. Le resultaba difícil desenterrar ese recuerdo. No lo hizo de buena gana. Era una de esas cosas en las que no pensaba nunca, que preferiría olvidar del todo. Suspiró, y a sus labios afloró la sombra de una sonrisa.

—Tenía nueve años y era muy curiosa. *Milly* había tenido cachorritos. Yo no sabía que las perras se ponen celosas cuando tienen crías. —Hizo una pausa antes de continuar.

Maurice le había dicho que no se acercara, pero ella le desobedeció. Esperó a que él se fuera al laboratorio y se acercó al animal y su camada. Le gustaba mucho estar al lado de *Milly*. Eran amigas. Seguro que ella le dejaría tener en brazos a uno de sus cachorros, eran monísimos, tan gorditos y suaves... Estaba deseando acariciarlos. Pero, cuando fue a tomar a uno entre sus brazos, *Milly* le gruñó. Desconcertada, Elena estrechó instintivamente al cachorro contra su pecho. Entonces la perra se abalanzó sobre ella y le mordió primero un brazo y luego una pierna.

No recordaba muy bien lo que sucedió después, aparte de los gritos. Maurice la riñó severamente, estaba furioso. Su madre también se puso a gritar, culpándolo de algo. Maurice se fue sin reprender al animal.

La sirena de la ambulancia, el olor intenso del desinfectante, el miedo de aquella larga noche pasada en el hospital, sola, se grabaron a fuego en su mente infantil. No eran heridas graves. La perra no había clavado los dientes, se había limitado a zarandearla, a hacerle algunos rasguños. Pero Elena no olvidó la lección.

Cail dejó una taza delante de ella. Su mirada era todavía más melancólica que de costumbre, un músculo le temblaba en un lado de la mandíbula.

—Toma, bebe despacio, está muy caliente.

Le pareció que se había enfadado, y no tenía ni idea del motivo. El té estaba dulce y ardía. Sopló, aspirando el perfume y saboreando la sensación que le producía el vapor que le acariciaba la cara.

—Ese hombre —dijo Cail, pasados unos instantes—, ¿quién era?

Elena frunció la frente.

—¿Maurice?

Cail asintió.

—Sí, el dueño de *Milly*.

Elena se acercó la taza a los labios y bebió otro sorbo.

—Cuando yo tenía ocho años, se casó con mi madre. Ahora viven los dos en Grasse. Él tiene un laboratorio de aceites esenciales. Rosas en su mayoría, aunque también nardos y jazmines.

Su voz había perdido todo rastro de vitalidad. Era monocorde, parecía que hablara de alguien a quien no conocía, que no tenía la más mínima relevancia en su vida.

Cail intuyó que había mucho más detrás de aquella confesión. Se esforzó en dominar la rabia que lo había invadido escuchando las palabras de Elena. ¿Qué hombre habría dejado a una niña a merced de una perra que quería proteger a sus cachorros? Cualquier animal, hasta el más dócil, podía volverse peligroso. Era un milagro que Elena hubiera salido de aquello solo con unos rasguños y un susto de muerte. La rabia era ahora casi palpable. Lo recorría por dentro, y era absurdo. Apenas la conocía, no era nada para él. Pero hacía tiempo que Cail había dejado de analizar la lógica de sus reacciones. Hacía tiempo que había aprendido a aceptarlas y se limitaba a controlarlas. Así que decidió hacer algo por esa mujer que estaba allí, guardando su recuerdo doloroso con pudor. Se lo debía, porque, sin ella siquiera saberlo, le había brindado el camino para salir de una de sus pesadillas recurrentes, y además deseaba hacerlo.

—Mañana es sábado, tengo que salir. Como eres una recién llegada, si quieres te llevo a dar un paseo por el centro.

Con las manos alrededor de la taza todavía caliente, Elena se apartó de los recuerdos.

—¡Sería fantástico! —exclamó—. En realidad, no es la primera vez que vengo a París, ¿sabes? —Sonrió y se encogió de hombros—. Pero probablemente las veces anteriores era demasiado pequeña para apreciarla, porque ahora me parece todo tan nuevo...

En efecto, solo conservaba vagos recuerdos de la ciudad. Pero ahora la llenaba de alegría la posibilidad de redescubrirla con Cail. Sentía que sería un guía muy especial. Se puso de pie y le sonrió.

—Sí, sí, estoy deseándolo.

Quizá fue el entusiasmo de Elena, o quizá aquella sonrisa que le iluminaba la cara y la hacía estar guapísima, lo que hizo que a Cail le diera un vuelco el corazón. Se quedó desconcertado por la intensidad de su reacción. Por un instante, pero solo un instante, se arrepintió de haberle hecho esa propuesta.

—Muy bien, paso a buscarte por la tarde.

Sin más dilación, se despidió, dejando su taza de té intacta sobre la mesa.

Elena se quedó sentada pensando en sí misma y en aquel hombre mucho rato, hasta que se dio cuenta de que estaba realmente cansada. Se comió un plato de verduras a la plancha, se dio una ducha y luego decidió echar un vistazo al diario de Beatrice. Pero, pese a que intentaba concentrarse en la ordenada escritura de su antepasada, no sabía lo que leía y más de una vez se encontró pensando en el comportamiento de Cail.

Cuando sonó el móvil, ya sabía quién era.

—Hola, Monique.

—Hola, cielo, estaba deseando oírte. Bueno, cuéntame, ¿hay novedades?

Elena se mordió un labio, pensativa. Se sintió tentada de contarle lo que le pasaba, el malestar, los mareos... Pero cambió de opinión. Probablemente bastaría con pedirle el número de su médico.

—La verdad es que sí —respondió, con un suspiro.

Monique se agarró a aquel sonido, tratando de interpretarlo. Pero enseguida decidió que esa noche no tenía suficiente paciencia para descifrar a su amiga.

—Si no puedes aguantar la situación en la tienda, encontraremos otra cosa. En el fondo, tenías razón. Narcissus no es la única perfumería de la ciudad.

Hala, ya lo había dicho. Ella estaba segura de que era el lugar idóneo para Elena, pero Jacques sabía comportarse como un auténtico imbécil. Y no quería que Elena sufriera los atropellos de su examante.

—No se trata de Jacques, ni de Narcissus, que en realidad son mucho mejores de lo que pensaba.

Monique frunció el ceño.

—Entonces, ¿de qué se trata? —La inquietud se percibía claramente en su tono de voz.

Elena abrió la boca para responder, pero la cerró enseguida. De pronto se había dado cuenta de que no podía decirle nada. Monique se preocuparía, y ya tenía demasiados problemas que afrontar, su relación con ese hombre imposible, el nuevo trabajo..., no era cuestión de añadir otro. Fijó la mirada en un punto de la pared y decidió que se las arreglaría sola. Si volvía a encontrarse mal, iría a Urgencias y ya está. Además, debía de ser algo de poca importancia, pasajero. Probablemente Cail tenía razón, eran bajadas de tensión. En ese momento, por ejemplo, estaba perfectamente.

—Mañana salgo, tengo una cita, ¿no te parece increíble?

Silencio. Monique se incorporó hasta sentarse en la cama.

—¿Por qué tendría que parecérmelo? No es por nada, pero eras tú la que pensaba que no tenías ninguna esperanza, hasta el punto de tener que conformarte con ese supuesto cocinero —replicó, disimulando su estupor.

O sea que las cosas iban mucho mejor de lo que había esperado. Muy pronto, Matteo no sería más que un recuerdo difuso.

—Ya —dijo Elena suspirando, y, a su pesar, sonrió—. Está claro que el tacto no es una de tus virtudes —replicó. Pero estaba demasiado contenta para ofenderse de verdad por la franqueza de su amiga, así que dejó pasar el comentario.

—Digo lo que pienso, ¿qué tiene eso de malo? Y en cualquier caso, deja de divagar y cuenta, ¿quién es el afortunado?

Elena se acomodó mejor entre las almohadas y miró el techo.

—¿Sabías que en el último piso del edificio vive un hombre?

—Ahora que lo dices... Una especie de investigador, creo. —Monique hurgó en su memoria, intentando reunir toda la información que tenía sobre el vecino—. Escocés, sí. Cultiva rosas... Sí, sí, eso es, creo que es hibridador —dijo, mientras le volvían a la mente detalles y fragmentos de conversaciones que había tenido con algunas vecinas cuando vivía en el Marais—. He visto sus rosas en revistas un par de veces. Incluso ha ganado premios, ¿sabes?

—¡No me digas! —Elena abrió los ojos como platos—. Claro, por eso tiene tantas plantas en la azotea. A decir verdad, no es que las haya visto —rectificó—. Pero el perfume es inconfundible. Él mismo lo lleva.

—Lástima que sea tan raro. Y me acuerdo de su cara... Antes debía de ser muy atractivo.

¿Debía? Elena se ensombreció.

—Pero ¿qué dices? ¿Tú lo has visto bien? No solo es guapo, es mucho más que eso. Hay algo en el fondo de su mirada que te envuelve. Y el perfume que lleva... No tengo ni idea de quién lo ha creado, pero es extraordinario.

Monique dudaba mucho de que Cail se perfumara antes de salir de casa, pero evitó decirlo. Elena parecía prendada y no había mejor medicina que una nueva historia para olvidar un desengaño amoroso. Sonrió, satisfecha. Por lo que recordaba, aquel McLean era un tipo bastante rudo. Andaba deprisa, dando grandes zancadas seguras. Iba a lo suyo y hacía muy poco caso de los demás. Un poco raro para su gusto. Pero, si Elena había notado un perfume, quizá hubiera cambiado. Nunca se sabía.

—¿Y adónde vais a ir?

—Es una sorpresa. Cito textualmente: al centro, punto. No ha dado más detalles, la verdad. No parece un hombre que malgaste las palabras, digamos que es más bien sintético. ¿Sabes que tiene un telescopio? Conoce los nombres de las estrellas.

—Pero bueno, no me dirás que habéis estado mirando estrellas juntos.

—Exacto, no tengo ninguna intención de decírtelo.

Ahora la voz de Elena sonaba alegre. Hacía mucho que Monique no la oía así. Tenía algunas dudas, pero sabía que Cail llevaba años viviendo en el Marais y que la gente lo respetaba. Y después de todo, no debía de estar tan mal, si se había fijado en su amiga. Así que evitó las habituales recomendaciones y solo le pidió que se mantuviera en contacto con ella mandándole algún *sms*.

—Claro, tranquila. Te mando un mensaje cuando volvamos, ¿vale?

Elena terminó la conversación y dejó el móvil sobre la cama. Hibridador..., era un oficio fascinante. Esa era la razón de aquel olor de tierra y rosas.

Mañana, decidió. Al día siguiente le pediría que le hablara de él y de su trabajo. Pronto satisfaría su curiosidad.

Aquella noche, más tarde, antes de abandonarse al sueño, Cail analizó todos los momentos que había pasado con Elena y no encontró nada especial que justificara el interés que empezaba a sentir por esa mujer.

Le gustaba y punto, sin ningún motivo. Y eso era algo que realmente no conseguía entender.

11

*Lirio azul. Precioso y esencial como el agua,
el aire, la tierra y el fuego, es un perfume intenso
y luminoso. Aleja las tensiones y renueva
la confianza del alma.*

Era la tercera vez que Monique repasaba esa fórmula. Sumergió la *mouillette* en el cilindro graduado y aspiró. Esperó a que las notas de salida –almendra y pomelo, todas volátiles– se disiparan. Inspiró de nuevo, buscando las que componían el corazón del perfume: musgo blanco y haba tonka. Esperó un poco más, porque lo que no le convencía estaba en el fondo, en ese olor que debía exigir la piel de un hombre fuerte, decidido, capaz de hacer soñar a una mujer: sándalo y vetiver.

Nada, no notó nada, aparte del aroma penetrante del vetiver. Pero no quería una frescura cualquiera, deseaba un olor que recordara la esencia masculina más pura. Una mirada intensa, que prometiera lo que ninguna frase habría podido explicar. Quería emociones, quería el olor de Jacques.

–¿Por qué demonios no quieres dejarme en paz? –explotó, golpeando la mesa con la palma de la mano.

El cilindro graduado donde estaba el compuesto se tambaleó. Monique alargó la mano para agarrarlo, pero se le escapó de los dedos y el contenido se derramó. Un rodal amarillo pajizo se extendió sobre la superficie, mojando los cuentagotas, los embudos de papel y todos los utensilios que había dispuesto delante de ella, incluido el bloc de notas.

Enmudecida, observó el desastre. Luego se puso a renegar y casi se arrancó la bata con la prisa por quitársela. Necesitaba aire, espacio. Cruzó la puerta y salió al pasillo. Una vez fuera del laboratorio que Le Notre le había asignado, encontró al encargado de la limpieza.

—Retíralo todo. Inmediatamente —le ordenó.

Se dirigió a la escalera, bajó y salió a la terraza. Pese a que el sol estaba alto, su aliento se condensó enseguida. Pero lo que le velaba los ojos no era eso, sino las lágrimas, la rabia.

Se secó la cara y aspiró el aire frío. «Empezaré de nuevo, da igual si me lleva todo el día, pero conseguiré componer ese perfume.»

Claudine había observado a Elena Rossini durante toda la mañana. Le gustaba la manera de comportarse de aquella chica, era competente, amable pero decidida, no se dejaba arrastrar por el cliente, sino que proponía otras opciones. Sí, había sido un buen fichaje. Y estaba decidida a aprovecharla. Al fin y al cabo, ser supervisora tenía sus ventajas, pensó, como mujer práctica que era. Había apoyado a Elena Rossini porque la intuición le decía que podía serle muy útil.

Sonrió y volvió a su sitio.

—¿Puede atenderme? —le preguntó una señora de aspecto muy sofisticado que se había detenido justo delante de su mostrador—. Quisiera un perfume ligero, algo apropiado para una chica muy joven.

No había esperado a que Claudine le manifestara su disponibilidad. Esperaba que la atendieran inmediatamente. Era elegante y miraba a su alrededor con aires de suficiencia y los dedos apoyados sobre la montura de unas gafas Gucci de media luna.

Asquerosamente rica, pensó Claudine. Conocía bien a ese tipo de clientes. Después de siete años atendiendo a los compradores de Narcissus, había desarrollado una especie de sexto sentido. Apostaría a que era difícil y tacaña. Una de esas mujeres forradas que quieren algo único, lo quieren ya, y pretenden que sea barato. Hasta exigen gastar menos de lo que le dan a su asistenta.

—Le mando a la dependienta —contestó Claudine con su acostumbrada expresión tranquila.

No le dio la posibilidad de replicar y disfrutó de cada instante de la mirada atónita que le dirigió la señora mientras se alejaba alegremente. En cuanto vio a Elena, le hizo un gesto con la mano. Esperó a que se acercara y, con discreción, le señaló a la mujer.

—*Madame* necesita un perfume joven y delicado. Intenta satisfacerla.

Sin más, la dejó sola y permaneció a cierta distancia. Hasta que la clienta no sacara la tarjeta de crédito, si es que lo hacía, ella no volvería a entrar en escena, justo a tiempo para registrar la venta a su nombre y llevarse todo el mérito.

A Elena le esperaba una tarde muy especial. A lo largo de toda la mañana, el pensamiento de su cita con Cail había asomado en los momentos más inoportunos. Estaba deseando que llegara el momento de salir con él. Sonrió para sus adentros, satisfecha y un poco nerviosa.

Estaba muy contenta de cómo iban las cosas en Narcissus. Pese a los preámbulos no muy favorables, se había adaptado bastante bien. Le parecía comprender mejor la dinámica de las ventas y esa mañana había vivido momentos emocionantes.

Una señora elegantísima, de aspecto aristocrático, había comprado un perfume para su hija. Deseaba hacerle un regalo especial, pues las relaciones entre ellas se habían vuelto tensas. De la noche a la mañana, había dejado de ser una niña y se había convertido en una desconocida arisca, que saltaba por cualquier cosa y era profundamente infeliz. Eloise Chabot, así se llamaba la señora, deseaba algo especial que hiciera comprender a su hija que la tenía en muy alta consideración. «Quisiera el regalo que una mujer elige para otra mujer», le explicó a Elena.

En una ocasión, su madre también le había regalado un perfume. Elena casi lo había olvidado. Para su sorpresa, el recuerdo surgió de improviso. Era un regalo de cumpleaños. Nunca había abierto aquel perfume, debía de estar todavía en Florencia, en un cajón de alguna de las cómodas en las que su abuela lo guardaba todo.

Elena le había aconsejado a la señora una composición sencilla: almendra, miel, peonía, chocolate, haba tonka y, como nota de fondo, el calor y la dulzura aterciopelada del ámbar. Ahí estaba la infancia, pero había también una pizca de malicia y seducción.

«No es un perfume de niña, pero tampoco lo es de adulta. No posee la certeza de quien ha llegado. Es todavía transitorio.»

Eloise le había dado las gracias con una amplia sonrisa. En el momento de despedirse, incluso la abrazó.

Era la primera vez que le pasaba una cosa así, pensó Elena mientras apretaba el paso. Nunca había sentido esa intensa satisfacción que deriva de la conciencia de ser tan importante, de haber hecho algo especial por alguien.

De nuevo le volvió a la mente el perfume que su madre había creado para ella. Al recibirlo, en un primer momento se sintió absurdamente feliz, de un modo más bien disparatado. Siempre reaccionaba así cuando recibía algo de Susanna. Pero, cuando tuvo el paquete entre las manos, la felicidad fue disminuyendo poco a poco. Le pareció que sostenía una copa rota, llena de grietas por las que se salía todo el contenido. Después se obligó a guardar el regalo sin abrirlo.

No le hacía falta esa clase de atenciones por parte de su madre. ¡Un perfume, nada menos! Podía tener todos los que quisiera. Su abuela no hacía otra cosa que componer nuevas creaciones. Y además, si lo que quisiera fuese un perfume, se lo haría ella misma.

Era algo muy distinto lo que deseaba de su madre, había pensado, furiosa, mientras los restos de aquella breve felicidad se convertían en disgusto y luego en amargura. Eran abrazos lo que quería, eran horas de conversación, atenciones, risas, reprimendas también, de esas que acababan con lágrimas y promesas. Quería contarle que Massimo Ferri, de tercero B, le había pedido que salieran juntos y lo decepcionante que había sido su beso. Y húmedo. Y ese olor que despedía... tan desacertado...

¡Cielo santo! ¿Y de dónde había salido ahora ese recuerdo? El sonido seco de un claxon la devolvió a la realidad. El corazón le palpitaba fuerte y una sonrisa apareció en su rostro. Qué tonta era. Massimo Ferri. Se había enamorado locamente de aquel chiquillo cuyo nombre, que no su cara, aún recordaba; un enamoramiento que desapareció con la misma rapidez con la que había llegado.

Negó con la cabeza y, como siempre, relegó todo lo relacionado con su madre, y la pena que lo acompañaba, a un lugar suficientemente alejado y escondido de su alma.

Pero le quedó una cierta curiosidad por el perfume. A saber cómo se le habría ocurrido a Susanna crearlo y qué habría elegido finalmente para ella, si vainilla o gardenia, neroli o lavanda...

Cruzó la calle y, cuando llegó a la esquina con la Rue des Rosiers, echó un vistazo al vendedor de láminas, que se ceñía el viejo chaquetón. Llevaba un gorro rojo de lana que le dejaba los ojos al descubierto y le hacía parecer más joven. Se paró un instante para observarlo y movió los pies, que se le habían quedado helados. Decidió ponerse las botas cuando llegara a casa. Quería ver todo lo que Cail iba a enseñarle. Ya saboreaba el paseo.

El viejo, entre tanto, había puesto en marcha el magnetófono. Ahí estaba, *«La vie en rose»*: *«Et dès que je l'aperçois, alors je sens en moi, mon coeur qui bat»*.

Sonrió y se dirigió a casa. Estaba impaciente por salir con aquel hombre. Un hibridador de rosas... ¡Increíble!

Cuando Cail llegó, hacía ya un rato que estaba preparada; se había puesto una falda pantalón azul noche, una camisa blanca y un jersey de amplio escote, que se había comprado poco después de llegar a París, en una de esas tiendecitas *vintage* que abundaban en la ciudad. Era suave, grueso, de un color rosa palo que jamás se le habría ocurrido ponerse cuando vivía en Florencia, pero que ahora le gustaba un montón. Además, según la dependienta, le sentaba divinamente.

Divinement, repitió para sus adentros mientras bajaba la escalera, tratando de recordar la inflexión exacta que le había dado la mujer.

—Hola —dijo, al abrir la puerta.

Cail la miró sin decir palabra. Elena sintió aquella mirada recorriéndola de la cabeza a los pies. Contuvo la respiración, el corazón había acelerado sus latidos.

—Tendrías que ponerte una chaqueta.

Elena frunció el ceño. Expeditivo, rápido y conciso. Vaya, no es que se esperara un beso, pero...

«Mentirosa», se reprochó mientras se tragaba cierta desilusión.

—Sí, claro, aquí la tengo —dijo.

En la pared había un perchero antiguo del que colgaba una larga chaqueta de lana. Cail se la quitó de las manos, comprobó su consistencia y negó con la cabeza.

—No vale, hace falta algo de más abrigo.

Ella se quedó pensando y asintió.

—Un momento, vuelvo enseguida.

Unos minutos después apareció con una cazadora de piel y una bufanda en el cuello.

Cail la observó y dijo que sí con la cabeza. Pero no le devolvió la sonrisa, estaba pensativo.

¿Y qué era lo que fallaba ahora? Elena guardó silencio. Ese hombre era extraño. Casi parecía enfadado. Algo se agitó en el fondo de su estómago.

—Oye, si has cambiado de idea, si ya no te apetece..., no pasa nada.

Él hizo caso omiso de sus palabras. Continuaba mirándola en silencio.

—¿Estás bien?

Pues claro que no estaba bien. Estaba desorientada, no lograba entender qué demonios le ocurría. Frunció el entrecejo.

—Sí, ¿y tú?

—Hablo en serio, Elena. Iremos en moto y hace frío.

¿Una moto? No había ido nunca en moto. El ruido siempre le había dado un poco de miedo. Cail tenía moto y quería llevarla a dar una vuelta. La perplejidad desapareció, barrida por la excitación. Iba a montar en moto. ¡Ya estaba impaciente!

—No sabía que tuvieras moto. ¿Cómo es? ¿Muy grande? Necesito un casco, y no tengo —dijo con una pizca de desilusión en la voz.

Cail arqueó una ceja.

—Casco hay —le contestó. Alargó una mano y, con la yema del índice, le levantó un mechón de pelo que le caía

171

sobre la cara y se lo colocó detrás de la oreja—. Abróchate la cazadora.

Se alejó, con las manos en los bolsillos y esa mirada de nuevo melancólica que la recorría de la cabeza a los pies. A Elena le dio un vuelco el corazón.

—Vamos, se está haciendo tarde —le dijo de improviso, poniendo fin a aquella especie de momento mágico.

Cinco minutos después, Elena contemplaba una enorme Harley cromada, de un negro reluciente y con unas llamas rojas pintadas en el depósito. *Hermione,* le dijo Cail que se llamaba.

Elena no pestañeó. ¿Quién era ella para decir que era ridículo llamar a una moto con un nombre de mujer? Así que se mordió los labios para contener la risa, concentrándose en la manera más adecuada de montar en aquel trasto.

—Ven, mira cómo tienes que hacerlo —le dijo Cail.

—Para ti es fácil, pero yo no tengo las piernas tan largas como tú —masculló, a la vez que lanzaba una mirada torva al asiento.

Cail movió la cabeza y, tras haberle abrochado el casco, le rodeó la cintura con un brazo. Al cabo de un momento, Elena estaba sentada a horcajadas sobre la moto. El motor rugió, al principio amenazador y luego con un ruido cada vez más profundo. Cuando se pusieron en marcha, iba tan pegada a Cail que temía que él se quejara. Pero al final decidió que por nada soltaría a la presa.

Ville Lumière.

Si había dos palabras que pudieran describir París, sin duda eran esas. La ciudad era un espectáculo de colores y resplandecía de vida. Solo eran las cinco de la tarde, pero un velo de nubes había amortiguado la luz del sol y toda París había respondido como a una invitación llenándose de luces. Ahora que lo pensaba, era justo ese resplandor lo que se le había quedado grabado de niña, eso y el olor. La ciudad olía a vehículos, personas, comida y humo. También a otro olor que subía del Sena, pesado y húmedo. Aunque ahora era un olor distinto porque se le sumaba el del hombre al que permanecía abrazada: fuerte, cálido e intrigante; una mezcla de hierbas y cuero, y de dulzura.

La reconfortaba la sensación de aquella espalda caliente a la que agarrarse. Experimentaba también una ligera inquietud, como si fuera a cometer una pequeña locura. En el fondo era un desconocido, un hombre fascinante que había decidido mostrarle una ciudad maravillosa y muy romántica.

Si en ese momento oyera las notas de *«La vie en rose»*, probablemente percibiría aún mejor su magia, pensó.

Cail fue hasta la Île de la Cité y después se dirigieron a un aparcamiento vigilado.

—Hemos llegado —le dijo.

Al bajar, ayudó a Elena, que había empezado a trajinar con la correa de sujeción del casco.

—¡Uf, estaba deseando quitarme esta cosa! —exclamó ella.

Estaba acalorada y, pese a que de su boca escaparan ligeras nubes de vaho, se le notaba la cara encendida. Pero sobre todo estaba contenta. En el trayecto en moto, había sentido alegría y terror a partes iguales y se había divertido como una loca. Estaba impaciente por repetir.

Cail dejó la Harley y esperó a que le dieran el resguardo del aparcamiento. Después salieron a la calle.

Había un incesante ir y venir de gente, y de pronto él la agarró de la mano.

—No te apartes de mí —le dijo, señalando el gentío.

—Si insistes... —le contestó Elena, que alzó la mirada al cielo para disimular el apuro que le producía aquel contacto.

Perplejo, Cail la observó con los ojos entornados, Elena se echó a reír alegremente y él comprendió que bromeaba. Otro vuelco en el pecho, una sensación de alegría. Cail se dio cuenta de que tenía ganas de unirse a aquella carcajada. Así, sin motivo. Pero estaba bien. Ella le hacía sentirse bien. Fue un momento extraño. Se quedaron parados en medio del gentío, mirándose, tratando de comprenderse sin palabras.

—Ven, vamos —le dijo él bruscamente, poniendo fin a aquella suerte de encantamiento en el que habían caído.

—¿Adónde?

—Te gustará.

No, decididamente no era muy hablador, pero Elena empezaba a acostumbrarse a aquella especie de brusquedad. Además, se sentía segura con él, con aquella mano caliente en torno a la suya.

—Venga, dime algo más, no puedes pretender que te siga sin que me des una pista.

Cail se volvió hacia ella pensativo.

—Chocolate —susurró, acercándose a sus labios.

Entonces, se esfumó cualquier intento de objeción por parte de Elena. Cuando consiguió respirar de nuevo con normalidad, se sorprendió riendo como una chiquilla. El chocolate era su mayor debilidad. Lo agarró de una manga y, por un instante, se pegó a él.

—Si es un sueño, no me despiertes.

Cail negó con la cabeza, pero cuando pareció buscarle el pulso, rozándole el retículo de venas con el pulgar, el corazón de Elena se puso a latir furiosamente. Era una caricia íntima y al mismo tiempo delicada. Elena podría haberse apartado, porque la mano de Cail la sujetaba con suavidad, sin apretar demasiado. No obstante, se sintió unida a él y esa sensación la turbó.

Continuaron andando agarrados de la mano, en silencio. Cuando la multitud se hizo más compacta, Cail la atrajo hacia sí rodeándole los hombros y ella, tras un momento inicial de sorpresa, se abandonó a su abrazo.

Había muchos turistas delante de Notre-Dame. Se había formado una cola larguísima que iba de un lado a otro de la plaza.

—No conseguiremos subir a las torres —susurró, observando con tristeza la cima de los campanarios.

Le hubiera gustado mucho ver de nuevo París desde lo alto, y verla junto a Cail. La vista desde los campanarios era magnífica, única. Aunque habían pasado muchos años, todavía la recordaba. Desde alguna parte de la mente le llegó un pensamiento: si la vieran juntos, tendrían algo que compartir.

—Nos las apañaremos, no te preocupes —le aseguró Cail.

Lo miró y supo que hablaba en serio. Entonces le sonrió.

La pastelería estaba cerca de la catedral, a un centenar de metros. Todo en ella era rosa; Elena no daba crédito. Se detuvo a unos metros de distancia y aspiró el perfume que despedía aquel establecimiento tan singular. Frutas del bosque, miel, chocolate, melocotón. Y el aroma inconfundible del azúcar que se derretía un momento antes de oscurecerse y convertirse en caramelo crujiente.

Una repentina sensación de vacío en el estómago le recordó que se moría de hambre. Luego el malestar se transformó en una punzada de dolor. Se detuvo, alarmada, esperando no encontrarse mal otra vez. Pero Cail no la soltó y la observó con atención antes de continuar.

—No es por Ladurée —le dijo de pronto, casi como si quisiera disculparse.

Elena se encogió de hombros.

—Si los sabores son solo la mitad de buenos que los olores que salen de ese local, será un paraíso.

El malestar de hacía un momento desapareció, dejándole un hambre voraz.

En el interior de Ladurée todo era en tonos crema, desde los mostradores hasta los estantes, donde había cajas de todas las formas, tamaños y colores.

Elena se percató de inmediato de que aquel olor de galletas recién sacadas del horno no venía del obrador, era más bien la composición sofisticada de un perfumista. Mientras Cail la ayudaba a quitarse la cazadora, sonrió para sus adentros. Psicología olfativa. Se había puesto de moda que los comercios encargaran un perfume exclusivo, cercano a una sensación agradable. De ese modo el establecimiento dejaba en el cliente una huella indeleble. Era una implicación sensorial absoluta. La magnífica vista, el perfume, el gusto, la sensación de bienestar.

Una chica vestida de blanco les sirvió inmediatamente: un surtido de hojaldres, *macarons* de frutas y un chocolate con nata. Para Cail, un té negro.

Elena no perdió el tiempo y empezó a comer. Estaba todo delicioso. Tras morder la costra fina y afrutada del *macaron,* la suavidad de la masa se le fundió en la boca.

—Está buenísimo —dijo, con otro en la mano.

Cail la miraba en silencio, siguiendo todos sus movimientos. En la mirada, un destello divertido.

—¿Hace mucho que tienes a... *Hermione*? —le preguntó Elena.

—Cinco años. Antes tenía otra moto.

Se puso tenso y desvió la mirada. Elena lo observó juguetear con una de las servilletas que la camarera había llevado a la mesa. Se notaba a la legua que no era uno de sus temas preferidos, así que no insistió y mordió un *macaron* de un color lila tan intenso que parecía artificial. Una explosión de crema de grosella negra le hizo cerrar los ojos. Era un placer maravilloso, difícil de describir. El perfume era intenso y la crema se extendía por la boca como miel caliente.

—Ostras..., es una de las cosas más buenas que he comido nunca —susurró cuando por fin pudo articular palabra.

Cail volvió a mirarla y su expresión se suavizó. No era una auténtica sonrisa, eso no, pero se le acercaba lo suficiente como para permitirle imaginar lo guapo que estaría si sonriera.

—¿Hace mucho que trabajas con perfumes?

—Toda la vida —respondió tras un silencio, y luego desvió la mirada.

Cail empujó hacia ella el plato de los *macarons,* le gustaba verla comer. Le gustaba mirarla, sin más. Esperó a que ella comiese otro, con paciencia, en silencio. Elena masticó despacio y se puso a hablar.

—Muchas mujeres de mi familia han sido perfumistas. Las más dotadas crearon perfumes importantes; las otras, como mínimo, sacaron adelante la empresa familiar. —Hizo una pausa, miró hacia la calle y después a Cail—. ¿Sabes que nuestra fortuna vino precisamente de Francia? Una antepasada mía creó un perfume especial. Era tan intenso, tan perfecto, que sedujo a una princesa. El hombre que le había hecho el encargo se casó con la princesa, accedió al reino y recompensó a la perfumista con una suma increíble. Después ella dejó el país y regresó a Florencia.

—Tengo la impresión de que hay algo más y no tienes ningunas ganas de decírmelo.

Elena le sostuvo la mirada.

—No lo olvidó nunca. Me refiero a aquel caballero. Siguió amándolo, incluso después de haberse casado con otro, y escribió sobre él en su diario. Es una historia triste.

Cail dejó la taza en la mesa, se apoyó en el respaldo de la silla y se encogió de hombros.

—Quizá no estaban destinados a vivir juntos.

—El destino se puede cambiar —replicó Elena—. Hace falta voluntad. Eso es lo único capaz de cambiar el curso de los acontecimientos.

—No siempre. Hay situaciones..., cosas que ocurren a las que no es posible sustraerse.

Volvía a estar distante. Su mirada se había vuelto repentinamente dura, al igual que la línea de sus labios. Pero había algo más profundo, escondido en aquellos ojos gélidos. Le pareció triste. Elena tenía la impresión de que un gran dolor dictaba las palabras de Cail. Y de pronto comprendió.

—¿Hablas de la muerte?

—No —replicó él con aspereza—. Hoy solo cosas bonitas —dijo.

No era nada del otro mundo como respuesta, pensó Elena. Y dejaba interrogantes más profundos que los que la habían llevado a hacer aquella pregunta, pero el mensaje era claro y rotundo. No tenía intención de continuar aquella conversación. Pero tampoco ella quería hablar de destino y muerte.

—Háblame de ti. ¿Qué haces en la vida aparte de vivir en el Marais y mirar las estrellas?

—Mi trabajo, en el fondo, se parece un poco al tuyo. Soy hibridador de flores. Mi campo son las rosas perfumadas. Intento mantener el aspecto de las rosas antiguas, las de gran carácter, colores sólidos, perfumes únicos. Precisamente los perfumes complejos, los que parecen derivarse de diversos niveles olfativos, son mi objetivo. Parten de un simple afrutado para variar en cítricos o mirra, capaces de suscitar sugerencias olfativas intensas, únicas. No me gusta que a las que acaban de nacer, desprovistas del mínimo olor, las destaquen solo por su aparente belleza.

—Entonces, ¿las proteges?

Cail arqueó una ceja.

—No lo hago desinteresadamente, gano bastante dinero.

—Sea como sea, el resultado es ese. Si no hubieras decidido crear una alternativa, probablemente su destino habría sido el olvido.

Continuaron charlando. Cail seguía siendo parco y conciso en sus respuestas y le habló de su última creación, a decir verdad, muy decepcionante. Pero podía convertirse en una buena rosa madre.

—Es un poco lo que sucede con los seres humanos. De una madre con los ojos azules y un padre con los ojos verdes, puede nacer un hijo con los ojos también claros, pero de una tonalidad distinta.

Elena lo escuchaba embelesada. Más de una vez perdió el hilo del discurso, pero continuó manteniendo la mirada clavada en él. Cuando salieron ya había oscurecido y la Île estaba iluminada por miles de luces de todos los colores.

—Es tarde para ir a otros sitios. Notre-Dame está a dos pasos. Ven.

Cail le señaló la enorme catedral, que se erguía con sus arcos ojivales hacia el cielo. En los pináculos, las gárgolas de piedra parecían vigilar a los transeúntes.

Casi habían llegado al enorme portón cuando Elena miró hacia arriba.

—No recordaba que se pasara por aquí...

Cail asintió.

—La entrada es por la Rue du Cloître. Es una escalera de caracol de cuatrocientos peldaños —le dijo él a modo de advertencia—. De todas formas, la parte inferior de la catedral es muy bonita.

—Sí, lo sé. Pero si te quedas abajo no ves las campanas.

—No, en efecto, no las ves.

—Todas tienen nombres bonitos —añadió Elena.

Cail asintió.

—Angélique-Françoise, Antoinette-Charlotte, Hyacinthe-Jeanne y Denise-David son las más recientes. La más grande es Emmanuel, de casi trece toneladas.

—Extraordinario —susurró Elena—. El cielo parece estar tan cerca desde ahí arriba... —dijo, recordando la última vez que había subido a esas torres. Luego se volvió hacia Cail—. Subamos, ¿quieres? —le propuso de pronto, rozándole el hombro.

Él le estrechó la mano un instante y asintió antes de soltarla.

—De acuerdo.

La cola de turistas había disminuido, habían tenido suerte. Empezaron a subir despacio, con las manos frías por efecto del aire otoñal. Los peldaños se sucedían, interminables. La luz suavizaba las asperezas de la piedra. Entre aquellas paredes, se concentraba un olor antiguo: olía a humedad, a siglos de pasos, a incienso viejo, a cera de abejas. ¿Cuántas personas habían pasado por allí antes que ella? Su imaginación se dejó llevar por el olor y lo que evocaba. Mujeres, hombres, cada uno con un pasado, con una historia.

De pronto se detuvo. No podía respirar. Tenía la impresión de que el aire había dejado de entrar en sus pulmones, como si se hubieran bloqueado. Inclinó la cabeza y la enderezó de nuevo. El pánico se extendió, gélido, por su interior. Empezó a inhalar más deprisa, pero, por más que se esforzaba, la sensación de ahogo era fuerte y aterradora.

Cail iba detrás de ella. Cuando se dio cuenta de que algo no iba bien, la agarró y la hizo volverse hacia él. Le levantó la cara y se percató de que estaba a punto de desmayarse.

—Vamos a bajar, tranquila.

No esperó su respuesta. La tomó en brazos, como si fuera una niña. Y abriéndose paso entre los turistas que subían, aguantando sus protestas con los labios apretados, bajó, escalón a escalón, estrechándola contra su pecho. Una vez fuera, se dio cuenta inmediatamente de que Elena no reaccionaba. Le quitó la bufanda y le apartó el pelo de la cara con mucho cuidado, acariciándola delicadamente. Estaba pálida, pero respiraba con normalidad.

—Elena, ¿me oyes?

Las pestañas temblaron, luego parpadeó y lo miró como si no acabara de entender.

—¿Qué ha pasado?

—Te has desmayado. Te llevo al hospital.

No esperó a que contestara. Las Urgencias del Hôtel-Dieu estaban a unos metros. La tomó de nuevo en brazos y cruzó la calle.

12

Vainilla. El perfume de la infancia, dulce y cálido.
Reconforta, pone de buen humor, ayuda a afrontar
las dificultades, mitiga las tensiones. Armoniza con la piel.
Unas gotas unen y guían los gestos del corazón.

Estaba bastante satisfecha. Monique olió de nuevo la *mouillette,* cerró bien el cilindro graduado y agitó el *mélange* de forma que el alcohol empezara a diluir las moléculas que componían las esencias antes de meterlo en el contenedor, a fin de que permaneciese a oscuras. Comprobó por última vez que la fórmula introducida en el programa correspondiera a sus anotaciones, tiró los filtros de papel, se estiró y salió del laboratorio.

Tendrían que pasar veinte días más antes de percibir con cierta precisión en todos sus matices el perfume que acababa de crear. Un mes de maduración, como solía decir Lucia Rossini. Pero, si bien Monique no había seguido hasta el final el procedimiento que le había enseñado la abuela de Elena, la estructura del perfume estaba clara, el resultado final era previsible y correcto. Sí, la jornada había sido productiva. Transcurridos los veinte días, añadiría agua, filtraría de nuevo el compuesto y establecería la graduación precisa del *eau de parfum*. Pero eso lo decidiría con Le Notre.

Bajó la escalera y fue directamente al aparcamiento subterráneo; en el camino saludó a algunos compañeros. Una vez en el coche, encendió el móvil.

—Aquí estás —murmuró al oír la vibración. Pero no era un mensaje de Elena. Leyó rápidamente la invitación a cenar de Jacques y la borró—. Idiota —masculló entre dientes, sin caer en la tentación de llamarlo y decirle exactamente lo que pensaba de él. Esperó unos segundos más, mientras iban entrando varios mensajes, con los ojos clavados en la pantalla y una pizca de preocupación. Era raro que Elena no le hubiera escrito. Probablemente estaba demasiado ocupada divirtiéndose. Sonrió y puso en marcha el coche. Estaba deseando darse una larga ducha caliente. Se pondría a ver la televisión y llamaría a su madre. Llevaban varios días sin hablar. Necesitaba mimos, y Jasmine sabría cómo subirle la moral.

Con la espalda apoyada en una pared de la sala de espera del hospital, Cail miraba un punto cualquiera del suelo. Se habían llevado a Elena hacía ya una hora y desde entonces él no había hecho otra cosa que mirar el reloj.

Odiaba los hospitales. Le recordaban lo enorme que era la impotencia del hombre, lo frágil que era la vida.

Se pasó las manos por la cara y después por el pelo, que se peinó hacia atrás. No era nada grave, se repitió por enésima vez. En caso contrario, ya se habría enterado. Y además, si de verdad se hubiera encontrado mal, Elena no habría tenido tanta energía. No había habido manera de que se sentara en la silla de ruedas y no quiso que la viera un médico hasta que pudo ir hasta la consulta por su propio pie. Si hubiera estado mal de verdad, no habría tenido tanta energía, ¿no?, se repitió. Una punzada en el corazón se sumó a aquella sensación de temor que lo había invadido cuando Elena se desmayó.

Elena lo había saludado con la mano, como hacen los niños, con los ojos clavados en los suyos y el miedo pintado en la cara.

Habría dado cualquier cosa por acompañarla. De nuevo sentía esa necesidad irracional de estrecharla contra su pecho, de sentir su calor, su olor.

Pero ¿cómo es que tardaban tanto?

Echó a andar nervioso, dando largos pasos, hasta que llegó a la cristalera. Se detuvo ante el esplendor de la ciudad, de sus miles de luces. Con las palmas sobre los gruesos cristales y la mirada fija en la oscuridad de la noche, le pareció que el pasado lo sumergía en otra vida.

Él no estaba cuando se llevaron a Juliette. Pasados los años, el recuerdo era confuso; además, se había enterado de lo que sabía por los atestados de la Policía. Había sido un milagro que hubiera salido de aquello solo con una cicatriz y algunos huesos rotos. A duras penas recordaba el claxon ensordecedor del camión, el chirrido de las ruedas sobre el asfalto unos segundos antes de salir despedido del sillín de la moto. Pero de una cosa estaba seguro: aquella noche, una parte de él había muerto junto a Juliette.

Desde entonces no era el mismo.

Tragó saliva y cerró los ojos. Un instante después emergió de aquel lugar oscuro del interior de su alma donde lo había sepultado todo y al que muy raramente regresaba.

Reflejada en el cristal, vio a una de las enfermeras que habían acompañado a Elena, se giró y fue a su encuentro.

—¿Hay noticias?

La mujer se detuvo y de pronto pareció caer en la cuenta.

—Ah, sí. —Sonrió—. ¿Es usted el marido de *madame* Rossini?

Cail se quedó sin habla y no consiguió hacer otra cosa que asentir mecánicamente.

La enfermera le dio un amable golpecito en el brazo.

—No se preocupe, no es nada grave. Su mujer solo debe descansar y tomar complementos alimenticios. En su estado es normal tener mareos. Con un poco de suerte, las náuseas se le pasarán cuando cumpla el tercer mes. Mímela un poco, a las mujeres nos gusta que nos mimen.

Él no respondió, no habría sabido qué decir.

La enfermera sonrió de nuevo, casi divertida por la súbita palidez, por el estupor que se había dibujado en su rostro. Cail le dio las gracias, se acercó a una silla y se dejó caer.

Está embarazada... Elena está embarazada, se dijo. Permaneció inmóvil, mirándose las manos, mientras un torbellino de emociones contradictorias giraba dentro de él.

Cuando la enfermera volvió a la sala, una media hora más tarde, la abordó.

—¿Puedo ver a... mi mujer?

—Creo que será lo mejor. Está muy alterada —le respondió, tras haberle dirigido una mirada indagadora.

Ya no se mostraba amigable y caminaba deprisa. Atravesó la sala y salió sin siquiera esperarlo. Se mostraba fría, hostil. Tras haber recorrido una decena de metros, le indicó una puerta.

—Puede entrar. Tienen que esperar el resultado de los últimos análisis antes de irse, rellenar los formularios y retirar la hoja del alta. Será como mínimo otra hora —le advirtió, y desvió la mirada—. Como ya le he dicho a su mujer, en caso de que decidan intervenir, solo tienen un par de semanas. Después estarán fuera de plazo. —Dio media vuelta y desapareció al final del pasillo.

¿Intervenir?

Cail llamó y abrió la puerta. Ella estaba sentada en una cama, con la cabeza inclinada y los brazos cruzados sobre el regazo. Parecía perdida; el pelo le caía sobre la cara y tenía la espalda encorvada. De vez en cuando un temblor le sacudía los hombros. Ni siquiera se había percatado de su presencia.

Se acercó a ella y se arrodilló para que sus ojos estuvieran a la misma altura; luego, con mucha delicadeza, le levantó la barbilla.

—Hola, ¿estás mejor?

Elena negó con la cabeza; tenía los ojos húmedos.

—Estoy embarazada —le dijo con un hilo de voz.

Estaba embarazada de dos meses y sola. ¿Cómo podía no haberse dado cuenta? Sí, de acuerdo, nunca había tenido un ciclo regular, pero olvidarse de aquella manera... Habían sucedido demasiadas cosas, demasiadas y todas a la vez. Y ahora un niño venía en camino y la verdad era que no sabía qué hacer. Un miedo profundo que nunca había sentido hasta entonces le oprimía la garganta. Era incapaz de pensar, incapaz de hablar. Siempre había creído que un día lo afrontaría todo junto a un compañero, un marido. Pero Matteo... Solo pensar en él la hacía sentirse peor. Un violento rechazo la sacudió. No, no quería pensar en Matteo en ese momento. No quería pensar y punto. ¿Cómo había podido ocurrir?, seguía preguntándose. ¿Por qué ahora? Y entonces la invadió de nuevo un terror irracional.

Cail le apartó un mechón de pelo de la frente y luego otro, rozándole la piel con suavidad. No lo hizo por ella, sino por sí mismo. Sentía la necesidad de tocarla. Solo de tocarla.

Habría consecuencias, innumerables. Lo sabía con certeza. Las afrontaría cuando se presentaran, decidió. De una en una. No tenía sentido pensar en ellas en aquel momento, no cuando las manos de Elena se agarraban a su jersey y lo apretaban.

—Es algo hermoso, un niño es siempre una bendición.

¿Y eso de dónde demonios le había salido? ¿Qué sabía él de niños? Pero lo que él pensara no era importante. En ese momento era ella quien necesitaba todo el apoyo posible. Lo decía esa única lágrima que le había dejado un surco húmedo en la piel del rostro, las manos que continuaban aferradas a él. Cail no tenía ni idea de qué era adecuado decir en esas circunstancias, lo suyo no eran las palabras ni los grandes discursos. Así que se dejó guiar por el instinto y encontró fuerzas para sonreírle como aún no lo había hecho. Le secó la cara con la yema del pulgar y se quedó callado, esperando que se calmara lo suficiente para decirle algo. Cualquier cosa.

—Siempre he deseado tener un niño. —La voz de Elena era menos que un susurro. Cail contuvo la respiración—. ¿Y tú? ¿O quizá ya tienes alguno? —le preguntó.

Él negó con la cabeza.

—No, no tengo hijos. Nunca he pensado en eso, la verdad. Supongo que un día, antes o después, es normal. Pero no está entre las diez cosas que quiero hacer de aquí a Navidad. —Se esforzó en parecer alegre, en que el tono de su voz fuera ligero—. Además, mírame, ni siquiera sabría cómo sostenerlo entre los brazos. Los recién nacidos son pequeñísimos. —Solo la idea de tener uno en brazos le hacía sudar. Sin contar con que probablemente lo asustaría mortalmente.

Ella asintió, poco convencida.

—¿Por qué solo diez cosas?

—Soy un hombre realista.

Elena, sin embargo, no captó la ironía, se limitó a hacer con la cabeza un gesto, no muy convencida.

Cail le acarició una mano.

—Entonces, ¿es lo que querías? Quiero decir..., el niño. Has dicho que lo deseabas —le preguntó, preocupado por la expresión sombría de su semblante, por aquellos ojos cargados de lágrimas.

Elena movió la cabeza. No podía hablar. El labio inferior le temblaba. Estaba derrumbándose.

Cail abrió los brazos instintivamente. Al cabo de un instante ella se abandonó a su abrazo. La envolvió como había deseado hacerlo durante toda la tarde, estrechándola contra sí.

Elena escondió la cara en el hueco del cuello de Cail, agarrándose a él con todas sus fuerzas, junto a su calor, a su olor. Tan bueno, tan perfecto...

Él le acarició el pelo, dejó que se desahogara y la escuchó mientras ella, entre sollozos, le contaba que había deseado muchísimo un hijo, pero que con Matteo no había llegado enseguida, que la vida se burlaba de ella, que el mundo se iba al traste. Hablaba a rienda suelta, decía frases sin sentido y otras, en cambio, que sí lo tenían. Profundas, absurdas y un poco inquietantes. Cail la abrazaba y para él en aquel momento no contaba nada más, ningún pensamiento, nada. Solo ella. Solo Elena.

—Ni siquiera sé qué nombre ponerle —le dijo tras haberse soltado de su abrazo, mientras respiraba hondo en busca de esa desenvoltura que últimamente le costaba encontrar.

A Cail le dio un vuelco el corazón. Sintió alivio y un destello de alegría. Elena tendría el niño.

—No creo que eso sea un gran problema.

Ella se mordisqueó un labio y asintió.

—Sí, claro, eso no es un problema.

Pero en realidad sí que lo era. ¿Qué nombre le pondría a ese niño? ¿Y si era una niña? Instintivamente, pensó en su madre y la desesperación que sentía se volvió lacerante, profunda. De nuevo esa sensación de soledad y de terror.

—No pienses en eso. Tendrás tiempo.

La voz de Cail rompió el hilo de sus pensamientos, lo barrió todo. Él estaba allí, ahora. Y era lo más real con lo que podía contar. Se concentró en su respiración, en el calor de su cuerpo. No sabía qué habría hecho en esos momentos si no hubiera estado con Cail. Una profunda oleada de gratitud se añadió a los sentimientos que despertaba en ella aquel hombre. Y había algo más, una sensación de bienestar que se agitaba en su interior como el delicado batir de un par de alas, ligeras y finísimas. Se acercó un poco más a él y, con la yema de los dedos, delicadamente, recorrió su perfil, deteniéndose en la cicatriz con una dulce caricia. Y le sonrió.

—¿Has tenido alguna vez un deseo tan grande, tan profundo que casi te impide pensar en otra cosa, y que hace que todo lo demás parezca una tontería? —susurró Elena.

Cail asintió, mirándola a los ojos.

—Sí —le respondió.

Seguía viéndolo, veía el deseo que albergaba hacia él. Lo había percibido inmediatamente, desde su primer encuentro, en aquella declaración tan insólita que ella le había hecho en medio de la oscuridad. Lo había reconocido enseguida porque estaba hecho de la misma atracción irracional que él sentía por ella y que seguía allí, entre los dos, pese a que ahora todo hubiera cambiado.

—¿Quieres contármelo? —La voz de Elena sonaba ahora más tranquila. Se había incorporado en la cama y lo miraba con curiosidad.

Esa pregunta le sorprendió. La noticia del embarazo la había trastornado profundamente, sin embargo seguía encontrando fuerzas y tiempo para pensar en él. En la jerarquía de los pensamientos de Elena, embarullados y temerosos, él era importante.

Negó con la cabeza.

—En otro momento. Háblame de tu deseo. Ahora vas a hacerlo realidad...

Elena desvió la mirada. En el silencio que siguió, Cail la observó elegir las palabras con cuidado, una a una.

—Creía que era así y, en cambio, al cabo de unos minutos, cuando me he dado cuenta de lo que el doctor me estaba diciendo, o sea, que el test de embarazo era positivo, me ha entrado un miedo tremendo. Las cosas que uno concibe como metas..., cuando las alcanza, descubre que son mucho más complicadas de lo que creía y que, en todo caso, está solo en el inicio de un largo recorrido.

–Vamos por partes. No debes pensar en todo a la vez. Si lo haces así, es demasiado difícil. En cambio, si afrontas las cosas de una en una, resultan, si no sencillas, al menos factibles.

Lógico, esencial y, sobre todo, práctico. Elena se preguntó de nuevo qué se escondía detrás de la manera de actuar de aquel hombre, de su sabiduría. Siempre sabía qué decir, sin alargarse inútilmente. Era directo, como si no tuviese tiempo que perder en nada que no fuera necesario. Todo lo que le había dicho era verdad y era también lo único que podía hacer. Decidió escucharlo. Quería hacerlo. Al cabo de un rato se sintió mejor. El miedo se agitaba en su interior, desde luego, junto a la preocupación y las miles de preguntas para las que no tenía respuesta, pero había también una alegría sutil, oculta, que de vez en cuando la llevaba a sonreír, a tocarse el vientre donde estaba creciendo su criatura. Le entraban ganas de llorar y después de reír. Pero, ahora que lo pensaba, se hallaba en ese estado desde hacía algún tiempo. Al final, el embarazo lo explicaba todo. De pronto todo cobraba sentido. Incluso su cambio respecto a los perfumes. Habían vuelto a su vida, o simplemente no se habían ido nunca. Era ella la que ahora era distinta.

–¿Quieres avisar a alguien?

Cail había tenido que obligarse a pronunciar esa frase. Había otro hombre en la vida de Elena. O lo había habido. Con independencia de lo que hubiera pasado entre ellos, un hijo cambiaba las cosas. Te obligaba a cambiar las perspectivas. Era la naturaleza quien lo dictaba.

No le gustaría tener que dejarla, aunque, bien mirado, aún no era nada para él. Simplemente se haría a un lado. En realidad, no tendría más que limitarse a seguir con su vida. Nada más fácil.

Y sin embargo, ese pensamiento que comenzó a fraguarse dentro de él lo puso furioso. Porque, le gustara o no, lo que acababa de decirse era mentira.

Pero eso no cambiaba las cosas. Elena estaba embarazada.

Esperó a que ella se decidiera a responderle, en silencio, atento a cada matiz de su expresión.

—No, no tengo que avisar a nadie. Y además no me apetece. No quiero hablar del asunto.

Alivio, y de nuevo furia por el destello de felicidad que había sentido. Su reacción era irreflexiva: aunque no hubiera un hombre, un amante, de todas formas estaba el niño.

—Como quieras.

Habría tiempo para aclarar ese aspecto de la cuestión. No tenía sentido hacerlo ahora.

—¿Qué te parece si rellenamos los formularios y nos vamos?

Elena asintió. Estaba muy cansada, exhausta. Estaba contenta, pero también inmensamente asustada. Le parecía que tenía la cabeza rellena de algodón. Lo único que le daba estabilidad era Cail, a quien continuaba agarrándose.

Se obligó a soltarlo y suspiró.

Él le ayudó a levantarse.

—Ven, vamos.

Fueron de la mano hasta la recepción, con la mente llena de pensamientos y el corazón un poco más ligero.

Philippe Renaud repasó de nuevo la relación de ventas con la intención de comprobar un par de cosas. Desde que había llegado a Narcissus, esa Rossini no había hecho nada que valiera realmente la pena, solo había vendido artículos de poco valor, aparte de un par de perfumes.

Además, había tenido que reprenderla un par de veces. Una cosa inconcebible. Estaba distraída y en varias ocasiones había dado la impresión de que iba a desmayarse de un momento a otro. Y cuando le había preguntado qué le pasaba había tenido la arrogancia de contestarle que el perfume ambiental debería ser más ligero. ¡A él, Philippe Renaud, que había dosificado personalmente la fragancia que era el símbolo de aquel establecimiento! Por poco no le rechinan los dientes de rabia.

Y otra cosa: esa amabilidad empalagosa que ostentaba, esas maneras de falsa cortesía no lo engañaban. Eran fingidas, como todo lo demás en ella. La había oído hablar con un cliente. Le gustaba mucho perder el tiempo con ellos. Y charlar, y vaya usted a saber qué más... En cualquier caso, no era verdad que no conociera la materia. Aquella mujer simplemente ocultaba algo. Ah, pero él tenía toda la intención de desenmascararla.

Le concedería unos días más, decidió Philippe, antes de informar al señor Montier. Era su deber, por lo demás. No es que le correspondiera a él vigilar a los empleados, eso debía hacerlo Claudine, pero le gustaba tenerlo todo controlado, poseer una visión de conjunto del negocio.

Se quitó las gafas y las dejó sobre la mesa procurando no tocar los cristales. El pequeño despacho que ocupaba no era adecuado para su cargo y tenía que compartirlo con Claudine. Paredes altas, de un verde menta ridículo, y muebles blancos, absurdos. Lo detestaba, como detestaba a los incompetentes y los aprovechados. Esa extranjera le había disgustado desde el principio. Demasiado orgullosa detrás de su aparente docilidad. Era una mentirosa, lo sabía. Se había dado cuenta inmediatamente de que ocultaba algo. Cuando le enseñó el laboratorio, se puso nerviosa. No es que pudiera acceder a los perfumes, ni mucho menos. Su servicio de vigilancia le impediría aunque solo fuera acercarse. No, eso no le preocupaba, pero el hecho de que aquella mujer no fuera quien decía ser seguía ahí.

Había hablado del asunto con Claudine un par de veces. Pero ella no le hizo caso, restó importancia a sus objeciones. En definitiva, su compañera era como todas las mujeres, débil y sentimental, pensó Philippe. Incluso le aconsejó que le diera más tiempo, pese a que era realmente muy lenta, como había reconocido la propia Claudine, que sí admitió que, aunque a menudo parecía distraída, sabía tratar con la clientela. Lo que Philippe no entendía era qué podía haber dicho o hecho Elena Rossini para conquistar la simpatía y el apoyo de su compañera, que nunca hasta entonces había mostrado la menor solidaridad con las dependientas que habían pasado por el establecimiento. Es más, por lo general, antes de irse, estas se quejaban de las maneras poco ortodoxas y los comportamientos incorrectos de Claudine.

De todas formas, Elena Rossini no era una dependienta cualquiera. Phillipe suspiró y se estiró el bigote con la yema de los dedos.

A decir verdad, lo que más le fastidiaba era el hecho de haber aceptado a Elena por su encandilamiento hacia Monique. Mientras lo pensaba, la irritación pasó del fastidio a la rabia.

Desde que esa mujer había empezado a trabajar en la tienda, Monique Duval no se había vuelto a dejar ver por allí pese a haberle prometido lo contrario. Y eso lo ponía furioso. ¿Cómo se había atrevido a jugar con él?

Peor para ella. Se encargaría personalmente de que las cosas volvieran a ser como deberían haber sido desde el principio. Contratar a Elena Rossini había sido una decisión del señor Montier. Pero ciertas decisiones podían ser revocadas. Solo hacía falta encontrar razones convincentes.

Elena terminó de preparar el agua perfumada que acababa de vender. Como de costumbre, Claudine estaba ocupándose de cobrar y sonreía. Era estupendo verla así. Elena estaba contenta de que se hubieran arreglado las cosas entre ellas. Tras un comienzo no demasiado feliz, ahora se llevaban muy bien. Claudine había confiado en ella. Y además hablaban de perfumes, composiciones, *mélanges*. A Elena le parecía muy inteligente. Le gustaba hablar con ella. Aparte de Monique, no había muchas personas que se asombraran de lo que podía variar el perfume de una rosa dependiendo de la especie o el lugar de procedencia. O de que un perfume pudiera tener tal complejidad que admitiese varias lecturas. Salvo Cail, claro.

Claudine le había propuesto crear una nueva fragancia. Le había dicho que ella se ocuparía de resolver los problemas con Montier. Estaba impaciente por verla en acción. Y eso llenaba a Elena de felicidad.

—Aquí tiene, *madame* Binoche, espero volver a verla pronto —dijo, dirigiendo su atención hacia la mujer que esperaba el perfume y tendiéndole la bolsita dorada de Narcissus.

—Volveré pronto, *mademoiselle*. Mi cuñada Geneviève necesita un perfume especial, algo personalizado. Es artista, ¿sabe?, escritora. Le he hablado de usted y tiene mucha curiosidad. —Se acercó unos pasos y bajó la voz—. No todos consiguen transformar los deseos en perfumes, y usted, mi querida Elena, es una maga.

Le gustó aquella definición y la hizo sonreír. Si ella supiera...

—Cuando era pequeña, todo el empeño de mi abuela era enseñarme a escuchar los perfumes. Yo me escapaba y me escondía detrás de un viejo biombo polvoriento al que ella le tenía muchísimo apego.

La señora abrió los ojos como platos.

—¿En serio? ¿Lo suyo es, entonces, una tradición familiar?

Elena asintió.

—Sí. Más o menos.

—¡Es fascinante! —susurró la mujer, entusiasmada—. Me encantaría quedarme charlando con usted, pero tengo una reunión y llegaré tarde —dijo, y arqueó las cejas—. ¿Le he hablado de mi club, no? Pues verá, todos los martes nos reunimos y hablamos de las últimas novelas que hemos leído. Un buen té, tartas y pastas. ¿Hay algo mejor en la vida?

A Elena se le ocurrieron unas cuantas cosas, y todas tenían algo que ver con Cail. Pensar en él le hizo sentir una punzada en el corazón. Desde que supieron que estaba embarazada, algo había cambiado en su relación, y no solo por deseo de ella: Cail se había convertido en un amigo. El mejor amigo que una mujer podría tener, para ser precisos. Pero, en cualquier caso, solo un amigo.

—Los perfumes siempre han ejercido una tremenda fascinación sobre mí —dijo Adeline Binoche—. «Porque el perfume es hermano de la respiración.» ¿No le parece a usted también que es una frase estupenda?

El arrebato con el que acababa de citar el aforismo de Yves Saint-Laurent le arrancó una sonrisa a Elena.

Y ella no tenía muchas ganas de reír aquellos días. Pero Adeline era una mujer realmente simpática, con su melenita plateada que ondeaba a cada movimiento de cabeza y que, dado que no estaba quieta un momento, parecía casi que tuviera vida propia. Tenía unos ojos grises enormes que le daban una expresión vagamente soñadora. Era una de las clientas preferidas de Elena.

—Estoy muy satisfecha con este perfume —le confesó a Elena—. Y dígame, su abuela..., por cierto, ¿cómo se llamaba?

—Lucia, Lucia Rossini.

—¡Ah, un nombre precioso! ¡Tan italiano! —dijo Adeline—. De Florencia, ¿verdad?

Elena asintió.

—Sí. Si conoce Santa Maria Novella, la casa de mi familia esta por esa zona.

—Cuántas historias debe de saber... —susurró Adeline, mirándola—. Misterios, secretos de familia quizá.

Elena rio.

—¿De verdad le interesan esas cosas?

—Sí, muchísimo. Italia está llena de leyendas fascinantes. Y Florencia, además... Una de las reinas más famosas de Francia era originaria de Florencia.

—Sí, Catalina de Médicis. Fue ella quien introdujo en Grasse el cultivo de rosas. Le encantaban los perfumes, y su nieta María siguió sus pasos, como reina de Francia y también como enamorada de las artes y los perfumes.

Adeline se le acercó.

—He encontrado libros antiguos sobre el tema, ¿sabe? Entre ellos, el diario de una dama de la corte. Son muy interesantes. Decían que Catalina se había llevado con ella de Florencia a su perfumista, lo llamaban René... Pero él no se limitaba a los perfumes. Al parecer creaba también venenos. No hay nada como un diario para hacerte comprender cómo era la vida en aquellos tiempos.

Era verdad. En el diario de Beatrice había capítulos enteros dedicados a los acontecimientos de la época. Su antepasada poseía un gran espíritu de observación y una aguda ironía. El castillo que la albergaba, por ejemplo —cuyo nombre, sin embargo, nunca escribía y ninguna de sus descendientes había conseguido averiguar—, tenía torres y gárgolas para proteger los muros; en el pueblo había campos de lavanda y nardos, y se hilaba seda. Había descrito días enteros pasados recogiendo las flores que había utilizado para hacer el perfume. Era todo fascinante. Lástima que después la amargura y la pena le hubieran envenenado la vida.

—Bien, tengo que irme. Hasta pronto —se despidió Adeline— y gracias.

Elena la despidió con una sonrisa. Mientras volvía al trabajo, pensó en el diario. Hacía mucho que no lo abría. Quizá esa noche le echara un vistazo.

Apenas había empezado a disponer en los estantes una nueva fragancia que se presentaría unos días más tarde al público, cuando Philippe Renaud la llamó.

—Si ha terminado, necesitaría comentar un par de cosas con usted.

Elena levantó la cabeza. Dejó los frascos que estaba colocando y lo saludó. El hombre tardó un poco en devolverle el saludo, como si le costara cierto esfuerzo. No, la simpatía no era una de sus virtudes, estaba claro, se dijo, haciendo caso omiso del gesto de desaprobación del encargado.

—Tendría que terminar de colocar esto —le contestó, señalando una caja de botellitas de plata— y luego necesitaría chipre *pour homme*. Tengo un cliente que pasará a retirar un frasco dentro de poco.

Philippe entornó los ojos, irritado por la respuesta.

—¿Un cliente? No me consta que usted los tenga, al menos de los que entran en este establecimiento para comprar perfumes. Probablemente se refiere a otro tipo de prestaciones.

Elena abrió los ojos como platos. Un intenso calor se difundió por su cara. Atónita por aquel grave insulto, se quedó unos instantes sin habla. Cuando tomó conciencia del alcance exacto de lo que Philippe acababa de decirle, apoyó ambas manos en la superficie brillante del mostrador y avanzó el cuerpo hacia él.

—No sé qué se le ha metido en la cabeza ni me interesa saberlo, pero no se atreva a volver a hablarme de ese modo.

Habló con voz sibilante y los ojos rojos de cólera. Le dolía la garganta por el esfuerzo de reprimir lo que habría querido gritarle a la cara.

Philippe se sonrojó. Introdujo un dedo en el nudo de la corbata para aflojarlo y miró alrededor. ¿Y si alguien los hubiera visto? No se había esperado una reacción como aquella. ¡Qué mala educación por parte de esa mujer! ¿Que cómo se atrevía él? Más bien, ¿cómo se atrevía ella a dirigirse a él, Philippe Renaud, en ese tono? Con cierto alivio, se percató de que en la tienda todo iba como de costumbre. Los clientes se sucedían ante los mostradores y las mesas de prueba, los dependientes proponían diferentes soluciones, de la pantalla de alta resolución colgada en una pared de la tienda salía una música discreta que acompañaba los diversos anuncios de los perfumes de la casa.

—No puede contestarme en ese tono.

Elena lo fulminó con la mirada.

—¿De verdad? Pues sí, creo que tiene usted razón, he sido demasiado amable.

Se apartó de él, con los puños apretados, tensa hasta lo indecible. Mientras se alejaba, se cruzó con un cliente al que no reconoció de inmediato.

—*Ma chère,* ¿se encuentra bien?

—¡*Monsieur* Lagose! No, no me encuentro bien...

—¿Puedo hacer algo por usted?

Elena negó con la cabeza y desvió la mirada.

—¿Qué le da derecho a un hombre a insultar a una mujer tachándola de indecente?

Cuando se dio cuenta de lo que acababa de decir, era demasiado tarde para tragarse sus palabras. Reprimió las lágrimas y aquellas ganas absurdas de correr en busca de Cail para contárselo todo. Quizá pensar en él era lo que le había impedido controlarse, o quizá fuera esa insólita emotividad que le provocaba el embarazo. Antes de que pudiera hacer nada, se encontró completamente trastornada en medio de la tienda.

—La frustración, *ma chère* —le dijo Lagose, tendiéndole un pañuelo—. Cuando un hombre no tiene argumentos —continuó, fulminando a Philippe con la mirada—, saca a relucir la vieja historia de siempre. Es cómodo, es hipócrita. No haga demasiado caso. Ríase, tesoro. Y recuerde que es usted quien tiene el poder, en vista de que alguien se ha empeñado tanto en ser desagradable. Ahora, cálmese. Necesito un frasco de perfume y, si tiene tiempo, me gustaría charlar un poco con usted. Los perfumes los encuentro en cualquier sitio, pero el placer de una conversación inteligente con una mujer guapa no —concluyó.

Si los ojos hubieran podido matar, Renaud no habría tenido escapatoria. Jean-Baptiste le dirigió de nuevo una mirada asesina antes de dedicarse por entero a la chica.

Elena inspiró hondo y estiró el pañuelo que tenía apretujado en el puño. No lo había usado, no había hecho falta. Ni una lágrima, solo indignación y una profunda rabia. Luego asintió.

—Perdone, llevo una temporada en que estoy muy emotiva.

—No hay nada que perdonar, *ma chère*. La sensibilidad es uno de los aspectos más interesantes de un alma buena. ¿Está mejor ahora?

Elena asintió.

—Le traigo enseguida el perfume.

—Vaya, vaya, yo la espero aquí.

Jean-Baptiste esperó a que Elena se hubiera alejado lo bastante y se acercó a Philippe.

—¿Puedo ayudarle, señor? —le preguntó el encargado, con la intención de recuperar terreno.

Jean-Baptiste dilató las aletas de la nariz y apretó la empuñadura del bastón.

—No, la señorita Rossini se está ocupando de lo que necesito. Es una mujer muy agradable y delicada. Lamentaría verla de nuevo en ese estado.

Philippe se ocultó tras una mirada indignada.

—Es una simple dependienta, nada más. No debe darle tanto crédito.

—No cometa el error de creer saber ni por un momento lo que puedo o no puedo hacer. No tiene ni la inteligencia ni la posición para permitírselo. —El tono de Jean-Baptiste era sereno, pero había una evidente amenaza en aquellas palabras—. Usted considera, erróneamente, que vale más que esa mujer porque ocupa un puesto mejor. Se equivoca. Solo quien carece de cualidades subestima a los demás.

Lagose le dio la espalda al responsable de Narcissus y dejó que sacara sus conclusiones. En cuanto vio a Elena, salió a su encuentro con una amplia sonrisa.

—¿Le he hablado del perfume? —empezó, consciente del estado emotivo de la mujer. La distraería, decidió. En ciertos momentos, era lo único que se podía hacer—. Ha sido un verdadero éxito, *ma chère*. Y todo es mérito suyo. El perfume que me aconsejó para ver a mi... novia ha servido para el fin que perseguía.

Suspiró, y en su mirada apareció una chispa maliciosa y al mismo tiempo viril. Estaba satisfecho. Plenamente satisfecho.

Elena trataba de concentrarse en las palabras de *monsieur* Lagose, pero no era fácil. Renaud debía de tenerla tomada con ella por algún motivo concreto. ¡Le pediría una explicación, vaya si se la pediría! En cuanto Jean-Baptiste hubiera terminado con su compra, buscaría a Philippe para preguntarle qué problema tenía con ella.

Nunca había estado tan belicosa hasta entonces, siempre había evitado el enfrentamiento. Siempre había retrocedido. En ese momento, en cambio, bullía de rabia. Una cosa era tener que soportar a una persona, por más antipática que pudiera ser, y otra dejar que la insultara.

—Usted todavía está alterada, *ma chère* —le dijo Jean-Baptiste—. ¿Por qué no se va a casa? Puede hacerlo, ¿sabe? Es más, mire, tengo el coche aquí al lado y no me costaría nada acompañarla.

Elena lo miró: ¿por qué no? La habían ofendido, no tenía ganas de quedarse en aquel lugar.

—Gracias, *monsieur* Lagose, acepto su ofrecimiento.

Llamó a Claudine, que llegó al cabo de unos minutos. La mujer se percató de inmediato de la turbación de Elena.

—Intenta no hacerle demasiado caso. Últimamente Philippe está raro, pero estoy segura de que hay un malentendido detrás de esta historia. Si quieres, intentaré averiguar qué es lo que pasa.

—Me da igual si está estresado, Claudine, quiero disculpas. ¡Si quiere despedirme, será mejor que lo diga claramente, sin recurrir a esas bajezas! —exclamó—. No es por el hecho de haberme acusado de prostituta, sino porque quería insultarme y pensaba que podía hacerlo —añadió—. No lo entiendo, yo creía que las cosas iban bien —murmuró.

—Pues claro, Elena, van perfectamente. Solo es cuestión de que no dramatices tanto. No debes hacer un mundo por cosas sin importancia, los italianos lleváis la tragedia en la sangre. Ahora iré a hablar con él y ya verás como mañana todo vuelve a la normalidad. Vete a casa, estás pálida. Desde hace unos días no tienes muy buen aspecto —dijo Claudine, mientras la acompañaba a la puerta.

¿Será por el embarazo?, pensó Elena, mientras se ponía la chaqueta y se subía las solapas. Y aquello apagó en parte su rabia, llenándola de tristeza. Necesitaba muchísimo ese trabajo. Los niños ocasionaban muchos gastos y, aunque Monique se había ofrecido a ser la madrina y le había brindado todo su apoyo, sobre todo económico, Elena quería seguir siendo independiente. Ya tenía problemas con Cail, que seguía haciéndole la compra y se negaba a aceptar su dinero.

Pese a estar a principios de otoño, había llegado el frío. Fuera nevaba, en las cornisas y sobre los tejados empezaba a depositarse una capa blanca de nieve. El aliento se condensaba enseguida, elevándose en delicadas vaharadas de vapor. Los transeúntes, un poco desconcertados por aquel acontecimiento inesperado, se apresuraban hacia sus destinos.

Mientras Elena subía al coche, Claudine fue a buscar a Philippe. ¿Qué demonios le había pasado a ese idiota? Ella tenía planes para Elena Rossini, esa mujer era muy hábil. No tenía ninguna intención de perderla.

—¿Has visto al señor Renaud? —le preguntó a una de las dependientas.

La chica asintió.

—Creo que está en el despacho, *madame*.

Le dio las gracias y le señaló a una mujer que estaba entrando en aquel momento.

—Ocúpate de ella —le ordenó antes de desaparecer en la trastienda.

No llamó como hacía habitualmente, pese a que era también su despacho. Estaba demasiado nerviosa. Quería saber qué tenía Philippe contra Elena. No estaba dispuesta a renunciar a las ventajas que podía proporcionarle esa chica. Lo encontró inmerso en los registros, en aquella especie de fichero de datos de ventas que el hombre se empeñaba en hacer a mano, pese a que tenía a su disposición un programa informático eficiente y sofisticado.

—¿Qué demonios te pasa? —le preguntó a bocajarro.

Philippe levantó la mirada.

—No sé a qué te refieres. Intenta ser más clara. En cualquier caso, no me gusta ese tono —respondió, indignado.

—Te lo explicaré en dos palabras: Elena Rossini.

Philippe se agarrotó.

—Ah, hablas de esa. He decidido hacer que la despidan. No hace nada, es una carga, es arrogante y maleducada.

Claudine lo miró.

—¡Patrañas! Invéntate otra excusa.

Philippe abrió los ojos como platos.

—¿Por qué la defiendes? ¿Qué hay debajo de esto?

Ella entornó los ojos.

—No sé qué quieres decir. Pero, te lo advierto, déjala en paz.

Philippe, indignado, se subió las gafas.

—Nosotros tenemos el deber de mantener altos los estándares de calidad de este establecimiento —protestó.

—Monique Duval... Fue ella quien recomendó a Elena, ¿verdad? ¿El señor Montier está al corriente de tu... llamémosla «admiración» por su amante?

Philippe se quedó lívido.

—Tonterías, habladurías... —dijo, y siguió escribiendo en los papeles que tenía en la mesa—. Además, él ahora se ha prometido. Tú también estás enterada.

Claudine sonrió.

—Sí, pero eso no significa nada. —Hizo una pausa y le señaló la hoja—. Prueba a darle la vuelta al bolígrafo. Por ese lado no escribe.

Claudine salió del despacho pensativa. Estaba bastante segura de que Philippe se calmaría durante una temporada, pero esa conversación no resolvía la situación. Si de verdad quería a Elena fuera de Narcissus, Renaud encontraría la manera de despedirla. Sobre todo ahora que Montier se había buscado a otra. Desde luego no podía decirle a Philippe que Elena había hecho ventas importantes y que ella se había adjudicado el mérito. Pero tampoco quería que ese idiota la echara.

Tendría que encontrar una manera de proteger su inversión. Elena debía continuar trabajando en Narcissus. Esa situación era temporal, claro, en cuanto Elena superara los meses de prueba, podría hacer las ventas ella sola hasta el final, incluido el registro de los cobros. Pero hasta ese momento, Claudine tenía intención de aprovechar la situación.

Sonrió para sus adentros. Pronto la pondría a prueba. Quería ver si su valía se extendía también a la creación de perfumes. Montier le pagaría muy bien una fragancia nueva.

13

Heno. Antiguo, ancestral, hermano del fuego,
del mar y de la tierra. Profundamente grabado
en el alma antigua que todos poseemos.
Evoca la tranquilidad.

Elena se miró en el espejo y se puso de perfil con las manos sobre el vientre plano: pese a estar en el tercer mes de embarazo, no se le notaba absolutamente nada.

Por un momento, mientras volvía a casa con el señor Lagose, había tomado en consideración la siguiente hipótesis: quizá Philippe se había dado cuenta de algo y estaba resentido porque no le había dicho aún que estaba embarazada. ¿Era posible que, sin darse cuenta, hubiera metido en problemas a la empresa? ¿Y si en Francia las leyes sobre la maternidad obligaban a una comunicación inmediata? Pero, cuanto más lo pensaba, menos le convencía esa teoría, sin contar con que de todas formas ese hombre se había comportado horriblemente con ella. Sobre todo si de verdad había intuido su estado.

No, concluyó que no podía ser el embarazo lo que había provocado el resentimiento de Philippe. Además, aparte de Cail y Monique, no lo sabía nadie. Ni siquiera se lo había dicho a Matteo.

Ese pensamiento le puso de mal humor. Suspiró, sacó el móvil del bolsillo y fue a sentarse. Era el momento de decírselo. No quería, y no lo habría hecho si Cail no le hubiera recordado que no era algo que le incumbiese solo a ella. Incluso habían discutido. Ella no estaba de acuerdo y se lo había dicho a las claras. Pero ese hombre era realmente obstinado. Como su perro, que no quería saber nada de mantenerse a distancia y la seguía moviendo la cola, sin dejar de observarla con sus grandes ojos marrones. Cada vez era más difícil estar alejada de él. Ese perro tenía el mismo instinto protector que su amo.

Cail no la había dejado volver a montar en la moto. Es más, ahora que lo pensaba, hacía bastante que no veía a *Hermione* aparcada en el garaje.

Inspiró, espiró, se armó de valor y marcó el número de Matteo.

Uno, dos, tres timbrazos. Nada, pensó Elena, aliviada. Iba a cortar la llamada cuando oyó su voz.

—Sí...

Esperó un par de segundos con la esperanza de que él colgara, pero al final se decidió a hablar.

—Hola, Matteo, ¿cómo estás?

—Ah, Elena... Muy bien, gracias. ¿Y tú? Hace tiempo que no hablamos. Quería llamarte.

—Claro, me lo imagino —dijo Elena.

Él se aclaró la garganta.

—Sé que todavía estás enfadada conmigo, pero intenta comprenderlo. No ha sido algo que Alessia y yo planeáramos. Sucedió, sin más. Se enamoró de mí desde el principio, tienes que entenderla.

Elena, ceñuda, miró el móvil.

—Veo que sigues teniéndote en muy alta consideración.

Era como Maurice, pensó Elena en ese momento. Aquella idea se le metió en la cabeza como una de esas verdades tan patentes y desconcertantes que casi te dejan sin respiración. ¿Cómo era posible que no se hubiera dado cuenta antes?

Matteo suspiró.

—Sé que es duro y que habías depositado muchas esperanzas en nuestra relación, pero las cosas han ido así. No volveré contigo.

Pero ¿qué demonios estaba diciendo? ¿De verdad pensaba que quería pedirle una cosa tan absurda como volver a estar juntos? ¿Después de lo que le había hecho? Comenzó a sentir un amago de rabia.

—No te he llamado para pedirte que volvamos a empezar, créeme. Es más, te aseguro que no se me ha pasado por la cabeza ni de lejos semejante posibilidad.

Silencio. Luego Matteo carraspeó.

—¿De verdad?

—Sí, de verdad, tranquilo.

Le entraron ganas de reír. Matteo podía resumirse en esa pregunta estúpida, ridícula y, al mismo tiempo, tan absurdamente arrogante. ¿De verdad? Pues claro, de verdad.

¡Como si hubiera alguna duda, después de lo que le había hecho! Pero ¿qué clase de hombre era? Y todavía peor, ¿qué clase de mujer había sido ella para vivir con un tipo así?

Le volvieron a la mente todos los comentarios velados de Monique y Jasmine. Su abuela, sin embargo, había sido la más directa de todas. «Elena, ese hombre es un idiota. ¡Y ya tenemos uno en la familia! ¡Hazme caso, hija, vale más no pasarse de la raya!»

Sintió una especie de repentina ternura hacia Lucia, y se alegró.

Ni siquiera estaba ya furiosa con Matteo, quizá un poco molesta. Lo demás se había esfumado, había sido anulado por algo infinitamente más fuerte que sentía por otro hombre, algo que, sin embargo, todavía no lograba analizar y que mantenía ahí, en un rincón del corazón, como en espera.

—Ah, vale. No sabes lo contento que estoy de oírtelo decir. Sobre todo ahora. No tienes ni idea de lo feliz que soy, Elena. Voy a ser padre. Alessia está esperando un hijo.

Maldita sea, ¿y ahora qué?

—Ah, qué buena noticia.

Matteo suspiró hondo.

—Comprendo que para ti es un golpe duro. Aunque lo intentamos, no llegaste a quedarte embarazada. ¡Bah! Hay mujeres que están predispuestas para la concepción, ¿sabes?, mientras que otras... —Hizo una pausa—. En fin, a ti se te da bien... hacer otras cosas.

Elena no sabía si sentirse ofendida o echarse a reír. El engreimiento de ese hombre era descomunal, gigantesco, increíble. ¿Que se le daba bien hacer otras cosas? ¿Como qué? Él no se había molestado nunca en informarse sobre sus intereses, siempre lo había liquidado todo con un encogimiento de hombros. Solo una vez, después de la muerte de Lucia, se había empecinado en convencerla de que vendiera la casa de las Rossini, pero sin éxito.

—Oye, Matteo, precisamente de una circunstancia similar quería hablarte —le dijo tras un segundo de silencio.

—Venga, no querrás hacerme creer que tú también estás embarazada...

—Yo no quiero hacerte creer nada —le replicó, molesta, apretando fuerte el teléfono. Cerró los ojos y se pasó la mano por la frente. Le estaba entrando un dolor de cabeza tremendo.

—Menos mal, porque no te creería.

—¿Por qué? —le preguntó, perpleja.

—Bueno, perdona, pero, te vas y luego apareces justo cuando estoy celebrando la noticia de la llegada de mi primogénito. ¿No es un poco raro? En cualquier caso, ya hemos publicado las amonestaciones de boda. Nos casaremos por la Iglesia. —De pronto, su tono se hizo más suave—. Debes resignarte, Elena. Intenta salir con alguien, haz nuevas amistades..., en pocas palabras, vive. La vida es muy corta.

¿La vida es corta? Pero ¿qué demonios le había pasado a ese hombre? Por un momento estuvo tentada de hablarle de Cail, para pasarle por los morros que no albergaba ninguna idea romántica en relación con él y que viera que estaba totalmente fuera de su vida. Pero al final decidió no hacerlo. Le importaba un pimiento lo que pensara Matteo, y además, jamás utilizaría lo que había entre Cail y ella, fuera lo que fuese, para sostener su propia posición. No sentía la necesidad de hacerlo.

Fue entonces cuando comprendió que para ella Matteo ya no era nada.

Se levantó, descorrió las cortinas y abrió la ventana. A lo mejor Cail estaba en casa. Había parado de nevar hacía un rato y esa noche contemplar el cielo era justo lo que necesitaba.

—Supongamos por un momento que yo también estoy embarazada...

Un largo silencio, seguido de una risita.

—Esta sí que es buena —contestó él—. Comprendo que todavía estés enamorada de mí, pero no creas que puedes aprovecharte del hecho de que hemos estado juntos para alegar derechos sobre... Hola, hola, ¿estás ahí?

Elena había colgado la comunicación. Todo tenía un límite.

Apagó el móvil y lo dejó caer sobre la cama. Conociendo a Matteo, no la llamaría, pero no quería arriesgarse. En lo que a ella respectaba, esa historia estaba acabada. Más adelante, cuando tuviera el estado de ánimo adecuado, eliminaría su número de la lista de contactos.

Ahora no, ahora no tenía tiempo. El corazón le latía con fuerza y estaba asqueada.

—No volveré contigo —dijo, imitándolo.

Maurice, Matteo. Empezó a reír; un sonido bajo, gutural. Hombres equivocados, hombres que necesitaban dominar, abusar. Egoístas. Y si bien con Maurice no había podido hacer nada, a Matteo, en cambio, lo había buscado ella, lo había elegido ella.

La punzada que notaba en la boca del estómago se hizo un poco más intensa. Se sentía profundamente incómoda. No debería haberlo llamado. Aunque suponía que, en el fondo, era lo correcto, no podía dejar a un lado la rabia, la repugnancia que le había producido aquella conversación. Sintió hacia aquel hombre un rechazo tan intenso que no pudo evitar estremecerse.

La rabia fue en aumento y bulló en su interior, barriendo el resto de lo que había quedado de Matteo, de los recuerdos que tenía de él, de lo que había sido para ella.

¡Basta! Estaba harta de hombres de esa clase. ¡Nunca más! Nunca más, se repitió.

Había vuelto a empezar desde el principio y no cometería el mismo error una segunda vez. Decidiría sobre su vida y la de su hijo. ¡Ella y nadie más!

Quizá su historia con Cail siguiera adelante o quizá no. Eso no lo sabía. Pero no le permitiría a ningún hombre que se apropiara de su existencia otra vez.

Sorbió por la nariz y trató de calmarse.

Se quitó la falda y se puso unos pantalones suaves de pitillo y un jersey rojo. Se había duchado hacía un rato y aún tenía el pelo un poco húmedo. Se lo recogió en una coleta y se puso un poco de maquillaje. Después sintió el deseo de ponerse un perfume, pero no el que usaba habitualmente, quería uno especial, quería el suyo. Volvió al dormitorio y abrió la pesada caja de madera donde guardaba sus cosas. Ahí seguía su perfume. Lo había hecho unos años antes, para Jasmine y Monique. Se preguntó si se habría conservado.

Posiblemente sí. En el fondo, siempre había estado a oscuras, dentro de aquella caja de madera de cedro gruesa e impermeable. Seguro que no le había afectado el calor.

Lo sostuvo entre las manos y, con delicadeza, lo sacó del cilindro de metal en el que había sido conservado. Era un sencillo frasco de cristal opaco. Su abuela no creía en la seducción de los envases modernos. Para ella, lo que contaba de verdad era la sustancia. En aquella época, a Elena no le interesaba el tipo de envase. Se había decidido a hacer aquel perfume porque quería algo especial para sus amigas y para sí misma.

Cómo habían cambiado las cosas en tan poco tiempo, pensó.

Con mucha delicadeza, desenroscó el tapón. El perfume estaba intacto, brillaba, como si hubiera sido elaborado recientemente. Al principio notó como un súbito malestar, pero se le pasó enseguida. Desde que había empezado a trabajar en Narcissus, más de una vez había sentido ese ligero trastorno al entrar en la tienda. Ahora sabía de qué se trataba. Era bastante normal en una mujer embarazada ser muy sensible a los olores.

Ahí estaban, las notas de salida. Cerró los ojos y se encontró en un campo de azucenas. Y luego le tocó el turno a la bergamota espumeante y el neroli. El olor se atenuó para emerger de nuevo, como un batir de alas. Jazmín esta vez, seguido de gardenia y de unas notas de magnolia. El aroma era intenso y vibrante de vida. Después, musgo y, al final, ámbar. Pero solo una idea, como un copo de nieve que se derrite simplemente con mirarlo.

Le pareció percibir la presencia de Lucia a su lado. Su abuela la había observado componer aquel perfume y al acabar la felicitó. Y eso no era algo que sucediera con frecuencia.

Ahora, sin embargo, ya no sentía como suyo ese perfume.

Lo había compuesto ella, desde luego, y había elegido, probado y decidido personalmente cada una de aquellas esencias, pero ya no era la misma mujer que lo había ideado. Demasiado armonioso, demasiado dulzón. No tenía bastante carácter, eso era. No había brío en aquella sucesión de fragancias suaves, apaciguadoras. Ese perfume estaba bien para la antigua Elena. Pero ahora necesitaba algo nuevo. Quería un perfume que reflejara sus exigencias, sus gustos. La idea de crear uno nuevo la animó y barrió las huellas de la desagradable conversación que había tenido con Matteo.

Se miró al espejo otra vez y luego, con las llaves en la mano, bajó la escalera pensando en el padre de su hijo. No, decidió, él sería el padre biológico, pero ese niño ya no le pertenecía. Lo había rechazado y eso ponía la palabra fin a todo el asunto. Ella borraría también su nombre de su vida y el niño sería solo suyo.

Tenía gracia que la historia se repitiera. Tampoco ella había conocido a su padre; Susanna nunca le había dicho quién era y al final Elena dejó de preguntárselo. Quizá era también perfumista. Cabía la posibilidad, pues su madre había tenido muchos compañeros. Maurice no era el único hombre con el que había vivido, pero era con el que se había casado. Si ponía mucho empeño, si hurgaba en la memoria más lejana, podía recordar al menos otros dos, aunque había olvidado sus nombres. No eran sino sombras de su pasado. Era demasiado pequeña entonces.

Tal vez su madre no le había dicho nada porque se avergonzaba de lo tonta que había sido quedándose embarazada de un hombre al que no amaba. Un poco como se sentía ella en ese momento.

Pero ¿cómo había podido estar tanto tiempo con un hombre que solo se veía a sí mismo? Aquella llamada había sido tan absurda, y él se había mostrado tan engreído, que el recuerdo la hizo sonreír.

A veces uno ríe por no llorar: era una de las frases preferidas de su abuela, y nunca había comprendido tan bien como en ese momento lo intuitiva que había sido Lucia Rossini al considerar a Matteo un auténtico asno.

En cuanto a sí misma, estableció con certeza diamantina que aquella llamada la eximía de toda obligación. Había cumplido con su deber, punto. El pacto que había hecho con Cail consistía en informar a Matteo del embarazo, no en que lo convencería de que asumiera su responsabilidad.

Se puso la chaqueta y cerró el apartamento dando un portazo un poco más fuerte de lo debido. Iba a subir a casa de Cail cuando, parada en el primer escalón, cambió de idea y salió al patio. Necesitaba estar sola. El corazón comenzó a martillearle el pecho. Y se sentía triste.

Hacía mucho frío esa noche y estaba todo oscuro. Algunos conos de luz se reflejaban en el suelo cubierto por una fina capa de nieve. La nieve había llegado así, de improviso. Precoz e inesperada. No había nada que hiciera tan silencioso un lugar como la nieve y el frío. Todo parecía en suspenso: sonidos, olores, e incluso el tiempo. Todo era blanco y gris. Un paisaje mullido y delicado.

Con los brazos alrededor del pecho, Elena pensaba en cuánto había cambiado su vida en tan poco tiempo y en cómo había cambiado ella. Los pensamientos siguieron deslizándose en su interior, guiados por un punto de su alma que los atraía hacia sí.

Iba a ser madre. Pensó que quizá entonces conseguiría comprender a Susanna, que por fin comprendería por qué se había deshecho de ella. Pero el antiguo resentimiento expulsó aquel pensamiento, lo empujó muy lejos. No había nada que entender, se dijo, entristeciéndose. Ella no renunciaría nunca a su hijo. Instintivamente, se abrazó el regazo en un gesto de protección de su criatura y la rabia acabó por convertirse en un hilo gélido.

Su madre hizo una elección que no la incluía.

Se puso a andar. Estaba aterida, la nieve crujía bajo sus botas de piel negra y tacón alto. Un regalo de Monique para celebrar el feliz acontecimiento. Cail, en cambio, le había regalado una rosa. Le había dicho que era una de sus primeras creaciones. Se llamaba *Baby*. Elena la había mirado con una sensación de angustia creciente. Temía que su falta de experiencia fuera fatal para aquella preciosa planta. Inicialmente se mostró escéptica sobre la conveniencia de tenerla en casa, pero al final la puso junto a la ventana, de forma que disfrutara de todo el sol posible. En el exterior dejaría de florecer, pues ya estaba entrado el otoño. Pero Elena esperaba que, manteniéndola protegida, pudiera echar algunos brotes más. Había leído que en muchos lugares las rosas seguían desarrollándose durante los meses invernales; quizá no en esa latitud, es cierto, pero de todas formas quería intentarlo. La mala mano que tenía para las plantas la había llevado a leer todo lo posible sobre el cultivo de las rosas. No quería arriesgarse a que muriera la creación de Cail, que la había dejado en sus manos en un arrebato de profunda inconsciencia, y tampoco quería acribillarlo a preguntas. *Baby* tenía un perfume complejo. Era afrutado, vegetal, aunque había notas de talco en aquel *mélange*. Las notaba claramente, sobre todo por la tarde, cuando el calor ayudaba a los pétalos a liberar su fragancia. El perfume era el corazón de esas rosas; los colores cambiantes de los pétalos, desde el ámbar de los bordes hasta el rosa intenso de la base, parecían transportar la esencia por doquier. Elena le hablaba de vez en cuando. Había leído que era muy importante para el bienestar de las plantas establecer una relación con ellas. En general se aseguraba de estar sola antes de empezar uno de sus monólogos, pero cada vez hacía menos caso de esa precaución y, si tenía algo que decirle a la flor, lo hacía y punto. Por más que le costara admitirlo, el antiguo miedo de estar sola había reaparecido y la noche la arrancaba del sueño y la dejaba dando vueltas en la cama, presa de sus temores más ocultos.

Siguió caminando hasta que llegó al jardín de Cail, donde tenía las rosas que no podía cultivar en maceta. Se detuvo junto al seto, con los ojos clavados en aquellas ramas heladas que apuntaban hacia el cielo. Esa mañana había visto una de las rosas cristalizada en una fina concha de hielo. Era roja, preciosa. En aquel momento le había parecido que un hielo tan insólito en ese período del año la preservaba de su destino de decadencia. En cambio, le había arrancado el corazón y congelado el perfume. No quedaba más que un conjunto de pétalos carmesí, que al primer rayo de sol otoñal se esparcirían sobre el suelo de piedra, inermes, inodoros, privados de su esencia.

Estaba mirando la rosa cuando lo vio. No lo había oído llegar, pero había intuido su presencia.

—Vas a enfriarte —le dijo Cail, acercándose.

Elena no se movió, no tenía ganas. Se sentía cansada, irritable, de pésimo humor. Un instante después, él la cubrió con su chaqueta. El calor la envolvió como un capullo. Elena inclinó la cabeza y cerró los ojos. Luego se irguió.

—¿Y tú?

Cail se encogió de hombros.

—No tengo frío.

Él no tenía nunca frío. Elena sonrió y se ciñó la chaqueta.

—Acércate, no muerdo, ¿sabes?

Su risa leve le hizo sentir pequeños estremecimientos que pronto se transformaron en aquel familiar cosquilleo en el estómago. Cail no se reía casi nunca, pero las pocas veces que lo hacía Elena se quedaba fascinada por el cambio que se producía en él.

—He llamado a Matteo —le dijo sin rodeos.

Se quedó en silencio. No le había resultado grato hacerlo. Quería que él lo entendiese, que supiera cuánto le había costado.

—¿Cuándo vendrá?

Elena se volvió hacia él, lo miró y movió la cabeza.

—Nunca. Su nueva compañera espera un hijo, se casarán pronto.

—¡Qué! Pero ¿se ha vuelto loco?

Elena apartó la mirada. No quería ver compasión en los ojos de Cail. No lo soportaría. Se dio cuenta de que estaba hecha un manojo de nervios. A pesar de lo que había dicho y hecho, del control que había creído tener, las emociones bullían en su interior y amenazaban con hacerse incontrolables. No lograría seguir dominándolas mucho tiempo.

—Tiene gracia, ¿no crees? Quiero decir..., tanto tiempo intentando tener un hijo y no vino. Y luego... —Se le quebró la voz. Elena se tapó la boca con la mano. Tragó saliva e inspiró hondo—. Este niño es mío, Cail, solo mío. No le pediré ayuda a nadie. Lo criaré yo, ¿entendido?

Notó que él se acercaba. Dos pasos y estaría detrás de ella, dispuesto a consolarla. Le molestó esa reacción. ¿Sería posible que la viera tan frágil?

Esperó a que la tocara, pero ni siquiera la rozó. Elena se miró la punta de los zapatos. La había sorprendido de nuevo. Lo hacía continuamente.

—Hay noches especiales en las que la oscuridad es casi total. Si tienes suerte, puedes ver estrellas que normalmente son invisibles. ¿Te apetece comprobar si hoy hace una de esas noches?

Cerró los ojos y saboreó el sonido de la voz, todavía un poco jadeante, de Cail. Volvía de correr. De todos sus conocidos, era el único hombre que corría al anochecer, a oscuras. Buscó en la noche el hilo que transportaba su perfume y, cuando lo encontró, lo saboreó lentamente.

—Sí, me gustaría muchísimo —susurró.

Ahora estaba justo detrás de ella. Elena retrocedió lentamente, paso a paso, hasta que se encontraron. Levantó la cabeza y miró el cielo. Cail la envolvió entonces entre sus brazos, despacio. Se quedaron así un instante, cada uno prisionero de sus propios miedos, del deseo que fluía entre ellos, de las palabras que todavía no tenían valor para decirse, incapaces sin embargo de soltarse y de renunciar a ese poco que tenían.

Cail le besó el pelo. Elena cerró los ojos, abandonándose por completo. De los labios entreabiertos se escapó un gemido ahogado, casi un ruego.

Él la hizo girar sobre sí misma y Elena se puso de puntillas, rodeándole el cuello.

Cail se agachó hacia ella, poco a poco. Dejándole todo el espacio que necesitaba. Podía retroceder. Podía hacerlo.

Elena sintió primero su respiración caliente y luego un toque ligero en el rostro. Él siguió acariciándola suavemente, pero cuando Elena lo agarró de la camiseta, atrayéndolo hacia sí, la abrazó y la levantó.

Elena le acarició la cabeza y Cail la besó como había deseado, como imaginaba desde hacía días.

Subieron al apartamento de Cail y, mientras él se duchaba, Elena decidió esperarlo en el invernadero. Sabía poquísimo de él, de su trabajo, de cómo se desarrollaba su vida. Se percató en ese momento de que era ella el centro de la historia. Cail se mantenía siempre un poco al margen.

—Plantas de un año —le dijo poco después, deteniéndose a su lado.

Elena estaba inclinada sobre una maceta de la que brotaban hojitas de un verde claro con el borde recortado. Inspiraban ternura, eran minúsculas y muy graciosas.

—Son preciosas —susurró.

—Cada una de ellas es una esperanza. Si sobreviven, podrían convertirse en una rosa especial, perfecta.

Elena frunció la frente.

—La rosa perfecta..., una definición singular.

Cail se metió las manos en los bolsillos de los vaqueros.

—Piensa en una rosa roja, de un color extraordinario, vivo, con los pétalos consistentes, resistente a las enfermedades y que tenga un perfume intenso de frutas y especias. —La miró—. Ese es el sueño de todo hibridador.

—Pero tú has creado muchas rosas así —replicó Elena.

Cail negó con la cabeza.

—No exactamente. Muchas de ellas apenas son pasables. Y ninguna roja. Pero tengo un par de plantas de dos años... Podría tener suerte.

—¿Es aquí donde trabajas? —le preguntó con curiosidad, echando un vistazo a su alrededor.

—Sí. —Se inclinó sobre una maceta y arrancó unas briznas de hierba—. El verdadero laboratorio está en Aviñón, en la Provenza. Aquí tengo las plantas con las que estoy trabajando para el concurso.

—¿De rosas?

Cail asintió.

—Es más que un concurso, en realidad. Es un salón abierto a los expertos del sector: cultivadores y comerciantes. Hay también apasionados de la jardinería. Durante la gala de clausura, se premia la rosa que cumple más que ninguna con los requisitos de calidad, belleza y perfume. El concurso internacional de las nuevas rosas, el Concours de Bagatelle. Se celebra a primeros de junio.

Su hijo nacería justo en esa época, pensó Elena sonriendo.

—¿Participarás?

Cail la miró.

—Sí, es una cita importante.

Ella se quedó pensativa.

—¿Cómo es que has decidido vivir en París, si tu empresa está en Provenza?

Cail desvió la mirada.

—En París —dijo, dirigiendo de nuevo la atención hacia ella— residen la mayor parte de nuestros clientes o tienen aquí sus oficinas. Y la ciudad me gusta. Ven, entremos en casa, hace mucho frío —añadió, y, acercándose a ella, le tomó la mano.

Era verdad, hacía mucho frío, pero Elena se quedó con la impresión de que a Cail no le gustaba hablar de sí mismo, y eso la llenaba de interrogantes.

Jacques llamó a la puerta de casa de Monique y esperó, aunque habría podido entrar. Pese a lo que le había hecho creer, tenía aún una copia de las llaves y la utilizaba con regularidad. Lo hacía cuando ella no estaba en casa. No tocaba nunca nada, se limitaba a mirar las cosas, a aspirar el perfume que ella dejaba en la ropa interior, como un patético enamorado.

Un minuto, dos, tres, cinco. Jacques sonrió e inclinó la cabeza.

—Sé que estás ahí detrás, *mon amour*. Ábreme, no me pienso ir.

Un «clic» seco, luego la cerradura giró tres veces y Monique apareció detrás de la puerta.

—Cierra —le dijo, seca, volviendo al salón.

¿Cómo se las arreglaba para estar tan guapa con una camiseta informe y unos calcetines de montaña? Las piernas, decidió Jacques, sin duda la culpa era de esas piernas infinitas.

—¿No es un poco tarde para una visita de cortesía? —le preguntó con frialdad.

Jacques no hizo caso de su abierta hostilidad.

—¿Cómo estás? Hace tiempo que no sé nada de ti.

Monique se limitó a dirigirle una mirada gélida, tomó el libro y lo abrió en el punto donde lo había dejado.

—No contestas a mis llamadas ni a los mensajes. ¿Estás demasiado ocupada o se trata de otra cosa? —le preguntó, acercándose—. ¿Le Notre exige todo tu tiempo? Dime, *chérie*, ¿te satisface como hacía yo?

Observó cómo se tensaba, encajaba el golpe y lo asimilaba. Con el corazón en un puño, esperó una sonrisa suya, pero solo vio la rabia esconderse detrás de un autocontrol feroz, el mismo que la mantenía alejada de él. Sí, esa mujer era una luchadora. Y lo quería todo de ella, su respiración, su pensamiento, todo.

—Vete al infierno, Jacques —respondió Monique. Le sonrió, y él sintió un estremecimiento y una chispa de deseo lujurioso.

El juego había empezado y esta vez no tenía ninguna intención de perder. Se sentó a su lado en el sofá donde ella se había acurrucado. Se quitó la americana, luego la corbata, se desabrochó la camisa y, tras retirar los gemelos de oro macizo, los dejó caer sobre la alfombra sin apartar ni un momento sus ojos de los de ella.

Monique estaba hipnotizada, el corazón le martilleaba el pecho y una profunda languidez la invadió. Lo quería desesperadamente. Pero eso no significaba que fuera a ceder a la primera. Se levantó, porque no lograría resistirse si Jacques se acercaba más. Y él llevaba escrito en la cara lo que quería hacer.

Jacques la agarró de un brazo, impidiéndole alejarse.

—Estoy harto de tus caprichos. He hecho lo que querías, hasta he contratado a tu amiga. Ahora quiero mi recompensa.

—Deberías ser tú quien me pagara, Jacques. Elena es una perfumista extraordinaria. Dime, ¿continúas teniéndola alejada del laboratorio? ¿Tanto miedo tienes realmente a que una mujer te demuestre tu mediocridad?

Lo dijo para herirlo, y al ver el destello de dolor en sus ojos, deseó comerse sus palabras. Pero era demasiado tarde. Jacques estiró los labios en una especie de sonrisa feroz. La atrajo hacia sí y la estrechó contra su pecho. Le acarició el pelo y se lo retorció, con los labios a un soplo de los suyos.

–No es tan buena, a juzgar por lo que me cuenta Philippe. Ni siquiera ha hecho una venta decente. Creo que debes resarcirme.

Monique protestó:

–No es verdad, Elena me ha dicho que todo va bien.

Pero Jacques presionó los labios contra los suyos, impidiéndole continuar.

–Esa mujer me tiene absolutamente sin cuidado. Te quiero a ti, ¿lo has entendido?

–Lárgate, Jacques, vuelve con tu futura mujer. ¿Cuándo es la boda?

Él hizo caso omiso de la provocación. No perdería el tiempo de que disponían hablando de otra mujer.

–Es un contrato, un asunto de negocios. Tú eres otra cosa –replicó.

–Sí..., yo soy la que querrías tirarte.

–Exacto.

Le dio un bofetón con la mano abierta, pero Jacques le inmovilizó la otra mano retorciéndosela detrás de la espalda.

–Suéltame –gruñó ella.

–Solo si te calmas.

Monique forcejeó y él le soltó un brazo mientras le sujetaba firmemente el otro.

–¿Por qué te me resistes? –le susurró bajito.

Monique tragó saliva.

—Suéltame, Jacques. Suéltame y vete. Vuelve a casa de esa chica y quédate allí. Es su turno. Has elegido. Vete de aquí.

—No, nunca te librarás de mí. Nosotros somos iguales, Monique. Estamos hechos para estar juntos —le susurró.

Ella cerró los ojos, sintiendo de nuevo esa especie de vergüenza y de pena. Pero él empezó a acariciarla otra vez. Sus labios eran suaves y calientes. Y ella, aquellos largos días solitarios, lo había deseado más que al aire. Cuando Jacques la levantó en brazos y la llevó hacia la cama, ella hundió la cara en su pecho.

14

*Angélica. Hierba de los ángeles que desvela la esencia oculta
de las cosas. Remedio para todos los males, de perfume
muy suave, meloso y envolvente. Favorece
el conocimiento de uno mismo.*

—Llevas un perfume distinto, ¿es nuevo?

Elena negó con la cabeza, se desperezó y tomó otro pastelillo de la bandeja que ocupaba el centro de la mesita del salón.

—No, lo hice hace un par de años. Pero tengo que rectificarlo, ya no me convence.

Se acomodó mejor junto a Cail, se tapó con el edredón de plumas y reanudó la lectura del diario. Pese a tener casi cuatrocientos años, sorprendentemente el volumen estaba en buenas condiciones. Todas las Rossini, después de leerlo, lo envolvían siempre en un paño de seda perfumado con canela.

Hacía un tiempo que Elena quería repasar algunos pasajes del diario de Beatrice y esa noche era perfecta: hacía mucho frío, se quedarían en casa.

—¿Tanto has cambiado? —le preguntó Cail, dejando la revista de botánica que tenía en la mano.

—Eres el hombre más perspicaz que conozco. Sí, he cambiado mucho.

—¿Cómo eras antes?

Elena lo pensó un poco y sonrió.

—Tonta.

La palabra le salió de un modo tan espontáneo, tan sincero, que Cail no pudo contener una carcajada. Aquel sonido gutural, inesperado y franco, planeó en el silencio de la habitación. Elena lo miró, encantada. Cail sonreía muy raramente, pero, cuando lo hacía, a ella le parecía ver a través de esos ojos por fin serenos y esa expresión relajada al estupendo hombre que era.

Ahora había levantado la barbilla y los dientes le brillaban entre aquellos labios llenos de ternura. Sus ojos estaban entornados y parecía que no hubiera tenido un solo pensamiento en toda su vida.

Elena sintió la tentación de acariciarle la cabeza y besarle la cicatriz que le marcaba la mejilla, de estrecharse contra él y aspirar su perfume.

Sin embargo, se acordó del niño y de sus propósitos para el futuro. Y el encanto se rompió. Por mucho que Cail le gustara, no quería complicar una situación ya de por sí delicada: lo había decidido la noche de su primer beso.

—Hablo en serio —dijo ella, levantándose. Cerró el libro y lo dejó sobre la mesa.

Desde que había llegado a París, el apartamento del Marais había cambiado radicalmente. Cail había decidido que un lugar lleno de historia y de carácter como ese debía recuperar sus características originales. Monique le había dicho que, incluso en sus mejores tiempos, el salón de la planta baja no había sido más que un refugio para caballos y carruajes. Pero él no le había hecho caso y, tras haber obtenido permiso de la familia Duval, con el apoyo moral de Elena —puesto que no le había permitido levantar ni un pincel—, había arreglado y redecorado todo, desde el techo de vigas de enebro hasta la puerta y la ventana de vidrio emplomado que daban a la calle.

Era increíble mirar aquellas espléndidas paredes de ladrillos vistos y pensar que solo un par de semanas antes estaban cubiertas por varias capas de revoque enmohecido. Cail había quitado también las baldosas para dejar a la vista el suelo original de piedra gris. Después lo trató con aceites especiales hasta dejarlo brillante como el peltre. La primera vez que lo vio después de la restauración, Elena se quedó boquiabierta.

Los sofás los compró en la Porte de Vanves, en uno de los mercadillos de antigüedades –o «de las pulgas», como había especificado Monique– más conocidos de la ciudad. Cail había llevado dos láminas y una lámpara de Tiffany, y Monique, un ficus benjamina que, según ella, necesitaba como el agua charlar un poco con alguien.

–¿Por qué dices eso? –le preguntó Cail–. ¿Por qué dices que eras tonta?

Se había puesto de pie y la seguía con la mirada.

–Porque así es como me he comportado, tontamente. –Sonrió, pero luego su expresión se tornó seria–. No sé cómo explicártelo. Verás..., es algo que he descubierto hace poco. Ahora vivo día a día, todo lo que hago es nuevo, es como si lo hiciera por primera vez. Debe de ser por el niño –masculló, pensativa–. Quizá Jasmine tiene razón cuando dice que la personalidad de los hijos y sus gustos se unen a los de la madre. ¿Sabes que cuando ella esperaba a Monique detestaba las fresas? No las volvió a probar hasta después del parto. Y Monie nunca las ha soportado, ni siquiera de pequeña. Sí, seguro que es él quien interfiere en mis decisiones. –Se quedó pensando en el asunto y movió la cabeza antes de fijar la vista en Cail–. Para de reírte.

–No me río de ti.

–Pero te estás riendo –le dijo ella con los brazos en jarras.

–Porque me gusta lo que veo.

Elena se quedó inmóvil.

–¿Lo ves? Me dices cosas así y... me pregunto cómo es que he perdido el tiempo con Matteo cuando habría podido pasarlo contigo. No existe ninguna explicación, ¿comprendes? No sé qué me ha pasado durante tanto tiempo. No me gusta y no hago más que darle vueltas.

Cail se levantó, fue hasta ella y la tomó de la mano.

—Vuelve al sofá y hablemos un poco, ¿vale?

Elena se dejó convencer; era lo que Cail solía hacer. La llevaba con él y le ayudaba a superar los obstáculos. Una vez juntos, bajo el edredón de plumas, se miraron. Luego él le levantó la barbilla y empezó a besarla. Se deslizó por sus labios, liviano pero decidido. Su decisión iba en aumento, como si cada vez que se daban un beso su vínculo se reforzara. Sin embargo, hasta ese momento, nunca había ido más allá.

Elena se agarró a él, estrechándose contra su tórax. Abrió los labios y, cuando él la asió por la nuca, se abandonó a sus caricias, que ahora se habían vuelto más seguras, más posesivas.

De pronto, Cail se detuvo y la alejó de sí.

Cada vez era más difícil parar. La deseaba como nunca había deseado hasta entonces a ninguna mujer. Sabía que, si decidía ir hasta el final, hacer el amor con ella, Elena estaría de acuerdo. Ella también quería, Cail lo percibía en cada célula de su cuerpo. Pero, una vez que estuvieran juntos, que su relación tomara una dirección exclusiva y unívoca, ¿qué sucedería? Llegaría el niño, y con él un montón de problemas. Sí, ahora Elena decía que jamás volvería con su ex, pero ¿y si cambiara de idea después del nacimiento? Ese pensamiento lo volvía loco de rabia. No quería renunciar a ella, pero no podía traspasar el límite que había establecido.

¡Al infierno!, maldijo mentalmente. Antes de que Elena pudiese siquiera preguntarse qué había sucedido y por qué motivo se había echado atrás, Cail la agarró de nuevo, esta vez con ternura. Y después apoyó la frente en la suya, con la respiración agitada y el corazón latiéndole con fuerza bajo la palma de la mano de Elena.

Por un instante, ella pensó en continuar a partir del punto exacto en que se había producido la interrupción. Pero se encontró con la mirada sombría de Cail y fue como si le hubieran echado un jarro de agua fría. Estaba lívido, con el semblante endurecido, como si se hubiera arrepentido de haberse dejado llevar. Y probablemente era así.

Instintivamente, se apartó. Cail la soltó de inmediato y Elena aprovechó para ponerse de pie.

Estaba olvidando otra vez que era una mujer embarazada, embarazada de otro, se reprendió con un deje de amargura. Y sin embargo, sabía por experiencia lo desestabilizador que ese hecho podía ser para un hombre. ¡Vaya si lo sabía! La imagen de Maurice se presentó en su mente, pero ella la desechó. No había comparación entre Maurice y Cail. Era absolutamente imposible que él se comportara como su padrastro. ¿Acaso no estaba allí, con ella? Podía irse cuando quisiera, no había nada entre ellos, ninguna promesa, nada que lo obligara a estar allí. Pero estaba, siempre estaba.

Y además, su comportamiento era completamente distinto. Cail nunca la había obligado a hacer lo que no quería, ni había intentado persuadirla. Él hablaba claro; cuando hablaba, eso sí.

Suspiró. Y entonces se dio cuenta de que, por más que pudiera estar razonablemente segura de Cail, quedaba una duda, una sutil e impalpable duda. Por lo demás, Elena no sabía lo fascinante que Maurice había sido para su madre. Ella solo conocía el lado peor de su relación. ¿Y si también Cail estuviera interesado en ella, pero no en el niño?

Se echó hacia atrás el pelo. Estaba confundida. De repente sintió la necesidad de hablar con su madre, una necesidad urgente. Por increíble que pareciera, Susanna era la única persona que podría comprenderla. Ambas amaban a un hombre que no era el padre de su hijo.

Pero ¿era amor lo que sentía por Cail? No tenía ni idea. Después de la experiencia con Matteo, se había vuelto muy prudente a la hora de arriesgar sus propios sentimientos. Y además ahora tenía que pensar en el niño.

—Vuelve aquí —le dijo de pronto Cail, dando unas palmadas sobre el asiento del sofá, a su lado.

Estuvo tentada de negarse, o de hacer algo peor, de pedirle que se marchara. Pero no era eso lo que realmente deseaba. Lo miró de refilón y luego desvió la mirada.

—Hablemos un poco, ¿vale? —le propuso de nuevo. Se había levantado y acercado a ella.

Muy bien, esto está mejor, pensó Elena. Sin embargo, no dejó que se le acercara; dio la vuelta a la mesa, demasiado herida aún para olvidar sin más lo sucedido.

—¿O quieres que me vaya?

La propuesta de Cail rompió aquel silencio tenso que había caído sobre ellos como un pesado manto.

—¡No! —Al mirarlo, supo que no era eso lo que quería.

—Entonces, ven conmigo, nos sentamos y hablamos.

—No me apetece, no..., no quiero hablar de..., de eso.

—¿De nosotros? —le preguntó Cail.

Elena asintió, con los ojos clavados en el suelo. No estaba preparada para aclarar aquel tira y afloja que había entre ellos, todavía no, no en ese momento, cuando estaba tan a punto de echarse a llorar.

—Vale, no estamos obligados a hacerlo. No discutamos por eso. —La voz de Cail sonaba ahora más relajada, más disponible. El hombre volvió al sofá, pero antes eligió un *macaron* lila de los que había en la bandeja, el preferido de Elena, y se lo ofreció—. ¿Hacemos las paces?

Ella se tragó las lágrimas y, a su pesar, sonrió.

—Eres tremendo —le dijo, pero aceptó el *macaron* y lo mordió, ávida de la deliciosa crema de grosella—. Si hacemos las paces, no es por ti —añadió, levantando un dedo—, es por las pastas. Ya que las has traído, no quisiera que ahora te las llevaras.

Él no replicó, se limitó a pasarle un mechón de pelo por detrás de la oreja. Parecía seguir absorto en algún pensamiento poco agradable, pero la acariciaba con delicadeza y calidez, y con dulzura.

—¿Una pregunta cada uno? —le propuso ella.

Cail se lo pensó un momento.

—De acuerdo, pero empiezo yo. —Hizo una pausa—. Un día me dijiste que tenías dos deseos, uno era el niño, ¿cuál es el otro?

Elena se humedeció los labios.

—¿Hay una pregunta de reserva?

—No, pero no estás obligada a responder, si no quieres.

Lo dijo con una voz grave, seria. Elena dejó escapar un profundo suspiro e intentó explicarse mejor.

—No es tan sencillo. No es que no quiera contestar, lo que pasa es que tú formas parte de la respuesta. No puedo desvelarte mi estrategia. Tengo que jugar bien mis cartas, ¿qué crees? Anda, hazme otra pregunta —le dijo.

Cail pareció sorprendido. La atrajo de nuevo hacia sí y la besó. Luego se apartó, como si acabara de ser víctima de un impulso irrefrenable e inmediatamente después se hubiera arrepentido. Se aclaró la voz y al cabo de un momento volvió a hablar.

—Está bien, te hago otra pregunta. Veamos, ¿echas de menos Italia? ¿Te gustaría volver?

Todavía turbada por el beso, Elena movió la cabeza como si quisiera aclararse las ideas.

—París me gusta, creo que es una de las ciudades más bonitas del mundo, me atrevo a decirlo aunque no las haya visitado todas. ¿Sabes?, cuando era pequeña, mi madre, antes de establecerse definitivamente en Grasse, viajaba sin parar. He estado en Bombay, El Cairo, Tokio,

Nueva York... Iba allí donde reclamaran sus habilidades de perfumista. Y yo la acompañaba. He visitado todos los parques infantiles y zoológicos posibles e imaginables. Cuando salía con las niñeras, lo observaba todo. Había sitios que me gustaban, en los que me sentía bien, mientras que otros, aunque fueran preciosos, me asustaban. Un lugar es como un perfume, como un vestido, debes sentirlo en tu piel para saber si es el adecuado para ti. —Hizo una pausa—. París, el Marais, la Île de la Cité..., son sitios que me gustan.

—Entonces, ¿no volverás a Florencia?

—Quizá de vez en cuando, unos días. Para ver la casa. ¿Sabes?, eso es también algo que no acabo de entender. Antes odiaba ese lugar, y ahora hay momentos, sobre todo por la noche, en que quisiera estar allí. A lo mejor es por lo que representa, por su pasado. Allí está todo lo que me enseñó mi abuela y lo que han creado y dejado las mujeres de mi familia. Tendrías que ver el laboratorio, hay recipientes de porcelana esmaltada más altos que yo. Son maravillosos. En todas las habitaciones hay objetos antiguos, y una lámpara para esencias.

—¿Como esa? —preguntó Cail, señalando un vaso de cristal con una vela encendida bajo un platito del que se desprendía un perfume ligero y aromático.

—Sí. Mi abuela utilizaba siempre las mismas: naranja para la alegría, salvia contra la confusión y las dudas, menta para estimular la fantasía y lavanda para purificar. Los perfumes se han depositado en los muebles, que ahora huelen como si las hierbas, las flores y los frutos se hubieran fundido con ellos. Cuando me marché de Florencia, la metí en la maleta junto con algunas esencias.

—Me gusta mucho este perfume.

—Jazmín y dos gotas de helicriso —especificó Elena.

—Es muy estimulante —prosiguió Cail con una media sonrisa.

Elena abrió los ojos como platos y se sonrojó. Porque, en efecto, había dosificado el jazmín deseando crear un ambiente muy íntimo.

Él seguía mirándola, sus dedos se movían acariciando el respaldo del sofá. Elena tomó aire y trató de reanudar su discurso en el punto donde lo había interrumpido.

—En la planta baja está la antigua tienda de perfumes. En el techo hay frescos pintados. Si levantas la vista, te parece ver un campo lleno de flores y ángeles, y en una esquina, un poco apartados, hay un hombre y una mujer que van de la mano hacia un arco de rosas. Es muy sugerente. Hay un biombo enorme, si lo abres se convierte en una caja, un escondrijo perfecto.

—¿Era ahí donde te escondías cuando hacías alguna trastada?

Ella asintió.

—Era una terrible desilusión para mi abuela. La hacía rabiar a base de bien. Algunos días reinaba la armonía entre nosotras y parecía que todo iba sobre ruedas. Y ella estaba contenta. Pero en otros momentos la odiaba, y entonces mezclaba los perfumes, derramaba los compuestos, me negaba a estudiar o a hablarle.

—Eras una niña terrible.

Cail rio, pero la alegría se transformó casi enseguida en una consideración amarga. Él también había estropeado el trabajo de su padre. Una de sus mejores rosas había nacido de su intento de sabotear una siembra. Los enfados de Cail eran frecuentes. Sobre todo en los períodos en los que su padre, Angus McLean, desaparecía. Su madre se quedaba sola con él y su hermanita a cargo de la explotación agrícola. En su interior seguía oyendo los sollozos sofocados de la mujer. Sí, comprendía la rabia de Elena niña, la profunda sensación de impotencia que se tiene a esa edad. La comprendía profundamente.

—En esa casa están tus raíces, Elena. Es normal que estés apegada a ella.

Ella se encogió de hombros.

—Sería normal si no hubiera odiado cada instante que he pasado allí.

Cail miró un punto lejano por encima de los hombros de ella.

—El odio es un sentimiento muy complejo. Se odia lo que se desea intensamente y no se puede poseer, se odia lo que no se comprende, lo que parece demasiado distante. Odio y amor están demasiado cerca uno de otro, sus contornos se difuminan, no tienen límites claros.

Elena lo miró.

—Nunca lo había considerado desde esa perspectiva.

—¿Por qué detestabas esa casa?

—Mi madre acabó dejándome allí, me dijo que era por mi bien, que estaría mejor con la abuela. Eran excusas, simplemente quería librarse de mí. La verdad era que Maurice me detestaba y ella quería rehacer su vida sin que entre ambos se interpusiera la hija de otro.

Se arrellanó en el sofá, alejándose de él.

—¿Tu abuela... te hizo daño alguna vez? —La voz de Cail había adoptado un tono grave, profundo, y su mirada era sombría.

Elena negó con la cabeza.

—Me quiso mucho, aunque a su manera. ¿Sabes que por la noche venía a mi cuarto? Esperaba a que me quedara dormida y entonces entraba y se sentaba junto a mi cama. Al cabo de unos minutos se levantaba, me besaba y volvía abajo. Esas son las únicas manifestaciones de cariño que tuvo conmigo. Durante el día, en cambio, me hablaba como si fuera una adulta, no admitía errores, pero me respetaba.

La emoción llegó junto con los recuerdos, los pequeños episodios que ahora le volvían a la mente como objetos cuyo rastro hubiera perdido. Había olvidado lo importante que había sido para ella el respeto de su abuela. Sonrió y se echó el pelo hacia atrás.

—Cuando yo decía algo, sobre todo si estaba relacionado con los perfumes, se detenía, dejaba de hacer lo que estuviera haciendo y me escuchaba. Quería que fuese más allá del concepto de perfume, más allá de la fragancia en sí. Quería que buscara el perfume en la mente, que lo encontrara en el corazón. Decía que el perfume es la estela, la vía hacia el conocimiento más profundo, el del alma. Afirmaba que las palabras, las imágenes, los sonidos e incluso el gusto pueden engañar. Pero el olfato no, el olfato prescinde de todo.

Hizo una pausa, en su mente oía aún las palabras exactas de Lucia Rossini, tan vívidas como entonces, esculpidas de modo indeleble en su memoria: «El olor, el perfume se te mete dentro porque eres tú quien lo invita con la respiración, y luego sigue su camino. No puedes decidir si te gustará. Viaja en otra dimensión. No pertenece a la lógica o a la razón. Se adueñará de ti, pero pretendiendo la verdad absoluta. Entonces lo amarás o te dará asco. Pero no habrá nada en tu vida más auténtico que esa primera emoción. Porque esa es la respuesta de tu alma».

Cail le acarició una mano.

—Sigue contándome.

Elena se volvió hacia él.

—Llevaba el negocio siguiendo rituales antiguos que habían pasado de generación en generación. No quería ni oír hablar de cambiar las técnicas y los utensilios. Para ella no existía otra cosa que lo que había aprendido. Estaba obsesionada. Como mi madre, como Beatrice. Como todas esas mujeres.

—Tu madre... ¿se fue por eso? ¿Tu abuela no le permitía llevar el negocio?

Elena movió de un lado a otro la cabeza, con la mirada sombría. No le gustaba hablar del pasado. Y sin embargo, mientras le contaba a Cail todas aquellas cosas, tenía la impresión de que el sabor amargo de su infancia solitaria se había atenuado.

Acogió esa sensación con una pizca de estupor. Ahora era soportable, como si, al sacarla, al mostrarla, hubiera perdido intensidad.

Elena se concentró. Quería ser precisa, debía serlo.

—No, a mi madre no le interesaba esa clase de perfumería. No creía en ella. Quería viajar, ver mundo. Le encantaba todo lo moderno. Según ella, el futuro de la perfumería estaba en la química, en la síntesis. Decía que hoy en día el perfume de Beatrice no serviría para nada. Demasiado antiguo, demasiado distinto. Mi abuela, en cambio, pensaba de forma diametralmente opuesta. Para ella ese perfume era especial, perfecto, un concentrado de ideas, sensaciones y emociones ancestrales, las mismas que residen en la memoria límbica y son transmitidas junto con el patrimonio genético. Una especie de código olfativo. Ese perfume sería siempre actual porque era el alma misma. Era el amor, la esperanza, la generosidad, el valor, la confianza, todo lo mejor que el género humano conocía y había producido.

—¿Una utopía?

Elena negó de nuevo con la cabeza.

—En teoría es posible, ¿sabes? Es verdad que el perfume es subjetivo, pero el perfume del fuego es calor, consuelo, peligro, acción, y lo es para todos. De la misma forma que la lluvia es esperanza, futuro. Para algunos representa también angustia, es verdad, pero en cualquier caso es sinónimo de abundancia. Y está el olor del mar, del trigo, de la leña..., podría continuar horas y horas. Los olores, los buenos y los malos, son elaborados por el cerebro de forma instintiva, inconsciente. Y desencadenan una reacción que hunde sus raíces en la parte más antigua de nuestra alma.

—¿Tú que piensas de todo eso?

Elena se encogió de hombros.

—Lo único que sé es que fue el perfume lo que las alejó a ambas de mí.

Cail la abrazó, esperando ser capaz de desterrar la desolación que se traslucía en esas palabras apenas susurradas. Le habría gustado preguntarle por Susanna, intuía que era la guardiana del dolor más grande de Elena. Pero la chica estaba demasiado turbada para soportar una conversación de ese tipo. Así que buscó en su interior las palabras más apropiadas para decirle y las encontró en lo que lo unía a ella, en esa mezcla de amor y odio que había sentido de pequeño por su padre y que después había superado.

—Quizá las cosas son más complicadas de lo que parecen. Por lo que me has dicho, por lo que eres y lo que haces, el perfume podría ser lo que os une...

«Lo que os une.» Elena rechazó instintivamente esas palabras. Luego, mientras Cail le hablaba de sí mismo y de que la hibridación era lo único que tenía en común con su padre, volvió sobre ellas y las examinó como se hace cuando se mira un curso de agua potencialmente peligroso, que hay que cruzar a toda costa para llegar a la otra orilla.

Entonces comprendió que era verdad. Por más que se había empeñado en pensar lo contrario, el perfume era tal vez lo único que tenía en común con su madre y su abuela.

En ese momento le volvieron a la mente las palabras de Monique. Había sido la obsesión de Susanna y Lucia, la fascinación que el perfume había ejercido en su existencia, la razón del rechazo que ella había desarrollado hacia este. Por eso había intentado borrarlo de su vida.

Pero el perfume ya estaba dentro de ella. Lentamente, con paciencia, había encontrado pese a todo la manera de alcanzarla y reclamarla.

—¿Y si yo también..., si yo también descuidara a mi hijo, si lo abandonara por esa estúpida obsesión, si no encontrara tiempo para él?

Ya estaba, por fin había sido capaz de decírselo, pensó Cail. Le había costado un poco, pero al final Elena había sacado fuera lo que realmente la atormentaba.

—Podrías afrontar la cuestión a cara descubierta, sin andarte con rodeos —dijo Cail. Como haces con todo lo demás, añadió mentalmente.

Elena frunció el ceño.

—¿Qué quieres decir?

—Abre tu propio negocio, crea tus perfumes, busca la fórmula perdida. Pero hazlo con serenidad, lo tienes todo ante ti. Elige. Eres tú quien decide.

Elena negó con la cabeza.

—Algún día quizá. Ahora tengo que pensar en el niño.

Cail la miró con desaprobación.

—¿Qué te impide hacer las dos cosas?

En efecto, ¿qué se lo impedía?

—No lo sé, no lo sé...

—Confía en ti misma.

—No se trata solo de eso. Para montar un negocio hace falta mucho dinero. Un patrocinador, alguien que te presente a las personas adecuadas, que te introduzca en los canales de distribución, y no es ese el mayor obstáculo.

Cail dejó escapar un suspiro divertido y le levantó la barbilla.

—¿Y cuál se supone que es?

Elena lo miró a los ojos.

—¿Sabes cómo funciona? ¿Cómo se crea un perfume?

Cail negó con la cabeza.

—Solo en lo que se refiere a las rosas, pero imagino que no vale.

Elena se acurrucó entre sus brazos y apoyó la barbilla en su pecho.

—Se parte de una idea. Puede ser un acontecimiento, un sueño, un paseo... Un perfume es como un relato, es una forma de comunicarse, solo que más sutil e inmediata. Cuando el *brief*, así se llama, está bien claro, se empieza con la elección de las esencias. Yo las siento todas: se convierten en colores, emociones; me arrollan, se apoderan de mí, no logro dejar de pensar en ello hasta que el perfume está terminado.

Silencio. En la sala de estar solo se oían la respiración agitada de Elena y la regular de Cail.

—Es maravilloso. Lo que dices, lo que eres, la pasión que pones en tu trabajo. No es un impedimento, es un gran don. Eres una mujer muy especial.

Dijo lo que tenía en el corazón, y en cada palabra había admiración, respeto, consideración. En aquel momento Elena empezó a enamorarse de verdad de él.

En noviembre, el ambiente de París era chispeante y mágico. Elena se había acostumbrado a los edificios de tejados puntiagudos y claraboyas salientes que capturaban los rayos del sol y los proyectaban sobre los transeúntes, a los parques y a los mercadillos de barrio. Paseaba con Cail en busca de lugares secretos, jardines de hielo, museos que albergaban cuadros, mobiliario, joyas, y uno muy especial que albergaba todos los perfumes del mundo: la Osmoteca.

Se habían divertido mucho allí.

Situado en el corazón de Versalles, el museo conservaba más de mil ochocientas fragancias, unas ya desaparecidas y otras que habían decretado el fin de una era olfativa y el principio de una nueva. Sobre algunos de ellos se habían escrito tratados enteros. A Cail le gustó el Hungarian Queen, de 1815, usado por Napoleón Bonaparte. Elena le enseñó el Chipre de Coty y luego descubrieron el sensual Mitsouko, creado en 1919 por Jacques Guerlain, y el más reciente Shalimar. Ese perfume especial partía de una base de lirio azul y vainilla llamada Guerlinade; evocaba los famosos jardines de Shalimar, el homenaje de un príncipe indio al recuerdo de su amada. Era increíble que un perfume hubiera nacido de manera accidental: una ampollita de vainilla acabó por error en un frasco de Jicky y el resultado fue la base de Shalimar.

El museo tenía también el Chanel N.º 5, creado en 1921. Durante aquella excursión olfativa se toparon también con Joy de Jean Patou, creado por Henri Alméras; en su época, uno de los perfumes cuyo absoluto era más costoso, pues requería más de diez mil flores de jazmín y más de trescientas rosas para obtener apenas treinta milímetros de fragancia. Difundido después de la guerra, se convirtió en símbolo de revancha y lujo.

Además de estas creaciones tan famosas, había también fragancias antiquísimas: le Parfum Royal, creado en Roma en el siglo I, L'Eau de La Reine de Hongrie, del siglo IV, y algunas fragancias extraídas de recetas transmitidas por Plinio el Viejo.

Madame Lanvin, de la *maison* homónima, le había regalado en 1927 a su hija Marguerite un perfume delicado y floral con notas de salida clásicas, como neroli y melocotón; en el corazón, rosa, jazmín, muguete, ylang-ylang, y como final, sándalo, vainilla, nardo y vetiver. El perfume era el regalo para el decimotercer cumpleaños de la niña, una elaborada composición de dos grandes nombres de la época: André Fraysse y Paul Vacher. La pequeña lo llamó Arpège. En la botella en forma de manzana estaba estampado el logo de la casa: la imagen de una mujer bailando con una niña.

Sin embargo, lo que más sorprendió a Elena fue ver en los elencos de perfumistas el nombre de Giulia Rossini, una de sus antepasadas. Su tía abuela había sido una hábil perfumista, una de las más dotadas. De su larga y fructífera producción, la Osmoteca conservaba Giardino Incantato, un perfume que ella conocía bien y que Lucia le había citado a menudo como término de comparación. Se trataba de una fragancia delicada y al mismo tiempo atrevida. Había flor de naranjo, angélica y nardo, seguidos de palo de rosa, cedro, mirto y, por último, ámbar. Saber que había sido una de las Rossini quien lo había creado y verlo junto a las fragancias más significativas de la historia de la perfumería la llenó de orgullo y de felicidad. El sentimiento de pertenencia que había experimentado y reconocido le había transmitido calidez y la había acariciado con dulzura. Era una de ellas, una Rossini. Giardino Incantato, en su primera edición, era maravilloso. Olerlo, imaginar los sentimientos y las emociones que habían llevado a su antepasada a crear esa fragancia fue uno de los momentos más emocionantes del día.

15

Tomillo. Energético, reconstituyente.
Disipa la confusión, predispone a la lógica,
desvanece la incertidumbre del sueño.
Renueva la estabilidad mental.

Desde que había empezado a tomar los complementos alimenticios, Elena se encontraba mejor; hasta se le habían pasado las náuseas. El embarazo se había convertido para ella en algo mágico, un estado que la llenaba de estupor y miedo a partes iguales. Había empezado a hablar con el niño y, cuando lo hacía, después se quedaba a la escucha, como si esperara una respuesta. Pero era pronto para sentirlo moverse. La doctora le había dicho que empezaría a notarlo hacia el quinto mes. Pero eso a Elena le daba igual, sabía que su hijo la escuchaba. Hablar con él se había vuelto fundamental. A Susanna nunca le había gustado conversar, y eso era algo que siempre la había entristecido. Ella, en cambio, se lo contaría todo a su hijo.

Empezó con frases breves que fueron transformándose en verdaderos monólogos, auténticas confidencias. Por fin Elena tenía a alguien a quien contárselo todo.

—¿Con quién hablabas? —le preguntó Cail una mañana, al entrar en casa.

—Pues con el niño.

Él la miró y, en silencio, se acercó a ella para abrazarla. Un poco sorprendida, Elena le rodeó el cuello con lo brazos y Cail aprovechó aquello para mimarla un poco. Le gustaba echarle el pelo hacia atrás para despejarle la cara. Le gustaba acariciarla, sentir el tacto de su piel. Le gustaba tocarla, tenerla a su lado.

Y protegerla. Tenerla a salvo. Y ese apego, que no tenía nada de razonable, de sensato, era algo que no acababa de entender.

Tenía un mal presagio. Ya había pasado antes, se recordó hoscamente. Más valía que lo tuviera presente.

Ese dolor seguía ahí. Si pensaba en él, si lo buscaba, podía revivirlo, y con él, los recuerdos del amor juvenil que había acabado de manera trágica. Debía descartar embarcarse en una relación complicada como la que sin duda tendría con Elena. Había considerado la posibilidad de irse. Pero no podía, era una cuestión de honor. Además, Elena necesitaba salir, pasear, reír.

Así que le dijo que se vistiera y después se replegó en sí mismo, tratando de volver a marcar cierta distancia. Luego la llevó al mercado de las flores, donde debía recoger los cinorrodones de rosa que estaba esperando, de los que extraería las semillas para las nuevas plantas. En ningún momento había dejado de observarla, de charlar y sonreír.

A Elena le gustó mucho el mercado: las flores y los perfumes, la consideración y el respeto que las personas le demostraban a Cail. Aunque la mujer que lo atendió, una tal Liliane que se deshacía en sonrisas y zalamerías, no le había caído nada bien.

Todo parecía funcionar ahora en la vida de Elena. Incluso en Narcissus las cosas habían mejorado. Philippe no le había pedido disculpas por su comportamiento incalificable, pero se mantenía al margen y dejaba que fuera Claudine quien tratara con ella. Además, después de aquel desagradable episodio, apenas lo había visto. Montier quería abrir una filial en Londres y Philippe debía ocuparse de la logística y de buscar un lugar apropiado.

Era casi la hora de cerrar cuando Adeline Binoche entró en la tienda, seguida de una mujer de unos cincuenta años, con el pelo rojo cortísimo y una expresión intensa, que no paraba de mirar a su alrededor. A Elena le recordó el verano, dorado y luminoso. Una pizca de bergamota, el heno ya seco puesto al sol y flores silvestres.

−¿Se acuerda de mi cuñada? −le preguntó Adeline con su acostumbrada sonrisa amigable−. Le hablé de ella cuando vine la última vez.

−Por supuesto, *madame*... Geneviève, ¿verdad?

Menos mal que aquella mujer tenía un nombre peculiar, pensó Elena con una pizca de alivio. Tenía mala memoria para los nombres de las personas, quizá porque, en cambio, recordaba perfectamente los de sus perfumes.

Adeline Binoche, por ejemplo, olía a vainilla, con corazón de rosa y musgo de roble. Serena, vivaz y aguda. Le pegaba mucho esa fragancia. Clara y límpida, sin concesiones. Como su mirada, más directa imposible.

−Geneviève Binoche −precisó la mujer tendiéndole la mano−. He oído hablar muy bien de usted. ¿Puedo llamarla Elena?

−Sí, desde luego.

−Bien −dijo la mujer. Era sofisticada, elegante, y tenía unas maneras francas y directas−, espero que pueda ayudarme. Necesito un perfume, el perfume de Notre-Dame.

Elena sintió un estremecimiento en el fondo de la garganta, pero se esforzó en reprimirlo y en tratar de mantener la expresión imperturbable. Si Claudine conseguía permanecer seria ante las peticiones más absurdas, quería decir que era posible. Por lo tanto, ella también lo haría.

−En sentido metafórico, ¿no?

Geneviève negó con la cabeza.

−No, literario. Necesito oler algo que me inspire, que me dé una indicación. Estoy escribiendo un ensayo sobre la novela *Notre-Dame de París* y quiero que sea distinto de todos los anteriores, único. Víctor Hugo creó una obra extraordinaria. Lo sagrado y lo profano juntos. El bien y el mal, la belleza y la fealdad. Quiero un perfume que sea todo eso, que sea sólido y grande como Notre-Dame, que posea su pureza y la vitalidad sensual e inocente de Esmeralda. Necesito algo capaz de evocar la crueldad de Febo, la locura de Frollo y, sobre todo, el amor de Quasimodo, único y total. –Por un instante, se hizo el silencio entre ellas. Era el concepto mismo de la vida. Era la vida en el sentido más profundo del término–. Me pregunto qué podría salir de la combinación de perfumes y literatura. La historia, la narración estimula la imaginación y, por lo tanto, la vista, el tacto y también el oído. Música, melodía..., todo eso funciona bien. ¿Y si fuera posible utilizar los conceptos también en forma de olores? En realidad, Notre-Dame tiene su perfume: incienso, velas, el olor de la antigüedad, de esa humedad agradable de los siglos transcurridos, la pátina que millones de respiraciones han depositado sobre las estatuas. Se trataría de la unión de los sentidos y de conseguir, así, una percepción tridimensional.

Algunos habían recorrido ya un camino similar. Se habían creado fragancias inspiradas en cuadros. A Laura Tonatto, la famosa perfumista italiana, se le había ocurrido la idea observando la *Aurora* de Artemisia Gentileschi y después había decidido crear la fragancia que evocaba *El tañedor de laúd,* de Caravaggio.

Era un modo magnífico de conducir al espectador al interior de esa obra maestra. Que se pudiera oler, además de ver. A Elena, la visión de Laura Tonatto le había gustado hasta el punto de incluir la visita al Hermitage de San Petersburgo, donde se exhibía *El tañedor de laúd,* en la lista de cosas que debía hacer cuanto antes. Bien pensado, uno imaginaba el perfume de un cuadro de una forma casi natural. Lo pedía la vista. Pero el perfume de *Notre-Dame de París* era un concepto mucho más complicado, tan profundo que era todo y nada al mismo tiempo.

—Explíqueme exactamente cuál es su idea —le pidió Elena.

Y Geneviève lo hizo. Con abundancia de detalles, le explicó que el perfume que tenía en mente debía mostrar el recorrido y las diferentes etapas de la vida, los sentimientos y las emociones. Debía representar la complejidad del alma humana.

—Supongo que comprenderá que lo que me pide requiere un largo período de elaboración.

Geneviève asintió.

—Por supuesto. A decir verdad, ni siquiera pretendo que se trate de un perfume acabado. Podría limitarse a escoger unas esencias para hacérmelas oler y que puedan inspirarme. Pero si lograra crear el perfume sería el súmmum. Naturalmente, el dinero no es un problema.

—Veamos, deme entonces unos días para pensar en ello. ¿Qué le parece si hablamos el lunes que viene?

—Me parece una excelente idea. Le estoy muy agradecida. Tome mi tarjeta —le dijo, a la vez que le tendía una tarjetita azul—. Espero tener pronto noticias suyas. Es un asunto que me interesa mucho —concluyó.

Geneviève y Adeline se encaminaron hacia la salida charlando animadamente.

—¿Qué te había dicho? Si hay una manera de encontrar ese perfume, Elena lo conseguirá —le dijo Adeline a su cuñada.

Ojalá fuera tan sencillo, pensó ella.

Esa noche, si no hubiera estado tan cansada, habría echado otro vistazo al diario. En los últimos tiempos no hacía más que leerlo. Quién sabe si en aquellas páginas antiguas conseguiría encontrar un rastro, seguir un indicio. Para ser sincera, nunca le había interesado demasiado el famoso perfume de Beatrice. Siempre había oído hablar de él, es cierto, pero para ella había sido simplemente la proyección de una leyenda. Nunca había pensado en ello como una cosa real. Probablemente había llegado el momento de hacerlo.

Le entregó una crema perfumada con violeta a una clienta y después fue a buscar a Claudine. Nunca la había visto reírse de verdad. Tal vez la petición de *madame* Binoche acabara con su expresión imperturbable. Tenía curiosidad por saberlo.

Nada menos que el perfume de Notre-Dame...

Mientras recorría el pasillo, empezó a reflexionar seriamente en esa idea. Las notas de corazón y de fondo debían nacer de la novela. Incienso, eso seguro, y madera, y también cera. Las notas más volátiles, en cambio, las de salida que se percibían inmediatamente, podían corresponder a lo que Geneviève suponía que eran la pureza y la carnalidad. Flores blancas, quizá. Porque ese perfume partía de una visión objetiva, desde luego, pero debía entrar en la esfera emocional de la mujer. Al final se trataba de un concepto subjetivo. Por eso tendría que trabajar mano a mano con ella.

—Acaban de encargarme un perfume —le dijo a Claudine al entrar en su despacho, después de haber llamado a la puerta.

—Cuéntamelo todo.

Elena le refirió la propuesta de Geneviève Binoche y la sonrisa de Claudine se encendió, en efecto, pero se apagó casi de inmediato, sustituida por una expresión intensa.

—¿Y dices que estaría dispuesta a pagar el precio que pidamos?

Elena se encogió de hombros.

—Eso es lo que ha dicho.

—¿Sabrías hacerlo?

Elena había esperado oír esa pregunta. En su interior algo se agitaba lleno de entusiasmo. Sí, claro que podía hacerlo, y, mucho más importante, quería hacerlo.

—Puedo intentarlo —respondió.

Más valía ser prudentes, se dijo, aunque en realidad quería ponerse enseguida manos a la obra porque la idea era fascinante y tentadora.

Sentada a su mesa de trabajo, Claudine la observaba con frialdad mientras la escuchaba atentamente. Levantó una mano y señaló la silla que estaba frente a ella.

—Siéntate, tenemos que pensarlo bien. Podríamos tratarlo como una simple personalización.

Elena negó con la cabeza.

—No. Si voy a hacerlo yo, necesito trabajar basándome en el texto. No puedo utilizar un *mélange* ya preparado y rectificarlo. Debo encontrar las esencias idóneas, solo así podré proceder a la elaboración de una fórmula para hacer una propuesta. Después presentaré todas las variantes posibles, de acuerdo con las exigencias de la clienta.

Claudine la miró.

—¿Cuánto tiempo necesitarás?

Elena sintió un cosquilleo de felicidad. Claudine le asignaría el encargo de crear el perfume. Estaba deseando contárselo a Cail. Un perfume importante, ¡nada menos que el perfume de Notre-Dame!

—Como mínimo dos meses, probablemente tres.

Mientras Claudine reflexionaba y contaba los días en una agenda de mesa, Elena se aclaró la voz.

—Dime. —La voz de la mujer se volvió súbitamente fría.

Como siempre, Elena se sintió incómoda por aquel repentino cambio de humor; ya debería haberse acostumbrado, pero no era fácil.

—¿Y si el señor Montier quisiera ocuparse personalmente del perfume?

Claudine apretó los labios.

–Está demasiado ocupado en este momento. De todas formas, me encargaré yo de informarle. Tú, por ahora, elabora el proyecto. En cuanto estés lista, empezaremos a preparar los *mélanges*.

Elena se levantó.

–De acuerdo.

Había llegado a la puerta cuando Claudine la llamó.

–Espero la máxima discreción por tu parte. Si este proyecto llega a buen fin, el rédito económico y de imagen será notable. El perfume de *Notre-Dame de París, ¿*te das cuenta? Y esto redundará también en tu beneficio. Philippe tendrá que tragarse todo lo que dijo.

Elena desvió la mirada.

–Desde luego –contestó.

Cerró la puerta tras de sí, pensativa, y volvió al trabajo. Pese a que Claudine la había tranquilizado, no logró quitarse de encima una extraña sensación. Y su malestar lo había causado en buena parte la expresión de su compañera. Había algo huidizo en su mirada. Se tratara de lo que se tratara, le producía escalofríos.

Cail tuvo que llamar dos veces antes de que Elena se decidiera a abrirle.

–Hola, ¿te encuentras bien? –le preguntó, escrutándola atentamente.

Elena estaba ceñuda.

–¿Por qué llamas siempre, si tienes unas llaves?

–Son para una emergencia.

–Una manera como otra de mantener las distancias –contestó Elena entre dientes.

Estaba de pésimo humor, y tratar de descifrar pasajes del diario de Beatrice no había mejorado su estado de ánimo.

Cail ignoró sus palabras. Nunca habían hablado sobre la necesidad de mantener sus relaciones entre límites precisos, pero ambos trataban de atenerse a esa especie de pacto que pensaban que era lo mejor para todos. Sin embargo, Elena de vez en cuando lo olvidaba. Y a él le resultaba cada vez más difícil mantenerse distante, la deseaba demasiado. Cada vez que la tocaba debía obligarse a parar, a echarse atrás.

Se acercó y le dio un beso en los labios.

—¿Pasa algo?

Ella hizo una mueca y apoyó la frente en su pecho.

—Hueles bien. Podría rociarte de aceite y luego destilar tu perfume como hace Grenouille, el protagonista de la novela de Süskind. Ganaría dinero a espuertas y no tendría que seguir atormentándome con este maldito diario. Al lado de Beatrice Rossini, Nostradamus era de lo más explícito —masculló, irritada.

Él le levantó la cara y la besó de nuevo. Esta vez se tomó su tiempo, acariciándole el pelo y soltándoselo sobre los hombros.

—Parecen hilos de seda —le dijo, tras haberse alejado un poco.

Elena entornó los ojos.

—En un libro de cuando era pequeña, el protagonista era un conde alto y misterioso. Tenía también una cicatriz en la cara que, en vez de afearle el aspecto, lo hacía terriblemente atractivo. Me gustaba con locura. Estaba perdidamente enamorada de él. —Hizo una pausa, miró a Cail a los ojos y añadió, acompañando sus palabras con un movimiento del dedo índice—: ¡Tu éxito conmigo se lo debes a él, que lo sepas!

Cail sonrió.

—Anda, cuéntame. ¿Qué ha ocurrido?

Elena volvió al sofá, le tendió el diario y se dejó caer contra el mullido respaldo.

–Mira esto y dime si se entiende algo. Yo me rindo.

Cail abrió el cuaderno, lo miró atentamente y frunció el entrecejo.

–Mi italiano es básico y estos versos parecen muy difíciles.

–No, no es una simple poesía. –Elena alargó la mano–. Dame el diario. Después te la traduzco –dijo, y empezó a leer–: *Rosa, riso d'amor, del Ciel fattura... Porpora de' giardin, pompa de' prati, / gemma di primavera, occhio d'aprile... Tu, qualor torna agli alimenti usati / ape leggiadra o zefiro gentile, / dai lor da bere in tazza di rubini / rugiadosi licori e cristallini.* –Se interrumpió–. Aparte de la evidente cita del «Elogio de la rosa», del *Adonis* de Giambattista Marino, no hay mucho que se pueda utilizar para crear un perfume –dijo.

–¿Por qué haces hincapié precisamente en ese pasaje?

–Es lo único que se puede relacionar con una fórmula. El resto, antes o después, acaban siendo observaciones sobre los lugares y la vida de la corte. Hay otro poema, también de Marino, que hace referencia a las piedras preciosas. Y la parte final del diario está dedicada al hombre que encargó el perfume. Beatrice vivió en su castillo mientras lo preparaba. Una primavera entera y un verano. En otoño regresó a Italia y unos meses después se casó. Hasta que no estuvo en las puertas de la muerte no se lo contó todo a su hija, a quien entregó el diario. Pero no llegó a decir con claridad dónde había dejado escrita la fórmula. Ni quiénes eran la destinataria del perfume y el hombre que lo había encargado. Ni siquiera dijo el nombre del castillo, de la familia o del pueblo. Misterio absoluto. Mi abuela se pasó años consultando los archivos en busca de la fórmula. Ella creía firmemente que Beatrice la había conservado en alguna parte. Según mi madre, en cambio, la había destruido –dijo, y le devolvió el diario a Cail.

Él seguía observando el librito con expresión pensativa.

—No puedo ayudarte con el texto. Es un italiano demasiado arcaico para mí. Hay palabras en provenzal, y esas las entiendo, pero... —Hizo una pausa—. ¿Puedo escanearlo?

Elena asintió.

—Sí, ¿por qué?

—Hay un par de cosas que me gustaría comprobar. ¿Te has fijado en los dibujos? —preguntó. Se levantó y fue hacia la pequeña mesa de trabajo, en una esquina del salón, donde Elena tenía el ordenador.

—Sí, no son símbolos alquímicos, esos los conozco. Parecen una mezcla de algún código, o simples garabatos, como dice Monie. Me ha parecido que uno de los símbolos es la cabeza de un león, aunque a decir verdad también podría ser un lobo. Es bastante estilizado. En cualquier caso, no creo que Beatrice se pusiera a emborronar páginas para matar el tiempo, quiero decir que no tenían bolígrafos y el papel era un artículo valioso... Pero estoy divagando. —Volvió a dirigir su atención a Cail—. ¿Qué haces? Deja el escáner, puedes llevarte el original —le dijo.

Cail se quedó inmóvil. Ese diario pertenecía a la familia de Elena desde hacía casi cuatro siglos, era un documento extraordinario, quizá el mayor tesoro de su familia. Y ella lo había puesto a su disposición.

Lo aferró entre las manos, le dio la vuelta y pasó por encima la palma de la mano, en una lenta caricia.

—Cuando el niño haya nacido, recordaré este momento y te demostraré mi agradecimiento.

La voz de Cail era grave, ronca. Elena fue consciente de cada una de sus palabras. El corazón empezó a latirle con fuerza en el pecho.

—Cuando este niño nazca, reclamaré que lo hagas.

Claudine se las había ingeniado para que Elena se concentrara únicamente en el perfume de Notre-Dame. Sin Philippe por medio y también sin Jacques, que estaba casi siempre en Londres, había conseguido organizar las cosas para que la chica pudiese utilizar el laboratorio cuando lo necesitara.

Geneviève había vuelto a Narcissus en dos ocasiones. La primera, le había llevado a Elena un ejemplar ilustrado de *Notre-Dame de París,* de Víctor Hugo. La siguiente, un CD del famoso musical. Aunque no habría hecho falta, puesto que Cail había conseguido encontrar, a través de su amigo Ben, dos entradas para el espectáculo. El musical, por suerte, estaba de nuevo de gira y había llegado a París. Elena estaba deseando ir. En cuanto a la catedral, la visitarían juntos Cail, Geneviève y ella el domingo siguiente.

Pero nada de torres. Eso también lo harían después de que naciera el niño. La doctora había sido muy clara al respecto. Ningún esfuerzo. Y Cail se lo había tomado al pie de la letra. Moto incluida. Cuando Elena vio el Citroën azul que sustituía a *Hermione,* le sentó tan mal que se negó a subir al coche. Cail tuvo que jurarle que no se había deshecho de la moto. La Harley, en efecto, estaba sana y salva; pero, como no podía tenerla en París porque no disponía de dos plazas de aparcamiento, se había visto obligado a enviarla a casa, en la Provenza, y allí se quedaría.

En ese asunto se había mostrado inflexible. No había ninguna posibilidad de que volviera a traerla a París. Las sillitas de recién nacido no se podían poner en una Harley. Y ante esa respuesta, Elena no encontró palabras de réplica.

—¿Qué? ¿Cómo va?

Claudine se había lavado las manos antes de entrar en el laboratorio y, muy atenta para no tocar los recipientes de aluminio que contenían las esencias, se acercó a Elena para observar mejor el contenido del cilindro que la chica tenía delante.

—Tengo las notas de salida —respondió ella, con los ojos clavados en el cuentagotas—. Y quizá también el corazón. Pero el fondo se me escapa.

Estaba pálida y tensa. Las esencias se habían mezclado, pero el conjunto carecía de equilibrio. No acababa de convencerla. El instinto le decía que se le escapaba algo. Había intentado, concentrándose profundamente, percibir incluso el color. Pero ese esfuerzo la había agotado y no había conducido a nada. Por suerte, Cail pasaría por la tienda a buscarla. Esos días se cansaba con facilidad.

Se tocó el abdomen, como hacía cada vez más a menudo. Su estado resultaba más visible a medida que pasaban los días. Pronto tendría que informar a Montier de su embarazo. Y eso la preocupaba. No sabía cómo se lo iba a tomar y, sobre todo, si la noticia repercutiría en Monique. Sabía que seguían viéndose y que ella no era feliz. Esa relación era como un veneno. Y además clandestina, en vista de que, según la prensa, Montier se casaría pronto.

—Déjame ver —le dijo Claudine, sumergiendo una *mouillette* en el compuesto. Se la acercó a la nariz y la sorpresa la inmovilizó. Cerró los ojos y aspiró otra vez, y otra.

No acababa de creerlo. Ese perfume todavía incompleto, según Elena, era una de las mejores composiciones que había tenido la fortuna de oler en toda su vida. Recordaba a la estructura compleja del chipre, pero era más nuevo. Armonioso, envolvente y, sin embargo, fresco. Era perfecto. Sí, la palabra más adecuada era «ideal». Aspiró hasta llenarse los pulmones: hesperidios, no cabía duda. Pero no sabría decir si limón, neroli, bergamota..., no le parecía que fuera algo más delicado. Todavía estaba pensándolo cuando la fragancia se trasformó para convertirse en un jardín lleno de flores que se encaminaba hacia el ocaso. El jazmín ocupó el lugar de la rosa y luego también desapareció, sustituido por un aroma a musgo y, por lo tanto, terroso; por último, mientras llegaba al final de aquel viaje olfativo, Claudine sintió que la envolvía la sensualidad del sándalo y de la mirra.

—Repíteme la composición —le ordenó al cabo de unos segundos.

Elena asintió. Podría leer la fórmula, pero prefería repasar el *mélange* en su mente, dividiendo, seccionando y recomponiendo las esencias una por una.

—Pomelo rosa, lavanda y lima como notas de salida. En el corazón, rosa, jazmín, melocotón, artemisa y angélica. Y al final, mirra, musgo de roble, cuero y ámbar.

Claudine movió la cabeza.

—Noto algo diferente..., ¿has puesto un *fougère?*

Elena asintió.

—Sí, vainilla y lavanda.

—Eso no lo has mencionado.

Elena frunció el ceño; parecía que Claudine estuviera interrogándola. ¿Qué sentido tenía adoptar esa actitud, cuando la fórmula estaba escrita en el bloc que tenía al lado?

—Te he dicho que todavía estoy trabajando. El perfume no está terminado, falta la idea de la catedral, su grandeza. Y ese es uno de los aspectos fundamentales. Hay que volver a probar con los *blends* y sustituir algunos elementos —dijo Elena, que empezaba a hartarse.

—¡No! Así está más que perfecto.

—¿Se puede saber de qué vas? No está perfecto, ni mucho menos. Se nota a la legua —protestó.

Se estaba acalorando y no acababa de comprender el comportamiento de Claudine. En ese momento se abrió la puerta y Philippe Renaud entró en el laboratorio, seguido de Jacques Montier.

—¿Qué está pasando aquí? —La voz de Jacques pasó del estupor a la furia en un segundo.

—No sabía que estuvieran ya de vuelta. Buenas tardes —los saludó Elena.

—Eso es evidente.

La respuesta seca de Philippe la desconcertó. El hombre cruzó los brazos sobre el pecho; su expresión era grave, y su mirada, acusadora.

Elena miró a Claudine, que había permanecido en silencio, tiesa como un palo. La tensión en la estancia era palpable. Se preguntó qué estaba pasando. Un escalofrío de inquietud le recorrió la espina dorsal, acentuando la sensación de alarma que el extraño comportamiento de su compañera le había producido. Decidió intervenir, mejor sería explicarlo todo. Quizá Claudine no le había comunicado a Montier que esa tarde seguirían con la búsqueda de los *mélanges*.

—Creo que al perfume le falta una nota —dijo, estirándose para alcanzar el cuaderno donde había apuntado todos los pasos del día.

—¡No toque ese cuaderno! —gritó Philippe.

Pero Claudine fue más rápida y se lo arrebató de las manos.

Instintivamente, Elena retrocedió asustada.

—¿Se han vuelto todos locos? —Su voz era menos que un susurro.

Claudine no respondió, se limitó a apretar con los dedos las notas de Elena. Philippe seguía mirándola con desprecio.

—¿Qué estaba haciendo en el laboratorio? No tiene autorización para estar aquí. ¿Cómo se las ha arreglado para entrar? —le espetó Montier.

—Por supuesto que tengo autorización. Usted mismo ha firmado mi pase.

Elena no entendía lo que estaba ocurriendo. Sacó la tarjeta y se la enseñó. El semblante de Jacques se puso rojo de ira.

—Esto es una falsificación.

—¿La ha oído, *monsieur?* ¿Qué le había dicho? Tiene tal desfachatez que ni siquiera se molesta en mentir —dijo Philippe.

La sorpresa inicial de Elena se convirtió en desconcierto y después en rabia. En aquel asunto había algo que no encajaba.

—Debería ir a un buen terapeuta, Renaud, tiene usted problemas.

El hombre negó con la cabeza. Tenía el rostro congestionado.

—Oh, no. Es usted quien va a tener problemas, y de los gordos. ¿Quería robar las fórmulas? No están aquí. —Pronunció las palabras muy despacio, como si le hablara a un idiota, y eso sacó a Elena de sus casillas—. No hay nada que pueda usted hacer aquí, aparte de romper el instrumental, claro.

—¿Por qué la tiene tomada conmigo? ¿Qué le he hecho yo para que me trate de este modo?

Philippe se puso rígido.

—Desde el principio, no ha sido sincera.

—Pero ¿de qué habla? —susurró, alterada, Elena. La angustia que la había atormentado durante todo el día se había transformado ahora en un nudo que le cerraba el estómago—. Esta conversación es absurda. —Con paciencia, trató de ordenar sus pensamientos y encontrar una explicación. Probablemente no querían que trabajase en el perfume. Pero había sido Claudine quien le había dado los permisos necesarios, ¡ellos tenían que saberlo!— El perfume de Notre-Dame es un proyecto ambicioso, lo sé, pero...

—¿De qué demonios está hablando? —Montier estaba realmente furioso. En dos pasos, se plantó delante de

255

Claudine, que no había abierto la boca–. ¡Quiero saber qué están haciendo! ¿Qué es esa historia del perfume de Notre-Dame?

–Nada, una tontería. Elena, *mademoiselle* Rossini, ha hecho hoy una venta importante, así que he pensado incentivarla enseñándole cómo se compone un perfume. Una cliente ha pedido una fragancia que le evoque la magnificencia de Notre-Dame. Se trata de una escritora famosa, *madame* Binoche. Estábamos probando *blends* y ella me ha mostrado algunas ideas.

A Philippe le rechinaron los dientes.

–No está autorizada a entrar en el laboratorio –insistió.

–Como has dicho antes, aquí no hay nada que pueda llevarse –replicó Claudine, aunque sin mirarlo.

–Callad los dos. –Jacques alargó la mano–. El cuaderno, por favor.

Claudine se lo entregó. Jacques empezó a hojearlo. Había páginas y páginas de fórmulas, pruebas, apuntes. Conocía la letra de Claudine, y no era esa. Y en cualquier caso, él no había firmado ningún pase para Elena Rossini. No se tomó siquiera la molestia de preguntar cuál era la intención de Claudine al involucrar a escondidas a Elena. Porque sabía perfectamente cuál era. Más tarde se ocuparía de ambas. Lo único que le interesaba de verdad en ese momento era el perfume, no quién lo había creado. Echó un rápido vistazo a los *mélanges*. Se trataba de visiones, pura intuición. Seguía una técnica obsoleta: había partido de las notas aisladas. Primero las de salida hasta encontrar las de fondo. Hoy en día nadie procedería así, al azar. Pero el perfume era bueno, era más que bueno. Releyó alguno de los pasos más complejos y a continuación tomó con delicadeza el cilindro y se lo acercó a la nariz.

Suerte, simple suerte, siguió repitiéndose. Aun así, las notas que emanaban del perfume eran embriagadoras.

¿Cómo diablos se las había ingeniado para obtener semejante armonía sin conocer las técnicas más modernas? Jacques se ensombreció. De repente, la aversión se transformó en abierta hostilidad.

Elena Rossini podía creer si quería que era perfumista, pero él no se dejaba engañar. No cambiaría de idea sobre la capacidad de esa chica solo porque hubiera conseguido, a saber cómo, dar con un buen *mélange*. Aquel pensamiento le hizo recuperar un poco de terreno. Le pareció que se sentía mejor. Sí, organizaría las cosas para que esa mujer permaneciera alejada del laboratorio.

—Ha sido un malentendido, *mademoiselle*. Usted no ha sido contratada en este establecimiento para componer perfumes, ¿recuerda? Lo hablamos. Tengo personal experto que se ocupa de eso. Su cometido es vender. Debería esforzarse más en eso y dejar la composición a quienes reúnen las aptitudes necesarias. Usted, como ve, no es la indicada para desarrollar esta delicada tarea. La perfumería no es un arte que se improvise.

Elena estaba petrificada. No había intervenido al hablar Claudine porque no tenía elementos para rebatir sus afirmaciones. Había confiado en esa mujer y ella la había engañado. De pronto lo vio todo claro. Claudine quería la fórmula del perfume para ella. Por eso le había permitido por iniciativa propia crearlo, sin decírselo a los jefes. Y ella había picado. No había comprobado en ningún momento si Philippe o Montier estaban al corriente de su proyecto, no le había preocupado, porque lo que la había cautivado por completo era la creación del perfume de Notre-Dame: en última instancia, la responsabilidad era suya.

Pero no se quedaría a trabajar allí. No se quedaría en aquel lugar ni un minuto más.

—¿Sabe qué le digo, Montier? Tiene usted razón. Ha habido un malentendido —dijo, a la vez que se quitaba la bata—. Voy por mis cosas y les dejo a ustedes la tarea de crear, vender y ponerse sus perfumes –concluyó, antes de dirigirse a la puerta. Al llegar, se detuvo y volvió atrás–. Devuélvame mi cuaderno.

En el rostro del hombre apareció una sonrisa de escarnio.

–¿Se refiere a esto? –dijo, mostrándole el bloc de notas.

–Exacto.

Elena apretó los dientes, su paciencia había llegado al límite. Mantuvo la atención centrada en Jacques porque, si hubiera mirado a Philippe o a Claudine, se habría puesto a gritar.

–Esto no le pertenece. Todo lo que es formulado, probado o simplemente experimentado en el interior de Narcissus es mío. ¿No ha leído el contrato?

–¿De qué está hablando?

Jacques le sonrió.

–Ahora que lo pienso, es probable que esa cláusula le haya pasado por alto. Por lo demás, compete a los perfumistas, y usted, señorita, como ya le he dicho, ha sido contratada para otro cometido.

No era la primera vez que Elena se enfrentaba a la mezquindad humana, pero esa voluntad de herir, de humillar de manera consciente, era algo completamente nuevo para ella. Era una maldad gélida y viscosa. Le revolvió el estómago. Dominó aquella profunda repugnancia porque no cedería ante semejantes personas. Debía aguantar, con un solo pensamiento en la mente: encontrar la salida, dejar ese lugar atrás y olvidarse de esa gente.

Descargó en la mirada que le dirigió a Montier todo el desprecio que sentía y se alejó, porque no quería ni siquiera respirar el mismo aire que él.

–Pues quédese también mis anotaciones –susurró.

No le servirían. No eran más que consideraciones, pasos. Estaban los *mélanges,* es verdad, y un buen perfumista conseguiría recuperarlo todo, pero en el último momento había modificado las cantidades. Justo cuando Claudine entró en el laboratorio iba a ajustarlas. Deberían hacer una cromatografía de gases, pensó. Ese análisis era el único modo que tenían de establecer con certeza cuántas esencias y cuáles había utilizado en la composición. Era un flaco consuelo, pero le dio fuerzas para apretar el botón de apertura. Una vez en el pasillo, lo recorrió hasta el final, entró en los vestuarios, se puso la chaqueta, sacó el bolso de la taquilla y salió por la puerta de servicio.

El aire era como una pared de hielo sobre su piel. Se quedó unos momentos inmóvil, tratando de acostumbrarse. Se encontraba mal. Un dolor que empezaba en el pecho y terminaba en la garganta. No estaba llorando, eso no. Aunque quizá habría sido mejor llorar. Pero aquella rabia, aquel nudo, la acompañó como una admonición. Acababan de robarle por ser estúpidamente confiada. Y quería recordarlo siempre. Acababa de perder su trabajo, su futuro, sus sueños, por culpa de la persona a la que con demasiada ligereza había considerado una compañera leal. Era la segunda vez que depositaba su confianza en la persona equivocada.

Se metió las manos en los bolsillos y echó a andar. A su alrededor, los transeúntes se apresuraban hacia sus destinos. No hizo caso de la gente, no sentía nada. La envolvía una densa capa de sopor que la protegía como un capullo. Solo tenía que andar, enseguida llegaría al Marais y a su casa. Le pasó por la mente que tendría que dejarla. Pero en aquel momento no tenía ganas de pensar en eso.

De pronto oyó una voz a su espalda.

—Elena, ¿qué pasa? ¿Por qué no me has esperado? Te había dicho que pasaría a buscarte.

Siguió caminando. Un pie delante del otro, podía conseguirlo. Entre tanto, él no paraba de llamarla. Pero no quería contestarle; además, ¿qué le habría podido decir? ¿«No te he esperado porque no podía seguir un minuto más en ese lugar»?

Cail la siguió unos metros, con la expresión crispada. Al ver que seguía callada, la agarró de un brazo y la llevó al interior de una cafetería.

—Un té hace milagros —dijo, y le ayudó a quitarse el abrigo. Pidió té para los dos y también una ración de tarta Sacher.

—¿Te sientas sola o quieres que te eche una mano?

Cail habló en un tono ligero, pero estaba muy preocupado. La palidez de Elena daba miedo, y temblaba. Sin embargo, los ojos le brillaban, furiosos.

—He dejado el trabajo —le dijo a bocajarro, aún de pie.

Cail se pasó la mano por la frente.

—Bueno, encontrarás un puesto mejor. Estaba claro que este no te gustaba lo suficiente.

Le costó pronunciar esas palabras. Y también permanecer sentado en aquella cafetería. Se moría de ganas de ir a pedirle explicaciones al jefe de Elena. Y quizá lo hiciera, pensó. Pero ahora lo único que quería era que ella se sentase, se tomara el té y empezara a respirar normalmente.

—Me ha robado las notas, ha dicho que todo lo que se hace allí dentro es de su propiedad.

Cail le señaló la silla.

—¿Por qué no me lo cuentas bien, desde el principio?

La voz le salió rota. Hizo lo posible por mantener una apariencia de calma. Inspiró y espiró, y se obligó a permanecer tranquilo.

Elena sorbió por la nariz. Cuando llegó el camarero con las consumiciones, se decidió por fin a sentarse.

—Bébetelo antes de que se enfríe.

Cail le sirvió una generosa porción de tarta, endulzó el té y añadió limón. Ella probó la tarta y le sonrió.

Tardó un rato en empezar a hablar. Él llenó aquella espera contándole cómo le había ido el día, recreándose en las proezas de *John* y diciéndole lo que iba a preparar para cenar.

–¿Te acuerdas de *madame* Binoche?

Cail asintió.

–Claro. La señora de Notre-Dame.

–Hoy he trabajado en su perfume...

Elena le contó todo lo sucedido. Al acabar, le temblaba el labio inferior. Dio otro sorbo de té y con él se tragó las lágrimas que se agolpaban en sus ojos y que decidió que no derramaría.

Cuando terminó el relato, inspiró y tragó saliva.

–Montier me ha quitado el cuaderno donde tenía las notas.

Cail cerró la mano y alargó el puño junto al costado.

–No sé cómo puede estar Monie con él. Es un hombre horrible –susurró Elena, y se acercó una mano a la boca–. No me encuentro muy bien.

–¿Quieres ir a casa?

Elena negó con la cabeza.

–Se lo he dicho, ¿sabes?

Cail le buscó una mano y la estrechó con la suya. Estaba suave y fría.

–¿El qué?

–Que es un hombre despreciable.

Cail sonrió sin alegría. Ya se encargaría él de tener una conversación con el tal Montier. Y le diría algo muy distinto.

–¿Tienes más hambre?

Ella negó con la cabeza.

–¿Te apetece dar un paseo? ¿Vamos hasta el río?

¿Por qué no? Total, al día siguiente no tenía que ir a trabajar. Se puso la chaqueta y siguió a Cail. La noche era una placa de cristal negro y helado.

16

Pimienta negra. Despierta los sentidos, concentra la fuerza interior. Enseña que, cuando parece que uno ha perdido el camino, con frecuencia solo está desorientado.

—¿Se puede saber por qué no usáis vuestras llaves? Y no se os ocurra decirme que se os han olvidado.

Elena dejó a Cail y a Monique plantados en la puerta de entrada y subió a la segunda planta sin volverse.

Los dos cruzaron una mirada y la siguieron. Cail puso el hervidor al fuego y abrió la caja de colores que contenía los *macarons*. Había ido hasta el número 75 de la Avenue des Champs-Élysées para comprarlos. Eran los de Ladurée. Los dispuso en la mesa. Un leve perfume de merengue y crema de frutas se elevó de la bandeja y se extendió por la cocina.

—Tenemos una propuesta que hacerte, Elena —dijo Monique.

—¡Vaya, qué raro! —masculló ella, y fue hasta su silla preferida, frente a la ventana.

Se echó encima una manta y empezó a juguetear con los flecos. Estaba de un humor de perros. Hacía una semana que no salía de casa. La palidez le daba a su piel un aspecto diáfano, casi transparente.

Cail seguía preparando el té y la miraba de reojo. Esperaba que el plan de Monique funcionase, si no, actuaría a su manera.

—Cail y yo hemos estado pensando —prosiguió Monique—. En vista de las condiciones alentadoras, creemos que ha llegado el momento de abrir una perfumería. Mejor dicho, la abrirás tú y nosotros te financiaremos.

Ya estaba, ya lo había dicho. Monique suspiró, tomó la taza que Cail le tendía y se concentró en el líquido ambarino. Necesitaba algo caliente. El apartamento estaba helado. ¿Acaso Elena no había encendido la calefacción?

—Bueno, ¿qué te parece? —le preguntó al cabo de unos minutos de espera.

—Pues... estoy cansada. Me voy a dormir —contestó Elena, y se levantó, con la cabeza gacha.

Casi había llegado al dormitorio cuando Cail le cerró el paso.

—Si no quieres, si no tienes ganas, debes decirnos al menos por qué.

Elena estaba harta. En los últimos días no había hecho otra cosa que buscar una solución, pero no se le ocurría nada que pudiera hacer o decir. Empezara por donde empezara, sus proyectos se estrellaban contra los «si» y los «pero» nacidos de los escombros de su autoestima. Claudine, con su doble juego, se había aprovechado de ella, pero ella se lo había permitido. No se había tomado la molestia de comprobar si Montier estaba al corriente del encargo de *madame* Binoche, ni siquiera había hablado con el jefe de su cambio de función. Había dado por bueno todo lo que le decía su compañera.

Pero lo que más le dolía, lo que más la consumía, era la conciencia de que en el fondo se había engañado a sí misma. El comportamiento de Claudine debería haberle despertado dudas. Pero no, ella no había hecho caso de las señales, las había obviado sin más. Porque deseaba crear ese perfume.

No lograba perdonárselo, no lograba superarlo. Había confiado en las personas equivocadas y se sentía una idiota. Además, ese error le iba a costar caro, porque era imposible que la contrataran en otro sitio con el niño en camino. Y como un mecanismo perverso, eso la situaba ante otro problema: el dinero. Le quedaba poco, demasiado poco para mantenerse hasta el final del embarazo.

Tendría que marcharse de París. Volver a Florencia, donde al menos tenía una casa. Era la única posibilidad que le quedaba, y eso significaba renunciar a sus proyectos. Y a Cail.

Porque no aceptaría su dinero. No tenía nada que darles a cambio, nada que pudiera empeñar para participar en los gastos. Eso no era una asociación, era un regalo.

Levantó la cabeza de golpe.

—¡Yo no tengo que explicaros nada! —gritó. Pero, antes de acabar la frase, rompió a llorar—. No necesito caridad. Puedo encontrar otro trabajo, puedo arreglármelas... —farfulló, retrocediendo.

Cail la dejó desahogarse unos minutos más. Se apoyó en el marco de la puerta y cruzó los brazos sobre el pecho. Entornó los ojos y, con una expresión decidida, la miró en silencio.

—¿Has terminado?

—No, y lloraré todo lo que quiera —respondió Elena, secándose la cara con rabia y golpeando el suelo con un pie.

Monique notó que aumentaba la tensión y decidió dejarlos solos unos minutos. Se fue a la planta baja confiando en que él consiguiera hacerla entrar en razón o, al menos, la sacara de ese estado de autoconmiseración profunda en el que había caído.

Cuando Cail estuvo bastante seguro de que Elena no sufriría otro ataque de nervios, la asió de una mano y la llevó al cuarto de baño.

—Date una ducha, cálmate y vuelve. Tenemos que hacerte una propuesta y no se trata ni de compasión ni de un regalo. Y además quería pedirte que vinieras conmigo a

264

la Provenza. Tengo que ir un par de días. Cambiar de aires le sentará bien al niño.

—No pienso ir contigo.

—¿Por qué no? Te llevo para que conozcas a mi madre. Es una mujer amable, ya verás como te gusta.

—¡He dicho que no!

—¿Ni siquiera si te digo que probablemente he descubierto dónde escribió Beatrice su diario?

Elena abrió los ojos como platos.

—No es verdad —susurró.

Cail se encogió de hombros.

—¿Te he mentido alguna vez?

Ella se quedó callada y movió la cabeza.

—Tengo que ducharme. Sal, por favor.

Él cerró la puerta del cuarto de baño y bajó la escalera. Una ligera sonrisa flotaba en sus labios.

—Dentro de un momento bajará —le dijo a Monique.

La chica levantó la cabeza de la revista que estaba hojeando y asintió.

—Gracias por lo que haces por ella.

Cail frunció la frente.

—No tienes por qué agradecérmelo, no lo hago por generosidad. Vas desencaminada.

—Sé muy bien por qué lo haces, no pretendía decir eso —replicó Monique.

Estaba cansada y había tenido una desagradable discusión con Jacques. La última de una larga serie. La última y punto, esperaba. Mientras fuera capaz de resistírsele.

—Ese hombre..., ese Montier no es una buena persona.

Cail no dijo nada más, se limitó a dirigirle una mirada de advertencia.

—Ha sido Jacques quien me lo ha contado todo —le contestó Monique tras un largo silencio—. Me ha dicho que has ido a verlo a su despacho.

—Entre otras cosas.

Era verdad. Cail había mantenido una breve conversación con él. Al día siguiente, Elena recuperó su cuaderno, una nota de disculpa y una invitación para volver al trabajo.

—Me ha dicho que ha despedido a Claudine —dijo Monique.

—Ha robado el perfume de Elena.

—Técnicamente, solo ha intentado hacerlo —replicó ella—. En cualquier caso, en cuanto el perfume esté perfeccionado, Jacques lo comercializará. Le pagará a Elena lo que les paga a todos los perfumistas que colaboran con él. Y, créeme, es una buena pasta. Estaba muy... disgustado por lo sucedido. —Se humedeció los labios y miró hacia la escalera—. No es una mala persona —concluyó.

—Será mejor para él que se mantenga alejado de Elena —le contestó Cail con frialdad—. Sea como sea, parece de ese tipo de personas que solo sabe causar problemas a los demás.

Elena bajó justo a tiempo para oír las últimas palabras. Y se avergonzó. Había tratado fatal a Cail y él, en vez de irse dando un portazo, seguía allí, en su salón. Hasta le había llevado los mejores pastelillos de París.

—Quería..., quería decir que lo siento. Estos días no estoy de muy buen humor —se disculpó en voz baja.

Estaba pálida, pero se había duchado y cambiado. Con la melena suelta sobre los hombros y aquel vestido negro de punto de canalé, parecía muy joven. Cail la miró y Monique se acercó a ella y la abrazó.

—Antes o después te tocará aguantarme —le dijo, tocándole el leve abultamiento del abdomen, apenas visible bajo el vestido ajustado—. No se te ocurra ni por un momento pensar que vas a librarte.

—Pero espera unos años. Deja que me recupere, ¿vale? —le contestó Elena, devolviéndole el abrazo.

—Tranquila. ¿Dentro de unos diez años te va bien?

Elena suspiró moviendo la cabeza.

—Qué exagerada.

—Siéntate, tenemos que hablar.

Cail sacó del bolsillo un puñado de papeles y se los tendió. Aunque estaban arrugados, la letra era ordenada. Todo estaba detallado. No había utilizado el ordenador, lo había escrito todo a mano.

—¿Te acuerdas de Ben, ese amigo mío que vive aquí al lado?

Elena asintió.

—Su compañera, Colette, trabaja en el despacho de un abogado mercantilista muy importante. Puede ocuparse del permiso y yo diría que, al menos al principio, sería conveniente que se ocupara también de la contabilidad, así tú podrías dedicarte por completo a la tienda.

—Hablas como si ya estuviera todo decidido.

Monique suspiró.

—No te hagas tanto de rogar, por favor. Estoy agotada. Todos sabemos que lo que quieres es abrir una perfumería. Tienes madera y aptitudes, sabes tratar con los clientes...

Elena se levantó del sofá y empezó a andar de un lado a otro. Monique no se desanimó y fue tras ella.

—¿Quieres escucharme de una vez? —le preguntó, exasperada.

—Ahora no puedo participar en los gastos y, por lo tanto, no es una sociedad —respondió ella con terquedad.

—Si te pararas un momento a pensar, si te decidieras a escucharme, sabrías que Montier va a pagarte el perfume.

—No me lo habías dicho —protestó Elena, deteniéndose.

Monique alzó los ojos al cielo.

—¡Sí que lo he hecho! ¡Pero tú no me escuchas nunca!

—¿Por qué no os sentáis las dos? —Cail les señaló los sofás—. No puedo seguiros si continuáis dando vueltas a mi alrededor.

Se acercaron a él. Elena se sentó a su lado; Monique, en el sofá de enfrente. Se miraron unos segundos antes de que Elena alisara los papeles que le había dado Cail.

—¿Cuánto..., mmm..., cuánto pagará por el perfume?

—Lo suficiente para liquidar las facturas y mantenerte durante al menos un año —respondió Monique—. Incluida una provisión completa de esencias.

No era verdad, pero de eso se encargaría ella tratando personalmente con los proveedores de Le Notre, que estaba muy satisfecho con los perfumes que Monique había compuesto y le había concedido una amplia libertad de acción. No se lo había dicho ni a Cail. Se lo guardaría para ella. Se sentía responsable de lo que había sucedido. Debería haber apartado a Jacques de su vida tras ver cómo se había comportado con Elena. En cambio, había escuchado sus explicaciones. Y, cosa mucho más grave, las había aceptado.

—Supongamos que ponemos en marcha ese negocio —dijo Elena—. Es verdad que aquí hay bastante espacio. —Miró alrededor. La sala estaba en inmejorables condiciones gracias a las obras que había hecho Cail, y daba directamente a la calle—. Arriba podríamos instalar el laboratorio, y en todo caso al principio podría utilizar esencias ya preparadas, pero ¿cómo atraeríamos a los clientes?

—Con publicidad —respondió Cail—. No va a ser una perfumería cualquiera. Tú eres capaz de sentir el alma de las personas, de ofrecerles lo que desean. En cuanto se corra la voz, tendrás más clientes de los que puedas satisfacer.

—Exacto —confirmó Monique.

Elena seguía pensativa. No podía negar que ese aspecto de la perfumería artística, el diálogo con quien deseaba que le hicieran un perfume, era una de las cosas que más le gustaban. Le hacía sentirse importante, era en ese momento cuando se transformaba en una intérprete. Era el punto de conexión entre el perfume y el cliente.

—¿Y cómo vamos a conseguir los muebles? —susurró.

—Muy fácil, los buscaremos en el mercado de la Porte de Vanves —respondió Cail—. A mí me gusta restaurarlos, y así darán carácter al ambiente. Solo tendré que instalar unos focos para iluminar mejor la sala.

—Sí, es una idea estupenda —dijo Monique.

Elena pensó en los grandes recipientes de porcelana esmaltada amontonados en el almacén de su abuela. Serían perfectos. Quizá también algunos libros, en estantes a la vista. Poco a poco, aquella especie de amarga apatía que la había dominado los últimos días se disipó para dejar paso a una esperanza, a un proyecto concreto.

—Vale, ahorrar en la decoración nos dará un margen de ventaja, pero no será suficiente. —Pensó un poco en la cuestión y los miró a ambos—. Al principio podría recurrir a las fórmulas de las Rossini. Se trata de perfumes muy sencillos y naturales. Las esencias no son demasiado caras, podría utilizarlas al menos hasta que tenga la posibilidad de crear una yo misma.

—O podrías utilizar productos de síntesis —le dijo Monique.

—Sí, podría hacerlo, pero... —Hizo una pausa—. Si quiero tener éxito, si quiero tener alguna posibilidad de diferenciarme de los demás, cada perfume tendrá que llegar a la conciencia de quien lo lleva. Y sin esa parte mística, sin la energía natural de las esencias, no conseguiría crear un perfume especial, sino solo uno bueno. Además, no puedo competir con las grandes marcas a no ser que tenga motivaciones absolutamente convincentes. Los productos químicos son mucho más baratos, claro, y poseen potencialidades infinitas, pero carecen por completo de misterio.

—¿Misterio? ¿En qué sentido? —preguntó Cail con curiosidad.

—En alquimia, toda esencia natural está compuesta por la linfa, el jugo, que tiene que ver con su parte física, y el «misterio», que identifica la parte perfecta de la planta, la que encierra su potencialidad, sus virtudes y beneficios. Es un campo de energía. Solo puede emanar de los organismos vivos. Eso significa que los perfumes creados con esencias naturales son distintos de los sintéticos. Están vivos. Y yo utilizaré todas las técnicas que conozco —continuó Elena—, todos los secretos que me enseñó mi abuela, que era una defensora de esa filosofía. El perfume es vida, se mezcla con la energía del cuerpo y la fortalece. Sacaré todo el repertorio, buscaré en los diarios familiares. Podría corregir los perfumes según las exigencias de los clientes, hacer combinaciones distintas sobre la marcha. De este modo cada uno tendría su perfume personalizado sin tener que esperar.

Cail estaba totalmente de acuerdo. Y tras unos minutos, Monique también.

—Ten en cuenta que como máximo podrás contar con... cuatrocientas, quizá quinientas fragancias en vez de con tres mil.

—Ya lo he pensado —dijo Elena.

—Entonces, si tu decisión es esa, adelante. Estoy de acuerdo. —Monique hizo una pausa y sonrió—. Tu abuela daría saltos de alegría. Hacía muchísimo tiempo que no oía esa palabra. «Misterio», la parte alquímica de la planta, su vitalidad.

Siguieron hablando horas y horas, tomaron notas, y en algunos aspectos estuvieron de acuerdo; en otros, no tanto. Pero, al final, cuando Monique decidió volver a casa, las bases de la sociedad ya habían sido establecidas. Jasmine recibiría un alquiler por el uso del local, aunque aún no lo sabía. Cail se ocuparía de la decoración, el mantenimiento, la publicidad y la parte burocrática. Elena crearía los perfumes y llevaría la tienda. Lo ideal sería inaugurar para Navidad, pero, como ya estaban a primeros de diciembre, decidirían en qué fecha abrir cuando hubieran recibido todos los permisos.

—¿Seguro que no quieres quedarte a cenar? —le preguntó Elena a Monique en la puerta.

—No, ya te lo he dicho, tengo otro compromiso. —Le mostró una sonrisa exultante—. Me encanta esta idea, Elena. Piénsalo, una tienda nuestra, un sueño hecho realidad.

Y mientras Monie salía, Elena se dio cuenta de que sentía el mismo entusiasmo que su amiga. Volvió al interior, tiritando. Cail estaba arriba. El aroma de la salsa de tomate llegaba hasta ella, recordándole que no había probado bocado desde por la mañana.

Subió la escalera con aprensión. Había muchas cosas que quería decirle y otras que le gustaría hacer. Su relación era una larga serie de acontecimientos pospuestos. Era como si el niño fuera un obstáculo entre ellos. De pronto se quedó inmóvil. El recuerdo de Maurice le cerró el estómago. ¿Y si también Cail...? Pero no terminó la frase. Porque sabía que no había la menor posibilidad de que los dos actuaran del mismo modo. Cail había mostrado desde el principio su alegría por el niño. No, Cail no era Maurice.

Él era... No encontró ningún término de comparación. No había nada en su pasado que pudiera parecerse a su relación. Solo sabía que la hacía reír, que con él se encontraba maravillosamente bien. Sabía lo que estaba pensando sin necesidad de que lo tradujera en palabras. Cuando no estaban juntos no hacía otra cosa que pensar en él. Y solo cuando lo tenía cerca se sentía realmente viva.

–*Merde* –masculló. Debería haber tenido una pequeña charla sobre el amor con *monsieur* Lagose. Una lástima, porque era muy improbable que volviera a verlo.

–Dentro de cinco minutos escurro la pasta –le dijo Cail al oírla entrar en la cocina.

Elena lo miró, estaba inclinado sobre la olla, con un espagueti entre los labios. Sintió que se le encogía el corazón. Era como un dolor, pero dulce. Era algo que la reconfortaba y, al mismo tiempo, le producía terror.

–Pongo la mesa –le dijo, obligándose a hacer algo.

Cail asintió, distraído. Una vez puesta la pasta en un cuenco, añadió un par de cucharones de salsa y un generoso puñado de parmesano. Lo compraba en una tienda donde vendían productos italianos, a la que iba desde hacía un tiempo, como le había contado a Elena. Le chiflaba la salsa de tomate. Le había enseñado a hacerla una señora americana que utilizaba aceite de oliva virgen extra, un poco de cebolla, un diente de ajo y tomates maduros escaldados y chafados con un tenedor, y lo cocía todo en una sartén de plata. Al principio Elena no lo había creído, así que Cail le había enseñado las fotos.

–La batería entera habrá costado una fortuna –había comentado con los ojos abiertos como platos.

Cortó el pan a rebanadas y, abstraída en sus pensamientos, terminó de poner la mesa.

–¿De verdad has encontrado el castillo del amante de Beatrice?

Cail le llenó el plato de espaguetis.

–Ahora come y luego te lo cuento todo.

Elena frunció el ceño, pero tenía demasiada hambre para discutir. Y del cuenco de espaguetis le llegaba un olor maravilloso. Se paró un instante y después cerró los ojos el tiempo de inspirar con calma.

–Bueno, ¿cómo lo has encontrado? –le preguntó al cabo de un momento, mientras empezaba a comer.

Cail se encogió de hombros.

—En el diario hay algunas indicaciones sobre los lugares. Si te fijas bien, encuentras elementos que te dicen algo solo si los has visto previamente. Pero recuerda que es solo una teoría.

Elena movió la cabeza.

—Sea como sea, encontrar la fórmula del Perfume Perfecto ahora ya no tiene importancia. *Madame* Binoche comprará el perfume de Narcissus.

Debería haberla llamado, pensó. Eso la situaba en la posición de tener que dar explicaciones y no sabía muy bien qué contarle de la desagradable situación que se había creado con Montier. Por lo tanto, no le quedaba otra opción que decirle la verdad. En lo sucesivo sería otro perfumista quien se encargaría de su proyecto.

—Eso no significa nada, ¿no crees? Si resolvemos el enigma, podrías utilizar la fórmula de Beatrice como base para una línea particular —le propuso Cail.

Sin embargo, cuanto más pensaba Elena en ello, menos lo creía factible.

—Ahora debemos concentrarnos en la tienda. Pero antes has dicho una cosa.

Cail arqueó una ceja.

—¿A qué te refieres?

—Has dicho que has reconocido el lugar, el castillo.

—He dicho que hay muchas probabilidades de que sea ese —precisó—. No está muy lejos de la casa de mis padres. ¿Vienes conmigo, entonces?

Elena se quedó pensándolo.

—¿Un fin de semana? Sí, creo que me lo puedo permitir.

—¡Bien por mi chica! —exclamó Cail.

17

*Canela. Perfume denso y sensual, intensamente femenino.
Exótico y especiado. Pasional y cálido como
el sol de los lugares lejanos donde nace.*

Montier cumplió su palabra. Y con el dinero, las preocupaciones de Elena sobre el futuro y sobre la empresa se fueron atenuando, mientras que su determinación fue en aumento. Le contrariaba un poco no seguir trabajando en el perfume de *madame* Binoche. Todavía pensaba en él a menudo, pero cada vez disponía de menos tiempo para ese tipo de cosas. La tienda estaba casi a punto y tenía mucho que hacer en aquellos días frenéticos.

—¿Aquí está bien?

Cail la miraba en espera de que decidiese. Elena se mordisqueó el labio, pensativa.

—Un poco más a la derecha. Eso es, así. —No parecía muy convencida. Negó con la cabeza—. No..., no queda bien. Probemos en aquel lado.

Ben le lanzó una mirada de exasperación a Cail y ambos empezaron de nuevo a empujar el pesado mostrador hacia el lado opuesto de la habitación.

—¿No podrías hacerle un plano en el ordenador? —susurró Ben, reprimiéndose para no soltar un taco.

—Cierra el pico y date prisa.

—Lo hemos puesto prácticamente en todas las posiciones posibles —dijo.

—Todavía tenemos que colocar las butacas y la mesa. No malgastes aliento, te conviene —replicó Cail.

Elena se acercó a ellos.

—Si cuchicheáis, no os oigo —dijo, y les dedicó una mirada recelosa.

—Esa es la idea —le contestó Ben con una mueca.

—Fuisteis vosotros los que os ofrecisteis voluntarios —protestó Elena—. Dijisteis que colocar los muebles sería un juego de niños. Me acuerdo perfectamente. ¿Quieres que te repita las palabras exactas?

Cail levantó los ojos hacia el cielo. Después agarró a su amigo de un hombro y se lo llevó fuera.

—Está embarazada, Ben, no tienes ninguna posibilidad con ella, te hará añicos y después te encontrarás pidiéndole disculpas.

Silencio.

—¿Así es como te trata? —replicó Ben.

Cail le dirigió una mirada torva.

—No, conmigo es otra historia.

—Pues no entiendo por qué la toma conmigo, no soy yo quien la ha puesto en esa situación. Debería ser contigo con quien se afilara las uñas.

Cail, con la frente fruncida, iba a explicarle a su amigo que el niño no era suyo. Pero las palabras se le quedaron embridadas en la boca.

—Se ve que sigo gustándole —masculló, mientras levantaba la pesada butaca.

—¿Cuándo os casáis?

Cail soltó un gruñido. Dio un tirón y arrastró la butaca dentro. Ben, que no tenía ninguna intención de cambiar de tema, lo seguía con una sonrisa en los labios.

—¿No te parece que te has saltado algún paso? —lo asedió—. Primero uno se casa y después trae al mundo a los hijos. ¿No te lo ha dicho tu madre? Seguro que Elena está tan nerviosa por...

—No está nerviosa. Tú no la has visto nerviosa —insistió Cail, resoplando—. Y si has terminado, hay otra estantería que colocar.

Ben abrió los ojos como platos.

—¿Otra? Pero ¿qué demonios tenéis que meter ahí adentro?

—Jabones, esencias, aguas y todo lo necesario para hacer los perfumes, ¿aún no te habías enterado? —Cail le señaló la puerta—. El destilador va arriba, en el laboratorio de Elena. Y ve con cuidado, es muy frágil.

Ben decidió que en adelante tendría la boca cerrada. Cada vez que se quejaba, Cail le encontraba algo más que arrastrar, desempolvar, mover...

—Oigo un móvil —dijo Elena de pronto. A poca distancia de ella, junto a la estantería de los perfumes, estaba el chaquetón de piel de Cail.

—Es el mío —contestó él.

Elena, que estaba más cerca, sacó el teléfono de un bolsillo y se lo tendió.

—McLean —dijo Cail sin mirar quién llamaba, mientras con la yema del pulgar se limpiaba una mancha de polvo de debajo de la nariz—. ¿Cómo? —añadió, alarmado—. ¿Cómo ha sido? Cálmate, mamá, cálmate y repítemelo todo desde el principio.

Su expresión se había vuelto súbitamente tensa y su voz, dura. Elena se acercó. Le tocó un brazo y Cail le buscó la mano y se la apretó.

—¿Dónde está ahora? —Esperó unos segundos y sacudió la cabeza—. Tomo el primer vuelo. Estaré allí enseguida. —Colgó, después se puso la chaqueta que le tendía Elena—. Mi padre ha tenido un accidente con el coche. Tengo que irme inmediatamente.

Ben lo miraba en silencio.

—¿Puedo hacer algo? —le preguntó.

Cail asintió.

—Acaba de ayudar a Elena, por favor.

Ella lo acompañó a la puerta.

—Lo siento muchísimo, Cail.

—Te llamo más tarde. Ben meterá en casa el resto de los muebles. Telefonea a Monique, dile que no sé cuándo volveré y que necesitas ayuda —replicó, expeditivo.

—Puedo arreglármelas perfectamente sola —le contestó, siguiéndolo por el patio.

Cail se volvió enfadado.

—¡Maldita sea! ¿Por una vez podrías hacer lo que te pido?

No esperó respuesta, la dejó plantada y subió de dos en dos los peldaños de la escalera.

Elena se quedó en la puerta. Era la primera vez que Cail le hablaba así y, a pesar de que comprendía que estaba trastornado, se sentía herida por cómo la había mirado, por la aspereza de sus maneras.

Casi habían terminado de disponerlo todo cuando Cail pasó de nuevo por delante del apartamento. Elena lo vio llegar al portón de entrada. No le había hecho siquiera un gesto de despedida. Se volvió e hizo un esfuerzo por concentrarse en los frascos que estaba desempaquetando.

—Elena, ¿puedes venir un momento?

Levantó la cabeza y se encontró delante a Cail. Estaba muy nervioso, la cicatriz lívida destacaba en su rostro tenso.

—¿No te habías ido ya?

—He vuelto. ¿Te importa que hablemos un momento?

Elena no respondió. Él le tendió la mano para ayudarle a levantarse.

—Puedo sola.

Un largo suspiro, tras el cual Cail le indicó la puerta que daba al patio.

—Ven, salgamos.

Una vez fuera, se miraron en silencio.

–¿No has pensado que no se trata de ti? Quizá soy yo quien necesita saber que estás protegida. Quizá no pueda irme pensando que te quedarás sola.

Elena cruzó los brazos sobre el pecho.

–No estoy inválida.

–Embarazada, Elena; inválida no, embarazada. Podrías desmayarte. ¿No te acuerdas de que una vez estuviste a punto de caerte por la escalera?

–Pero no me caí –protestó ella–. No puedes ponerte la venda antes de la herida, no puedes torturarte por algo que no ha pasado. No se puede vivir así –le contestó, enfadada.

Cail la miró un instante y entornó los ojos.

–Vale, como quieras. Entonces me quedo.

Agarró la mochila que había dejado apoyada en la puerta y volvió hacia la escalera que llevaba a su apartamento.

Elena lo siguió con la mirada y reprimió un taco. Ese hombre era más terco que una mula.

–¡De acuerdo! ¡Llamaré a Monique! –le gritó.

Cail se volvió y fue hasta ella.

–Promételo.

–Vale, vale, lo prometo –dijo a regañadientes–. Ahora date prisa o perderás el avión.

Cail se inclinó hacia ella y le rozó la mejilla con los labios.

–Gracias –susurró.

Elena contuvo la respiración. Estaba furiosa, preocupada, quería abrazarlo..., y todo al mismo tiempo. Había llegado al portón cuando ella lo llamó.

–¿Y *John?* –le preguntó.

–Ben se ocupará de él. Entra y abrígate –le ordenó secamente.

Pero Elena había perdido la poca paciencia que le quedaba.

—No me hables así, Cail, no me gusta.

Él movió la cabeza.

—Entonces haz lo que te digo. En cualquier caso, hablaremos de esto cuando vuelva.

—Quizá, o quizá no.

Elena lo miró marcharse con el corazón en un puño y unas ganas locas de romper algo.

Una vez que la rabia se aplacó, quedó solo una aguda sensación de nostalgia, dudas y recriminaciones. No debería haberle dado órdenes. No era una niña, ni tampoco un maldito soldado.

Cail estuvo fuera una semana. Las llamadas fueron breves, telegráficas. Los dos últimos días, Elena no contestó, delegó en Monique. Se moría de ganas de oírlo y de verlo. Y eso la ponía furiosa. Pero no cedería. Se obligó a trabajar, a pensar en otros asuntos, y descubrió que una cosa era la mente, y otra, el corazón.

Cuando él volvió, la tienda estaba prácticamente lista para la inauguración. El permiso de venta había llegado enseguida gracias al jefe de Colette, y Monique había hecho el resto recurriendo a los proveedores de Le Notre. Solo faltaba por obtener el permiso para utilizar el laboratorio, pero de momento no era esencial.

—Hola.

—Hola.

Elena mantuvo la mirada fija en los frascos que estaba colocando. Hizo caso omiso de los latidos frenéticos de su corazón y se obligó a continuar.

—Habéis hecho un excelente trabajo.

—Sí —contestó ella.

Estaba nerviosa y le temblaban las manos. Él se le acercó y le tendió una rosa.

—¿Hacemos las paces?

—No me gustan las órdenes.

—A mí tampoco.

—Qué raro, porque parecías un maldito general. Lo hacías la mar de bien, te lo aseguro.

Cail hizo como si no la hubiera oído y siguió agitando delante de su cara la preciosa flor. Tenía los pétalos de un cálido color dorado que en los bordes se convertía en rosa carmín.

—Se llama *Paz* —le dijo de nuevo.

Elena notó el perfume leve y afrutado que emanaba de aquellos pétalos seríceos. Fascinada, alargó la mano y la aceptó.

—Pero su segundo nombre es *Alegría*.

—¿Y eso?

Cail le acarició la cara con el pulgar. Estaba pálida y tenía unas ojeras profundas.

—Porque cada país le dio un nombre. En Italia se convirtió en *Alegría,* en América fue *Paz,* en Alemania, *Gloria Dei.* Para Meilland, su creador, fue simplemente *Señora Meilland* y decidió la suerte de aquella familia que, humillada por la Segunda Guerra Mundial, logró levantarse y ganar una fortuna. —Hizo una pausa y le levantó la barbilla con la punta de un dedo—. Entonces, ¿qué? ¿Hacemos las paces?

Ella asintió lentamente, pero permaneció rígida entre sus brazos. Incluso cuando él la estrechó fuerte contra su pecho, apretando los labios sobre su sien.

Un coche había chocado contra el del padre de Cail, pero al final este había salido prácticamente ileso: solo un brazo y varias costillas rotos. Eso fue lo único que le contó del viaje. No le apetecía hablar del tema y Elena decidió no insistir. No le preguntaría nada más por el momento.

Los preparativos de la inauguración, por lo demás, absorbían todo su tiempo y sus energías. Los días siguientes trabajaron desde por la mañana hasta altas horas de la noche. De vez en cuando Elena sorprendía a Cail observándola. Y esas miradas misteriosas, casi furtivas, la inquietaban.

—Tendremos que posponer el viaje al castillo de Beatrice —le dijo una noche.

Estaban sentados en el primer peldaño de la escalera, exhaustos. Cail acababa de instalar los extintores en el laboratorio. Por el momento, Elena se limitaría a emplear esencias ya preparadas, pero, en cuanto llegara el permiso, se encargaría de extraerlas.

Ella asintió, pensativa. Guardó silencio un instante y le acarició una mano.

—¿Qué tipo de mujer crees que era Beatrice? Quiero decir, llevamos un tiempo leyendo su diario..., ¿has conseguido hacerte una idea?

Cail miró un punto del techo y apretó los labios.

—Era una soñadora. Tuvo su momento de gloria, pero no fue suficiente para ella. Nada le parecía nunca suficiente. Era una de esas personas que jamás se sienten satisfechas, que tienen que probarlo todo, que siempre van más allá.

Su tono de voz era plano y lejano. Demasiado intensas, aquellas palabras, demasiado personales.

—Parece que hables de alguien a quien has conocido.

Cail se encogió de hombros.

—¿Y tú? ¿Qué piensas de ella?

—Que siguió lo que le decía el corazón. Y no creo que sea algo malo.

—No, pero pagó el precio.

—Todo tiene un precio, Cail. Uno decide si está dispuesto a pagarlo y arriesgarse, o si le parece mejor echarse atrás y quedarse mirando a alguien más valiente.

—Estamos hablando de Beatrice, ¿no?

—Sí.

Apartó la mano. Cail desvió la mirada. Entre ellos se hizo un silencio tenso.

—Me da un poco de pena posponer el viaje.

Pasado un rato, Elena empezó a hablar de nuevo. Lo hizo más que nada para llenar aquel espacio que de pronto se había abierto entre ellos, porque no acababa de entender lo que ocurría. En realidad, le habría gustado profundizar en lo que había dicho Cail, pero él estaba inmerso en sus propios pensamientos, con la mirada sombría y una expresión seria.

—Beatrice, su vida, su amor desgraciado. Es un enigma fascinante —continuó—. ¿Sabes?, pensaba en el perfume que creó. En mi familia todos han hablado siempre de él como si se tratara de la fragancia por excelencia, el mejor perfume del mundo, capaz de cambiar el humor de una persona. Un auténtico elixir. La piedra filosofal del perfume. Me pregunto cuáles serían los ingredientes de base.

Cail bostezó.

—No creo que fueran muy distintos de los actuales. Quizá existían menos sustancias que hoy. Muchas han sido descubiertas recientemente, ¿no?

—Sí, pero eso no reduce el número de ingredientes, porque en los tiempos de Beatrice había disponibles otras esencias hoy imposibles de encontrar, como la algalia, los almizclados, las raíces y algunas calidades de sándalo, por no hablar del ámbar gris.

Él se quedó pensativo.

—¿Qué te parece si reanudas la investigación en primavera? Para entonces la tienda estará en marcha.

—Sí, me parece que es lo único que se puede hacer.

En ese momento se dio cuenta de que Cail parecía haber vuelto a ser el hombre que había conocido a su llegada a París. Taciturno, lacónico.

—¿Todavía deseas descubrir la fórmula oculta en el diario?

—No sé si se trata solo de eso, o simplemente de saber si mi razonamiento es correcto. Lo único que sé es que pienso llegar hasta el final.

Le acarició el pelo y ella cerró los ojos mientras apoyaba la cabeza en su hombro.

—Me gusta el nombre que has decidido ponerle a la tienda.

Elena se incorporó, sonriendo.

—¿De verdad? Absolue, la parte más pura de la esencia. Sí, a mí también me gusta mucho.

—Mañana por la mañana pasaré a recoger las octavillas. Las repartiremos por todas partes.

Elena suspiró.

—¿Sabes que temía que no consiguieras tenerlas a tiempo?

Cail frunció el ceño.

—¿Por qué?

—Bueno, estamos casi en Navidad. Muchos cierran estos días.

—Nosotros, en cambio, abrimos —dijo Cail con una sonrisa que tuvo la virtud de encogerle el corazón.

Navidad, estaban casi en Navidad. Desvió la mirada.

—¿Cuándo te vas? —le preguntó.

Cail la observó con curiosidad.

—¿Adónde?

—¿No vas a casa a pasar las fiestas?

Trató de permanecer impasible, pero la idea de quedarse sola esos días le causaba una profunda tristeza.

—Ya estoy en casa. Y además esta es nuestra primera Navidad juntos. Merece una celebración, ¿no crees? Para fin de año podríamos salir, hacer algo especial.

Elena lo miró con los labios entreabiertos y el estupor pintado en el semblante.

—Pero cocino yo. Como mucho te dejo hacer la tarta, ¿de acuerdo? —precisó Cail, y le acarició la cara.

—Claro. Perfecto.

Estaba tan contenta que apenas le salían las palabras.

Hablaron un rato más. Luego, él le rozó los labios con un beso y le dio las buenas noches.

Una vez en la cama, Elena estuvo horas mirando el techo, manteniendo a raya los pensamientos, las preguntas, todo lo que le preocupaba. Desde su llegada a París había aprendido a vivir en el presente, y por primera vez tenía la impresión de contar con un objetivo concreto. Le parecía que en el pasado había hecho de todo con tal de evitar lo que deseaba de verdad. Se había empeñado en dar vueltas alrededor. Cualquier cosa con tal de mantenerse alejada del perfume. Pero, aun así, él había encontrado la manera de hacerse escuchar.

Pensó también en Cail. A veces era un enigma. Pero, con independencia de cómo fueran las cosas, él estaba siempre ahí, como una certeza. No se sentía preparada para aclarar sus sentimientos hacia él. Decidió afrontar los problemas de uno en uno. No tenía sentido hacer otra cosa. Solo sabía que todos los momentos pasados con él eran bellos. Cail los hacía únicos, mágicos.

Finalmente cerró los ojos en esa frontera confusa que separa la vigilia del sueño y se dejó arrastrar por el cansancio.

Había llovido todo el día. Elena daba vueltas por la tienda mirándolo todo, cambiaba de sitio algún frasco, colocaba mejor un expositor, se tocaba una y otra vez el vientre. El peso del niño empezaba a hacerse sentir. De vez en cuando miraba, nerviosa, hacia la ventana. Monique iba de un lado a otro de la habitación, Cail charlaba con Ben. Esa noche estaba también Colette, su compañera. Todo estaba a punto: el champán, las copas, los aperitivos. Habría muchos invitados y algunos periodistas.

Había llegado el gran momento. Esa noche inaugurarían Absolue.

—Menos mal que ha parado.

Monique se había acercado a la ventana, había corrido la cortina y escrutaba el cielo. Tras dejar escapar un largo suspiro, se volvió hacia Elena.

—Es esto lo que querías, ¿verdad?

—¿Que parara de llover? —le preguntó ella.

—No, me refiero a Absolue.

—¿Por qué me lo preguntas de ese modo? —dijo, con el ceño fruncido.

—No quisiera haberte forzado. No pareces contenta.

Elena movió la cabeza despacio. Estaba muy guapa con su vestido de seda negro y el pelo recogido en una trenza. Pero la mirada delataba su nerviosismo.

—Hay momentos en los que siento una alegría tan fuerte que me parece que voy a estallar. Es espantoso, ¿sabes? —contestó, arrugando la frente—. Y hay otros en los que las preocupaciones me paralizan, como un viento gélido que se te mete dentro, te agarra y lo único que puedes hacer es esperar que se te pase la tiritona. La doctora me ha dicho que los cambios de humor son normales durante el embarazo. Pero no sé si se trata de eso o simplemente de la conciencia de que se me ha brindado otra oportunidad. Algo que tiene que ir bien a toda costa, porque no hay alternativas. Antes la vida me resbalaba. Era cómodo. Absolue es una frontera entre lo que era y lo que seré. Y es también una advertencia, me recuerda lo que no debo volver a hacer nunca más.

Monique apartó la mirada y dijo:

—Dejarse llevar por la corriente algunas veces parece lo único que se puede hacer. Hasta que un día te despiertas y te das cuenta de que todo ha sido decidido, pero no por ti. La comodidad tiene un precio muy alto. Es como seguir con un hombre al que no quieres, con el que no llegarás a construir nada. —Hizo una pausa y se humedeció los labios—. Cuando te lleva al paraíso, piensas que no tiene importancia, que no hace falta construir algo para ser feliz. Pero a la mañana siguiente te miras al espejo y ves una nueva arruga. Empiezas a hacerte preguntas, te quedas junto al teléfono conteniendo la respiración en espera de una llamada que no llega —susurró—. Poco a poco, tú desapareces y él ocupa todo el espacio que le has dejado. Sí, es verdad, te queda tu trabajo, la familia. Y supongo que para algunos es suficiente. Te admiro, ¿sabes?, tú eres distinta.

La voz de Monique fue bajando de tono. Elena frunció el ceño.

—Eso tienes que explicármelo.

—Siempre te he admirado por tu capacidad para encontrar composiciones maravillosas, fragancias capaces de apresarte en su magia. Yo deseaba eso para mí. No me interrumpas, por favor. —Hizo una pausa—. Creo haberte odiado también por eso, algunas veces. No en el verdadero sentido del término, no me malinterpretes —se apresuró a precisar, y buscó la mano de Elena—. Has superado los límites que te habías impuesto, una relación fallida, hasta vas a tener un hijo. Estás viviendo. Te has plegado justo un poco, pero de todas formas sigues afrontándolo todo.

—No he decidido yo, y tú lo sabes. Yo tenía otros planes, pero las cosas han ido en una dirección distinta. La cuestión es que no podía hacer otra cosa que buscar un camino nuevo, que, al final, en realidad, ha resultado ser el viejo. —Movió los ojos en círculo—. Vaya, me estoy liando... —Se recogió un mechón de pelo detrás de la oreja y sonrió—. En cualquier caso, me gusta tu manera de transformar la verdad. Siempre se te ha dado bien subirme la moral —añadió.

De nuevo aquella oscura melancolía en los ojos de Monique. Elena fingió una alegría que no sentía; las palabras de su amiga la habían turbado profundamente. Además, sintió la necesidad de cambiar de tema.

—Gracias por las flores —le dijo, refiriéndose a los ramitos de rosas secas que Monique había conseguido que le enviaran desde Grasse. Los habían dispuesto en el centro de una de las mesas y, además de perfumar toda la sala, visualmente eran preciosos. Pequeños capullos que mantenían aún sus colores originales y despedían una esencia fascinante.

—¿Estás preparada? Es hora de abrir.

—Sí, estoy preparada.

Monique respiró hondo y abrió la puerta que daba directamente a la calle. Cail había encendido el foco que iluminaba el rótulo. Todo estaba a punto. Durante un instante que se hizo eterno, en el que no sucedió absolutamente nada, reinó el silencio: los ojos de todos estaban clavados en la entrada.

—¿Qué os parece un brindis? No se puede hacer una inauguración sin un brindis —dijo Ben para romper la tensión.

Sacó de la nevera portátil una botella de champán y, tras descorcharla, llenó las copas.

—Está muy bueno —dijo Monique.

—Y me gustaría ver...

Ben se lanzó a dar una explicación detallada de los orígenes de aquel espumoso que producía un amigo suyo del norte de Francia. Pero Elena perdió enseguida el hilo del discurso. Estaba tensa, preocupada, aunque nunca se había sentido tan viva.

Una sonrisa, una mirada furtiva, y la ansiedad ocupó el lugar de la respiración. Empezaron a entrar los primeros invitados. Uno, dos, cinco... De repente la tienda estaba llena. Monique se acercó a la entrada, Cail se puso detrás del mostrador. Elena fue a la otra mesa. Había muchos expertos del sector, invitados por Monique. Todos gente que trabajaba en el campo de la perfumería, modelos, técnicos, publicistas. Después llegaron los colegas de Cail y los compañeros de trabajo de Ben y de Colette.

A Elena le latía fuerte el corazón. Habló un poco con un periodista y quedó para hacer algunas entrevistas. Respondió a las preguntas más banales y a las más extrañas. Y luego hizo su primera venta.

—Buenas noches. ¿Es verdad que preparan perfumes a medida? —le preguntó un hombre de unos treinta y cinco años. Tenía una mirada afable, el rostro alargado, los ojos saltones.

«A medida.» Una definición extravagante, pero en cierto sentido adecuada, pensó Elena.

—Nosotros preferimos llamarlos perfumes del alma.

—¿En serio? ¿Y por qué razón? Quiero decir, ¿el alma tiene perfume? —Pero, antes de que Elena pudiese contestarle, se había vuelto—. ¿Y esos? —preguntó, señalando una pirámide de cajas de colores.

—Son aguas perfumadas obtenidas mediante la destilación de hierbas y flores. ¿Tenía ya una idea o quiere mirar un poco más?

—No tengo ninguna idea. No se me da bien hacer regalos. Pero esta vez... Verá, mi mujer y yo estamos pasando una mala racha. Tengo dos trabajos y cuando llego a casa estoy muerto de cansancio. Ella no para de quejarse. Dice que no la cuido. —Hizo una pausa y apretó los labios. Una expresión afligida ensombreció su sonrisa—. Es verdad, ¿sabe?, no la cuido. Así que, cuando he visto el anuncio de su perfumería, he pensado que quizá fuera algo especial. Pondrían su nombre, ¿verdad?

Era un cliente. Su primer cliente. Elena decidió que le daría lo que buscaba como fuera.

Le sonrió, tratando de que se sintiera a gusto, porque estaba casi más nervioso que ella. No había parado de desplazar el peso de un pie al otro, mirar alrededor, pasar la yema del dedo sobre la superficie de la mesa. La ansiedad se traslucía de aquella mirada que saltaba de un lado a otro, y era contagiosa.

—Sí, esa es una de las cosas que hacemos. Cuénteme algo de su mujer, ¿qué tipo de flores prefiere? ¿Cuál es el perfume que más utiliza?

—No sabría decirle. ¿Es importante?

Elena respiró hondo; sabía que podía salir airosa del trance. Empezaría por el principio, para que el cliente comprendiera el proceso.

—¿Por qué desea que su mujer tenga un perfume especial, *monsieur?* —le preguntó, tendiéndole la mano.

—Leroy, Marc Leroy.

—Yo soy Elena Rossini, encantada de conocerlo. —Le estrechó la mano y él pareció relajarse—. Me estaba hablando de su mujer. Por lo que me dice, quiere un perfume especial para ella. ¿Cómo se le ha ocurrido?

Marc se mordió el labio; entre las cejas se le había formado una arruga profunda. Pareció pensar detenidamente y movió la cabeza.

—Así comprendería que pienso en ella. Se trata de algo que llevaría ella y nadie más.

—Ese perfume identificaría a su mujer.

—Exacto. Justo eso es lo que quería decir.

Elena asintió.

—Sería único, como ella, ¿no?

—Sí, sí. Único.

—Volvamos a las flores. ¿Recuerda alguna preferencia?

Pregunta difícil. La mirada del hombre se quedó de nuevo vacía, pero de pronto se iluminó.

—Rosas, le gustan mucho las rosas blancas.

Gracias, Dios mío, pensó Elena. Tenía una buena provisión de agua de diferentes rosas, desde la centifolia hasta las búlgaras.

—¿Hay algún color que a su mujer le guste en especial?

—El verde —respondió el hombre, entusiasmado por haberlo recordado.

Elena tenía algo preparado, con notas de cítricos y la frescura de la menta, que podía servir pese a ser una simple agua perfumada.

—Venga, le enseñaré una cosa que creo que le irá como anillo al dedo. No es un perfume. Para eso hace falta tiempo, como mínimo un mes, y me parece entender que usted quiere llevárselo hoy.

El hombre asintió.

—Sí, ahora.

—Lo suponía. Tome, huela esto a ver si le gusta.

Elena abrió un frasco, preparó una *mouillette* y se la tendió al hombre. Él aspiró, cerró los ojos y aspiró de nuevo.

—Me gusta, es delicado, pero se percibe muy bien. Me lo llevo —le dijo.

Elena preparó el paquete y bajo la cinta metió una tarjeta ribeteada con los colores y el logo de Absolue.

—Ponga Marie Leroy.

Ella obedeció y, una vez preparado el paquete, lo roció con unas gotas de vainilla.

—¿Y para el perfume qué hacemos? —le preguntó Marc.

—Hable un poco con su mujer, pregúntele todo lo que se le ocurra, porque hacen falta muchas respuestas para hacer un perfume personalizado. Debe gustarle también a usted, pero la persona que lo lleva debe sentirlo suyo —precisó—. No se limite a los objetos, haga que le cuente sus sueños, sus ambiciones, sus deseos más ocultos, y después vuelva.

—Sus deseos ocultos —repitió con expresión grave.

De todo lo que le había dicho Elena, parecía que solo le hubieran quedado grabadas esas dos palabras. O sea, que no sabía nada de los deseos más profundos de su mujer. Ah, pero pronto colmaría esa laguna. Elena estaba más que segura.

El perfume era la estela, seguirla significaba encontrar el camino.

Siempre y en cualquier circunstancia.

¿Quién ha dicho que con la muerte las personas desaparecen? No es verdad. Hay momentos en los que su presencia es incisiva, potente. Elena se encontraba ante uno de esos momentos. Las palabras de su abuela ya no eran un eco lejano. Jamás como en ese instante comprendió plenamente su significado.

Mientras miraba al cliente salir de la tienda con su hatillo de pensamientos y la bolsa entre las manos, los ojos de Elena se encontraron con los de Cail. Sintió un estremecimiento en el pecho, como siempre que él la miraba de ese modo. Lo deseó ardientemente, quería acercarse a él y abrazarlo, pero Cail se giró y al cabo de un instante ella volvió al trabajo para atender a otro cliente.

18

*Geranio. Concreto y enérgico, recuerda al perfume de la rosa
sin poseer su refinamiento. Flor femenina por excelencia,
es símbolo de belleza, decoro y humildad.*

Fue un éxito. Al día siguiente los clientes volvieron
aunque solo fuera para echar otro vistazo a la tienda.
Elena sonreía, explicaba y recordaba.

Quizá eso era lo que más había hecho, recordar: palabras, instantes, secuencias enteras. Era como si siempre
hubieran estado allí en espera de que ella se decidiese a
tomarlos en consideración, a que levantase el velo del pasado. Eran recuerdos familiares, desprovistos de ese ligero
estupor que acompaña a los nuevos descubrimientos y
deja una huella de prudencia y temor.

Ella, en cambio, lo conocía todo; mejor dicho, lo reconocía.

Empezó a crear perfumes. Primero mentalmente, recordando el olor de las esencias aisladas y procediendo a
unirlas de una en una, imaginando cómo funcionarían
juntas. En esos momentos trabajaba de un modo febril,
dejándose llevar por las emociones que esos olores evocaban. Porque cada olor era como una palabra, pero despro-
visto de las barreras lingüísticas.

El perfume era desde siempre el más sutil, inmediato y
eficaz método de comunicación.

Elena lo componía primero en su mente, a partir de las notas de salida, luego añadía las de corazón y, por último, las de fondo. Antes de empezar a crearlo físicamente, el perfume ya estaba preparado dentro de ella. Pero lo realmente importante era la conciencia de que por fin era feliz. Cada vez que utilizaba la primera esencia, al inhalar su fragancia, se sentía invadir por la alegría. Era como si la inundara una profunda sensación de bienestar. En esos momentos sentía una especie de plenitud. Le parecía haberse reunido con una parte de sí misma que había perdido y, al fin, recuperado.

Preparó fragancias de todo tipo. Desde las que sugerían notas apasionadas hasta las que recordaban frescos paseos por la montaña o por los jardines cálidos y floridos del sur de Italia. Jaguarzo, limón, menta, y después rosa, sándalo, lirio azul, violeta, musgo, pasando por notas afrutadas y otras más intensas, casi hipnóticas.

Guiaba su mano la emoción o la historia que deseaba contar.

Y eso la llevaba a pensar en Notre-Dame y el perfume de *madame* Binoche. Le había contrariado tener que interrumpir aquel proyecto. Las palabras nunca lograrían explicar la emoción que se sentía entrando en la catedral o, mejor dicho, mostrarían solo una parte. El perfume, en cambio, iría directamente al origen de la conciencia, a su fuente, y allí actuaría.

Todos, sin distinción, comprenderían.

A diferencia de las palabras, los olores llegaban directos a los sentidos de las personas. El olfato es el primero de los sentidos, porque anida en los oscuros recovecos del alma primordial y reacciona a los estímulos según una serie de arquetipos olfativos nacidos con el hombre. Es emoción pura.

Pensó un poco en ello y al final decidió hacer esa llamada que tenía en mente desde hacía tiempo. Una tarde, a última hora, llamó. Geneviève contestó enseguida.

—¿*Madame* Binoche?

—Sí.

—Buenas tardes, soy Elena Rossini.

—¡Por fin! Ya no confiaba en volver a oírla. ¿Cómo está? En la perfumería me dijeron que había dejado el trabajo.

—Sí, en efecto. Quería hablarle del perfume de Notre-Dame. —Se interrumpió, buscó las palabras y continuó—. Había preparado una versión bastante acorde con su idea inicial y pensaba mostrársela en cuanto estuviera acabada. Había cosas que no me convencían. Pero la situación se... complicó. No sé cómo han decidido proceder ahora en Narcissus. Podría pedirles a ellos que le presentaran algunas propuestas.

Hizo otra pausa. Era una conversación difícil. Había adquirido un compromiso y lo había incumplido. Que la responsabilidad no fuera suya era solo un detalle.

—No creo que lo haga. A decir verdad, ya le he aclarado al señor Montier que el perfume que me ha propuesto no me interesa. Ni siquiera he querido olerlo —contestó *madame* Binoche tras un largo suspiro—. Verá, estas cosas, al menos para mí, son fruto de una especie de *feeling*. Necesito mirar a la cara a las personas con las que trato. Y tengo que poder confiar en ellas. Soy una mujer muy instintiva. Este trabajo..., el ensayo sobre *Notre-Dame* de París, es muy importante. Me habría gustado completarlo con el perfume. Habría sido un lanzamiento perfecto. La cuestión es que quería que fuera usted quien se ocupara de eso. —Hizo una pausa—. Paciencia. Probablemente las cosas tenían que ser así. Pero, dígame, ¿está bien?

—Sí, teniendo en cuenta la situación —respondió Elena—. He abierto una perfumería artística y por el momento parece que hay mucho interés. Al menos mucha curiosidad, eso seguro.

Otra pausa. Geneviève se aclaró la voz antes de intervenir:

—Podría ir a verla, me gustaría hablar tranquilamente con usted. No he entendido qué diferencia hay entre los perfumes de marca y los que usted crea. ¿No están hechos de la misma forma?

—No exactamente. Aparte de la composición, que en la industria suele ser sintética mientras que en los comercios artesanos casi siempre es a base de aceites esenciales, el proyecto inicial es muy distinto. Además, el cliente, el usuario final, no es el individuo medio, estandarizado, sino una persona muy concreta, con exigencias particulares, única, a la que hay que tener muy en cuenta porque el perfume nace para ella y posee todo lo que ella desea y la identifica. Es algo muy parecido a lo que hicimos en el caso del perfume de Notre-Dame.

—Extraordinario —dijo Geneviève tras un largo momento.

—Venga a verme —la animó Elena—. Profundizaremos en el tema y le enseñaré mis notas. A lo mejor le son de ayuda, quién sabe, aunque me ha parecido entender que la primera redacción del ensayo ya está acabada. La perfumería está en el Marais, en la Rue du Parc-Royal.

—¡Ah, en el Marais! Un barrio magnífico. Hablaré con Adeline, iremos juntas. Me alegro muchísimo de que me haya llamado. Sabía que no me había equivocado con usted.

—Estoy impaciente por verla —contestó Elena mientras un calor reconfortante se extendía por su pecho y le levantaba la moral—. Salude de mi parte a su cuñada. Hasta pronto.

El día de Nochebuena fue un delirio. Cail tuvo que quedarse en la tienda para ayudar a Elena. También reclutaron a Ben. Monique había tenido que ausentarse de nuevo y estaría fuera todas las fiestas.

Elena esperaba que ese viaje a Rusia con el equipo directivo de Le Notre ayudara a su amiga a aclararse sobre sus sentimientos hacia Jacques. Monique estaba cada vez más irritable y no se la veía feliz.

La tienda se había convertido en el único terreno seguro en el que encontrarse y del que hablar.

Al final se habían visto obligados a pedir perfumes artesanos hechos por otros perfumistas. Los que había creado Elena no estarían a punto hasta dentro de unos meses. Absolue no podría salir adelante solo con polvos de talco, cremas y jabones, así que habían decidido ofrecer productos de otros, aunque, eso sí, de óptima calidad. Los *bouquets* eran sencillos, dedicados sobre todo a las estaciones y los estados de ánimo. Y a los clientes les gustaban. Lo importante era que todas las fragancias estuvieran compuestas de sustancias naturales.

La perfumería de moda, chispeante, hecha de *glamour* y productos de síntesis, era un universo espléndido, en ciertos aspectos extraordinario, pero no pertenecía a Elena Rossini. Ahora lo sabía con certeza.

—¿Estás a punto?

Elena acababa de cerrar la perfumería y estaba sentada en uno de los sofás.

—Claro, a puntísimo.

Cail le ayudó a ponerse el pesado abrigo.

—Te queda pequeño —dijo, con el ceño fruncido.

—Tengo que comprarme algo de ropa, ya no me queda bien nada —refunfuñó Elena tocándose la tripa.

Salir a la calle fue como chocar con una pared helada.

—Hace un frío de narices —protestó Elena.

Cail le rodeó los hombros con un brazo y la atrajo hacia sí.

—Se te pasará enseguida, ya verás.

—¿Tú cómo lo haces? Fíjate, llevas una simple chaqueta, y por si fuera poco, abierta. ¿Y debajo qué? ¿Un jersey? Pero ¿de qué lana está hecho para que te caliente tanto?

Estaba indignada. Él nunca tenía frío.

—Soy escocés, será por eso. —Cail sonrió mientras caminaba a buen paso—. Mira, ya casi hemos llegado —le dijo señalando el puente que llevaba a la Île.

Luz y oro: dondequiera que mirasen, dominaban la noche, se reflejaban en el Sena, se recortaban contra el cielo. Incluso el puente no era más que una larga cinta dorada. Elena y Cail andaban en silencio, de la mano, inmersos en esa atmósfera que alegraba el alma, en esos aromas de fiesta que incitaban a dejar a un lado los malos pensamientos porque no había sitio para ellos ante tanto esplendor. Los villancicos, de fondo, también influían.

Así que fue fácil dejarse ir, sonreír, disfrutar de aquel espectáculo que era una fiesta para el alma. El credo religioso no era importante. Elena no practicaba desde hacía años, y Cail tampoco. Pero en aquel momento, en aquel lugar, estaba todo lo más bello que el talento humano hubiera podido crear. Y se encontraba en todo aquello en lo que ambos creían firmemente, en la proyección de ese concepto de bien.

Cuando llegaron a la puerta de Notre-Dame, la misa de las seis ya había empezado. Buscaron un rincón donde sentarse y se quedaron hasta el final e incluso más, escuchando al coro de voces nítidas que, tras un descanso, se puso a cantar de nuevo. La melodía se elevaba hacia las alturas y alcanzaba todos los rincones de la iglesia. El incienso se mezclaba con la cera derretida; el humo y la mirra, con el perfume de los siglos transcurridos.

Elena cerró los ojos; Cail le había quitado los guantes y la abrazaba. El calor de su piel era reconfortante. En aquel momento la joven se dio cuenta de que sentía algo que, si no era exactamente felicidad, se le parecía mucho.

–¡Mira, está nevando!

Con la cara vuelta hacia el cielo, Elena sentía sobre la piel los copos que se deshacían en gélidas gotas.

Cail la miró y, moviendo la cabeza, la secó con el extremo de la bufanda.

—Es aguanieve, no cuaja.

—Pero hoy es Nochebuena, es especial.

Él se acercó, le puso las manos sobre las mejillas y se quedó observándola.

—Ven, volvamos a casa.

Elena estaba conmovida y profundamente emocionada. Ese hombre conseguía hacerla sentir bien, le bastaba una mirada para prender la llama, era increíble.

La nieve caía ahora más densa y Cail decidió parar un taxi. Cuando llegaron al Marais, a Elena le pareció entrar en un mundo aparte. Era un pueblo encantado: enjutas torrecillas, tímpanos inmaculados, edificios que parecían salir de una de esas postales navideñas donde todo es mágico.

Una vez en casa, Cail dejó a Elena en la planta baja.

—Espera un minuto antes de subir, tengo que hacer una cosa –le dijo–. Y no vale hacer trampas, ¿entendido?

Elena resopló.

—Tu desconfianza me ofende muchísimo, entérate.

Cail sonrió y subió corriendo a la azotea.

Cuando Elena estuvo bastante segura de que no iba a volver atrás, entró en la tienda. El regalo que le había comprado estaba en el cajón donde guardaba el diario de Beatrice. Sacó el paquete y lo tuvo entre las manos un momento, mirando el lazo un poco torcido. Mientras cerraba el cajón, pasó la yema de los dedos por el librito.

—Hoy nada de pensamientos tristes. Hoy es fiesta –dijo bajito, empujándolo hacia el fondo.

Mientras subía con el regalo en las manos, se preguntó por enésima vez si a Cail le gustaría. Era un desastre para los regalos, y empaquetándolos, todavía peor. Pero ese le había entrado por los ojos enseguida. Lo encontró en la feria de Navidad de los Campos Elíseos. Había ido sola y se lo había pasado de miedo comprando los regalos para sus amigos.

—Estoy entrando.

La puerta estaba abierta, y la azotea, completamente a oscuras excepto por una lucecita que le sirvió para orientarse. Elena avanzó con cautela, sonriente, con una sensación de estar adelantándose que la cosquilleaba por dentro. ¿La espera del placer no es en sí misma un placer?

Cuando llegó ante la cristalera del salón, la encontró entreabierta. Entró y en ese momento, en una esquina de la habitación, un árbol se iluminó. Cail se acercó a ella y le tomó una mano para rozarla con los labios. Después le dio un paquete.

—Feliz Navidad.

Elena reprimió las lágrimas.

—Gracias —susurró, y le tendió su regalo.

—Pero aún no es medianoche, los dejaremos bajo el árbol —dijo Cail.

—¡Vaya! —protestó Elena.

Entonces se dio cuenta de que había muchos más paquetes. Quizá Cail esperaba a alguien. Esa idea la alarmó. No había visto nunca a nadie de su familia. Tampoco se le daban muy bien las suegras. Le volvió a la mente la madre de Matteo y se estremeció.

—¿Esperas a alguien? —La pregunta le salió antes de que pudiera haber pensado—. Perdona —se apresuró a decir—, no quería meterme en tu intimidad.

Cail frunció el ceño.

—Si lo piensas, Elena, hemos sobrepasado un buen trecho la frontera de la intimidad.

—Ya..., es que..., no sé..., a lo mejor tu familia... —dejó caer, sin terminar la frase.

—Ya te lo dije hace unos días. Aquí tengo todo lo que necesito y quiero.

Si eso no era una declaración en toda regla... Sin embargo, una pizca de la antigua prudencia frenó el entusiasmo de Elena. Últimamente a Cail lo veía cada vez más lejano, más ausente. Y ella se había hecho una promesa, se la había hecho a sí misma y al niño que llevaba en su seno: no metería en su vida a un hombre que no fuera el idóneo, idóneo para ella y para su hijo, o su hija. No había querido saber el sexo del bebé, prefería que fuese una sorpresa.

Cenaron a la luz de las velas, charlando relajados, cosa que llevaban tiempo sin hacer. Cail había preparado *risotto* con calabaza, *soufflé* de queso, tortilla y un surtido de tartaletas de hojaldre y verduras. El vino era suave y aromático, y la tarta de postre, ligera y delicada. A ella se le había olvidado por completo pensar en comprar nada para la cena.

Todo era bonito, sencillo y maravilloso. Y se sentía importante, era importante. Lo era para sí misma y lo era para Cail. Saboreó cada instante de la cena, aspirando el olor de la comida, del pastel, del salón y de él. Ah, el olor de ese hombre era perfecto, la hacía sentir completa y feliz.

Después de cenar, Elena ayudó a Cail a recoger y se sentaron juntos en el sofá, tapados con una mantita escocesa.

—Por ahora tienes que conformarte con la manta. A lo mejor algún día te enseño el verdadero *feileadh breacan,* que es el gran *kilt* escocés, y no esa especie de falda que algunos se empeñan en llevar en recuerdo del pasado. Pero no será hoy.

Elena frunció los labios.

—Vaya, y yo que pensaba que sería ese mi regalo navideño.

—¡Pues no has acertado! —exclamó él—. En cualquier caso, es medianoche y esos —dijo, y señaló el montón de paquetes— te están esperando.

Elena lo miró atónita.

—¿Todos?

Él asintió.

—Sí, todos. Pero ese pequeño ábrelo el último, ¿vale?

Había cierta vacilación en su voz. Elena sintió el impulso de abrazarlo fuerte y de besarlo.

John se había acercado y la miraba esperanzado. Elena no había superado aún su antiguo miedo. Le sonreía, sí, y a veces le hablaba, pero aún no se atrevía a acariciarlo.

Miró los paquetes y, casi con temor, recelosa, se acercó al árbol navideño.

—Te aseguro que no hay ningún cocodrilo dentro, ni siquiera una mofeta.

Pero Elena no se rio de la broma. Se sentó junto a los regalos, sobre la alfombra de lana, y siguió mirándolos.

—Los primeros años iba a casa de mi madre a pasar las vacaciones de Navidad. Maurice no era creyente y no le gustaban ni el árbol ni los adornos. Decía que todo eso eran tonterías. Una vez, acababan de discutir y él le dio una patada al belén que mi madre había montado para mí. Ella recogió las figuritas en silencio, sin protestar, con resignación, y volvió a montarlo. —Por un instante vio la escena con toda claridad. La rechazó, y con ella, la amargura y el dolor—. No volví a su casa por Navidad. Un par de veces me invitaron Monique y su madre. —Hizo una pausa—. Hay momentos en los que llegas a notar la soledad incluso dentro de los huesos —susurró—. Da igual a cuánta gente tengas alrededor. Da igual...

Cail se había arrodillado a su lado.

—Un día u otro tendrás que presentarme a tu padrastro —le dijo, a la vez que le tendía el primer paquete. No la tocó, no la consoló, no hacía falta. Elena lo sentía junto a

301

ella, dentro de ella. Estaba allí, como una certeza, como una promesa cumplida.

—No te gustaría. Además, hace muchos años que no lo veo... Tú primero —le dijo de pronto, rompiendo la tensión y señalando su paquete.

Cail lo asió con delicadeza y empezó a abrirlo con tanto cuidado que puso a Elena nerviosa.

—Esa lentitud tendrás que dejarla a un lado cuando decidas hacer un *striptease* para mí. Y en ese momento tendrás que ponerte el *kilt,* o esa cosa impronunciable que has dicho antes. Y ahora date prisa en desenvolver el regalo o lo haré yo.

—Tú ocúpate de tus regalos, este es mío y lo desenvuelvo como quiero —replico Cail con una expresión tan graciosa que le arrancó una carcajada.

Un instante después, un reloj de bolsillo antiguo, de plata maciza, apareció entre sus grandes manos. Él lo abrió con delicadeza y en ese momento se dio cuenta de que la ruedecita para darle cuerda era una minúscula rosa.

Cail se quedó sin habla. Era precioso, y poseía la perfección y la fragilidad de su flor preferida. Ella lo había comprendido. Ese era su modo de decírselo. Sintió una gran serenidad. Aquel gesto transmitía respeto y consideración. Cail nunca había hecho mucho caso de las sonrisas burlonas que la gente le dirigía cuando se enteraba de que su campo de trabajo eran las flores, las rosas en concreto. Pero aquel gesto tan delicado le impresionó profundamente.

Elena contuvo la respiración y le acarició una mano. Al darse cuenta de que estaba temblando, la retiró.

—¿No te gusta? Perdona, creí que para ti tendría un significado...

Cail no la dejó acabar. Con el reloj en la mano, la agarró y la atrajo hacia sí.

—Gracias, es el regalo más bonito que me han hecho en mi vida —susurró.

Elena no olvidaría nunca su mirada. Y esperaba volver a verla muchas, muchísimas veces. Pero, puesto que era también una mujer práctica y los labios de Cail estaban justo allí, a un milímetro de los suyos, pensó mostrarle el tipo de agradecimiento que le gustaría recibir.

Lo besó con entusiasmo, poniendo en aquel beso y en las caricias toda la pasión que sentía por él, olvidando las dudas, los silencios. Y Cail se dejó llevar, correspondiéndole con lentitud, hasta que las cosas se pusieron al rojo vivo. Entonces paró y rodeó el rostro de Elena con sus grandes manos. Le rozó de nuevo los labios, hinchados por sus besos. Su expresión era grave, seria; su mirada estaba ensombrecida por el deseo y por lo que no tenía valor de llevar a término.

—Gracias —le dijo antes de ayudarle a levantarse.

—Gracias a ti, no sabes lo mucho que ha significado para mí esta noche.

Cail le asió una mano, se la llevó a los labios y le besó la palma.

—Todavía no ha terminado, hay más cosas que ver —le contestó, señalando los paquetes que seguían sin abrir.

Más tarde, antes de abandonarse al sueño, Elena acarició con la yema de los dedos el colgante de oro que le había regalado Cail. Se trataba de un perfumero francés del siglo XVIII. Casi no se atrevía a imaginar lo que debía de haberle costado. Los otros regalos estaban en el armario. Un abrigo rojo de cachemir, unas botas, dos jerseys en tonos azules, finísimos y muy abrigados, una bufanda y unos guantes que parecían haber sido hechos expresamente para ella. Además, dos vestidos y unos pantalones. Todas las prendas eran bonitas, cómodas y de colores vivos. Se había empleado a fondo, aunque en todos Elena había visto la huella de Monique. ¡Y pensar que a su amiga no se le había escapado ni media palabra! Cail debía de haber sido muy convincente.

Nadie había hecho nunca algo parecido por ella. Y todavía faltaba una sorpresa, le había dicho Cail antes de darle un largo beso en la puerta de casa. La mente de Elena se disparó. Empezaba a pesarle estar con Cail poniendo límites a esa relación que cada día era más intensa. Lo deseaba y notaba que él sentía lo mismo por ella. Era una mujer adulta, conocía las señales, y si estas no hubieran bastado, su perfume habría hablado por él, un perfume que se hacía más fuerte y marcado cuando estaban juntos.

Se tocó los labios, sintiendo un leve dolor en el fondo del corazón. ¿Cómo sería hacer el amor con Cail? Se encontró fantaseando con eso, pero sus pensamientos tomaron enseguida otro camino. Y notó que el dolor aumentaba. Y acabó convirtiéndose en humillación. ¿Por qué no se atrevía a lanzarse?, se preguntó. ¿Y por qué no lo hacía tampoco él?

La respuesta llegó con un pequeño estremecimiento, casi una caricia de su hijo, suficientemente clara para hacerla sonreír entre las lágrimas. Estaba embarazada, eso zanjaba la cuestión. Se acarició el vientre, como hacía cada vez más a menudo. Era mejor así. Las aclaraciones quedaban pospuestas para después del nacimiento del niño, pensó, aunque todavía muy turbada y contrariada.

Se concentró entonces en los besos de Cail. Qué besos... Elena se estremeció y se preguntó si no habría que pagar un precio por toda aquella felicidad.

Rojo, azul y una pizca de dorado. Absolue había recibido las fiestas con los colores preferidos de los tres socios. Aquel día la luz del sol también inundaba la tienda, lo que preocupó un poco a Elena. Pero hacía tanto tiempo que el sol no se dejaba ver que decidió dejarlo entrar y desplazar las cajas de los perfumes para protegerlos del calor.

—¡Besada por el sol! Debería haber sabido que se las arreglaría de maravilla —le dijo Jean-Baptiste Lagose al entrar en la tienda.

Elena fue a su encuentro.

—*Monsieur* Lagose, qué alegría. ¿Cómo está?

—Ahora que la he visto, querida, mucho mejor. —Le besó la mano y miró alrededor—. Íntimo, acogedor, muy bien. Y en vista de que vive usted aquí, deduzco que es suyo.

Elena sonrió.

—En parte. Pero, venga, siéntese. ¿Puedo ofrecerle algo caliente?

—No, no puedo entretenerme mucho. Le confieso que no sabía qué pensar. Volví a Narcissus, pero usted no estaba. Y ni siquiera vi a la bruja..., bueno, a aquella mujer, su jefa.

Elena guardó silencio. Prefería no hablar de Claudine.

—Ha hecho bien en marcharse de allí, querida —continuó Lagose—. Me ha resultado un poco difícil encontrarla, no aparecía ninguna Elena Rossini en la guía telefónica. Pero al final he decidido venir en persona. Recordaba dónde vivía. Un bonito barrio. El Marais siempre ha sido uno de los lugares de París donde vivir es un placer.

Estaba de acuerdo, el Marais parecía un mundo aparte.

—¿Y su señora?

—Mía no lo ha sido nunca. Y por si alguna vez hubiera tenido dudas al respecto, me lo ha dicho claramente —replicó Lagose un poco crispado—. Es más terca que una... —masculló la parte final de la frase—. Dice que es demasiado mayor para casarse, ¿usted se cree?

Se rascó la frente. Estaba realmente desconcertado.

—¿Es indispensable hacerlo? Quiero decir, quizá ahora necesita una relación diferente.

Elena nunca hubiera creído que sería capaz de pronunciar una frase como esa, ella que había buscado la seguridad hasta el punto de sacrificarlo todo por conseguirla. Pero la relación que tenía con Cail había cambiado mucho su percepción de la vida. Ahora vivía cada momento como si fuera único, no en virtud de algo que un día u otro podría suceder. Esta manera de actuar la había obligado a afrontar la vida tal como venía, colocando en el centro a sí misma y al niño.

—¿Qué piensa hacer?

Él se encogió de hombros.

—No lo sé. Nada, supongo. Probablemente me he equivocado. No funcionó antes, ¿por qué tendría que hacerlo ahora?

—Pero la señora le corresponde, ¿no?

—Eso me había parecido. A la gente le gusta ilusionarse, ¿sabe?, es uno de los deportes preferidos de la mayoría de las personas. Y en cualquier caso, en este momento no estoy muy seguro.

—Han discutido.

Esperaba no ser demasiado indiscreta, pero tenía verdadera curiosidad.

—Ya lo creo —contestó él. Luego miró el reloj que llevaba en la muñeca—. Me alegro mucho de haber pasado por aquí esta mañana. Pero se ha hecho tarde, tengo que irme.

Lagose volvería pronto. Quería otro perfume. Un chipre como el anterior, le había explicado, pero que se adaptara mejor a su personalidad, como un traje, y quería ser el único que poseyera ese olor. Otro perfume a medida.

A Elena le dio pena. Parecía resignado y ese estado era peligroso. Una persona resignada no lucha, se abandona.

Suspiró y se puso de nuevo a recolocar los perfumes.

Después del señor Lagose, Elena vio aparecer a otra de sus clientes: Eloise Chabot. Se acordaba bien de ella.

A decir verdad, recordaba con precisión el perfume que había rectificado para su hija.

—Esperaba que se tratara de usted cuando leí la octavilla. ¿Se da cuenta, qué coincidencia? Yo vivo en la Rue des Rosiers.

—Es un placer volver a verla. Justo aquí, a dos pasos, ¡una verdadera coincidencia!

Eloise la abrazó. Una nube de perfume dulce y penetrante envolvió a Elena y le hizo cosquillas en la nariz. Había algo extraño en el *mélange* que llevaba la señora. Como una nota estridente que rebajaba su estilo. Sin embargo, su aspecto seguía siendo impecable, desde el peinado hasta el traje de mañana gris antracita. Probablemente de Chanel. ¿Por qué llevaba ese perfume tan raro, si podía permitirse lo mejor?

—Absolue, un nombre fascinante. ¿La tienda es suya?

—En parte. Digamos que es también mía.

Eloise miró alrededor, observó todos los detalles. Estaba encantada.

—Los perfumes siempre han tenido una gran importancia para mí. No podría prescindir de ellos. Es lo primero que se percibe de nosotros y también lo último. ¿Sabe que mi hija Aurore quiere hacerse perfumista? Y la responsabilidad es en parte suya. El perfume que me aconsejó le gustó mucho. Cuando le dije que lo había hecho rectificar para adaptarlo a nuestras exigencias, fue como si le abriera un mundo. Desde entonces no ha parado de mezclar mis perfumes, y ahora ha empezado con los de su padre. —Suspiró—. Es inútil que compre otros, porque sigue jugando con ellos. Se está convirtiendo en algo realmente incómodo.

Elena se reprimió para no sonreír.

—¿Quiere decir que lo que lleva es un perfume que ha tenido un encuentro desafortunado?

—Antes era un maravilloso Coco Noir de Chanel. Ahora no sabría decir qué es. Pero no es exactamente malo. Lo que ocurre es que en cierto momento rompe la armonía. Es como si una uña espléndida, con un esmalte elegantísimo, de pronto se pusiera a arañar una pizarra.

Elena se echó a reír.

—¿Cuántos años tiene Aurore?

—Dieciocho. —Un largo suspiro más elocuente que cualquier frase—. Los primeros trece todo fue bien. Las cosas habituales de niños. Pero le aseguro que estos últimos años han sido muy difíciles. Y ahora, de repente, es feliz. Así, de un día para otro. Yo no acabo de entenderlo. —Hizo una pausa y levantó las dos manos—. No ha cambiado nada salvo ese jueguecito que se trae con los perfumes. No me malinterprete, hay momentos en los que sigue resultando difícil hablar con ella, pero por lo menos ahora la vemos sonreír. En general, su felicidad coincide con el hecho de que llevamos sus creaciones. Mi marido tiene que lavarse a fondo en cuanto llega al despacho. Aurore no parece tener en cuenta las distinciones entre notas masculinas y femeninas. La última vez mezcló la loción para después del afeitado de su padre con un agua de violetas.

Elena sonrió.

—¿Ha pensado en inscribirla en un curso de perfumería básica?

Eloise arqueó sus cejas perfectas.

—No es una chica muy sociable, ¿sabe?

No añadió nada más, pero aun así Elena percibió una gran preocupación.

—Podría venir aquí. Quizá una tarde a la semana.

Eloise abrió los ojos como platos.

—¿De verdad? ¿Le daría clase? ¿Aquí, en la tienda?

—En realidad, tengo montado un laboratorio arriba. Dispongo de medio día libre, y no se trataría de verdaderas clases. Yo lo llamaría más bien conversaciones, encuentros para explicarle a Aurore las bases de la perfumería natural. Si no pierde esa pasión por los perfumes, podría convertirla en una profesión.

—A su padre le gustaría que estudiara ingeniería como él, este año termina el bachillerato.

—Los adultos alimentan ese tipo de esperanzas.

Eloise miró a Elena y le sonrió.

—Me temo que tiene razón. ¿Le ha sucedido también a usted?

—Más o menos. Al final he descubierto que crear perfumes es lo que de verdad quiero hacer. Pero, si hubiera llegado hasta aquí yo sola, me habría ahorrado muchos problemas.

—Supongo que es así —repuso Eloise, pensativa—. En fin, dejemos eso ahora. Dígame, ¿tiene velas?

—Sí, desde luego.

Elena le mostró varias. El empaquetado era muy elegante, sencillo pero refinado. Las velas eran cuadradas o redondas, de colores intensos, igual que los perfumes que despedían. Las fragancias eran florales o penetrantes, especiadas, pero todas envolventes.

—Esta me gusta mucho.

—La base es el jazmín, sensual, embriagador. En aromaterapia ayuda a bajar las defensas, a abrirse a la vida y a los sentimientos. Huela otra vez, ¿no le parece encontrarse en una calurosa noche de verano?

—Sí, tiene razón.

Era verdad, una calurosa noche de verano, en la azotea de Cail, bajo un cielo lleno de estrellas.

19

*Retama. Exuberante como el color de las flores, es un perfume
embriagador, fresco, con una nota floral emocionante.
Anuncia la primavera, el paso de lo viejo a lo nuevo.
Ayuda a mantener el ánimo.*

–¿Es usted Elena Rossini?

Una pregunta directa, sin un saludo, sin una pausa de reflexión. La recién llegada no miró siquiera a su alrededor. Elena levantó la cabeza del diario de Beatrice y volvió la mirada hacia la puerta, donde una chica de pelo azul, con un vestido largo y facciones infantiles bajo el maquillaje cargado, la miraba de forma descarada.

Hasta hacía unos instantes, Elena estaba en otra época, en otro mundo. El corazón todavía le palpitaba fuerte, tenía un nudo en la garganta y una brizna de desesperación unía sus pensamientos. Pero no eran los suyos, solo los había tomado prestados. Eran los de Beatrice.

Se puso en pie, dejó el diario y fue al encuentro de la chica.

–Sí, soy yo. Tú debes de ser Aurore, pasa.

No habría podido equivocarse. Eloise la había avisado de que su hija iría por allí esa tarde y de que era un poco especial. Delgadísima, pelo teñido, *piercing* en el labio, una chaqueta de lana encima del vestido de encaje blanco, unas brillantes botas de agua. Había seguido jugando con los perfumes, esta vez había utilizado lavanda, insólita y atrayente. Y había muguete y clavel. Después, la fragancia

310

se transformaba de improviso para volverse trasnochada, casi empalagosa. Y entonces emergía el sándalo. Pero, además de los perfumes de sus padres mezclados, había algo que le pertenecía solo a ella: un leve aroma de azahar que se le había quedado en la piel, atribuible sin duda a su último experimento. Elena habría apostado cualquier cosa.

Calificarla de especial era quedarse corto. Si la chica intentaba diferenciarse, lo había conseguido al cien por cien, de eso no cabía duda alguna.

—Mi madre me ha dicho que usted me explicará cómo se hacen los perfumes.

No había avanzado ni un paso. Permanecía rígida junto a la puerta, con expresión tensa y la mirada recelosa.

—Bueno, para empezar —le contestó Elena—, te explicaré las bases de la perfumería natural. Luego tú decidirás qué quieres hacer, si seguir con los estudios o dejarlos. No es un camino sencillo y exige mucha disciplina y bastantes sacrificios.

Aurore entornó los ojos.

—Conozco bien el significado de esas palabras. Usted me está juzgando por mi aspecto.

—Tu aspecto es lo único que has querido mostrarme hasta ahora.

—Lo sabía —masculló Aurore.

Elena apretó los labios, era necesaria una aclaración. Al parecer, la chica utilizaba su look como una coartada, una máscara tras la cual esconderse y que, llegado el caso, se convertía en causa y efecto. Algo parecido a lo que había hecho ella misma mucho tiempo antes, aunque al revés. A Elena no le gustaba ser el centro de atención. Invisible era la palabra. Si nadie te ve, nadie puede hacerte daño.

—De todas formas, no te he juzgado. Te habría dicho lo mismo aunque te hubieras presentado vestida de rosa y con alas de ángel —precisó—. Mis perfumes están compuestos de esencias naturales extraídas mediante procedimientos que requieren un cuidado escrupuloso, con tiempos y cálculos que es preciso respetar. La menor gota lo cambia todo. Debes contar, calibrar, tenerlo todo en mente. Debes saber que ciertas sustancias cubrirán las más tenues, mientras que otras las realzarán. Hay que estudiar mucho. La perfumería puede ser mortalmente aburrida. Como todo, posee un lado técnico y otro creativo. No puedes tener el uno sin el otro, así que, decide, Aurore. Este es mi rato de descanso y no tengo ninguna intención de desperdiciarlo.

Elena volvió a sentarse. Hacer como si Aurore no estuviera le exigió mucha determinación. Pero no era amabilidad lo que necesitaba aquella chica. Y ella no se la ofrecería. Le daría otra cosa, haría que deseara llegar a la meta. Se sorprendió esperando que Aurore aceptara sus condiciones. En el fondo, la había enternecido. Había una profunda vulnerabilidad detrás de su aparente aire agresivo. Y estaba dispuesta a apostar lo que fuera a que el perfume de Aurore era un modo de comunicarse, su lenguaje.

—¿Y si estudio? Supongamos que sigo esas... reglas. Si lo hago, ¿usted me enseñará?

El deseo estaba todo ahí, en esa petición llena de temor, desprovista de la arrogancia detrás de la cual se había escondido hasta ese momento. Sí, el término «reglas» había salido de aquella boca como si fuera una palabrota, pero había cosas peores, pensó Elena, aliviada.

—Eso es lo que haré, al menos si tú me prestas atención.

Aurore avanzó hacia el centro de la tienda. Pasos tímidos, ligeros, como si caminara de puntillas. En aquella chica todo era una contradicción. Su mirada, su aspecto, su ropa. Pero, más que nada, el perfume que llevaba.

En ese momento entró Monique. Había vuelto de su viaje la noche anterior. Se mostró muy reservada y, aunque Elena sospechaba que la causa era Montier, prefirió no preguntar nada. Solo comentaron los regalos de Navidad que les habían hecho. Elena sentía mucha curiosidad por saber qué había tenido que prometerle Cail para que le ayudara y mantuviese la boca cerrada. «Nada —le respondió su amiga—. Lo que pasa es que él deseaba de verdad darte una sorpresa. Ese hombre sabe cómo conquistar a una mujer.» El dolor en el fondo de los ojos de Monique hizo que Elena se arrepintiera de su curiosidad.

—Buenas tardes —dijo, dirigiéndose a Aurore.

Ese día Monique llevaba un minivestido de *chiffon* verde esmeralda de corte clásico, muy elegante. Se había alisado la melena negra, que le caía hasta la cintura como una cascada de seda. Aurore la miraba boquiabierta. Monie solía causar ese efecto en la gente, pensó Elena sonriendo.

—Perdona el retraso, cielo. ¿Todo bien?

—Sí, te he escrito un par de notas. Hay que hacer algunos pedidos. Ella es Aurore, le gustan los perfumes.

Monique sabía perfectamente quién era la chica. Y la idea de dar clases en la tienda le encantaba.

—Hola, Aurore, encantada de conocerte. Elena me ha dicho que te gustaría aprender el arte de la composición. Estoy impaciente por oler alguna creación tuya. Creo que será interesante —dijo mientras sobrevolaba con la mirada la estrafalaria vestimenta de la chica.

Elena se echó a reír.

—Una de ellas ya la estás oliendo, ¿verdad, Aurore?

La chica asintió. Por fin, la expresión enfurruñada desapareció de su semblante.

Monique abrió los ojos como platos. ¡Dios bendito! ¿Era de esa extraña chiquilla de donde procedía aquel olor?

—Mmm... Estoy segura de que unas clases resolverán el problema relacionado con la armonía de las fragancias —replicó, retrocediendo unos pasos—. Empezarás por ahí, ¿verdad? —le preguntó a Elena con los ojos muy abiertos.

—Ven, Aurore —dijo Elena sonriendo—. El laboratorio está arriba.

En realidad, daría la primera clase en la cocina, era más íntimo y no quería desanimar demasiado a su alumna. Puso el hervidor al fuego.

—¿Te apetece un té? —preguntó.

—Sí.

Aurore estaba sentada en el borde de la silla, más tiesa que un palo, con la espalda erguida y la expresión seria. Se la veía muy tensa.

—¿Ves esas hierbas? —le dijo Elena, y señaló un haz de ramas de mirto que acababa de recibir de un cultivador de Cerdeña, que la abastecía también de jaguarzo y romero silvestre—. Al destilarlas se obtiene un líquido compuesto en parte de agua y en parte de aceite. La mayoría de las esencias se obtienen de este modo. Se necesitan miles de hojas para unos mililitros de producto.

—¿Y usted hace así los perfumes, con hierbas?

Elena, complacida por el tono más relajado de la chica, negó con la cabeza.

—No, eso solo es el principio. Con ese procedimiento consigues un líquido perfumado compuesto de agua y aceite. El agua obtenida de la destilación se llama hidrolato, y el aceite, esencia o aceite esencial. Para hacer el perfume se utiliza el aceite. —Hizo una pausa, porque ese era el concepto más importante y quería que Aurore lo comprendiera bien—. Sin embargo, existen también otras sustancias olorosas. Se obtienen con diferentes métodos extractivos y siempre se les da el nombre de esencia, sustancia o materia olorosa. O sea, recapitulando, las esencias son un elemento fundamental del perfume. Se obtienen de flores, hojas, musgos, maderas, raíces, frutos, cortezas, resinas de naturaleza vegetal o animal, o de síntesis químicas. Es decir, pueden ser naturales o de origen sintético. Las esencias, o sustancias olorosas se mezclan y se diluyen

314

en un medio inerte que las sostiene. Puede ser alcohol u otro aceite. El resultado de este procedimiento es el perfume.

Aurore la miró un momento con los ojos abiertos como platos y luego se mordió un labio y desvió la mirada.

—Yo utilizo perfumes ya preparados —susurró.

—Sí, me he dado cuenta —contestó Elena—. Pero, verás, piensa que de esa forma haces desaparecer el mensaje que el perfumista quería dar, no creas uno nuevo. Tu perfume no contará nada, será una mezcla de muchos olores que no saben hacia dónde ir.

—Casi parece que el perfume cuente algo.

—Exacto, el perfume es el lenguaje más inmediato que existe y también el más comprensible.

—No lo había pensado nunca.

Elena sirvió el té en las tazas.

—Pero ¿cómo decides qué esencias poner en un perfume?

—El perfumista conoce los olores, los recuerda y sabe qué sustancias pueden cubrir, realzar o anular las esencias. Sobre la base de estos conocimientos y de sus propias capacidades intuitivas, utiliza las sustancias.

Hizo una pausa. Buscó las galletas de chocolate que le había mandado Jasmine, las dispuso en un plato y le ofreció a Aurore, que parecía inmersa en una profunda reflexión.

Siempre pasaba lo mismo, pensó Elena. Se solía considerar el perfume de forma muy reduccionista y, cuando uno descubría que existía todo un universo detrás, se quedaba desconcertado. El perfume no es solo algo bello que ponerse, como un complemento; en realidad, tiene muchas implicaciones.

—Verás, Aurore, el perfume es algo en lo que nos reconocemos, en lo que proyectamos sueños, aspiraciones, recuerdos o simplemente un profundo bienestar, o..., por qué no, una instintiva repulsión. Es algo que nace de la armonía, de la objetividad y de la subjetividad más profundas. Por eso, un olor podría gustarte muchísimo, mientras que otros podrán suscitarte alarma, ansiedad o repugnancia.

—Es extraordinario. Quiero decir que... es un asunto muy complejo. —Aurore dio unos sorbos de té mirando el mantel rojo. Luego volvió a dirigir la atención hacia Elena—. No entiendo... —susurró.

Elena mordió una galleta.

—Intentémoslo empezando desde el principio, ¿vale? Iremos poco a poco hasta llegar ahí.

Aurore asintió.

—Los perfumes se pueden subdividir en siete familias olfativas: hespérides o cítricos, florales, *fougère,* chipre, amaderados, orientales y cueros. Habría que tenerlas en cuenta siempre que se crea un perfume.

—Pero ¿cómo sabes los elementos que se pueden mezclar y los que no? —le preguntó Aurore.

—Podrías empezar por los que pertenecen a la misma familia, por eso es fundamental conocer las clasificaciones. Es parecido a mezclar colores. Cuando los juntas uno con otro, obtienes una serie de tonos, ¿verdad? Creas un nuevo color. Si utilizas colores pastel, obtendrás un tono tenue, y con colores intensos tendrás gradaciones fuertes. Con los perfumes sucede lo mismo, pero, en lugar de ver, hueles.

—¡Fuerte! —exclamó Aurore.

—También debes tener presente otra cosa muy importante. El perfume es siempre un proceso, una idea. A las personas que se dedican a crearlos se las llama «narices», porque saben distinguir las diferentes esencias, al menos tres mil olores distintos, y las mezclan para dar vida a los perfumes. Cada uno de ellos se crea siguiendo un esquema preestablecido: lo primero que notarás son las notas de salida, luego las de corazón y por último las de fondo. Este sistema, llamado «pirámide olfativa», es el carné de identidad del perfume. Por eso, si quieres saber qué contiene, por ejemplo... –Hizo una pausa. Por un momento pensó citar un perfume artístico, pero dudaba de que la chica lo conociera; al fin y al cabo, eran productos destinados a un segmento de mercado muy específico. De modo que se conformó con algo universal. Lo importante en aquel momento era que Aurore comprendiese el concepto que le estaba explicando–. Pongamos For Her, de Narciso Rodríguez: olerás inmediatamente las flores de naranjo y el olivo fragante, después la vainilla y, por último, un olor de maderas y el musgo, que actúa de estabilizador y fija las otras fragancias. Estas son las cosas fundamentales. Hablaremos de ellas todos los días, primero de un modo general y luego abordando un tema específico. Si hay algo que no entiendes, me interrumpes.

Pero Aurore parecía hipnotizada; con los ojos clavados en Elena, seguía con atención cada una de sus palabras. La hora pasó en un santiamén. Cuando se despidieron, la chica sonreía.

–Pero ¿después haremos un perfume? Yo no soy una nariz –dijo con una pizca de decepción en la voz.

–Eso no lo sabemos aún; además, en realidad todo el mundo puede crear perfumes. Los resultados, como es natural, cambiarán según los conocimientos de la materia, las capacidades, la técnica y la intuición de cada persona. Pero eso no significa que no se pueda llegar a hacer una composición extraordinaria, alucinante o de éxito simplemente mezclando las esencias que a uno le fascinan.

En casos así, se podía comparar el resultado con ganar un premio en la lotería. Pero eso no se lo dijo. No tenía sentido desinflar su entusiasmo. Le proporcionaría una base sobre la cual trabajar; el resto sería decisión de Aurore.

Y además, quizá la chica poseyera una predisposición olfativa y mental natural. El hecho de que le gustaran tanto los perfumes como para jugar con ellos de aquel modo era una señal.

—Estoy impaciente por decírselo a mi madre. Gracias, me ha gustado mucho. ¿Cuándo puedo volver?

—¿Qué te parece dentro de una semana?

Aurore asintió.

—¿A la misma hora que hoy?

—Perfecto —respondió Elena, y la acompañó a la puerta.

En la tienda reinaba el silencio, Monique estaba ocupada con un cliente. Todo parecía tranquilo. Elena tenía por delante su tarde de descanso. Y ya sabía cómo iba a pasarla. Fue hasta la mesa, abrió el cajón y sacó el diario de Beatrice antes de volver arriba.

—¿Es por algo que he dicho?

Cail se pasó la muñeca por la frente y miró a Elena. Llevaba un rato observando desde una esquina cómo trabajaba. Aquella era, de hecho, la primera frase que le dirigía.

—No comprendo. ¿A qué te refieres? —le preguntó Cail, metiendo de nuevo las manos entre la hierba.

Las macetas se habían llenado de hierbajos y Cail había decidido que aquel domingo soleado era el día idóneo para recuperar un poco de trabajo atrasado.

Elena se ajustó la vieja chaqueta de trabajo de Cail. Llevaba el pelo suelto y tenía aspecto abatido. También *John* parecía haberse percatado de su estado de ánimo. Estaba a unos pasos de ella, como de costumbre. Desde aquella vez que habían topado el uno con el otro, *John* se mantenía a una distancia de seguridad de dos metros exactos. Se limitaba a mirarla, o la seguía, pero siempre respetaba esa distancia.

—Entonces, ¿es por el niño?

Estaban en el invernadero. Habían terminado hacía un momento de poner orden en la cocina. Elena no había parado de hablar durante toda la comida; él no se había mostrado muy locuaz. Después, simplemente se habían quedado callados. A veces el silencio era la única forma de comunicación posible.

—¿A qué viene sacar ahora al niño?

Elena perdió la paciencia. No le gustaba dar vueltas alrededor de las cosas. O, mejor dicho, había dejado de gustarle.

—Oye, no voy a disculparme por algo que ni siquiera sé que he hecho, así que, si te he ofendido de algún modo, más vale que me lo digas o lo último que haré será pedirte disculpas.

A Cail se le escapó la risa. Siempre le pasaba lo mismo con ella.

—¿Por qué crees que estoy enfadado contigo?

Estaba hecha una verdadera furia, con las mejillas encendidas y los ojos brillantes. Se olvidó de la prudencia y fue directa al grano:

—Porque no me hablas como antes, no te ríes. Te pasas el tiempo rumiando lo que te preocupa y paladeándolo, como si fueses uno de esos camellos africanos que no hacen otra cosa en todo el santo día que rumiar. Supéralo de una vez, sea lo que sea. ¿Puedes hacer algo? ¡Pues hazlo! ¿No se puede? Entonces, ¿qué haces venga a rumiar?

Cail la miraba, ceñudo. Elena se había acercado y estaba a medio metro de él.

—¿Quieres saber qué me atormenta?

Sabía que algo no iba por buen camino. Un coágulo gélido de miedo se le formó en la boca del estómago.

—Esa es la idea. Te escucho —respondió, obligándose a soltar las palabras una a una.

Cail se quitó primero un guante y después el otro con los ojos clavados en los de ella. Se levantó y dio un paso adelante.

—El tiempo —dijo.

Silencio. Elena inspiró hondo.

Había ocasiones en las que soñar con abrazarlo, estrecharlo fuerte y estar con él no le bastaba. Y había otros momentos, como aquel, en que no solo la descolocaba, sino que la obligaba a seguirlo. Y ella quería motivos válidos para hacerlo.

—¿Quieres explicarme qué narices pinta el tiempo en todo esto?

Él no se movió. Siguió mirándola intensamente.

—El tiempo marca nuestras vidas, las cosas más ínfimas. El tiempo lo cambia todo.

Cierto. Pero eso era una obviedad y Elena no tenía ningunas ganas de entretenerse hablando con Cail de especulaciones filosóficas.

—Estoy esperando, Elena.

Ella inclinó la cabeza y observó a *John,* que no se había movido ni un milímetro, después volvió a dirigir su atención hacia Cail. Estaba bastante tranquila, pensó. Podía mantener una conversación sin ponerse a gritar.

—¿Sabes?, debo confesarte que prefiero tu parte dinámica, la reflexiva es como mínimo inquietante.

Él le sonrió como llevaba tiempo sin hacer.

—Te prometí una sorpresa. Hoy es el día. Vamos.

Le ofreció una escapatoria cómoda. Y por un instante Elena pensó en aceptarla.

—Tus sorpresas, en cambio, me encantan. Más que tus frases sibilinas —contestó—. Pero esto no acaba aquí.

Él movió la cabeza.

—Eso espero.

—¿Esperas?

Cail no era de los que confiaban en las simples esperanzas. De pronto, a Elena le pareció que nunca había entendido nada de su relación.

No dejaría pasar más tiempo sin aclarar la situación, decidió. Además, no quería ninguna escapatoria. Esa etapa ya había quedado atrás hacía tiempo.

—¿Por qué, en vez de dar vueltas sobre lo mismo, no resolvemos lo que sea?

—¿Y si no hubiera nada que resolver? —le preguntó Cail.

No cedió. Permaneció delante de él, porque quería respuestas y las quería ya.

—¿Hay una razón particular que te haya hecho pensar que ya no tienes tiempo?

—Yo no he dicho que el problema sea que no tengo tiempo.

Elena reprimió el taco que le había subido a los labios. Inspiró hondo para recuperar un poco de calma y dio un paso adelante. Ahora estaba a unos centímetros de él, tuvo que levantar la cabeza para poder mirarlo a la cara.

—¿Sabes, Cail?, está científicamente demostrado que las mujeres embarazadas tienen poca paciencia. La invierten toda en evitar pensar en lo mucho que el embarazo cambia su aspecto, porque una se pasa la vida manteniéndose en forma y luego, en cuestión de meses, todos sus esfuerzos se van a la porra. Son cosas que minan la autoestima, ¿o qué crees? Y después de eso no queda mucha paciencia para lo demás. Así que te rogaría que fueras más claro. Mucho más claro. Está a punto de darme un ataque de histeria, te lo advierto. Chillaré y es posible que llore. Y te arrepentirás de no haberme hecho caso.

—Una amenaza de lo más terrible. —Cail le pasó un brazo alrededor de los hombros y le dio un beso en la cabeza—. Me gusta tu sentido del humor, siempre estás dispuesta a bromear. Vamos, entremos, ¿quieres? Preparo un té y hablamos de esto sentados en el sofá.

¿Bromear? Pero ¡qué broma ni qué ocho cuartos! Se había vuelto loca a fuerza de imaginar los motivos que estaban detrás del comportamiento excesivamente reservado de Cail.

—Lo del té me parece bien, pero te aseguro que estaba hablando en serio. Quiero saberlo todo sobre tu tiempo, sobre lo que representa para ti.

Ahora que le parecía haber abierto una brecha en sus defensas, no se echaría atrás.

La cocina de Cail era muy luminosa y estaba siempre en perfecto orden. La manta de *John* estaba junto a la puerta y el sol se filtraba por los cristales sin cortinas e iluminaba las pequeñas macetas con brotes y hojitas verdes dispuestas en los alféizares de las ventanas. El perfume que flotaba en el apartamento se debía en parte a las esencias que despedían las hierbas aromáticas. Sobre la mesa había un ramo de tulipanes amarillos que había traído del mercado de flores un par de días antes. Ya era una costumbre consolidada. Dos ramos de tulipanes, uno para Elena y otro para él. Y siempre del mismo color. A los dos les gustaban mucho. El otro lado de la habitación, Cail lo había preparado como sala de estar, con sofás, mesas y un televisor que estaba casi siempre apagado.

Elena, sentada en el sofá, lo miraba trajinar delante de los fogones. Entre ellos siempre había silencio. Pero ahora no era tenso, era más un buscar las palabras adecuadas.

Cail dejó la bandeja sobre la mesa del salón y se sentó a su lado. Le rodeó los hombros con el brazo y empezó a juguetear con su pelo.

—¿Te acuerdas del accidente que tuvo mi padre? —le preguntó al cabo de unos minutos.

—Dios mío, ¿se trata de eso? ¿Está mal? —le preguntó, levantándose.

Cail negó con la cabeza.

—Está bien. No se trata de él. Por lo menos, no directamente. —Suspiró y cerró los ojos un instante—. Verás..., hace cinco años yo también tuve un accidente, con la moto. Lo que le pasó a mi padre sacó a flote viejos recuerdos.

Pensó que había llegado el momento de contárselo todo, de hablarle de Juliette y de cómo había muerto. Pero no lo hizo. Habría un momento más oportuno, decidió. Lo que estaban viviendo en ese momento era solo suyo. Y además, descubrió que no tenía ningunas ganas de hablar del pasado. Estaba muerto y sepultado con Juliette, mientras que él había sobrevivido. Hizo una pausa, inspiró y espiró lentamente. Había muchos motivos en la base de esa decisión, y no era el último de ellos su renuncia a sacar a la luz el constante sentimiento de culpa que lo arrancaba con frecuencia del sueño y lo obligaba continuamente a comportarse de forma que pudiera tener bajo control las consecuencias de sus actos.

—No recuerdo mucho de aquel episodio. Pero se me quedó adherido un profundo sentimiento de impotencia. Algunas cosas no las puedes evitar, solo sufrirlas. —Le asió una mano y se la acercó a la cara—. Esto es un recuerdo de aquel día.

Y había otros, Elena habría apostado lo que fuera. Indelebles como esa cicatriz, solo que más ocultos.

—¿Tuviste heridas graves?

Él asintió.

—Seis meses de rehabilitación.

Elena jamás lo habría imaginado. Cail tenía la soltura de movimientos de un atleta, no parecía que hubiera sido víctima de un suceso tan traumático. En general, ese tipo de accidentes dejaba rastro, o al menos una especie de prudencia instintiva. Cail, en cambio, estaba seguro de sí mismo, afrontaba las cosas con decisión, no se preocupaba demasiado de los demás, caminaba en línea recta por su camino sin comprometerse. Sí, era también un hombre muy abstraído, como si estuviera más concentrado en la sustancia de las cosas que en lo demás. Por ejemplo, hacía muy pocas concesiones a su aspecto externo. París estaba lleno de hombres que habían hecho de la ropa un emblema. En ese ambiente, Cail destacaba por su sobriedad. No es que fuera un problema: las sencillas prendas deportivas que llevaba le sentaban de maravilla, Elena no podía evitar apreciarlo.

—Pero sigues montando en moto, sigues utilizándola. Eres tú quien decide, no tus miedos. O sea, que no se trata de eso.

Era verdad. En ese momento no tenía miedo por sí mismo. Cail pensó en decirle lo importante que había llegado a ser ella para él y lo mucho que eso lo asustaba. Al final, lo que de verdad temía era ese vacío que sentía cuando no estaban juntos, cuando no la veía o no podía hablar con ella. No le hacía falta mucho para estar tranquilo. Le bastaba mirarla. Su vida era distinta desde que Elena formaba parte de ella. Y eso era un maldito problema porque estaba embarazada de otro. Un hijo, un niño que habría podido ser un punto de unión entre ellos y que, en cambio, no lo era en absoluto, porque, por más que él deseara que las cosas fueran distintas, ese hijo la uniría para siempre a otro hombre.

Y eso era algo que no podía cambiar. Lo único que podía hacer era esperar.

Nunca había sido una persona a la que le gustara compartir las cosas. Incluso en su trabajo era individualista y, por su carácter, evitaba el trabajo en equipo. Había hecho una excepción con Absolue. Pero eso era otra cosa. Deseaba que Elena fuera feliz y su satisfacción era lo que le había empujado sin pensarlo a invertir en esa empresa. En el pasado ya había hecho un intento de cambiar su manera de ser, y ese error le había costado caro. El resultado había sido aquel maldito accidente en el que Juliette perdió la vida. Si no se hubiera dejado convencer de que condujera ella, probablemente las cosas hubieran ocurrido de otro modo.

No se dejaría persuadir otra vez de hacer algo en lo que no creía. Sabía lo que significaba reunir los fragmentos de tu propia vida y seguir adelante con la conciencia de haber cometido un grave error, una equivocación que había tenido consecuencias desastrosas.

Con Elena haría los movimientos adecuados.

Aunque le costaba cada gramo de su determinación mantener sus propósitos, esperaría. Esperaría porque no podía hacer otra cosa.

—Habría podido evitarlo. Al final, la cuestión es esa.

Elena se tomó unos momentos para pensar en lo que había dicho y frunció el ceño.

—Nunca he tenido la impresión de que fueras uno de esos hombres que quieren tenerlo todo bajo control. Ese es más el campo de Jacques Montier.

¿Montier? ¿A santo de qué lo sacaba a colación?

—Explícate.

A Cail no le gustó nada esa comparación. Y tampoco la entendía.

—Montier lo decide todo, no se preocupa de las consecuencias y pretende que las cosas giren en el sentido que él considera correcto. Es una locura. Las cosas van como tienen que ir.

—No conocía ese lado tuyo fatalista.

—No se trata de ser fatalistas, sino prácticos. Cail, no me parece que seas tan arrogante como para pretender tener el control sobre todo lo que sucede.

Un largo instante de silencio, tras el cual Cail la miró directamente a los ojos.

—Soy un hombre, Elena. Claro que quiero tener el control de las cosas. No creas ni por un momento que no tengo deseos. Que no siento la necesidad de llevar esta relación adonde debería estar. O que no quiero protegerte. Te equivocarías.

El tono de su voz era profundo, cortante, al igual que su mirada. Sus manos encontraron el nacimiento de la nuca, lo rozaron y bajaron más en busca de la piel. La caricia se hizo más íntima.

Elena tragó saliva. Ya estaba, había tenido su respuesta. No obstante, intuyó que detrás de las palabras de Cail había mucho más, y comprendió que también a él le pesaba aquella situación. Aunque quizá pesar no era la palabra correcta. Su franqueza la llenó de admiración y de miedo a partes iguales.

—Yo también estoy esperando, Cail —susurró.

Por un momento, después de habérselo confesado, le pareció que se sentía más ligera. Habían dado unas cuantas vueltas sobre el tema, pero al final se habían dicho lo que sentían.

Sin embargo, ser consciente no era una solución. La cuestión era que ese jugar en la frontera de algo que era mucho más que una simple amistad y menos que una relación de pareja la volvía loca. A veces querría que el niño hubiera nacido ya para ver si estar los tres juntos era una posibilidad. A veces querría dejarse llevar sin pensar en nada.

Cail le sonrió.

—¿Lo ves? El tiempo es nuestro problema. Entenderemos mejor nuestros sentimientos cuando el niño haya nacido. Hay que tener paciencia, aunque algunas veces resulta difícil.

Elena apoyó la cabeza en su hombro, aspiró su olor. Le gustaba estar entre sus brazos. Cail presionó los labios contra su sien y ella sonrió de placer.

Y de pronto esos pensamientos que le rondaban por la cabeza desde la confesión de Cail tomaron forma. Siempre había pensado que la seguridad que transmitían sus maneras derivaba de la profunda conciencia que tenía de sí mismo. Y ahora le resultaba extraño enterarse de que tenía que echar cuentas con sus propios problemas, exactamente igual que los demás. Le pareció entonces que le había faltado al respeto, que no había tenido consideración con él. Y eso la hizo avergonzarse.

Él seguía acariciándola con los labios, estaba tan cerca que le permitía notar el calor de su respiración en la piel. Y su perfume de hombre, caliente y especiado, que olía a jabón, a loción para después del afeitado... A él y punto. La atrapó y la mantuvo pegada al sofá.

Ella le tocó la cara y siguió la cicatriz con la yema del pulgar, acariciándola lentamente.

—¿Qué harías...? —La voz se le quebró, pero no tenía ninguna intención de dejar inacabada la pregunta. Tragó saliva, inspiró y empezó de nuevo—: ¿Qué harías si las cosas fueran distintas?

Cail apoyó su frente en la de ella. Ya no había dulzura en sus gestos. Solo deseo. Elena sintió el impacto de aquella mirada, la profunda sensualidad de sus movimientos. Cail se alejó apenas, le tomó el rostro entre las manos y le acarició los labios. Primero con delicadeza, luego con más seguridad. Estaba estirado hacia ella. Todavía nervioso por lo que había quedado en suspenso, por las miles de dudas que continuaban atormentándolo. Elena le pasó las manos por los brazos y le acarició el tórax.

Cuando Cail comprendió que era el latido de su corazón lo que ella estaba buscando, sintió una profunda emoción. Ella se agarró a su jersey y se estrechó contra él, anulando el espacio que todavía quedaba entre ellos. Y ese deseo tan puro barrió sus últimos pensamientos.

La abrazó fuerte, apretando los labios contra su cabeza. Era feliz. Simplemente feliz.

20

Ámbar gris. Delicioso y seductor, el perfume que atrae desde hace más tiempo a las mujeres. Transportado por el mar, que lo deposita en las playas como un don precioso, conserva su fascinación misteriosa y profunda. Evoca el despertar de la feminidad, la elegancia, el calor de una noche de verano.

Después de aquella larga conversación, Elena y Cail se pusieron el abrigo y salieron a toda prisa. Anochecía pronto en aquella época del año, pero él quería mostrarle sin falta una cosa.

—Ostras, esto sí que es una sorpresa —susurró Elena al ver los gigantescos invernaderos del Jardin des Plantes.

Los bordearon hasta llegar a un jardín más pequeño, pero igual de bonito. Elena entró con un sentimiento de reverencia, atónita y completamente fascinada. E incluso después, inmóvil ante la espesa vegetación que se extendía ante ella, no acababa de dar crédito a sus ojos. Pero el olor no podía engañarla. Humedad pesada, helechos, musgo y flores. Debería haber imaginado que Cail la dejaría sin habla.

No sabía hacia dónde mirar, porque todos los rincones la dejaban sin respiración. Avanzó unos pasos, incapaz de desviar la atención de los vivos racimos de *Phalaenopsis,* pero había demasiado que ver como para detenerse mucho tiempo en una flor, por muy espléndida que fuera, o en un detalle. A poca distancia, un puñado de miltonias de color fucsia asomaba por el tronco de un árbol, junto a los helechos. Parecían tiernas violetas. Elena sintió la tentación de tocarlas, de aspirar su perfume. Había algunas plantas de anchas hojas de un verde brillante; otras, en cambio, eran de hojas tan estrechas que parecían largas cintas. Nunca había visto nada semejante.

Empezó a andar por el sendero. Al quitarse el abrigo, inmersa en aquel aire húmedo y perfumado, se sentía ligera y alegre. Habían pasado de un gélido invierno al calor de la jungla en unos segundos. Al llegar, jamás habría imaginado que aquellas cúpulas de cristal y acero esconderían un rincón de bosque.

No acababa de entender aquel extraordinario contraste. Ante la mirada divertida de Cail, volvió atrás, llegó hasta las paredes de cristal y miró en el exterior las capas de hielo que rodeaban la estructura. La escarcha cubría el paisaje, la pátina plateada reflejaba las luces del invernadero y todo parecía sumergido en un gris perláceo.

Entonces se volvió y, como por arte de magia, fue catapultada a otro mundo. La arrollaron los colores. El verde en todos los matices posibles, el rosa de las orquídeas, el amarillo, el fucsia, incluso el azul. El agua del riachuelo bañaba las piedras sobre las que se posaban decenas de mariposas de los colores más extraños, algunas hasta con las alas transparentes. Luego echaban a volar, de improviso, formando una nube que vibraba, para volver a las piedras y la arena.

Elena estaba extasiada. Cuando una mariposa de enormes alas amarillas se le posó en un hombro, se agarrotó, asió el brazo de Cail y cerró los ojos.

—No me dirás que tienes miedo de una mariposita —se burló él.

—Es más grande que un papagayo, ¿te das cuenta? —susurró Elena apretando los ojos.

—Pero no tiene pico. No te hará nada, relájate. Mírala, es maravillosa.

Elena abrió un ojo. Al cabo de un instante, la mariposa emprendió el vuelo. De las alas de un amarillo puro, brillante, con dos manchas naranja intenso, se desprendían dos largas cintas de oro. Elena nunca había visto una mariposa tan grande.

—Falena cometa —le dijo Cail mientras ella la seguía con la mirada.

—¿Falena?

—Sí, no todas las falenas son nocturnas, hay también algunas diurnas. A esta se la puede calificar de crepuscular, sale por la mañana temprano y por la noche.

—Creía que era una mariposa.

Cail negó con la cabeza.

—Mira las antenas: las de las mariposas son largas y finas; las de las falenas son más grandes y tienen diferentes formas, algunas parecen minúsculos peines. Las mariposas cierran las alas como un libro y las falenas las disponen de un modo distinto —dijo, y señaló a los insectos parados sobre la arena del riachuelo.

Elena se moría de ganas de saber mucho más. Le pasaba siempre. Cuando descubría algo nuevo, tenía que enterarse de todo lo posible sobre el tema. Siempre le había parecido que las mariposas eran criaturas bellísimas, pero nunca se había parado a pensar detenidamente en ello. Se disponía a hacerle otra pregunta a Cail cuando una mariposa se posó sobre su cabeza.

—Menos mal que esta es pequeña —susurró, como si su voz pudiera molestar al insecto.

No quería que esa maravillosa criatura echara a volar. El corazón le latía fuerte, las ganas de reír empujaban en su garganta. Alargó los brazos, esperó inmóvil y su constancia fue premiada: se concentró en la sensación que le producían las patitas de la mariposa en los brazos y después en los colores intensos de las alas y en el olor de aquel lugar. Lo aspiró varias veces, fijándolo en su memoria. Porque quería recordarlo siempre.

—No tenía ni idea de que supieras tantas cosas sobre las mariposas.

—En realidad, solo me sé el nombre de la falena cometa y de alguna más. En primavera trabajé como asesor para la rosaleda del Jardin des Plantes. Lucien Musso, el responsable, me explicó su proyecto. Y me mostró las diferentes fases de la introducción de los insectos. Por ahora, introducir las mariposas en el invernadero de las especies exóticas es solo un experimento. La idea es reconstruir un rincón de bosque tropical teniendo en cuenta todas las especies que forman parte de él. Las mariposas están desapareciendo, Elena. Aunque hay muchos criadores que se esfuerzan en reintroducir todas las que pueden en sus hábitats naturales, siguen muriendo antes de haber concluido su ciclo vital. A menudo no consiguen depositar los huevos.

—Deja que lo adivine... Pesticidas también en este caso.

—Se trata de una mezcla letal, moléculas pensadas para destruir a los insectos. No distinguen entre una mosca, una mariposa o una avispa.

A Cail le había costado bastante convencer a Elena de que salieran del invernadero. Parecía no tener nunca bastante, pero al final salió al aire libre, con una expresión soñadora en el semblante y en el corazón un perfume distinto, nuevo y maravilloso.

—¡Volveré a traerte en primavera!

La promesa de Cail la había convencido de dejar atrás aquel lugar increíble y ahora paseaban de la mano por las calles de la Île de la Cité. El chapitel iluminado de Notre-Dame se recortaba contra el cielo negro. Las esculturas góticas parecían vigilar la ciudad desde lo alto. Continuaron andando y charlando, y su aliento se condensaba en vapor mientras hablaban de sí mismos a través de sus esperanzas, sus deseos, lo que les gustaría hacer.

—¿Cuál es exactamente tu especialidad? Has dicho que fuiste asesor de la rosaleda del Jardin des Plantes.

—Sigo siéndolo. Me licencié en ingeniería agrícola y mi especialidad son las enfermedades de las rosas. La hibridación, como sabes, es mi oficio, en nuestra familia lo es desde hace generaciones, es lo que hacemos para vivir.

Elena asintió.

—¡Entonces eres una verdadera autoridad en la materia!

Una amplia sonrisa y un beso a flor de labios. Cail le pasó un brazo alrededor de los hombros y echaron a andar de nuevo.

—Las rosas siempre han estado... Digamos que me aseguro de que continúen encontrándose donde deben.

Así, sin más. Se aseguraba de que todo siguiera estando como debía. Sin polémicas, sin grandes disertaciones. Cail actuaba en silencio. Era típica de él esa actitud, pensó Elena. Ocupaba un lugar en el mundo, no se limitaba a vivir su propia vida pendiente de sus cosas. No, él dejaría huella de su paso.

¿Y ella? Aquel pensamiento era alegría y desánimo a un tiempo. Ella se había limitado a vivir; es más, durante algún tiempo había simplemente sobrevivido. Había establecido con cierto margen de certeza lo que no quería y lo había distinguido de lo que deseaba. Después había perseguido su objetivo desentendiéndose de todo lo demás. Incluida ella misma. Había sido testaruda.

¿Y ahora? ¿Cuáles eran de verdad sus proyectos?

—Ahora todo ha cambiado —susurró.

La sonrisa de Cail le reconfortó el corazón.

—Un hijo te cambia la percepción de las cosas.

Sí, y ella lo sabía bien.

—La semana que viene tengo que hacerme una ecografía.

–¿Te apetece ir acompañada?

Quería acompañarla de verdad, estaba escrito en aquella mirada directa. Le pedía permiso para entrar un poco más en su vida. Con él era siempre así, pensó Elena. Siempre le dejaba espacio, no la presionaba. Con Cail era fácil ser uno mismo. Y sin embargo, seguía habiendo algo que no iba bien entre ellos. Había algo que lo atormentaba, algo de lo que todavía no le había hablado.

–Sí, me gustaría mucho.

Quedaban muchos interrogantes. Y con algunos tendría que enfrentarse. Ya no era posible seguir posponiendo la cuestión. Uno a uno, sus pensamientos y sus problemas se habían acumulado y esperaban pacientemente en fila que ella pasara revista, los resolviera y los apartara de la mente.

El primero de todos se refería a Cail.

DEL DIARIO DE BEATRICE

Hoy he ido a darle el perfume. Él lo ha calentado con la palma de las manos, mirando con dulzura el frasco. Anhelo su calor, lo he sentido en mi piel. Quisiera apartarlas, y quisiera que me estrecharan de nuevo, como sucedía en mitad de la noche, cuando el viento gélido soplaba por las paredes de piedra y él me acogía.

Hemos llegado al final y temo que ya no haya nada para mí. La angustia ansiosa de mi alma es infinita, pero mi cometido ha terminado.

Ahora tengo frío. Él sigue mirando deseoso el perfume, ajeno a mí, a mis ojos llorosos. Ajeno a todo. Está perdido en el instante que precede al descubrimiento, en la alegría de la victoria. Si lo que le he entregado es lo pactado, me cubrirá de oro y collares de perlas. Lo ha prometido.

Ahora no me queda más que esperar a saber...

—¿Sigues leyendo el diario?

La voz de Monique la arrancó de un pasado que visitaba cada vez con más frecuencia. Beatrice poseía una elocuencia muy distinta de la de su época. No utilizaba frases artificiosas, su escritura era inmediata, sus sentimientos estaban vivos en el papel. Plenamente vivos. Cada palabra era pasión y dolor. Elena levantó la mirada hacia su amiga y tragó saliva.

—Es conmovedor. Sabía que él la dejaría.

—Sí. Era una mujer valiente. Lo afrontó todo, volvió a Florencia y rehízo su vida.

—Sin el hombre al que amaba...

Monique se encogió de hombros.

—A veces pienso en eso, ¿sabes? No es seguro que después, con su marido, Beatrice no fuera feliz. Tuvo una hija. El amor tiene muchas caras. No es como la pasión, que te devora y te hace vivir siempre al límite.

Elena se habría jugado algo a que Monique hablaba por experiencia. No quería preguntarle por Jacques, no era un asunto del que hablaran abiertamente. Ni siquiera eran capaces de bromear sobre él. Y hacía algún tiempo que Monique había dejado de preguntarle cómo iban las cosas con Cail. Era como si entre ellas se hubiera creado una especie de reticencia. Se buscaban, algunas veces incluso lograban encontrarse, como en ese momento, pero ya no conseguían sentirse a gusto como antes.

—¿Vendrá hoy Aurore?

Elena asintió.

—Pensaba enseñarle las diferencias entre las esencias naturales y algo sintético. Tiene grandes dotes, ¿sabes?, creo que podría irle muy bien si continúa estudiando.

—¿En Grasse? —preguntó Monique.

—Quizá, o incluso en el Instituto Superior Internacional del Perfume, en Versalles. Sus padres no tienen problemas económicos. El único obstáculo sería la comisión, que tendría que valorar sus aptitudes y darle las credenciales para acceder a la escuela.

Monique torció la boca.

—O podría aprender de ti.

Elena frunció el entrecejo.

—Vamos, Monie, ¿qué dices? Sabes muy bien que una cosa son los conocimientos de base, lo que hemos aprendido nosotras, y otra muy distinta el mundo de la perfumería estética y alimentaria. En el ISIPCA tendría muchas más posibilidades de entrar en un equipo cualificado, de desempeñar un papel prestigioso.

—Sí, pero para entrar en esa escuela debes tener un aspecto determinado. Su consigna es aparentar. Y estoy de acuerdo, porque se trata de un mundo que te enseña a convertir la estética en una filosofía de vida, pero Aurore..., no sé..., tendría que cambiar. Podría costarle caro. No lo encuentro justo —replicó Monique, pensativa.

—Por el momento me parece prematuro hacer conjeturas de ese tipo. Quizá lo suyo se quede en una simple afición, quién sabe.

Monique negó con la cabeza.

—Olfatea todo lo que se le pone a tiro, yo la veo como una Grenouille con faldas —dijo.

—Que no te oiga —la reprendió suavemente Elena—. No le gusta nada ese personaje. En cambio, le encanta Proust y sus magdalenas.

—Estaba segura.

Monique se quedó mientras Elena le daba clase a Aurore; después tuvo que irse. Elena estaba a punto de cerrar cuando se presentó en la tienda una señora de mediana edad.

—Buenas tardes, un amigo que ha comprado un perfume suyo me ha dicho que hacen fragancias a medida, ¿es cierto?

—Sí, desde luego. Venga, siéntese. —Elena le señaló el sofá.

La señora rondaba los sesenta años e iba muy elegante, con el pelo recogido, un vestido azul noche y un collar de perlas que destacaban, nítidas, sobre la tela del vestido. Vainilla cremosa, refinada y sobria como su aspecto, y una pizca de lirio, musgo y almendra amarga, excéntrica y con carácter. Ese perfume hablaba de ella, de su índole decidida. Tenía el olor del campo y de la lluvia, cuyas gotas todavía constelaban el abrigo. La mujer dejó el paraguas y se quitó el abrigo con calma, mirando alrededor.

—¿Tenía en mente algo en particular? —le preguntó Elena con el bloc de notas sobre las rodillas.

—Sí, me gustaría un perfume sencillo y adecuado —le respondió, sentándose a su lado.

—¿Para qué?

La señora frunció la frente.

—¿Cómo dice?

Elena le sonrió.

—Ha dicho que le gustaría un perfume adecuado, y yo me preguntaba para qué.

—Pues para mí, claro.

—¿Y usted cómo es? ¿Qué sería propio de usted?

La mujer estaba descolocada. Elena sonrió. Siempre pasaba lo mismo. Raras veces los clientes tenían las ideas claras cuando se trataba de sondear sus propios deseos, lo que creían que eran certezas y, sin embargo, no eran sino impresiones. Ninguna precisión, solo ideas vagas.

—Dígame, *madame*...

—Dufour, Babette Dufour.

Elena empezó a hacer las preguntas de rigor, desde lo que le gustaba a la clienta hasta lo que, por el contrario, detestaba. Y en esa búsqueda se convirtió poco a poco en un instrumento en las manos de Babette. La mujer le hablaba a Elena de sus emociones, sus impresiones, lo que deseaba, y ella codificaba todos los datos, imaginando el tipo de fragancia que más se adaptaría a sus exigencias. Aromaterapia, perfumeterapia, perfume y punto. Cada ingrediente que elegía para componer el perfume quedaba registrado en su mente y le daba una idea del camino que debía seguir. Tendría en cuenta muchas cosas, entre ellas la acción sinérgica que los ingredientes naturales tendrían en la clienta. Ese momento era fundamental. Era el corazón de todo el procedimiento que vendría después. Era empatía, era la parte primordial del proceso creativo. Eso era lo que la distinguía de todos los demás, lo que convertía a Elena en una perfumista artística. Su extraordinaria sensibilidad, su capacidad para sentir íntimamente lo que la gente quería y transformarlo en una armonía de fragancias, en una auténtica melodía.

—Empezaré a trabajar y la llamaré para que venga a oler las diferentes opciones. Partiremos de una composición ligera, bastante clásica: una base de cítricos delicados, un corazón floral y un fondo un poco animado.

Babette abrió los ojos como platos y asintió.

—Me gusta ese «animado».

Elena estaba segura de eso. Una pizca de transgresión hace la vida más atrayente.

Durante el mes de enero, el hielo había sustituido a la nieve. En el aire había un olor a madera quemada, que se unía a las emanaciones de los coches y de las calefacciones y al humo de los campamentos montados bajo los puentes del Sena: era denso, pegajoso, flotaba en el aire y se te quedaba adherido. Elena no podía más, esperaba ardientemente la llegada del viento para que se llevara la capa de contaminación que se cernía sobre París. Se acordó de que en Grasse soplaba el mistral y esos días el cielo se ponía azul y límpido como el cristal.

Ciertamente, el hecho de que Cail estuviese fuera por asuntos de trabajo no mejoraba su humor. Se sentía realmente muy irritable. Su malestar se debía en parte al diario y en parte a la ecografía que tendría que ir a hacerse ese día.

—Hola.

Elena dejó caer sobre la mesa el ramo de flores que tenía en la mano y echó a correr hacia Cail, que la esperaba en la puerta. Él abrió los brazos y, después de haberla abrazado, la levantó hasta que sus ojos se encontraron a la misma altura.

—¿Por qué has tardado tanto? —protestó.

Cail no le respondió y, para compensarla, la besó lentamente y con total entrega. Elena decidió que, ante motivos tan válidos y convincentes, las palabras no eran necesarias.

—He venido lo antes posible—le dijo él con un último beso antes de soltarla—. La ecografía es esta tarde, ¿no?

—Sí. Tenemos que estar en la clínica a las cinco. Pero si estás muy cansado...

—Saldremos a las cuatro, es mejor llegar con antelación. ¿Se quedará Monique en la tienda?

—Sí.

—Perfecto, pues hasta luego.

Elena lo siguió con la mirada hasta que desapareció en el tramo de escalera. Y se sorprendió suspirando como una adolescente.

—¡No sé qué voy a hacer contigo, Cail McLean! —masculló antes de entrar en la tienda.

La primera vez que oyó el latido del corazón de su hijo, le impresionó tanto que no pegó ojo en toda la noche. En aquella ocasión, Cail se había quedado esperándola fuera de la clínica y, cuando ella salió y se lo encontró delante, él le dijo que pasaba por allí casualmente. Y no le creyó, claro. Así que la siguiente vez le comunicó fecha y hora con suficiente antelación para que pudiera llegar a tiempo.

—Esto es la mano: uno, dos, tres, cuatro y cinco deditos, ¿los veis? Haremos la ecografía morfológica en la vigésima semana, pero parece que está todo bien.

La doctora Rochelle ya estaba acostumbrada a aquello. Pero para esos dos que estaban agarrados uno a otro en un silencio casi religioso, con los ojos clavados en la pantalla del ecógrafo, era algo nuevo. Estaban emocionados y se mostraban cautos. Él era un hombre realmente singular, alto y corpulento, de mirada franca y dura. Al menos hasta que se posaba en su chica.

—Es vuestro primer hijo, supongo.

—¡Sí!

Respondieron al unísono. Luego Cail se puso rígido y se alejó unos centímetros. O al menos lo intentó antes de que Elena le atrapara la mano y volviera a ponerla donde la había tenido hasta hacía unos segundos, sobre la redondez de su vientre embadurnado de gel. Más tarde salieron de la consulta agarrados de la mano.

Al final del día, mientras la doctora Rochelle repasaba las fichas de las pacientes que había visitado, se dio cuenta de que en la de Elena Rossini había un hueco en blanco. No figuraba el nombre del padre del niño.

Qué raro, pensó. Y lo escribió: Caillen McLean. Menos mal que se acordaba perfectamente de él. Era, en efecto, un hombre que dejaba huella.

Un par de semanas después, Cail se marchó otra vez.

Los días que estaba sola, Elena dedicaba todo su tiempo a Absolue. Desmenuzaba, destilaba, filtraba y componía. Lo que no hacía ella, se lo compraba a otros herboristas perfumeros, que a su vez adquirían sus creaciones. Era una cadena de productores que había hecho de la recolección y transformación de las hierbas y las esencias su filosofía. Preparaban polvos de talco, hidrolados y velas con los mismos métodos utilizados por sus predecesores, quienes, a su vez, se habían inspirado en la tradición más exquisitamente artesana, procedente de siglos y siglos atrás.

Elena se ocupaba casi de todo. Monique se quedaba cada vez más al margen. Si no era a causa de Jacques, era por Le Notre. Pero, si Cail se iba, llegaba Monique. Estaban sincronizados. Elena estaba dispuesta a apostar lo que fuera a que esos dos habían sellado un pacto del que ella no estaba al corriente.

Le molestaba un poco el hecho de que Cail le hubiera pedido a Monique que le hiciera compañía. Sin embargo, había momentos en los que ese exceso de atenciones la halagaba. Había estado sola mucho tiempo y tener a alguien que se ocupara de ella con esa constancia inquebrantable era una novedad muy agradable.

Conforme avanzaba el embarazo, se cansaba cada vez más. Afortunadamente, Aurore había empezado a ir a la tienda con más frecuencia.

—Gracias por venir.

—Ya sabes que lo hago encantada.

Y era verdad. Aurore ya no tenía nada que ver con aquella chica toda piel, huesos y arrogancia que se había presentado ante Elena durante las fiestas de Navidad. A medida que las clases se sucedían, iba adquiriendo más seguridad y serenidad. Había dejado de mezclar perfumes ya preparados; Elena le había enseñado cómo unir algunas esencias, nada difícil, justo un par de combinaciones, y Aurore había demostrado estar a la altura de las enseñanzas. El entusiasmo de aquella chica era contagioso. Si Elena le aconsejaba leer unas páginas de un libro, Aurore lo devoraba de principio a fin y buscaba otros. Los perfumes ya no eran un misterio para ella. Conocía la técnica. Elena se la había explicado paso a paso. Muy pronto compondría su primer perfume.

Aurore había cambiado también su look. Y de eso, Elena estaba prácticamente segura, la responsable era Monique y su fabuloso guardarropa. Un ejemplo de estilo y elegancia. Los vaqueros rotos y los jerseys negros, que la chiquilla llevaba como un desafío, habían sido sustituidos por colores más alegres y modelos que realzaban su figura. Cuando, más adelante, dejó de teñirse el pelo, se presentó en la tienda con una melena rubia de un tono ámbar oscuro tan vivo que dejó a Elena y Monique sin habla.

—Conozco a gente que mataría por ese color de pelo, y ella lo llevaba escondido bajo un azul pitufo espantoso.

Elena, al contrario que Monique, no hizo ningún comentario. Pero ahora que era ella quien miraba el mundo desde el lado de los adultos, comprendía lo que debía de haber pensado su abuela de todos los disparates que había hecho.

Ahora que lo pensaba, más de una vez había montado una buena.

DEL DIARIO DE BEATRICE

El perfume ha triunfado. Las más oscuras previsiones se han cumplido.

Pronto se casarán.

Jamás creé algo tan precioso. Nada se le asemeja en el reino de Francia ni fuera de él. A veces tiene el aroma de un paseo bajo un arco de rosas, al calor del sol, y luego en plena noche, cuando la furtiva luz baña las hojas y las nubecillas parecen de plata.

Él es feliz, ríe, habla impetuoso de lo que pronto será suyo, de las grandes riquezas. Le roba alegría a mi corazón, la luz a las estrellas, y no se da cuenta.

¿Se puede morir de amor? ¿Qué carga de dolor puede soportar un alma?

Me interrogo mientras sonrío, cuando querría que el llanto aliviara mis penas. Su suerte es mi desgracia. Me gané sola este tormento. Me equivoqué sobre su amor.

Me dejará, pues.

No tengo honor y no me importa. Si él me quisiera, me postraría feliz a sus pies.

Pero inútil es ya esta consideración. Inútil y dura.

Lo que necesitaba de mí es ya suyo.

Debo marcharme antes de que sea él quien me eche.

Elena cerró el diario, de nuevo con ese dolor en el fondo de la garganta. ¿Cuántas veces había leído esas líneas? Ya se sabía el texto de memoria. Pero la pena que suscitaban aquellas palabras seguía siendo fuerte. Quizá por ser consciente de que esos sucesos no eran fruto de la imaginación de una escritora, sino la vida en toda su trágica verdad. Eran la vida. Era una parte de su pasado.

Beatrice Rossini y su perfume maravilloso.

Elena dejó que se alejara la melancolía, el sentimiento de profundo pesar que le había evocado la lectura de aquellas páginas. Bello y sublime, aquel perfume; nada era comparable a la fragancia que emanaba del frasco de oro. Porque era en oro en lo que el caballero la había hecho conservar como presente para su princesa.

¿Cuáles eran, por el amor de Dios, los componentes de la fórmula? ¿Qué había podido utilizar Beatrice en pleno siglo XVII, en Francia?

—¿Sigues con ese diario?

Elena cerró el libro y se levantó.

—No consigo dar con los componentes, Cail, y eso me pone negra. Lo que quiero decir es que, cuando los buscaban mis antepasadas, no había Internet, la información no viajaba a la velocidad de la luz. No tenían a su alcance todos los conocimientos de los que yo puedo disponer. Y me da rabia no ser capaz de desentrañar dónde escondió Beatrice la fórmula.

Cail pensó en ponerla al corriente de sus sospechas. Había elaborado una teoría. Si Beatrice había descrito el castillo sin decir nunca su nombre ni el título del señor o de la dama, había muchas posibilidades de que en aquel lugar hubiera algo relacionado con la fórmula del perfume que pudiera desvelar el misterio. Sin embargo, antes de hablar de eso con Elena quería investigar un poco más. Aunque estaba convencido de que la solución del misterio oculto en el diario de Beatrice estaba en la localidad o en el mismo castillo.

—*Madame* Binoche se ha vuelto a poner en contacto conmigo. Me ha dicho que casi ha terminado de escribir el libro. La idea del perfume de Notre-Dame continúa pareciéndole buena. No ha vuelto a Narcissus, quiere que sea yo quien componga el perfume.

—Sí, me lo habías dicho. En cualquier caso, tendrá que esperar. Debo marcharme de nuevo, pero esta vez hay un fin de semana por medio. ¿Qué te parece si me acompañas? Así podremos ver por fin el castillo de Beatrice.

21

Cedro. Su esencia, extraída de la madera, es una de las más
antiguas. Fortalece el espíritu y lo protege.
Ayuda a mantener la lucidez, el equilibrio,
el sentido de las proporciones.
Evoca la observación más profunda.

Perfumes y colores. Eso era la Provenza. Elena la recordaba bien; las sensaciones que le provocaban giraban en su interior, indecisas, como si no supieran dónde detenerse. Eran un poco como aquellas mariposas que había visto en el invernadero hacía unos meses. Volaban y volaban, para después posarse de improviso. Solo que era casi imposible saber dónde lo harían.

—Casi hemos llegado. ¿Estás bien?

—Sí, todo en orden.

Pero no era verdad. No estaba bien en absoluto. De repente aquel viaje ya no le parecía una buena idea.

—Si sigues apretando de ese modo el cinturón de seguridad acabarás por arrancarlo —le dijo Cail.

—Lo cubre el seguro —contestó distraída, con la mirada fija en la ventanilla del coche que Cail había alquilado en el aeropuerto.

Los arbustos de lavanda, a ambos lados de la carretera, eran senderos plateados de los que no se veía el final. Se encaramaban a las colinas, bajaban a los valles, subían hacia el cielo y desaparecían para reaparecer poco después. Y cuando florecieran, en junio, al gris perláceo de las hojas se sumaría el azul intenso de las espigas.

Y estaría también el perfume. No había nada que pudiera siquiera semejarse al perfume de la lavanda en flor. Elena lo recordaba claramente. De día lo acompañaba el zumbido de las abejas; de noche, el canto de los grillos.

El cielo estaba despejado aquella mañana de abril; la luz era casi cegadora.

—Veinte minutos y estaremos en casa —le dijo Cail.

Elena se puso tensa.

—¿No podemos quedarnos en un hotel?

Él cambió de marcha y disminuyó la velocidad.

—Sí, claro. Podemos hacer todo lo que queramos. ¿Por qué?

—No quisiera causarte problemas...

—No lo estás haciendo, así que relájate, ¿vale?

Elena se recogió el pelo con las manos e intentó anudarlo. Al soltarlo, volvió a caerle sobre los hombros en espesas ondas doradas.

—Últimamente lo haces sin parar —le dijo Cail después de haberle dirigido una mirada penetrante.

—¿El qué? Perdona, ¿qué es lo que hago sin parar?

Elena agarró de nuevo el cinturón de seguridad y lo apartó un poco. Tenía la sensación de que la asfixiaba.

—¡Estoy nerviosa, eso es todo!

—Vale, ¿y ahora quieres decirme qué te está pasando por la cabeza? —le preguntó Cail.

Elena inspiró hondo.

—En general, no me importa, ¿vale?

—¿El qué? ¿Gustar a la gente? Permíteme que lo dude. Tú quieres gustar a todo el mundo. Para ti es fundamental.

—Pero..., pero eso es terrible —balbuceó ella, y miró a Cail con una mezcla de desconcierto e indignación en los ojos, brillantes, mientras el corazón le latía con fuerza.

Cail negó con la cabeza.

—No, lo terrible es pensar que alguien te querrá solo si te comportas como él quiere. Lo terrible es ser tan condenadamente inseguro que uno no se dé cuenta de lo que vale realmente. Dejarse chantajear por quien no tiene otro medio que doblegar a los demás para tener una porquería de relación. Eso es lo terrible, Elena. —Lo dijo con serenidad, sin alterarse, en el mismo tono que había empleado poco antes para mostrarle algo que ella ya ni siquiera recordaba—. Es el modo perverso que un buen número de personas utiliza para someter a niños y adultos —continuó—. «Si haces eso, ya no te querré». El concepto, al final, es ese. Mírate, Elena, eres guapa, por dentro y por fuera. No te dejes manejar por tu vulnerabilidad.

Un largo silencio, tras el cual ella soltó el cinturón, cerró las manos apretándolas y se volvió de nuevo hacia la ventanilla.

—No me gusta que me psicoanalicen.

Cail sonrió.

—Porque lo hago bien y eso te pone nerviosa. Y además te digo siempre la verdad, me da igual lo que hagas o lo que digas. Sabes perfectamente que no son cosas que me hagan cambiar de opinión sobre ti. Por eso te gusto.

¡Lo que faltaba! Elena le lanzó una mirada asesina. Pero, ante la expresión de Cail, tuvo que morderse el labio para contener la risa que le cosquilleaba la garganta.

—No eres tú quien me gusta, es tu perfume. Siento desilusionarte, pero es así.

Cail sonrió.

—Yo no me pongo nunca perfume. Si lo hiciera, no notaría el de las rosas.

—Pero... no es posible —susurró ella.

—Lo juro. Ningún perfume. Nunca.

Elena estaba desconcertada, olía perfectamente el perfume de Cail. Sin ir más lejos, en aquel momento. Era intenso, especiado y envolvente, y era lo primero que había percibido de él. Antes incluso de verle la cara.

—Así que, como ves, tengo razón, no hay que darle más vueltas. Resígnate.

Elena alzó los ojos al cielo. Alargó una mano y encendió la radio. Al cabo de un par de minutos, la apagó y miró a Cail.

—¿Crees que encontraremos respuestas en el castillo?

—Relájate, Elena. Todo irá bien. Mis padres estarán encantados contigo. Es fisiológico, créeme. No podrían evitarlo ni aunque quisieran. Tú te metes en el corazón de la gente por la puerta lateral, sin avasallar. Así es prácticamente imposible echarte. En cuanto a Beatrice, no sabría qué decirte, supongo que lo descubriremos al llegar.

Silencio. Cail frunció la frente y miró a Elena, que estaba encogida en el asiento como si quisiera fundirse con él.

—¡Ey! ¿Qué te pasa? ¿Quieres que pare? —le preguntó con dulzura.

—¿No puedes decir simplemente que me quieres?

Cail sonrió.

—Sería reduccionista, ¿no crees? Además, ahora no puedo explicarte muchas cosas. El tiempo, ¿te acuerdas? Ya hemos hablado de eso, ¿no?

Elena resopló.

—Sí, sí, el tiempo, el niño, bla, bla, bla...

Permanecieron en silencio durante unos kilómetros. Después de haber pasado Aviñón, dejaron la carretera principal para tomar una secundaria que se adentraba en el campo. Los prados pronto dejaron paso a las colinas. Elena observó que en la cima de las más altas se concentraban casas y pueblecitos. En las laderas, como un manto de colores, se extendían los campos de flores cultivadas, los viñedos y los olivares.

—Mira, esa es La Damascena —dijo Cail, señalando una pared de piedra interrumpida por una verja de hierro—. Son diez hectáreas entre flora mediterránea, olivos seculares y los invernaderos donde cultivamos las rosas. Y hay un riachuelo que corre por el interior. Angus, mi padre, lo ha desviado hacia un lago artificial para retener las aguas durante la crecida y que no inunden los campos. En la parte más alta está la casa principal. Hay un anexo donde vive mi hermana Sophie, y un poco más abajo está mi casa.

Le brillaban los ojos mientras hablaba de la finca. De su voz se desprendía ese sutil orgullo que derivaba de años de trabajo pasados mejorando, organizando y cuidando las tierras propias. Al final se identificaba uno con ellas. Elena había experimentado algo similar con el palacete de las Rossini. Aunque nunca lo había considerado su casa, aun así, se había sentido reclamada por él, como le pasaba a Cail con La Damascena.

—¿Y nosotros dónde estaremos? —preguntó con una sombra de temor.

—Juntos, por supuesto. Mi casa no es grande, pero tiene dos dormitorios y estaremos bastante bien. Tendremos más libertad. Aunque, una vez que mi madre te ponga las manos encima, será difícil librarse de ella.

Buf, ahora sí que se sentía mejor, pensó Elena.

—Y... ¿le has dicho algo del niño?

Cail se quedó en silencio. Elena se humedeció los labios y continuó:

—No quisiera crearte problemas...

—Ningún problema, tranquila. Bueno, ya hemos llegado —contestó eludiendo la pregunta de Elena, que le quemaba el estómago.

Aunque ella hubiera querido añadir algo a aquella conversación hecha de frases entrecortadas y largos silencios, no pudo hacerlo. El camino que tomaron después de que Cail hubiera accionado la apertura automática de la verja acababa en una ancha explanada cubierta de grava. Frente a ellos, las paredes de lo que debía de haber sido un antiguo molino, parte de cuya estructura, con la rueda sumergida en el río, todavía era visible, decían mucho de aquella finca. La casa quedaba un centenar de metros a la derecha. Era sin duda la construcción más reciente del conjunto, toda de piedra blanca y con tres plantas. Al sol de mediodía, las ventanas azules alineadas ordenadamente parecían sonreír. Bajo el porche de madera había unas tinajas de barro parecidas a las que Elena podía ver en Florencia. Y rosas, una profusión de rosas como jamás había visto hasta entonces. Trepaban por las paredes, colgaban de los tiestos, tapizaban los arriates. Rojas, amarillas, rosas, de todos los tonos posibles y de diversas formas: de cáliz, de cebolla o ahusadas. Algunos capullos eran sencillos, elegantes; otros, en cambio, redondos como canicas.

Cail aparcó delante de la casa, bajó y ayudó a Elena.

—¡Por fin! Creía que habías cambiado de idea.

Una mujer de mediana edad, todavía guapa, de paso seguro y sonrisa cordial, salió a su encuentro. Elena se puso tensa.

—No me dejes —dijo bajito.

Cail le buscó la mano y cruzó sus dedos con los de ella.

—Jamás —susurró con un ligero apretón—. Nos hemos parado a contemplar el panorama —le contestó a la mujer—. Mamá, esta es Elena.

—Ya me imagino que es ella, ¿quién iba a ser si no? —dijo Elizabeth después de abrazar a su hijo—. Bienvenida. Y ahora, si mi hijo quiere tener la amabilidad de soltarte la mano, me gustaría saludarte como es debido.

—Gracias —susurró Elena.

Elizabeth olía a rosas, pero su perfume era delicado, discreto, como el que emanaba de los brotes. Y enseguida se incorporaba un toque de gardenia seguido de otro de vainilla. Era dulce, como su mirada.

No se había esperado un recibimiento tan caluroso. Y cuando, al cabo de unos minutos, llegó Angus McLean, no tuvo necesidad de presentaciones para reconocerlo. En aquel momento se hizo una idea bastante precisa de cómo sería Cail pasados treinta años.

El hombre la estrechó entre sus brazos de oso y la besó en las mejillas.

—¡Caramba, Cail! Siempre has sido aficionado a las sorpresas, pero esta vez te has superado a ti mismo. ¡Dos en una! —dijo, señalando a Elena.

Elena, Cail y Elizabeth trataron de pasar por alto la alusión del hombre, pero él continuó felicitando a su hijo con fuertes palmadas en la espalda y amplias sonrisas. Elena se dio cuenta de que, como Cail, también Angus olía a rosas. Ambos eran fuertes y corpulentos, tan conscientes de su personalidad que no temían desaparecer tras un perfume estrictamente femenino, aunque en ellos no tenía nada de frágil ni de afectado. En Angus, sin embargo, había algo más: pimienta negra, cedro y otras maderas. Aquel perfume era extravagante y fuerte.

Que de dos personas tan locuaces y expansivas hubiera nacido un hombre como Cail, solo podía explicarse recurriendo a la ley de la compensación.

Agasajaron y mimaron a Elena. Angus la llevó a visitar el jardín y le enseñó los invernaderos. Cail sacó a *Hermione* del garaje para dar una vuelta. Elena lo vio desaparecer acompañado de un rugido profundo, parecido al pánico que le atenazaba el estómago. Pero, antes de que pudiera transformarse en algo más concreto, lo oyó volver, y cuando Cail se quitó el casco y le guiñó un ojo, se echó a reír.

Luego llegó Sophie. La hermana de Cail era una auténtica belleza, pero no parecía tener ninguna conciencia de ello. Sencilla, como aquel aroma de cítricos dorados que hablaban de largos períodos pasados bajo el sol. También ella olía a rosas. Amables, discretas, que se unían al jazmín para hacerse complejas y penetrantes.

Le hizo muchísimas preguntas sobre los perfumes. Era muy entendida en las plantas de las que se extraían las esencias, sobre todo desde el punto de vista de la protección de las especies en extinción.

Cail le había dicho que a su hermana le preocupaba mucho el medio ambiente; era maestra de primaria y dedicaba el tiempo libre a cultivar plantas autóctonas que estaban desapareciendo para, con la ayuda de Cail y de la asociación a la que ambos pertenecían, reimplantarlas en la naturaleza.

—¿Y qué me dices de las ballenas, el ciervo almizclero, el castor y la civeta? ¿Es verdad que se utiliza a esos animales para crear perfumes?

Elena buscó las palabras con esmero.

—Podría responderte que sí, pero no sería del todo exacto. El ámbar gris es una secreción espontánea muy rara del cachalote. En cuanto a los derivados de los otros animales, hoy en día ya no los emplea nadie.

—¿En serio?

—Sí. Aparte de que está prohibido por ley, los perfumistas con los que he tenido ocasión de trabajar los sustituyeron hace años por sustancias sintéticas más aceptables desde todos los puntos de vista —precisó.

—Entonces, ¿no creas perfumes con esos ingredientes?

—Para mí la perfumería es bienestar, respeto a la naturaleza. Es verdad que tengo que trabajar con menos esencias, pero no pasa nada. Creo que todos los perfumistas deben hacer un razonamiento ético al respecto. Extraer sustancias naturales puede tener también un fuerte impacto ambiental. El sándalo, por ejemplo, en la actualidad es una madera valiosísima, prácticamente en vías de extinción. Y hace falta una tonelada de agua para obtener un solo litro de aceite esencial de bergamota. Llegados a ese punto, el producto de un laboratorio químico puede ser una excelente alternativa. Es preciso echar por tierra el mito según el cual lo natural es bueno y lo sintético, malo. En la base de toda elección debe haber siempre una plena conciencia.

Sophie escuchaba las explicaciones de Elena con mucha atención; sus ojos, de un azul tan oscuro que parecían casi negros, conferían profundidad a su mirada. Era rubia, como su madre, de una tonalidad clarísima. Cail, en cambio, había heredado los rasgos físicos de Angus, que aún lucía con cierto orgullo una cabellera castaña de león con apenas unas hebras blancas en las sienes. El padre era tan alto y corpulento como el hijo, y en aquel momento los dos conversaban animadamente ante la gran chimenea de piedra, en el enorme comedor de la casa. Elizabeth los miraba de vez en cuando mientras ponía la mesa. Elena no conseguía oír lo que decían, pero los observaba con una pizca de inquietud.

—Siempre se repite la misma escena —le dijo Sophie—. A mi padre le encanta hacer demostraciones de fuerza, pero con Cail es inútil. No conozco a un hombre más tozudo.

Elena sonrió, aunque seguía estando preocupada. ¿Y si estuvieran discutiendo por su culpa?

Sophie pareció leerle el pensamiento y le dio unas palmaditas para tranquilizarla.

—Le lleva la contraria diga lo que diga —continuó, y le tendió una copa de un vino que sabía a moras—. Y luego, en cuanto mi hermano da media vuelta, no hace otra cosa que alardear con todo el mundo de sus éxitos, de sus teorías. Que si Cail dice esto, que si Cail dice aquello... ¿Sabes que a primeros de junio se celebrará en el Parc de Bagatelle de París el concurso de las nuevas rosas?

Elena asintió.

—Nosotros participaremos con una rosa especial. Papá está muy satisfecho del trabajo que ha hecho mi hermano. Cree que ganará su rosa; mejor dicho, está seguro. Pero sigue discutiendo con él, proponiéndole otras soluciones que Cail se limita a rechazar. Él ya ha decidido lo que presentará al concurso. Una rosa nueva, una rosa roja.

Elena lo sabía, Cail le había hablado muchas veces de ese acontecimiento. Se trataba de una de las citas más importantes de la temporada. Irían juntos. Y ella estaba deseándolo.

En aquel momento, él la buscó con la mirada, le sonrió y levantó la copa en su dirección.

—No parece alterado por la discusión —susurró.

Sophie la miró, perpleja.

—¿Por qué iba a estarlo? Se está divirtiendo un montón. Desde que se hizo tan alto como mi padre, hacia los trece o catorce años, no ha hecho otra cosa que defender sus propias posiciones. Era divertido verlos pelearse. Pero tenía que ser así, mi padre es un hombre con una personalidad muy fuerte.

La abuela de Elena también era así, pero su madre y ella misma siempre habían intentado evitar el enfrentamiento directo. Susanna incluso se fue para buscar su propio camino, y se desentendió de todo lo que podía serle un estorbo.

¿Y ella? Bueno, ella también sabía ser muy testaruda cuando quería. ¿Acaso no se había negado a seguir las enseñanzas de Lucia con la única finalidad de reivindicar su libertad de elección? ¿Y no había intentado, por el mismo motivo, casarse con un hombre al que no amaba y al que, gracias a Dios, había descubierto siéndole infiel?

Rio para sus adentros. ¿Y a santo de qué le venía ahora ese pensamiento a la mente? ¿Le daba gracias a Dios por haberlo encontrado dándose un revolcón con Alessia? Aquella traición la pilló desprevenida y al principio la hundió. Pero realmente todo en la vida era una cuestión de perspectiva. Ahora se alegraba de lo que le había sucedido. Casi parecía absurdo, pero era la verdad. La infidelidad de

353

Matteo había provocado una reacción en cadena que la llevó directa a los brazos de Cail, hacia una nueva vida y, sobre todo, hacia una nueva Elena.

Y por primera vez comprendía el sentido de muchas cosas; tenía ambiciones, un proyecto y objetivos.

Miró a Cail, que seguía hablando con su padre. Era guapo, vaya que sí. Y ella era una mujer increíblemente afortunada.

Solo tenía que esperar hasta que naciera el niño para estar segura al cien por cien.

—¿Estás seguro de que el castillo es aquel?

Elena continuaba mirando la majestuosa construcción que se recortaba en la cumbre de una colina baja, entre un pueblo y un espléndido valle verde. Habían salido de La Damascena temprano, al amanecer. Por el camino, Cail paró en casa de un cliente y luego siguieron hasta la localidad de Lourmarin.

—No, pero hay un par de cosas que me han hecho pensar que puede serlo.

Elena siguió observando el edificio, pero a ella le parecía demasiado reciente.

—No sé qué decirte... Mira las torres y ahí... ¿No te parece... nuevo? —preguntó, señalando un ala de la construcción.

Cail la miró.

—¿Nuevo? Ten en cuenta que durante la Revolución resultó seriamente dañado, es posible que esa sea la parte restaurada en fecha más reciente.

Sí, era posible. Elena echó un vistazo alrededor, tratando de descubrir detalles que pudieran remitirla al diario, a lo que había escrito Beatrice. Ahora estaban dentro del pueblo y el sol se reflejaba en las piedras claras de las casas y en las torrecillas medievales, de las que aún quedaba alguna pared incorporada a las construcciones posteriores.

Había muchos turistas paseando por las callejuelas estrechas, sobre cuyas paredes crecía exuberante la hiedra. En conjunto, Lourmarin no era muy distinto de los cientos de pueblecitos de la Provenza. Estructuras macizas, piedra y maderas envejecidas, plazas a las que se asomaban tiendas de telas típicas, en tonos rojos y azules, de esencias y perfumes con el rótulo de «natural», de ramos de lavanda seca y otras hierbas. Además de los bares y restaurantes donde la gente se sentaba a degustar la cocina local. Con todo, en Lourmarin había algo especial que relajaba la mente. Era realmente bonito, de una belleza apacible, hecha de cosas sencillas y sólidas.

—Ahora está todo cambiado —le dijo Cail.

—Sí, es todo muy bonito, pero no encuentro nada que me recuerde las descripciones del diario.

Él le señaló el castillo y aminoró la marcha para que a Elena no le costara seguirlo. Empezaban a aparecer signos de fatiga en su rostro.

—Estoy un poco cansado. ¿Qué te parece si descansamos un rato?

—¡Cuentos chinos! —exclamó Elena—. Calla y sigue andando. Ya te avisaré yo cuando esté tan cansada que no pueda dar un paso más.

Cail movió la cabeza y se acercó a los labios la mano que tenía entre la suya.

—¿Por qué no me dices ya lo que te ha hecho pensar que el castillo podría ser este?

—¿Recuerdas que te dije que yo había estado? He visitado muchos pueblos de la Provenza, mi profesor de historia era un apasionado de los castillos. Y en el de Lourmarin vi un par de detalles que me parecen muy similares a los que describe Beatrice.

—¿A qué te refieres exactamente? —le preguntó Elena.

No hubo necesidad de respuesta. En cuanto aparecieron las torres y el remate almenado, vio la gárgola.

—Siempre imaginé que hablaba de un león, pero me equivocaba —susurró con los ojos clavados en la escultura que decoraba la torre poligonal—. Es más bien un lobo.

—En el diario, ella no dice exactamente qué animal es, pero hace referencia a una especie de crin. Y el lobo es también el símbolo de los señores de Lourmarin.

Elena, pensativa, seguía mirando la escultura.

—Parece un detalle importante, lo reconozco, pero no creo que podamos basarnos solo en eso. Si no me equivoco, era uno de los elementos decorativos más extendidos de la época.

—También era funcional —replicó Cail.

Elena lo observó, perpleja.

—¿Sabes que nunca lo he visto claro del todo? Están también en Notre-Dame, pero no creo que sirvan para desaguar. Parecen más bien guardianes de piedra —susurró.

Continuaron observando la escultura unos minutos, pero no había manera de saber si se trataba realmente de un león o del emblema del lobo.

Cail le señaló la puerta de entrada.

—Ven, entremos.

Subieron los peldaños, cruzaron el umbral y se encontraron frente a un patio interior con un estanque cubierto de nenúfares. En un extremo se alzaba la estatua de una mujer que parecía descansar.

—Esta no la recuerdo —susurró Elena, refiriéndose al diario.

—Es posible que aún no hubiera sido esculpida, que sea posterior a la época de Beatrice.

Era verdad. Quién sabía lo que había sucedido después. El tiempo cambiaba el aspecto de las cosas y ocultaba muchas de ellas.

Continuaron mirando alrededor, desde los parterres floridos hasta los tenderetes donde hombres y mujeres vestidos con trajes medievales ofrecían a los turistas productos artesanales típicos del lugar. Pero en el interior del castillo todo cambió. El aire era denso, húmedo. Los siglos habían dejado la huella de los millones de pasos que habían desgastado los peldaños de aquella magnífica escalera de caracol.

No hicieron falta palabras. Elena y Cail cruzaron una sonrisa y comenzaron la visita. Recordaban muy bien esa espléndida escalera. Se preguntaron si sería la misma que el señor del castillo subía para ir a ver a Beatrice a su habitación, en lo alto de la torre.

Visitaron las diferentes estancias, muebles magníficos, piezas de anticuario extraordinarias, pero todo era posterior a las primeras décadas del siglo XVII, cuando supuestamente Beatrice había estado allí.

–Creo que ha llegado el momento, ya sabes, ese en el que tú dices que estás cansado y yo asiento y te aconsejo que descanses –susurró Elena.

Se apartaron del grupo de visitantes y Cail la condujo a una salita. Se sentaron junto a la ventana, en una especie de banco de piedra esculpido en la gruesa pared.

–No es muy cómodo, pero se ve todo el valle –le dijo Cail.

Pero Elena no lo escuchaba. Sentada junto a él, miraba fijamente un rincón de la habitación protegido por un biombo.

Cail continuó hablando. Leía la historia del castillo en un libro que habían comprado al llegar.

–Construido en el siglo XV por Foulques D'Agoult sobre las ruinas de una fortaleza, el *château* tuvo diversos propietarios y a fines del siglo XVI pasó a los Créqui-Lesdiguières... Yo diría que este es el período que más nos interesa. Podría ser él, Carlos I de Blanchefort. Mira, aquí dice que se casó con la hija del duque François de Bonne y heredó sus posesiones. Pero, vaya por Dios, todo lo que había en el castillo se perdió. Solo se salvaron algunos muebles que estaban escondidos en una habitación subterránea... Elena, ¿me escuchas?

Ella negó con la cabeza y señaló el biombo. Cail vio que le temblaba la mano.

—¿Qué...?

Elena no le contestó. Se levantó y, seguida por Cail, se dirigió al biombo.

—Mira —le dijo—. Es como el de mi abuela —susurró.

Se acercaron lentamente, rebuscando con los ojos entre los dibujos. Cail dio una vuelta alrededor examinando la estructura de madera para luego concentrarse en las escenas representadas. Elena estaba a su espalda.

Un caballero y una dama bailaban en un jardín. En el panel siguiente, él la hacía pasar bajo un arco de rosas. Había tres rosas blancas claramente estilizadas. En un tercer panel, la mujer estaba inclinada sobre una mesa de trabajo y ante ella había un alambique.

—Es un destilador, mira.

Cail se acercó y asintió. Después de haber observado las imágenes unos minutos, Elena pasó al lado opuesto del biombo y siguió el proceso de producción del perfume. Porque era eso lo que ahí se representaba. Tres rosas blancas. Agua y aceite. Cítricos, limón, naranja, luego gardenia..., no, imposible, probablemente era lirio azul.

Elena observó atentamente el panel antes de continuar. En el siguiente, la mujer del dibujo mezclaba las esencias y las repartía en tres botellas. Elena se apresuró a pasar al último panel. Y se quedó sin habla.

—Esta es la fórmula, Cail, ¿te das cuenta? —le dijo, y lo agarró de un brazo—. Beatrice explicó la fórmula en este biombo. Fíjate, no es una pintura, es un tapiz.

Él observó el dibujo y asintió.

–Tienes razón. –Cail retrocedió y avanzó de nuevo, volvió a hacer todo el recorrido desde el principio y sonrió–. ¿Ahora sabes cuál es la composición del perfume misterioso?

Elena negó con la cabeza.

–No, esto es solo una parte de la fórmula. Se diría que Beatrice compuso el perfume exactamente como se hace ahora: no se limitó a unir esencias, las pensó. Rosa, cítricos y lirio azul. No tengo ni idea de cuántas gotas, quizá solo tres, o quizá treinta. Tengo que probar –dijo–. Después añadió agua, suponiendo que eso sea agua, y esperó tres lunas, ¿no?

–Sí, en ese cielo hay tres lunas. ¿Por qué dices que esto es solo una parte?

Elena continuaba observando el biombo.

–Tiene que haber otros ingredientes. Y en la tienda de mi abuela, en Florencia, hay un biombo muy parecido. La estructura es idéntica, pero el dibujo es diferente, aunque del mismo estilo.

–¿Crees que está relacionado de algún modo?

–No estoy segura. Eran objetos muy comunes en aquellos tiempos.

Pero esperaba que sí, lo esperaba con toda su alma. Había una probabilidad muy alta. Y aunque el tapiz de Florencia no completara la fórmula, podría darle indicaciones muy útiles. Dos biombos, uno en el castillo donde Beatrice había pasado una temporada y otro en el palacio en el que había vivido... Por más que las coincidencias existieran, Elena estaba convencida de que entre los dos biombos había un nexo. ¿Y si fueran complementarios?

–Si de verdad en Florencia se encuentra la otra parte de la fórmula, las Rossini la hemos tenido delante de las narices todos estos años. Es absurdo, ¿no crees? –dijo, pensativa.

—Depende de lo que haya representado allí. Sin este —señaló el biombo—, ¿cómo ibais a poder entenderlo? Nadie habría sido capaz de dar con la fórmula sin ver los dos tapices.

—Una manera de lo más absurda de conservar la composición del perfume.

—No tan absurda, si quería mantenerla escondida.

Cail sacó la cámara que ya había utilizado para inmortalizar la gárgola y comenzó a hacer fotos.

No se marcharon de Lourmarin hasta que anocheció. Se habían pasado el día buscando otros indicios del paso de Beatrice por allí, pero, aparte del biombo y la gárgola con la cabeza de lobo, no encontraron nada más.

No obstante, quizá se podía considerar también un indicio la gran cantidad de apellidos de evidente origen italiano entre la población local. Al parecer había habido una inmigración masiva de piamonteses ya en la época del primer señor de Lourmarin. El asentamiento de los italianos había sido favorecido por la llegada de criadores de gusanos de seda. Aquel flujo migratorio alentado por la primera reina de Médicis, Catalina, continuó hasta la llegada de la segunda reina italiana de Francia, María.

Lo descubrieron casi por casualidad, leyendo la guía. Y después se lo confirmaron en el restaurante donde fueron a cenar, Le Moulin, nada menos que un dos estrellas Michelin.

Regresaron a La Damascena exhaustos. Cail tenía otra cita a la mañana siguiente y por la tarde volverían a París.

Elizabeth y Angus pasaron mucho tiempo con Elena. Los dos se morían de ganas de preguntar algo sobre el niño, pero se contuvieron. Y para ella fue un gran alivio, porque no habría sabido qué responder. Podría haber dicho la verdad, claro, que el niño era solo suyo, pero había demasiadas cosas en juego. Algunas las tenía claras; otras, no. Cail seguía siendo el centro de sus pensamientos. Sin embargo, notaba que aún no estaba preparada para ir más allá. Porque no se trataba solo de ella.

Y sabía que tampoco Cail estaba preparado. En cualquier caso, esa especie de compromiso al que habían llegado era solo suyo, no incumbía a nadie más. Antes o después irían más lejos.

Elena lo esperaba. Con toda el alma.

Aviñón era exactamente como la recordaba, fascinante, discreta y refinada. El palacio de los papas, de gruesas paredes, continuaba dejándola sin aliento por su majestuosidad, con sus torres de tejados puntiagudos y el remate almenado.

Cail la llevó a los jardines. Flores, plantas y cisnes. Una cantidad increíble de cisnes se deslizaba plácidamente por los cursos de agua que atravesaban la vegetación. Dieron un largo paseo, comieron en la terraza de un restaurante y después fueron al aeropuerto.

Mientras esperaban, Elena llamó a Monique. Estaba impaciente por hablarle del biombo y de la posibilidad de que en él apareciera descrita una parte de la fórmula. Su antepasada había sido muy imaginativa en el modo de transmitir el Perfume Perfecto. Habló con Monique unos minutos, la puso al día brevemente y luego se volvió hacia Cail:

—¿Te apetece salir a cenar fuera? Monie tiene unas invitaciones para ir al Lido de París.

Él arqueó una ceja.

—¿La han nombrado vicepresidente?

Elena se echó a reír.

—¡Tonto! Entonces, ¿qué? ¿Vamos?

—¿No estás muy cansada?

−¿Has oído lo que te he dicho? ¡El Lido de París, en los Campos Elíseos! −dijo, marcando las sílabas.

−*Oui, ma belle* −le contestó Cail.

−¡Vamos! −exclamó, casi gritando. Cuando cortó la comunicación, se sentía contenta−. Monie te manda un saludo −le dijo a Cail, que continuaba leyendo los folletos que se había traído de Lourmarin.

−¿Cómo está?

−Como de costumbre. Ese Jacques... En fin, más vale que me calle −masculló, con el ceño fruncido. Pero enseguida se le pasó−. Dice que está deseando conocer los detalles. ¿Sabes?, cuando éramos pequeñas hicimos montones de conjeturas sobre Beatrice y su mágico perfume. No acabo de creerme que su fórmula sea tan sencilla. Por lo menos en las notas de salida..., no puedo decir nada del resto.

−¿Y si su secreto estuviera precisamente en la segunda parte?

22

*Ylang-ylang. Cálido y femenino, otorga la capacidad de superar
la desilusión y la ofensa. Debido a su naturaleza, ayuda
a expresar los sentimientos más recónditos, la poesía
que anida en el alma.*

El Lido de París. Había decidido que aquella noche sería distinta. Monique ya no podía más. Ese tipo de vida no era para ella, siempre en casa... *Merde!* Le costaba reconocerse.

Mientras se vestía, los Apocalyptica tocaban la primera versión de «Hope». Sí, estaba más que harta. Empezó a bailar descalza, dejando que las notas de rock duro penetraran dentro de ella, y unos instantes después, cuando de pronto fueron sustituidas por una melodía muy suave, le pareció que se sentía mucho mejor. Acordes agresivos, altos, que le retumbaban en el corazón, y luego lentos, armoniosos, melódicos, capaces de conmoverla hasta las lágrimas. ¿Acaso la vida no era igual? No, últimamente la suya no lo era.

El ya familiar nudo, que desde hacía un tiempo le atenazaba la garganta al tiempo que le impedía respirar, decidió hacerse notar de nuevo. Pero apretó los dientes y rechazó aquella desagradable sensación.

«¿No te va bien? Pues cambia y deja de lloriquear.» Jasmine se lo había dicho sin medias palabras la última vez que estuvo en Grasse. Su madre era una mujer muy pragmática. ¡Y tenía toda la razón del mundo!

363

Cambiaría lo que no le iba bien. Jacques odiaba que saliera sin él. En realidad, sobre todo en los últimos tiempos, no hacían otra cosa que estar en casa, en la cama. Su relación se había reducido al sexo. Estupendo, más aún, fantástico, una bomba. Nada más. Cada vez que abordaban algún tema, acababan discutiendo, así que poco a poco habían dejado de hablar y se encontraban en el único terreno en el que al parecer conseguían entenderse. Pero después... El después era triste, amargo, lleno de rencor. Y estaba harta.

Esa noche saldría sin pareja, mientras que sus amigos ya formaban una. En el caso de Elena, no era el momento ideal para vivir plenamente una relación, es cierto, pero el embarazo ya estaba avanzado. Esa situación no tardaría en llegar a su fin. Muy pronto ella sería tía, y Elena, mamá, ¡y quién sabe cómo se comportaría Cail! Esperaba sinceramente que por una vez las cosas sucedieran como en los cuentos.

Monique se había puesto un vestido cortísimo de Dolce & Gabbana, negro, brillante, indecente. Dos lazos de seda, un poco de tela y pedrería, una cantidad enorme de cristales relucientes. Tacones de vértigo, pelo rizado y un toque del nuevo perfume. Le Notre estaba entusiasmado con aquella creación. No era todo mérito suyo, por supuesto. Había sido Ilya Rudenski, el nuevo *maître parfumeur,* quien había diseñado la fragancia; ella simplemente había guiado la adaptación del perfume hacia un gusto más sencillo y popular.

Había sido muy interesante trabajar con aquel hombre. Era un genio, y el perfume, una bomba, sintética casi por entero. Debía serlo para permitir ese grado de penetrabilidad y durabilidad. La imaginación y la visión de Ilya habían conquistado a todos. El perfume tenía solo un par de esencias naturales que le habían conferido densidad y una fascinación un poco retro.

A Elena le horrorizaría aquella composición. Pero a Monique le tenía sin cuidado lo que se cocía entre bastidores. A ella siempre le había interesado exclusivamente el perfume final, no lo que lo componía. Y le encantaba cambiar a menudo. Dependiendo del humor y del estado de ánimo. Para ella, el perfume era como un vestido, hoy este y mañana aquel.

Y hablando de vestidos, decidió llevarse algo de ropa. Estaba casi segura de que Elena no tenía nada que ponerse para salir de noche. Era una calamidad en cuestión de moda.

Terminó de prepararse: un poco de colorete, un abrigo ligero y una última mirada en el espejo.

–Tú te lo pierdes, Jacques –dijo–. Cuando vuelvas de Londres te contaré cómo me he divertido.

Tras deshacer las maletas, Elena regó las plantas y les habló un poco. Y luego estalló la tragedia. No había en su armario nada apropiado para una velada elegante en un local como el Lido.

Después de descartar todos los vestidos, con un humor de perros, llamó a Monique.

–¡No puedo ir! ¡No tengo nada que ponerme!

–Estoy camino de tu casa y te llevo un par de cosas. Así que respira hondo, date una buena ducha caliente y recógete el pelo. Yo me ocupo de todo, ¿vale?

Colgó inmediatamente para que Elena no pudiera protestar. Esa noche saldrían a toda costa.

Elena miró el móvil malhumorada. Masculló algo sobre que los boquerones jamás entenderían a las ballenas ni en un millón de años. Y fue a darse un largo baño. Después de trenzarse el pelo, se lo recogió en un moño bajo dejando un par de mechones en los lados. Trazó una raya con el delineador y se puso rímel.

Si no se miraba más abajo del pecho, que había aumentado un par de tallas, podía pasar, pensó.

—¡Sube! —gritó poco después, al oír la voz de Monique que la llamaba desde el piso de abajo.

—Mira a ver si te quedan bien. Son amplias, ligeras, y el azul estiliza un montón —le dijo después de haberle dirigido una larga mirada—. Estás estupenda, cielo, estas vacaciones te han sentado de maravilla. Bueno, ¿hay alguna novedad? —le preguntó, guiñándole un ojo.

Elena la fulminó con la mirada y le señaló la prominente barriga.

—Sí, he engordado medio kilo, esa es la única novedad. Aparte de que probablemente hemos descubierto dónde estuvo Beatrice durante su estancia en Francia y quién era el hombre que le destrozó el corazón. —Le quitó a Monique de las manos la percha con un par de vestidos. Estaba de pésimo humor y la bata amarillo canario que llevaba no mejoraba las cosas—. Estoy gordísima —masculló—. No sé si me cabrán.

Monique se moría de ganas de preguntarle otra cosa, pero en aquel momento Elena estaba a punto de explotar. Más valía desactivar el detonador.

—Tranquila, ya verás como te sorprenden. ¿Tienes unos zapatos de tacón?

Elena entró en el baño y entornó la puerta.

—Sí —respondió—. Todos los que tú me has traído. Lo que no consigo entender es cómo te las arreglas para andar con ellos —rezongó.

Monie respiró hondo un par de veces antes de decirle desde detrás de la puerta:

—Acuérdate de este momento cuando me toque a mí y te entren ganas de estrangularme.

Elena gruñó algo y al cabo de un par de minutos salió del baño.

—¡Guau! Estás fantástica.

Monique sacó de la bolsa que había traído un bolso de mano a juego y se lo tendió. Elena frunció los labios.

Cuando llegó Cail, la tomó de una mano y la hizo girar sobre sí misma.

—Estás preciosa —susurró, un momento antes de rozarle los labios con un beso.

—Si dejáis de besuquearos, sería hora de que nos fuéramos. Y que quede claro que no tengo ninguna intención de hacer de carabina. Quiero saber todos los detalles sobre lo que habéis descubierto.

Mientras se dirigían al local, le hicieron un resumen. El caballero, con toda probabilidad, era Carlos I de Blanchefort. Con ayuda del perfume de Beatrice había conquistado todo lo que quería, desde la esposa hasta las posesiones, todo, incluido el ducado.

—Me pregunto cómo un simple perfume pudo tener semejante poder —susurró Monique.

—En general, en aquellos tiempos los perfumes enmascaraban los malos olores. La falta de higiene imperaba. Piensa en el efecto que habría tenido un ligero aroma de rosas, de neroli, o de cítricos y lirio azul. Las notas de corazón no las tengo muy claras, y de las de fondo no hay ninguna indicación. Beatrice dejó la mezcla macerar durante tres meses, creo que utilizó alcohol y agua, y me temo que, como fijador final, haya de por medio un almizcle animal. De otro modo no me explico el profundo efecto que tuvo en la joven señora de Lourmarin.

—¿Ámbar gris? —sugirió Monique.

—No sé, podría ser. En cuanto vaya a Florencia, quiero mirar detenidamente el viejo biombo, ¿sabes cuál te digo?, el que está en la tienda.

—¿Quieres decir que fue ahí donde Beatrice escribió la fórmula?

Elena se encogió de hombros.

—No estoy segura, pero es muy posible.

—¡Increíble! ¿Cuándo vamos? —le preguntó Monique—. Porque..., quiero decir..., imagínate si realmente es así. Antigua fórmula de un perfume del siglo XVII representada en un biombo. Sería una bomba, y no me refiero al perfume, sino a la historia. Si la noticia se difundiera...

Cail frunció el entrecejo.

—Cuando nazca el niño iremos juntos, ¿vale? Mirad, casi hemos llegado.

Señaló la zona llena de luces y la gente que se agolpaba en las aceras. Elena miró hacia allí, boquiabierta. ¡Qué grande era!

No hubo manera de proseguir la conversación. Bajaron del taxi y se acercaron a las puertas. Aquella noche había mucha gente. El espectáculo atraía a una enorme cantidad de turistas.

Monique había ido con frecuencia. Al principio de su relación, Jacques la llevaba allí a menudo. Le encantaba ese local, le gustaban mucho los espectáculos y el ambiente. Los bailarines eran absolutamente extraordinarios.

Mientras Monique enseñaba las entradas, Cail tuvo que volver atrás y recuperar a Elena, que se había quedado mirando a su alrededor como una niña.

Si el exterior del local era lujoso y fascinante, el interior parecía el decorado de una película. El azul y el dorado eran los colores dominantes; un majestuoso corredor conducía a las salas. Cail ayudó a Elena a quitarse el abrigo y lo dejó en el guardarropa. Monique dejó también el suyo. Se disponía a reunirse con sus amigos, que se habían adelantado, cuando, al volverse hacia ellos, chocó con una mujer.

—Disculpe —dijo con una sonrisa.

—¡Mira por dónde vas, idiota! —le espetó la otra estirándose con rabia los pliegues del vestido.

Monique levantó la cabeza y encontró la mirada furibunda de una chica muy joven y graciosa.

—Se supone que deberías haber llevado el mismo cuidado que yo, no tienes preferencia —replicó con frialdad. Entonces la reconoció y el corazón le dio un vuelco.

—¿Qué ocurre?

Antes o después tenía que pasar. Eso era lo único en lo que Monique conseguía pensar mientras Jacques se acercaba a su prometida.

—Esa idiota me ha empujado, he perdido el bolso —se quejó.

Por un instante, Monique tomó en consideración la idea de alargar la mano y darle una lección a aquella pequeña víbora.

Jacques estaba petrificado entre las dos mujeres.

Monique estaba furiosa. El corazón le latía con fuerza y tenía unas ganas irreprimibles de pegar a alguien. Cuántas mentiras... «Compromisos improrrogables relacionados con la gestión de la nueva sede de Narcissus», qué hijo de... Lo desafió con la mirada, aunque en realidad habría querido darle un bofetón.

Jacques recogió el bolso del suelo y se lo tendió a la chica, que seguía despotricando contra Monique. Ni un gesto de saludo, ni siquiera una mirada.

Cuando Monique se dio cuenta de que fingía no conocerla, le pareció quedarse sin sangre. Una corriente gélida se llevaba todo el calor, la alegría y el buen humor que había sentido hasta hacía un instante. Un escalofrío la sacudió, y luego otro. De pronto tenía frío, más del que había sentido nunca.

La música de fondo había aumentado el ritmo, la prometida de Jacques seguía refunfuñando y él trataba de contener aquel río de palabras.

Monique estaba asqueada. De sí misma, de él y de aquella boba que creía ser la dueña del mundo. Aunque, ¿acaso no era así como se sentía ella cuando estaban juntos?

La dueña de una mentira, de una ilusión. La dueña de un puñado de polvo que se le escaparía de la mano en cuanto la abriera.

Jacques se decidió por fin a mirarla. Estaba pálido, su expresión era impenetrable.

—Vámonos —dijo de pronto, dirigiéndose a la chica—. Estoy harto de tus caprichos.

Monique, tensa, los siguió con la mirada hasta que ambos desaparecieron. Luego buscó a Elena y Cail. Estaban a una decena de metros. Inmóviles, la observaban. Vio sus manos entrelazadas. Cail, más alto que Elena, parecía que quisiera protegerla.

Así era como debía ser, pensó Monique. No fue saber que habían presenciado la escena lo que le hizo decidir marcharse. Fue la profunda compasión que se traslucía de su expresión. Por un instante se vio con sus ojos y se sintió mal.

Elena dio un paso adelante. Monique se acercó el dorso de la mano a la boca. Dijo que no con la cabeza y retrocedió. Salió a la noche apretando el bolso con la mano. Y le pareció que era todo cuanto le quedaba de su vida.

«No estoy en casa, deja un mensaje y te llamaré.»

Elena escuchó por décima vez el mensaje del contestador automático de Monique y esperó el «bip».

—Llámame o te juro que voy y..., no, llamo a Jasmine y se lo cuento todo. ¡Palabra de honor!

Colgó con más fuerza de la necesaria. Aurore, que estaba formando una pirámide de jabones perfumados, le lanzó una mirada atónita antes de reanudar su trabajo. Elena había decidido contratarla unas horas a la semana.

Desde la noche en el Lido, Monique había desaparecido. Solo contestaba al teléfono para decirle que estaba bien. Pero esas dos palabras eran todo lo que Elena había logrado arrancarle. La echaba muchísimo de menos, estaba preocupada por ella y se sentía muy sola.

Durante el día, Cail estaba fuera por cuestiones de trabajo. Había trasladado parte de sus plantas a un invernadero fuera de la ciudad para que pudieran crecer en las mejores condiciones; en la azotea del Marais no había suficiente espacio. El concurso de Bagatelle se acercaba. Todo debía estar perfecto para ese momento. Por la noche, volvía a casa tan cansado que con frecuencia se quedaba dormido en el sofá mientras charlaban. Así que Elena dejaba de hablar y lo tapaba con una manta antes de irse a la cama. Por suerte, al menos el niño seguía participando activamente, pues daba patadas con un ímpetu que a veces la desconcertaba.

¡Maldición! Apartó bruscamente los objetos del mostrador para, a continuación, volver a colocarlos en su sitio. Sentirse molesta con Monique y con Cail era injusto y lo sabía. Pero no podía evitarlo. Llevaba unos días de pésimo humor.

Cail hacía unos viajes agotadores con tal de volver a París a dormir, y Elena era consciente de que lo hacía únicamente para no dejarla sola. Pero eso no cambiaba las cosas, ni atenuaba de ningún modo el hecho de que lo echara de menos. De repente, parecía que todos hubieran desaparecido. Primero Monique, y ahora, Cail. Trabajo, trabajo, trabajo. ¿Y en ella quién pensaba? ¡Pues nadie!

No era verdad, claro. En los momentos en los que el mal humor la dejaba en paz, Elena reconocía ante sí misma que era una mujer muy afortunada. Pero luego bastaba una mirada al espejo, aunque fuera de refilón, para que la irritación volviera. Aquel maldito dolor de espalda no le daba tregua, y aunque hubiera dejado de torturarla, seguía ahí la evidencia de los hechos diciéndole que, si no ensanchaban las puertas, pronto no podría pasar por ellas.

Aquella noche Elena estaba muy cansada. El día había sido largo e intenso. Aurore había estado todo el rato callada. Más de una vez la había sorprendido mirando con cara de deseo el pequeño órgano de perfumería que tenía en un rincón de la tienda. Se lo había regalado Cail, lo había encontrado en pésimas condiciones en un mercadillo y lo había restaurado. Le había costado un poco encontrar botellitas de esencias apropiadas para aquel estilo decimonónico, pero lo había conseguido, y ahora el mueblecito era una de las atracciones de Absolue. Era el que les mostraba a los clientes cuando tenía que preparar los perfumes a medida. «¿Y por qué no?», se dijo. Al día siguiente dejaría componer a Aurore su primer perfume completo.

Llamó de nuevo a Monique y esta vez le dejó un mensaje al que no tendría más remedio que contestar. Se había enterado de que había roto definitivamente con Jacques. Se lo había dicho Jasmine. Y en una de sus parcas conversaciones telefónicas, Monique le había insinuado que quería cambiar de aires. Y eso inquietaba mucho a Elena. Sin los amigos, sin su familia, ¿cómo iba a superar aquel momento difícil?

Se preguntó cómo podría serle de ayuda a Monique, pero no se le ocurrió nada.

Y había otra cosa que también le preocupaba. No podía llevar sola Absolue ahora que el parto era inminente y Cail estaba cada vez más ocupado con su trabajo. Tendría que cerrar, y esa idea le daba muchísimo miedo.

Se sentó en uno de los sofás y se tapó la cara con las manos. Al cabo de un momento, oyó la campanilla de la puerta y recobró la compostura.

—¿Todo bien?

Geneviève Binoche se le acercó con una amplia sonrisa. Desde la primera vez que había ido a verla, la escritora se había convertido en una asidua visitante de la perfumería.

—Sí, sí. Solo un poco de cansancio. ¿Y usted cómo está?

—Bien —le respondió la mujer, sentándose a su lado—. Quería darle una buena noticia.

—Es justo lo que necesito —replicó Elena.

—Ya verá como esta la anima. Mire, a mi editor le interesa la idea del perfume de Notre-Dame y quiere apoyarme en su producción. Por no hablar de que sería fantástico componerlo delante de la gente, quizá el día de la presentación. Imagine la escena: usted escogiendo las esencias una por una y, mientras las dosifica, explicándole al público qué le ha inspirado. La grandeza de la catedral, la pasión que domina a los hombres, el cálculo y la frialdad de quien ha renunciado al amor por riqueza y poder. Será un éxito clamoroso, sin contar con la promoción que supondrá para Absolue.

—¿Me está proponiendo que componga el perfume? —preguntó Elena.

—¡Por supuesto! Siempre hablamos de eso como de algo que se podría hacer, y después del desagradable incidente con Narcissus había pensado dejarlo. Pero sería una verdadera lástima, Elena. Yo confío en usted. Estoy segura de que puede crear ese perfume.

Elena sonrió.

—Sería maravilloso.

Pero sus pensamientos se fueron enseguida en otra dirección, diametralmente opuesta a la de Geneviève.

No era el deseo de éxito lo que la llevó a pensar en la fórmula del Perfume Perfecto, sino la similitud entre lo que les había sucedido a los personajes de la novela y a su antepasada. Se encontró proyectada al pasado. Febo, el hombre al que Esmeralda amaba, había renunciado a ella para casarse con la riquísima Flor de Lis... Carlos de Blanchefort había hecho lo mismo con Beatrice.

Y el Perfume Perfecto de las Rossini volvió a imponerse como protagonista de la escena. ¿Quién mejor que su antepasada podría expresar el sentimiento de profundo dolor y tormento de un amor infravalorado, despreciado, que no podía competir con el ansia de poder y riqueza? Podía ser ese el perfume de Notre-Dame.

Beatrice supo desde el principio que no cabía esperanza para su pasión. El caballero que le había encargado el perfume le dijo que era para su futura esposa, rica y noble. Una dama de alto linaje que cambiaría su futuro. Con ella simplemente se había divertido. Elena sintió un nudo en la garganta. Por Esmeralda, por Beatrice y también por Monie. Al final, por más que pasaran los siglos, los hombres y las mujeres seguían cometiendo los mismos errores.

Suspiró y se concentró en el perfume. Tenía la mitad de la fórmula; el resto, estaba segura, se encontraba en el biombo gemelo, en Florencia. Tendría que adaptar la fórmula a la catedral, pero en cualquier caso ya estaba hecha.

—¿Cuánto tiempo tenemos antes de la presentación del libro? —le preguntó a Geneviève.

—Será en septiembre.

Estaban en mayo. Beatrice había dejado macerar la mezcla durante tres meses. El niño nacería a primeros de junio. Y también sería en junio la entrega de premios del concurso al que Cail presentaba la rosa a la que se había dedicado en cuerpo y alma.

Pensó un buen rato en el asunto, pero, aunque hiciera malabarismos, había muy poco tiempo.

—Me temo que es demasiado pronto —dijo, y negó con la cabeza.

A Geneviève se le ensombreció el semblante.

—Qué lástima. Me habría gustado mucho que fuese usted quien se encargara de todo. Será una lata dirigirse a otra persona para hacer el perfume. Me hacía tanta ilusión...

—Los plazos no encajan, ese es el problema —replicó Elena—. El perfume debe madurar, y para componerlo tengo que ir a Florencia. En este momento no puedo alejarme de Absolue. ¿No podría retrasarlo un poco?

Madame Binoche se puso en pie con expresión pensativa.

—No sé, podría intentarlo —respondió—. Hagamos una cosa: yo hablo con el editor y usted trate de acelerar las cosas.

Mejor eso que nada, pensó Elena, que sentía crecer el deseo de componer aquel perfume.

—Piénselo —continuó Geneviève—. Quisiera que fuese usted la creadora del perfume. Hay una empresa muy famosa que lo comprará para producirlo y distribuirlo. Se habla de una cifra muy alta. Y por supuesto usted aparecerá como la creadora de la esencia.

Le gustaría hacerlo. En aquel momento Elena estuvo segura. No le cabía duda de que el perfume de Beatrice sería perfecto para Notre-Dame. Pero no tenía ni idea de cómo organizar las cosas para conseguirlo.

—Le agradezco su consideración.

Geneviève la abrazó y le dijo que la llamaría para que le diera la respuesta definitiva.

Había sido Cail quien le había descubierto la música de piano de Ludovico Einaudi. La ponía siempre cuando miraban las estrellas. Elena prefería estar sentada en la mecedora, envuelta en una manta, mientras él trajinaba con el telescopio. Eran momentos de absoluta relajación, pocas palabras, mucha contemplación. Y miles de pensamientos. *Nuvole bianche* era su pieza preferida. Cail le había regalado varios CD, largas recopilaciones que ella había empezado a escuchar mientras trabajaba. Ya se había convertido en una costumbre.

—¿No te aburre? —le preguntó Aurore cuando las notas del piano empezaban casi en sordina y, en un *crescendo* de intensidad, se elevaban para descender y recuperar el ritmo, que empezaba a acelerarse antes de recuperar la pausa. Aquella música era perfecta para los pensamientos agradables, para los melancólicos, para quien estaba harto de dificultades, pero por encima de todo Elena pensaba que era una compañía ideal porque les gustaba a los dos, a Cail y a ella.

—Me ayuda a concentrarme, es como un flujo sobre el que descansan mis pensamientos, amortigua las sacudidas y me tranquiliza. Cuando era pequeña y componía mis primeros perfumes, no era capaz de encauzar las esencias, era víctima de su poder. Las veía en forma de colores, las temía, las adoraba; las emociones que experimentaba oliéndolas eran tan intensas que me ponían eufórica y me desestabilizaban a la vez.

—¡Pero eso es fantástico! —exclamó Aurore.

Elena esbozó una sonrisita.

—No era eso lo que yo pensaba entonces. Y duró bastante. Los perfumes no siempre han sido algo que deseara. Durante mucho tiempo los odié. Luego se convirtieron en una necesidad, en un deber. Solo recientemente los he redescubierto como lo que de verdad son, y entonces han vuelto a convertirse en una alegría y un placer.

Aurore no acababa de entenderlo.

—¿Cómo es posible odiar los perfumes?

—Buena pregunta. Quizá algún día te lo cuente. Pero ahora sigamos. ¿No te has perfumado, ¿verdad?

—No, me recomendaste que no lo hiciera.

—Muy bien. Continuemos. Punto primero: las esencias. Aquí las tenemos, son estas que están dentro de los frascos de aluminio.

Las señaló una a una y se quedó inmóvil.

Aquella escena era como un *déjà vu*. Una imagen relampagueó en su mente y se abrió paso entre sus recuerdos: ella de pequeña con su abuela mostrándole las esencias exactamente del mismo modo, realizando los mismos gestos que ahora hacía ella mientras le enseñaba a Aurore cómo se creaba un perfume. El corazón empezó a palpitarle fuerte y la invadió una conmovedora sensación de pertenencia y a la vez de pérdida. Se tocó el abdomen porque de repente se sintió sola. Echaba muchísimo de menos a Lucia, echaba de menos sus silencios, sus miradas, la forma que tenía de afrontarlo todo. Echaba de menos su presencia. Suspiró y se dio cuenta de que Aurore le estaba preguntando algo. La imagen se desvaneció lentamente. El laboratorio de las Rossini desapareció, sustituido por el más luminoso del Marais. Aurore seguía hablando. La miró, intentado comprender lo que le preguntaba. Entonces se dio cuenta de que, pese a la aguda nostalgia que sentía por su abuela, no había tristeza. Estaba homenajeando a Lucia Rossini. Estaba haciéndolo con esos gestos que habían pertenecido a su abuela y que ahora eran suyos, enseñando los conocimientos que había adquirido, transmitiéndoselos a quien un día haría buen uso de ellos.

—Sí, sí, eso ya me lo has dicho. Pero, sigue. ¿Qué más?

La impaciencia en la voz de Aurore era patente. Elena casi se echa a reír: la chica estaba tan tensa y ansiosa que parecía una atleta en la línea de salida. Apartó los recuerdos y los sentimientos y se concentró en el trabajo que se disponían a hacer.

—Cuentagotas, *mouillettes,* cilindro donde poner nuestra composición, alcohol, filtros de papel. Tenemos todo lo que necesitamos. Pero he pensado que hoy no compondremos un simple perfume, sino el tuyo.

—No comprendo —murmuró Aurore.

Elena le sonrió.

—Este perfume se convertirá en el perfume de Aurore. Lo harás siguiendo el procedimiento que utilizamos para crear un perfume del alma o, como dicen los clientes, a medida.

—¿De verdad?

—Mírame. ¿Te parece que tengo ganas de perder el tiempo o de bromear? Mi sentido del humor es pésimo —refunfuñó—. Espero que, una vez que el niño nazca, las cosas cambien, pero ahora soy una quejica, y no hay nada más dañino que una persona que no para de lamentarse. ¿Sabes que reduce las células cerebrales de los que escuchan? Lamentable, un caso realmente lamentable.

Pero Aurore hacía rato que había dejado de prestar atención a las divagaciones de Elena. Iba a hacer su primer perfume y no acababa de creérselo.

Perfecto, pensó Elena sonriendo para sus adentros. Había logrado desdramatizar un poco.

El rostro de la chica dejaba traslucir la máxima concentración. Elena habría apostado cualquier cosa a que Aurore ya estaba imaginando cómo mezclar las diferentes esencias y se apresuró a darle algunas explicaciones antes de que se dejara dominar por su vena artística.

—El perfume es emoción, en eso estamos de acuerdo. Pero tiene una estructura; es objetivo porque nace de un esquema, es el resultado de un proceso, y eso debemos tenerlo en cuenta. Pero inmediatamente se vuelve subjetivo, puesto que estimula las emociones de quien lo huele. Ahora bien, el perfume a medida, más que cualquier otra cosa, en términos absolutos, es lo que nos representa, nos gusta, nace de nosotros. Se comunica, pues, con los demás, con cualquiera, no está vinculado solo a los que conocemos.

—Cuando hablas así me quedaría horas escuchándote —susurró Aurore.

Una sonrisa, un cosquilleo de satisfacción, y la clase prosiguió.

—Para representarnos, el perfume a medida debe hablar de nosotros. Eso es lo que debemos tener muy claro. ¿Quiénes somos? ¿Qué queremos? ¿Qué nos gusta? ¿Qué no nos gusta? Podemos esquematizar los conceptos. Luego tendremos que reflexionar sobre ellos para crear la fórmula. Cuanto más claro tengamos qué debería representar el perfume de nuestro cliente, más sencillo será dar con él. En general, las personas que piden un perfume personalizado se pueden dividir en tres categorías: los hay que aspiran a una fragancia que emane felicidad, bienestar, alegría a cada paso; otros, en cambio, desean que el perfume los identifique, que sea único, que les pertenezca solo a ellos, que los distinga del resto del mundo. Y, por último, está quien ve el perfume a medida como *glamour,* como expresión de refinamiento, en contraposición al perfume estandarizado, que ha perdido su identidad.

—Es verdad —dijo Aurore.

Elena hizo una pausa; ahora venía la parte más difícil y quería que la chica captara bien los diferentes mecanismos del procedimiento.

—Para comprender bien qué gusta y qué no, debemos partir de los cinco sentidos: colores visibles, sensaciones táctiles, sonidos, música, el placer de la comida, los aromas y, naturalmente, los olores, teniendo presente qué perfumes se han llevado y los motivos que han impulsado a comprarlos. En pocas palabras, un perfil sensorial completo. Y por último, aunque no menos importante, es preciso tener en cuenta la personalidad de quien desea el perfume, y eso lo conocemos mediante una conversación, un intercambio de correos electrónicos, un contacto personal. Estas son las cosas fundamentales que hay que saber.

—Claro, así todo adquiere un aspecto distinto.

–Exacto. El perfume no es simplemente algo que uno se pone, sino que es un mundo extraordinario, complejo, un símbolo. –Elena hizo una pausa–. Cuando el cuadro general resulte suficientemente claro, el perfumista tendrá que interpretarlo y transformarlo en olores. Procederá, entonces, a la elección de las notas de base que constituirán el pilar de carga del perfume. A partir de ahí se probarán algunas propuestas, entre las que el cliente tendrá que escoger. Se tratará, pues, de un borrador, que después se irá corrigiendo sobre la base de las sensaciones de su dueño, porque de eso se trata.

–El dueño del perfume... ¡Vaya! O sea, que yo podría convertirme en la dueña del perfume que vamos a hacer –dijo Aurore.

–No, podrías no, lo serás. –Elena se quedó callada un momento, quería que la chica lo entendiera bien–. Bien, empecemos. Primera pregunta: ¿quién es Aurore?

La chica soltó una risa nerviosa, pero la sonrisa se borró enseguida de sus labios y en su rostro se dibujó una expresión de profundo desconcierto.

Elena le sonrió y le guiñó un ojo.

–Empieza por una cosa fácil. ¿Qué detestas?

–A la gente que grita, las verduras hervidas, a los que se lo tienen creído y piensan que son los dueños del mundo, los colegios privados, el color rosa, a los que llevan abrigos de pieles.

Aurore pareció relajarse.

–¿Qué te gusta?

–El azul, las telas finas, el chocolate, a los que sonríen por cualquier cosa, la música étnica, el helado de fresa, el perfume de mi madre y el de mi padre. Aunque, cuando los mezclo, son un verdadero horror. Pero no puedo ponerme solo uno, podría sentarles mal.

Elena asintió.

—Comprendo. Lo que pasa es que, al unirlos, te arriesgas a tumbar a los que pasan por tu lado.

Aurore abrió los ojos como platos, hasta que, mirando bien a Elena, se dio cuenta de que simplemente estaba tomándole un poco el pelo. Se rieron y el ambiente se relajó un poco.

—Bien, creo que tienes claro el concepto. Ahora habría que partir de una idea, que será nuestro *brief*. ¿Qué debería significar tu perfume?

Aurore se quedó pensando y empezó a juguetear con el borde del jersey.

—Me gustaría que indicara un cambio. Que hubiera flores, vestidos ligeros, la tibieza del sol en la piel y la luz que se ve en mayo, cuando el cielo está límpido.

—Parece una descripción de la primavera —dijo Elena.

—Sí, creo que sí. Siempre me ha gustado la primavera.

—De acuerdo, ¿qué tal si partimos de las flores? Podrían ser las notas de salida. Luego profundizaremos en el concepto eligiendo las notas de corazón y por último las de fondo. El alma del perfume.

Empezaron a seleccionar las esencias: tilo, muguete y angélica, y también otras más delicadas, que recordaban la primavera fresca y luminosa de París. Las dispusieron sobre la mesa. Las olieron, se intercambiaron los frascos y separaron los que no eran apropiados. Al final quedaron solo los que iban a utilizar.

Cada vez que añadían una gota distinta dejando que resbalara por el interior de los pequeños filtros, lo anotaban en un bloc, olían el perfume en la *mouillette* y decidían no añadir más o aumentar la dosis.

Estuvieron en el laboratorio toda la tarde, pero al final la primavera de Aurore floreció dentro del cilindro graduado. El perfume permanecería en reposo unas semanas, de forma que el alcohol disolviera todas las moléculas, después lo olerían de nuevo y, en caso necesario, procederían a corregirlo según el gusto de la chica.

—Estoy muy contenta. Este perfume significa mucho para mí.

Aurore estaba de pie junto a la puerta de Absolue, pero no se decidía a irse.

Elena comprendía sus sentimientos. Encontrar un perfume, saber que era el idóneo, sentirlo y vivirlo era una sensación extraordinaria. La creación producía siempre esa sensación de felicidad.

—Para mí también. ¿Sabes?, me he quedado impresionada por tu intuición, por cómo has elegido las esencias. Has demostrado unas aptitudes y una sensibilidad extraordinarias. Creo que ha llegado el momento de tomar en consideración la idea de proseguir tus estudios en este campo. Serás una estupenda *fragance designer*.

El semblante de Aurore resplandecía de dicha.

—¿La próxima vez puedo preparar un perfume para mi madre?

Elena asintió.

—Claro, la próxima vez harás el perfume de Eloise.

23

Nardo. Blanco, intenso, dulce y seductor,
Es el perfume de la audacia y de la conciencia.
Estimula la creatividad, evoca la fuerza del cambio.

—Me voy.

—¿Cómo es eso?

Estaban sentadas en la cocina de Elena, alrededor de la mesa. Monique se había presentado aquella mañana a la hora de apertura de Absolue. A Elena le había bastado una mirada para darse cuenta de la desastrosa situación en la que se encontraba su amiga. La había hecho entrar y había bajado la persiana de la tienda.

—Le Notre necesita a alguien en la filial de Nueva York. Me he ofrecido voluntaria.

Elena apretó la taza que tenía en la mano. El perfume del té la ayudó a encajar el golpe.

—¿Y Absolue?

—Sabes tan bien como yo que la tienda es mucho más tuya que mía —respondió Monique tras una larga pausa—. Y además, digámoslo claramente, la perfumería natural es tu campo. Te viene de arriba, porque tú posees una intuición extraordinaria, una predisposición natural. El toque mágico, llámalo como te parezca… Pero no es para mí. Yo necesito estabilidad y, además, para conseguir resultados apreciables, tengo que utilizar las moléculas sintéticas.

Elena se quedó en silencio. Era verdad, todo lo que le estaba diciendo Monie era la pura verdad. Había oído esos argumentos de pequeña. Su madre y su abuela no habían hecho otra cosa que discutir sobre eso, atrincheradas las dos en sus propias posiciones. La una, natural; la otra, sintética. En cuanto a ella, había elegido la perfumería artística porque no quería competir con otros y porque sentía las esencias. Había sido una elección razonada y consciente. Pero era un trabajo muy difícil.

—¿Cómo te las arreglarás para mantenerte? Has invertido casi todo lo que tenías ahorrado en Absolue. Yo tengo algo, pero...

Monique la interrumpió con un gesto decidido de la mano.

—Ni lo pienses siquiera, necesitas ese dinero para el niño. Ya me siento fatal de pensar que probablemente no estaré cuando nazca mi sobrinito.

Estaba tan abatida, tan triste, que Elena no pudo encontrar palabras de réplica.

—Siento muchísimo que las cosas hayan ido así.

Monique se echó el pelo hacia atrás y se lo recogió en una coleta. Aquel día lo llevaba liso y le llegaba hasta la cintura. El vestido que se había puesto, azul cobalto, le sentaba de maravilla. Estaba guapísima, como siempre, pero había perdido ese aire suyo un poco insolente que la hacía tan especial. Pese a su magnífico aspecto, en el fondo de su mirada había una desolación profunda.

—¿Te apetece hablar del tema? —le preguntó.

Monique meneó la cabeza.

—Se me pasará, pero tengo que marcharme si quiero recuperar fuerzas. Él me conoce, sabe cómo actuar para engañarme, sabe decir las palabras adecuadas. Esta noche no he pegado ojo, me he puesto a fantasear sobre nosotros. Lo que me diría para explicarme que se había tratado de un simple malentendido, para convencerme de que es a mí a quien quiere de verdad. Y cuando me he dado cuenta de que, después de lo que me ha hecho, lo único que deseo es que vuelva a mi vida, me he sentido mal. He vomitado. Después he comprendido que tengo que poner la máxima distancia posible entre nosotros. —Estaba tensa y su mirada dejaba traslucir cierta desesperación—. Tengo que hacerlo ahora, Elena, antes de que pierda el poco orgullo que me queda, antes de que él lo devore, junto a lo que queda de mi alma. Ya no sé quién soy, ya no soy nada.

Se le quebró la voz. El temblor de los labios era tan fuerte que le impedía pronunciar las palabras. Parecía tan fácil irse y al mismo tiempo tan definitivo, tan trágico…

—Cielo… —susurró Elena, tratando de consolar a su amiga.

Monique se pasó las manos por los ojos, con cuidado para que no se le corriera el rímel. Inspiró varias veces y sonrió.

—Me siento terriblemente patética, te lo juro, me doy pena. Ahora comprendo a Beatrice. Al final se fue para reencontrarse a sí misma.

Lloraron juntas, despotricaron e idearon toda una serie de torturas para infligirle a Jacques y a su riquísima y noble *fiancée*.

—Es hija de Dessay, uno de los mayores exportadores de perfumes. No tengo la menor posibilidad. Pero ¿sabes qué te digo? Creo que al final ni siquiera merece la pena.

No era verdad, ambas lo sabían. Aquellos eran momentos en los que uno se recreaba en el sufrimiento y la esperanza de castigos ejemplares impuestos por el destino. Era una etapa. Todos aquellos que veían sus sentimientos pisoteados pasaban por ahí. Era algo que había que superar. Al final habría un después; al fin y al cabo, siempre lo había. Si todo iba bien, quedaría solo pesar, el doloroso deseo de que las cosas hubieran sido distintas. Después, la vida seguiría su curso.

En el caso de Monique, estaba el trabajo. Prestigioso, interesante, realizado en un ambiente exclusivo, casi elitista. Tendría éxito, Elena estaba convencida. Y quizá conocería a alguien capaz de amarla por lo que era. Eso, en cambio, se lo deseaba. Pero, con independencia de cómo fueran las cosas, el amor que Monique había sentido por Jacques quedaría en alguna parte en el fondo de su alma. En cualquier caso, nunca desaparecería del todo.

Trasladarse a Nueva York… Elena ni siquiera acertaba a imaginarlo. Era un lugar tan lejano, tan distinto. Otro continente. Monique echaría de menos todo. Y aunque pidiera un anticipo sobre su sueldo, no podría arreglárselas sola, sin dinero, en Nueva York. Necesitaba efectivo.

Elena le dio vueltas y más vueltas al asunto. Y todos sus pensamientos corrieron hacia una sola solución: *madame* Binoche y la fórmula de Beatrice.

El problema era que muy pronto a ella le resultaría imposible hacer nada. No podría viajar a Florencia dentro de uno o dos meses. Todo dependía del niño, de su salud, de la tramitación de los papeles.

¿Y si fuese ahora? La idea le pasó por la mente como uno de esos pensamientos un poco absurdos que solía descartar enseguida, algo que no hizo en esta ocasión.

Bajó y encendió el ordenador. Entró en la página del aeropuerto Charles de Gaulle y consultó los vuelos diarios a Florencia. Ahí estaba el suyo: directo, sin escalas. Quedaban aún billetes. Eso sí, le costaría una fortuna, pensó. Consultó de nuevo el reloj. La salida era por la tarde. Si quería llegar con una antelación razonable, tendría que darse prisa.

Seleccionó la compañía, introdujo los datos de la reserva, declaró que estaba embarazada de treinta y cuatro semanas y dudó unos instantes antes de pulsar INTRO. Irse así, de improviso, sin avisar a nadie… Era una locura, no tenía sentido.

Pero el rostro de Monique se le apareció delante y comprendió que era lo que debía hacer. No podía detenerse a pensar. Si lo hiciera, no se iría. Y tenía que ir, ya, inmediatamente.

Por suerte, el aeropuerto estaba a menos de una hora del Marais en taxi. El vuelo a Florencia duraría un par de horas más. No iba a necesitar mucho tiempo. Un día, quizá dos. Después podría componer el perfume aquí, en París.

Fue corriendo al dormitorio, metió un par de vestidos en una maleta, medicamentos y alguna otra cosa. Luego llamó a Aurore.

—¿Puedes ocuparte de la tienda mientras estoy fuera?

—Claro, ¿cuándo? Se lo diré también a mi madre, estará encantada de ayudarme.

—Ya, ahora mismo. Salgo dentro de nada para Florencia.

—¡Vale! Voy para allá —replicó Aurore.

—De acuerdo, gracias. Estaré fuera un par de días como mucho —dijo, acelerada.

Terminó de concretar las cosas con Aurore, le explicó dónde encontraría las llaves y repasaron juntas los sistemas de cierre y apertura de las puertas. En cualquier caso, llevaría el móvil siempre encima, si surgía cualquier imprevisto podían llamarse.

Pidió un taxi y, mientras bajaba la escalera, decidió que telefonearía a Cail cuando estuviera en el aeropuerto. Algo le decía que no iba a entusiasmarle la decisión que acababa de tomar. Apartó ese pensamiento. Cada cosa a su tiempo, de lo contrario se volvería loca.

—¡Solo faltaba la lluvia! —masculló Elena dos horas más tarde en el aeropuerto.

Se moría de hambre, el avión para Florencia tardaría todavía media hora en despegar y, por si fuera poco, no había conseguido ponerse en contacto con Cail.

Revisó de nuevo los documentos y el billete que había impreso. Le había costado tan caro que solo de pensarlo le dolía el estómago. Pero valdría la pena, lo presentía. Echó la cabeza hacia atrás para apoyarla en la pared. Estaba cansada y el niño no había parado de moverse. Cerró los ojos un momento y esperó que se decidieran a anunciar el vuelo.

—¡Por fin! —exclamó, levantándose con dificultad. Consultó el teléfono por enésima vez, confiando en que Cail hubiera recibido su mensaje, pero su móvil seguía estando inaccesible—. *Merde, merde, merde...* —farfulló mientras se dirigía a la azafata que esperaba en la zona de embarque.

—¿Se encuentra bien?

Elena se obligó a sonreír.

—Todavía falta un poco, no se preocupe.

La mujer sonrió también.

—Sí, veo que en el billete está indicada la fecha del parto, diez de junio, ¿verdad? Pero falta el certificado médico.

Elena abrió los ojos como platos.

—¿No es suficiente con la declaración? —preguntó, alarmada.

La azafata negó con la cabeza.

—Sería mejor un certificado. El niño podría decidir nacer antes y en el avión no disponemos del equipo necesario.

—Pero el avión está a punto de despegar... —repuso Elena, alterada—. Tengo que ir a Florencia sin falta, por favor, es muy importante.

La azafata miró de nuevo los documentos.

—Supongo que, dadas las circunstancias, la indicación que figura en el billete es suficiente —afirmó después de haber echado un vistazo a la cola que se estaba formando detrás de Elena—. De acuerdo —dijo por fin—, pase. Que tenga un buen viaje. Pero ha de saber que después de la semana treinta y seis ninguna compañía aérea le permitirá viajar.

—Claro —replicó Elena con una sonrisa de alivio.

Tomó los papeles que le tendía la azafata y se apresuró a pasar. Por suerte, había comprado billete de ida y vuelta, pensó. Y respecto a la fecha del parto, no es que hubiera mentido exactamente, digamos que había considerado el habitual retraso de unos días en el nacimiento del primer hijo. ¿Dónde lo había leído?

—No pasará nada —se sorprendió susurrando. Hizo caso omiso del estremecimiento que la recorrió y siguió andando. No tenía dolores, estaba perfectamente y tenía un montón de cosas que hacer. Un día, solo necesitaba un día. Encontraría la fórmula, se llevaría un par de cosas del laboratorio de su abuela y regresaría a París.

¿Qué podía sucederle?

Cail sacó la tarjeta SIM de lo que quedaba del móvil y la introdujo en el teléfono que acababa de comprar. Un incidente tonto, pero qué se le iba a hacer.

Había dejado a Elena esa mañana aparentemente en buena forma, incluso demasiado entusiasmada. No había parado de hablarle de Aurore y de cómo había compuesto su primer perfume.

Cail marcó el PIN y el *smartphone* empezó a vibrar. Diez llamadas perdidas. Se le hizo un nudo en el estómago. ¡Elena! El niño. Seguro que había llegado el momento y él no estaba. Comenzó a llamarla de inmediato, pero estaba tan nervioso que se equivocó al marcar el número y tuvo que buscarlo entre los contactos. Esperó con el corazón en un puño a que respondiese, conteniendo la respiración.

«El teléfono marcado no se encuentra disponible en este momento.»

Soltó un reniego y lo intentó de nuevo. Después fue corriendo al coche. Mientras se incorporaba en el tráfico, llamó a la ginecóloga de Elena. Preguntaría adónde la habían llevado. París estaba apenas a una hora de coche, solo tenía que darse prisa. Tras una serie de intentos, la doctora contestó. Pero no tenía ninguna noticia de la paciente.

—Le aseguro que la señora no está de parto. Tiene un código, aunque la hubieran llevado a otro hospital, me habría enterado. No se preocupe, su mujer está bien.

—Gracias —contestó Cail.

Pero no estaba convencido. No lo estaría hasta que lo oyera de boca de Elena; si después pudiera cerciorarse personalmente, mucho mejor. La llamó de nuevo, su teléfono seguía estando apagado.

Mientras volvía a la ciudad, tomando todos los atajos que conocía e infringiendo un número considerable de prohibiciones, Cail había dejado la mente en blanco. Estaba casi en el Marais cuando sonó el teléfono. Paró el coche y contestó.

—Cail, por fin.

—Gracias a Dios. —Cuando oyó la voz de Elena, el corazón empezó a latirle de forma regular—. Estoy llegando, cariño, ¿estás bien? Estaré en casa dentro de cinco minutos.

—Buenooo, precisamente de eso quería hablarte. No estoy en París.

Cail creyó que había oído mal.

—¿Puedes repetirlo? Dime si Monique está contigo. No es prudente viajar en tu estado, Elena, lo sabes. El niño podría nacer antes de tiempo.

Otro silencio. Elena se aclaró la voz.

—Cail, han ocurrido un par de cosas. Estoy en Florencia.

Fue como recibir un puñetazo en la cara. Cail alejó el aparato de la oreja y permaneció inmóvil unos segundos.

—¿Estás ahí? Ha sucedido todo esta mañana. Monique se va, se traslada a Nueva York. Y *madame* Binoche volvió a proponerme hacer el perfume, ¿te acuerdas? Te lo conté. Si encuentro la fórmula de Beatrice, puedo corregirla y adaptarla a *Notre-Dame de París*. Tendré dinero para devolvérselo a Monique y, además…, bueno, Cail, yo quiero hacer ese perfume.

Silencio. Cail no se había sentido nunca tan solo como en aquel momento.

—Y no se te ha ocurrido esperarme.

Su voz era menos que un susurro y no se trataba de una pregunta, sino de una amarga consideración. Una consideración inútil, puesto que Elena ya se encontraba en Florencia, pero aun así él sintió la necesidad de formularla.

—No había tiempo. Te he llamado un montón de veces, pero no estabas disponible.

—Se me ha caído el móvil y uno de los empleados de la finca ha pasado por encima con el tractor —explicó en un tono plano.

—Ah —dijo Elena—. ¿Estás bien? Te noto enfadado.

El hombre inspiró y se hizo la misma pregunta.

—¿Cómo crees que debería sentirme al enterarme de que me has dejado tirado? No has tenido ningún escrúpulo. Has tomado la decisión por tu cuenta. No querías mi opinión porque sabías que no habría estado de acuerdo. Simplemente, no te interesaba.

—Oye, mejor hablamos de eso cuando vuelva, ¿vale? Te lo explicaré todo —replicó Elena, que empezaba a hartarse.

—¿Para qué? No hay nada que explicar. No has adquirido ningún compromiso conmigo. Yo no tengo ningún derecho, ni siquiera soy el padre de tu hijo. Y acabas de recordármelo.

Merde! Tenía un rebote de mucho cuidado, pensó Elena.

—Eso es una tontería, Cail, y lo sabes de sobra. Mañana como mucho estaré de vuelta y te lo explicaré todo.

Pero él no lo veía así. En aquel momento su situación real se le presentó ante los ojos y la vio tal como era. Con despiadada lucidez, tomó conciencia de todo. Apretó el móvil y miró al frente, a lo lejos, hacia un punto indeterminado.

—¿Explicar? No, Elena, no hay nada que explicar. Yo… Cuídate.

Colgó y se quedó con el móvil en la mano, mirando el Sena, que corría a poca distancia, oscuro y plomizo como su alma.

Cuando Elena volvió a llamar, Cail apagó el móvil. No tenía ganas de seguir hablando con ella, no quería oír su voz. No soportaría sentir otra vez que le daba con la puerta en las narices. Dios mío, hacía apenas unas horas que no la veía y ya la echaba muchísimo de menos. Al cabo de unos minutos arrancó y, con un chirrido de neumáticos, se incorporó al flujo del tráfico.

El taxi la dejó casi delante de la puerta.

—Dicen que en su estado es bueno andar, pero…, no sé, yo creo que, cuantos menos esfuerzos se hacen, mejor —le dijo el taxista, que le ayudó a llevar la maleta—. ¿Está segura de que todo va bien?

No, no iba bien.

—Sí, gracias —contestó Elena.

Pagó la carrera y, después de haberse despedido del hombre, cerró la puerta a su espalda.

El perfume de la casa la envolvió como un abrazo. Elena entró en el recibidor y se sentó en el pequeño sofá. Silencio. En torno a ella todo parecía en letargo, como si hubiera llegado de noche. Miró a su alrededor y le pareció que solo había pasado un día fuera. El niño se puso a dar patadas.

Había pasado una vida desde que se había ido de Florencia, una vida entera.

Se levantó, buscó el interruptor principal y encendió las luces. Tenía cosas que hacer y no quería perder ni un minuto. Cail se había quedado fatal y lo sentía mucho. Estaba impaciente por volver a verlo, por explicarle sus razones. Monique necesitaba dinero y ella quería crear ese perfume. Sentía que debía hacerlo. Quería hacerlo y punto.

«Antes de nada, el biombo, luego lo demás», pensó. Recorrió el pasillo y entró en la tienda. Ahí estaba. Se acercó y encendió la lámpara que iluminaba el rincón donde se encontraba el biombo.

Un estremecimiento le subió por la columna vertebral. Era igual que el de Lourmarin, no cabía duda. Incluso el marco parecía el mismo: sencillo, recto, como si lo hubieran hecho expresamente para sujetar el tapiz. Imaginó a Beatrice inclinada sobre el tejido y se le encogió el corazón.

—Veamos…

Las palabras murieron en su garganta. Una dama viajaba a lomos de un caballo. Sola. El caballero estaba lejos, a su espalda, y junto a él había otra dama ricamente ataviada.

—La esposa —susurró Elena.

Siguió mirando el dibujo, pero ese era el motivo de todo un lado del biombo.

—¿Dónde la pusiste? —masculló, desconcertada.

Pasó entonces a la cara opuesta. Un ciervo pequeño y un bosque. Árboles, un riachuelo, un collar que podía ser de oro o… de ámbar. Agua, la luna. Y un frasco.

Tomó el cuaderno de notas que llevaba en el bolso y volvió a examinar el biombo de arriba abajo. Mientras observaba los detalles, trató de sumergirse en la escena. Además, ella había visto ese lugar, transformado por el tiempo, es verdad, pero eso no impedía que siguiera siendo el mismo, ¿no? El bosque que se extendía al pie del castillo cobró vida en su mente. El aire se llenó de perfumes, había llovido hacía poco, se había formado un riachuelo que gorgoteaba sobre las piedras. Elena oyó las llamadas de los jinetes, levantó la cabeza; el cielo era azul, límpido, los halcones volaban majestuosos. Se celebraba la boda del señor. Gritos y cantos de júbilo resonaban por todo el valle.

Beatrice incitaba al caballo. Había esperado hasta el último momento, pero había acabado por darse cuenta de que no habría lugar para ella. No quería oír la alegría de la boda, no quería verlo besar a su esposa. Él le había dado una escolta para el viaje. Y le había roto el corazón.

Un ciervo… y tres árboles. Robles. Eran robles. Beatrice había utilizado almizcle animal y musgo de roble para producir el perfume, y ámbar gris, tres ingredientes típicos de la época. El símbolo del collar jugaba con la homonimia entre el ámbar gris y el fósil.

Elena volvió a la realidad y comenzó de nuevo a observar, a buscar. Y al final se hizo una idea precisa de lo que componía el perfume. Escribió la fórmula y cerró los ojos.

Era casi banal en su sencillez; no podía ser, pensó. Recordó el biombo de Francia. Rosa, limón o hesperidios, eso aún no lo había establecido con certeza. Y después rosa, lirio azul, jazmín, madera, almizcle, ámbar fósil. Agua, aceite. Un recorrido, un paseo por un jardín, nada más.

No era posible, pensó. Eso era una fórmula sencillísima que incluso Aurore podría obtener por sí sola si poseyera los ingredientes. Al final, lo único que en aquel momento hacía especial el perfume de Beatrice era el uso del almizcle, del componente animal, actualmente prohibido por razones éticas, pero sustituido por moléculas de naturaleza sintética.

Su madre estaba en lo cierto al creer que ese perfume podía haber tenido cierta importancia en el siglo XVII, pero que no la tendría en su época. Entonces, ¿por qué todas las Rossini lo habían buscado con tanta intensidad?

Hasta su abuela, que era tan concreta y pragmática, había dedicado toda su existencia a la búsqueda del Perfume Perfecto. Pero, por más bueno que fuese, y lo era, la fórmula que Elena tenía en la mano no podía llegar a suscitar el amor de una mujer, su pasión… No podía de ningún modo intervenir sobre su voluntad.

Elena podía olerlo en su mente, era una de las cosas que siempre había sabido hacer: comprender el perfume simplemente leyendo su fórmula. Y realmente no lograba entenderlo.

Bajó al sótano con el bloc en la mano. Encendió las luces y entró en el laboratorio. Ahora que sabía los ingredientes, quería intentar combinarlos.

Empezó a rebuscar. Las esencias estaban dentro de una caja de madera, lo recordaba bien. La última vez que echó un vistazo, tuvo que tirar buena parte de ellas. Pero no había examinado los almizcles ni el ámbar. Se arrodilló en el suelo y escogió algunas botellas metálicas. Al abrirlas, sus esperanzas se volatilizaron. Rancio, pasado. Todo para tirar. Un suspiro, un amago de rabia. La desilusión era grande, fría, y dejaba un regusto amargo en la boca.

Tenía la fórmula y no podía aplicarla. Una sonrisa se convirtió al poco en una carcajada, y después llegaron las lágrimas.

Se sentó en una silla mientras el niño daba patadas. El Perfume Perfecto que generaciones enteras de Rossini habían transmitido era la historia de un amor desgraciado.

Y entonces toda consideración fue barrida por lo que le oprimía el corazón. Cail, sus palabras, la desilusión y el dolor contenidos en su voz durante su conversación telefónica. Esperó no haber cometido un grave error, no haberlo estropeado todo.

–¿Seguro que no quieres dejármelo? No me cuesta nada tenerlo en casa.

Ben estaba incómodo. Miraba a Cail, que llenaba la mochila, y no sabía qué hacer.

–No sé cuánto tiempo estaré fuera, es mejor que *John* venga conmigo.

El tono de Cail era seco, y se le veía demacrado. Ben se moría de ganas de preguntarle qué había pasado.

–Joder, Cail, no puedes desaparecer así. Elena no se lo merece. ¿Habéis discutido? Muy bien, pues hablad y haced las paces. Todo tiene arreglo.

Cail no contestó. Hacía tiempo que había optado por no dar explicaciones. Agarró la mochila, se la colgó al hombro y salió del dormitorio.

–Cierra tú –le dijo a Ben.

Y esa fue la única respuesta que su amigo consiguió obtener.

Elena se despertó temprano esa mañana, metió en la maleta los diarios, que pensaba utilizar para ofrecer perfumes de sabor *vintage,* algunos objetos que quedarían bien en Absolue y un recipiente lleno de ámbar. Eso lo había encontrado. No tenía ni idea de si podría utilizarlo o si tendría que recurrir a alguna molécula equivalente, pero en cualquier caso se lo llevaría.

Estaba sentada en la cocina, como miles de veces en su infancia, con una taza de té entre las manos. En las paredes, entre los muebles, se disponía una colección de porcelanas. Eran unos platos que su abuela utilizaba raras veces, los de los días de fiesta. Los recuerdos le volvieron a la mente, nítidos, transportados por el perfume de la casa. Aquel servicio era un trozo de la historia de su familia. Su abuela usaba también las copas de cristal y los cubiertos de plata. Los había comprado una de las Rossini. Otra había encargado un servicio de vasos en Venecia, acompañado de jarras y botellas. Los platos, en cambio, eran franceses, de finales del siglo XVIII.

Se sorprendió pensando que le gustaría contarle a su hijo cómo había contribuido cada una de sus antepasadas a formar ese pequeño patrimonio que hablaba de ellas, de lo que amaban, de la tradición que se mantenía tan firmemente enraizada. Del gusto por lo bello. Porque esos platos eran realmente una belleza. Como también lo eran los muebles, el biombo, los objetos que a lo largo de los siglos se habían ido acumulando y se consideraban dignos de ser conservados para quien vendría después.

Familia: la palabra se desperezó en su mente y cobró fuerza mientras continuaba recordando. Nunca le habían importado nada esas cosas hasta entonces. ¿Y ahora por qué tenía ganas de llorar?

Se secó la cara, suspiró y decidió dejar de poner orden en aquellos pensamientos.

Solo estaba cansada y desilusionada.

—El perfume de Beatrice no existe. Es simplemente la proyección de un deseo. El mío, el de la abuela, o de quien estaba antes que ella. No es más que un concentrado de esperanzas e ilusiones. Hemos sido nosotras las que le hemos dado ese poder, las que lo hemos creído especial.

Tenía que dejar de hablar sola o con los objetos. Era penoso. Era lo que hacían las personas que no tenían a nadie con quien hablar.

Ella, en cambio, tenía al niño, con él hablaba muchísimo, ¿no? Además, había muchas personas a su alrededor. No en ese momento, de acuerdo, pero las había. Aurore, por ejemplo, era la persona que más atención le prestaba, y en cierto modo se le parecía. Tenían muchas cosas en común.

En ese momento Elena se acordó del perfume que le había pedido Eloise para la chiquilla. Apretó las manos en torno a la taza, la soltó y se levantó. Se dirigió rápidamente al dormitorio de la abuela. Ahí estaba la caja, en su sitio habitual. La abrió y miró lo que contenía. Una pila de diarios bien alineados, documentos, bolsitas llenas de esencias, fotos descoloridas por el tiempo y alguna joya de poco valor. Elena frunció el ceño. Su abuela había metido allí el perfume que Susanna había hecho para ella como regalo por su decimosexto cumpleaños, estaba segura porque la había visto guardarlo.

«No lo quiero, no sé qué hacer con él. Será un asco, seguro que lo ha hecho Maurice, a lo mejor hasta ha puesto un poco de veneno», le dijo Elena a gritos a su abuela.

Lucia apretó los labios en una fina línea, a la vez que dilató las fosas nasales. Estaba muy enfadada. «Cuando alguien te tiende la mano, Elena, no deberías rechazarla. Se trata de misericordia, ¿sabes? ¿Crees que tú no cometerás errores en la vida? Siento decepcionarte, hijita, pero no existe semejante modelo de perfección sino en la arrogancia de cierta gente, y tú no eres así, ¿verdad?»

Elena se negó tercamente a responder. No quería aquel perfume y tampoco quería ya a su madre. No le servía de nada, pensó con rabia.

«Un día comprenderás que hay que tener en cuenta muchas cosas, pequeña.»

«¡Tíralo. No quiero su perfume, no quiero nada de ella!», gritó antes de salir corriendo de la habitación. Pero al llegar a la puerta se detuvo, con el corazón en un puño. ¿Y si la abuela lo tiraba de verdad? Volvió sobre sus pasos, decidida a recuperar el paquete que Susanna le había enviado. Pero Lucia lo tenía en las manos, con una expresión de profunda tristeza en el semblante. Había subido arriba y estaba en su habitación. Lo guardó en su caja, la que tenía siempre cerrada con llave. Elena la siguió, pero al cabo de un momento decidió irse.

Había pasado mucho tiempo desde entonces, ¿era posible que todavía le doliera tanto recordar aquel momento? No se había portado bien. Había sido mezquina y mala. Comprendió que durante todos esos años había ocultado su propia vergüenza por aquel gesto tan despreciativo bajo su rabia contra Susanna. Al final había convertido a su madre en el chivo expiatorio de todo.

El perfume tenía que estar forzosamente allí, pensó. Ahora lo quería. Quería olerlo.

Con el corazón latiéndole fuerte, apartó los objetos, las cartas y todos los papeles que su abuela había conservado. Y entonces lo vio.

La cajita estaba exactamente igual que cuando la había recibido muchos años antes. Inspiró un par de veces para armarse de valor y, con cuidado, la abrió. A la luz de la mañana, la botellita de cristal parecía brillar en su mano. El líquido, de un tenue rosa pastel, ondeó. A ella le encantaba ese color. ¿Era posible que su madre se hubiera acordado? Ese pensamiento le produjo una emoción profunda.

Decidió que se lo llevaría. No lo abrió; a pesar de todo no se sentía con fuerzas para hacerlo. Pero se lo llevaría a París.

Volvió al recibidor y miró el móvil. No tuvo necesidad de hacer ninguna comprobación para saber que Cail no la había llamado. Lo conocía lo bastante como para saber que no la perdonaría tan fácilmente.

—¡Estúpido idiota! ¡No pienses que vas a dejarme así!

París estaba inundada de luz. El avión aterrizó puntual. Durante el vuelo, Elena no había hecho otra cosa que mirar aquel cielo límpido y luminoso.

Estaba deseando ponerse manos a la obra. Había decidido que de todas formas compondría el perfume. Eso sí, prescindiendo de la fórmula de Beatrice. En el órgano de perfumería tenía las esencias que necesitaba. Y gracias a Monique contaba también con un considerable surtido de sustancias químicas. Por una vez haría una excepción. Para componer el perfume de *Notre-Dame de París* necesitaba utilizar muchas sustancias, mantener la fórmula lo más estable posible. No podía permitirse estar a merced de los caprichos de las esencias. El perfume debía poder ser reproducido sin dificultad.

Se adaptaría, decidió. Por lo demás, componer el perfume de una novela no era algo que sucediera todos los días. Geneviève tendría su perfume, costara lo que costara.

Mientras se dirigía a casa, pensó que afrontaría cada cosa a su tiempo. El dolor que sentía en el fondo de la garganta no se le pasaba. Pero decidió que lo soportaría. Ese dolor le recordaba que tenía un asunto que aclarar con un hombre. Su hombre.

—Gracias —le dijo al taxista. Pagó la carrera y entró en Absolue.

—Hola, Elena, no te esperaba tan pronto. Deberías haber llamado, mamá habría ido a buscarte —le dijo Aurore.

—Es mejor así. ¿Qué tal? ¿Todo bien?

La chica asintió.

—Sí, perfecto. He vendido un par de cremas y algunos jabones. También ha venido un señor, dice que tiene que hablarte de su mujer para que le hagas un perfume a medida.

Elena la miró perpleja y de pronto se acordó.

—Debe de tratarse de Marc Leroy. Vaya, creía que ya se había olvidado.

Que el cliente hubiera vuelto la llenó de satisfacción, de una gran satisfacción.

—¿Puedes quedarte todo el día? Tengo que hacer un par de cosas, todavía te necesito aquí.

Aurore le sonrió.

—Pues claro, para mí es un verdadero placer. La gente te mira de un modo distinto cuando estás detrás de un mostrador.

—Sí, al final todo es una cuestión de perspectiva —murmuró Elena, que arrastró la maleta con ruedas hasta detrás del tabique que Cail había levantado para separar Absolue de la zona que comunicaba con su vivienda.

—Nos vemos luego.

Se despidió de Aurore y salió al patio. Subió la escalera y llamó a la puerta de Cail.

Pasados unos minutos se decidió a empujar la puerta, pero estaba cerrada con llave. Entonces volvió abajo, salió al patio interior del inmueble y se dirigió hacia el edificio de enfrente. Un minuto después llamaba a casa de Ben.

—Hola —lo saludó cuando abrió.

—Elena, qué alegría. Ven, pasa.

Pero se quedó en la puerta. Ben la miraba de un modo que no le gustaba nada. El mal presentimiento que había tenido después de la discusión con Cail volvió a reaparecer. Conocía bien la compasión, y la veía en la mirada de Ben. El corazón empezó a latirle fuerte.

—¿Sabes por casualidad dónde está Cail? No contesta al teléfono y no está en casa.

—Anda, pasa, está Colette. ¡Cariño!, ¿puedes venir? ¡Ha llegado Elena! —gritó.

—¡Ya voy!

Parecía que estuvieran esperándola, pensó Elena un tanto desconcertada.

—Gracias, pero no puedo. Perdona que te haya molestado, intentaré localizar a Cail más tarde —dijo.

—Espera…, no está. Se ha ido.

Elena retrocedió y meneó la cabeza.

—¿Cómo que…? ¿Y *John?* ¿Está en tu casa?

Ben negó con la cabeza.

—Se lo ha llevado. No tengo ni idea de cuándo volverá.

«O si lo hará algún día.» La frase quedó en suspenso entre ellos.

—Lo siento mucho, Elena. Si puedo hacer algo… —susurró Colette.

—No pasa nada —contestó con una media sonrisa—. Probablemente se le ha olvidado avisarme. Estoy segura de que me llamará pronto para decirme dónde puedo encontrarlo —añadió con más alegría.

—Claro, seguro que sí.

Elena se obligó a sonreír.

—Sí, claro…

Se volvió y por un instante el mundo se tiñó de negro. Se tambaleó, pero se rehízo enseguida. Respiró hondo, con el corazón en un puño. Se había enfrentado a cosas peores, podía salir adelante.

—¿Te encuentras bien? —le preguntó Ben, que salió corriendo tras ella.

—Perfectamente, no pasa nada. Es que he tropezado. No te preocupes.

Mientras cruzaba el patio de vuelta hacia casa, oyó con claridad un par de maldiciones.

Le parecía tener la cabeza llena de algodón. Los ruidos le llegaban deformados, el dolor del fondo de la garganta ahora era un agujero que llegaba hasta el estómago.

Volvió a casa y subió la escalera. Una vez arriba, fue al baño, se dio una larga ducha y se vistió. Se puso la bata que usaba para trabajar, tomó el bloc de notas y entró en el laboratorio. Apartó las imágenes que se formaban en su mente: Cail mientras colocaba el destilador, Cail sonriéndole, Cail besándola…

—¡Basta! —gritó.

Tenía que hacer un perfume. Debía intentar concentrarse, debía aprender a manejar su vida de una vez por todas. Se sentó ante los envases de las esencias; este órgano de perfumería no era de madera como aquel otro, más pequeño, que tenía abajo, el que le había regalado Cail. El que había comprado Monique era moderno, de aluminio. Pero también le gustaba. Lo único que había cambiado era la disposición. Los frascos de las esencias estaban ordenados por familias olfativas, como le había enseñado Lucia, no alfabéticamente. Los cítricos, los florales, los *fougère,* los chipre, las maderas, los orientales y, por último, los cueros. Eligió con cuidado las esencias que necesitaba, las depositó una a una sobre una bandeja y empezó a componer el perfume. Tuvo que hacer varios intentos antes de ser capaz de concentrarse, pero al final logró poner orden en aquel caos de pensamientos y sentimientos. Las enseñanzas de su abuela barrieron la confusión y el desorden. El mundo exterior desapareció y no quedó sino una extensión perfumada que alcanzar.

Tenía que hacer dos perfumes: Beatrice y Notre-Dame. Dos perfumes muy especiales. El primero sería la base de partida del segundo. Sabía que ese era el camino correcto. Tenía que serlo, porque lo había apostado todo a él.

Beatrice había dado vida a Notre-Dame.

Dispuso las esencias ante ella, las observó, las imaginó juntas, cerró los ojos y compuso el perfume de su antepasada en la mente. Hasta que no estuvo lo bastante convencida de cuál iba a ser el resultado, no empezó. Contó las gotas de cada esencia con mucha atención: limón, lirio azul, jazmín, rosa, ámbar, musgo de roble. Las observó deslizarse por la superficie del pequeño embudo y aspiró su aroma. Cada paso era importante, decisivo. Lo anotó todo en su cuaderno, con meticulosidad. Una vez acabada la mezcla, se quedó inmóvil. Estuvo un rato mirándola, luego la olió.

Ese era el perfume que Beatrice había creado para una dama siglos antes. Un perfume que para su antepasada había sido un comienzo y un final a la vez.

Se secó una lágrima con la palma de la mano y, con cuidado, vertió el perfume en un recipiente. Lo dejaría reposar unas horas y luego volvería a olerlo.

Se levantó y salió del laboratorio. Necesitaba una taza de té.

Cuando volvió, olió otra vez el perfume, repasó la fórmula que había anotado en el cuaderno y asintió. La invadió un torbellino de emociones: pena, pasión, dulzura. Se sentó despacio, cerró los ojos y saboreó cada matiz de aquel perfume, dejó que se deslizara sobre su piel y que entrara en su alma. Era intenso, seductor, suscitaba sensaciones profundas.

Pero lo que sentía ahora en su interior no era grandeza, sino pesar; era el dolor del abandono.

En fin, no es que ese tipo de sensaciones fuera nuevo para ella, sabía perfectamente cuál era su sabor, lo sabía todo, conocía todos sus malditos matices. Para ella, el abandono tenía incluso un olor.

Pasaron las horas. Elena permaneció todo el tiempo con la mirada clavada en el suelo, en espera de que las moléculas del perfume se disolvieran lo suficiente para ofrecerle una muestra de lo que sería el resultado, porque no se atrevía a confiar en sus aptitudes.

Estaba confusa. Sin embargo, el perfume acudió en su ayuda. Poco a poco, las esencias se fundieron entre sí, incluso las sintéticas, que le dieron nueva fuerza y matices luminosos. Las había añadido al final, porque algunos de los elementos utilizados por Beatrice ya no existían. No había tenido elección. Pero no se arrepentía. El resultado era bueno, era más que bueno. Ahí estaba el perfume de Beatrice. El que había marcado el destino de la familia Rossini.

Lo olió de nuevo y fue como una explosión de flores: pétalos de rosa por doquier, un corazón floral, risas, juegos en torno a una fuente, bajo el sol, en un huerto de cítricos, una leve brisa templada y el perfume de los limones. Y después la noche, húmeda, oscura, animal. Madera envolvente de pronto, y un prado plateado bajo los pálidos rayos de la luna. Jazmín, lirio azul. Amor, pero no el dulce; nada de susurros, ninguna concesión. Y de repente un culebreo sensual, casi hipnótico. Un relato denso, angustioso, lleno de dolor.

Elena se secó de nuevo las lágrimas. Estaba extenuada, le parecía que no le quedaba ni un gramo de energía. Pero tenía que continuar. Ahora no podía parar.

El perfume de Beatrice era la base de la que partir, pero debía encontrar el misticismo de la catedral de Notre-Dame, su magia, los siglos de historia. Y esa unión daría vida a un nuevo perfume: el de *Notre-Dame de París*.

Guardó al vacío, en un pequeño armario, una de las dos probetas que contenían el perfume de su antepasada. En la mente escuchaba las palabras de su abuela, que le indicaba los pasos que debía seguir para la nueva creación. Partir de una base y encontrar de nuevo la estela del perfume no sería fácil, pero ella podía conseguirlo, lo sabía, lo sentía en su fuero interno.

Inspiró y se infundió valor. Pasó el contenido de la segunda probeta a un cilindro graduado y cerró los ojos un instante, buscando dentro de ella la dirección correcta. Añadió una gota de incienso al compuesto. Olió y continuó hasta que estuvo bastante convencida. Entonces llegó el turno del vetiver, porque quería agua y humedad. Y ahora que la había encontrado, añadió una gota más de mirra y esperó pacientemente.

Trabajó sin descanso, de modo casi febril, probando una y otra vez. Hasta que de pronto paró. Lo olió una vez más y asintió.

Ya estaba, lo tenía entre las manos, lo había encontrado.

Cuando bajó, el perfume de *Notre-Dame de París* estaba hecho.

Solo faltaba dejarlo reposar. El procedimiento le imponía olerlo de nuevo y, si hacía falta, corregirlo. Pero ella sabía que no sería necesario.

Aurore se había marchado, había cerrado la tienda y le había dejado una nota. Estaba de vacaciones del colegio, volvería al día siguiente. Elena miró la hoja de papel, la escritura regular de las letras claras y decididas, y aquella flor estilizada a modo de punto. Se la guardó en el bolsillo y se acercó al teléfono.

—¿*Madame* Binoche? Soy Elena Rossini. El perfume de Notre-Dame está listo. Sí, gracias. Venga cuando quiera, le enseñaré la prueba y a partir de ahí empezaremos a trabajar para llegar a la versión definitiva.

Colgó, subió de nuevo la escalera y se tumbó en la cama tal como estaba, vestida. Al poco se durmió.

24

Si Elena había pensado que, después de entregarle el perfume, Geneviève Binoche dejaría de ir a verla, se equivocó de medio a medio. El perfume que había hecho para ella gustó a todo el mundo, y a la escritora la cautivó por completo. Le dijo que era un perfume perfecto. Su Perfume Perfecto. Geneviève siguió visitándola con regularidad y, pese a que Elena no tenía muchas ganas de salir, ni siquiera de hablar, no se había desanimado. Esa tarde incluso iba a acompañarla a hacer unas compras.

Los grandes almacenes Lafayette estaban abarrotados, como de costumbre, y tenían en venta cosas muy bonitas. Geneviève había decidido que sería la primera etapa de su expedición.

—No he ido nunca a comprar ropa para niños. Yo no he tenido hijos, y Adeline tampoco. Mi hermano murió antes de ser padre y mi cuñada es una mujer muy difícil de contentar. Al menos eso me contestó una vez que nos dio por hacernos confidencias. Yo le había dicho que todavía era joven y podía rehacer su vida, pero ella replicó que nunca encontraría otro hombre como Jasper. ¿No es romántico?

Teniendo en cuenta que Jasper había muerto solo un año después de casarse, la cosa tenía realmente poco de romántico, pero cada uno veía la vida a su manera, pensó Elena. Sabía que *madame* Binoche estaba tratando de mostrarse amable con su charla continua, pero ella no acertaba a demostrarle su gratitud. Le parecía que había pasado toda una vida desde que había vuelto de Florencia, y no un par de semanas. Cail había desaparecido de su existencia y ella no lograba sentir nada. Lo miraba todo con distancia, lo único que no había cambiado era el apego instintivo que sentía hacia el niño. En realidad, era lo único que le ayudaba a levantarse por la mañana y sobrellevar los días.

—Gracias —contestó mecánicamente—. Tengo que preparar la maleta, el momento se acerca.

La doctora Rochelle le había recomendado que lo tuviera todo a punto. La cardiotocografía había señalado algunas contracciones, el embarazo estaba llegando a su fin.

—Tenía que ir con Cail… —susurró Elena.

No tuvo fuerzas para acabar la frase. La dejó en suspenso, como hacía siempre que le resultaba demasiado difícil asimilar un pensamiento.

—Pero las mujeres somos más prácticas para este tipo de cosas…

Por suerte, Geneviève estaba dotada de una intuición formidable y captó inmediatamente el problema. Había tenido una buena idea: una intensa jornada de compras al final era justo lo que hacía falta.

Llegaron a la sección especializada en recién nacidos y fue como entrar en una tienda de chucherías. Todo era en tonos pastel, desde las paredes hasta los muebles. Muñecas, trenecitos, ositos de todos los tamaños. Y perfume de polvos de talco y vainilla. *Madame* Binoche empezó a señalar peleles y conjuntos que le quedarían bien tanto a un niño como a una niña. Después pasó a colores más marcados y, por último, al azul y el rosa.

—Yo creo que a los niños habría que vestirlos en una tonalidad arcoíris. No es justo plantificarles un color que los identifique. Es discriminatorio —masculló, mientras observaba con ojo crítico toda una exposición sobre el tema.

Elena asentía de vez en cuando. Miraba los conjuntos y metía en el carrito lo que más le gustaba. Jasmine le había aconsejado comprar pocas prendas: los niños crecían a toda velocidad, no hacían falta más de tres o cuatro mudas a la semana. Pero Elena no quería que a su hijo le faltara de nada. Así que acabó metiendo en el carrito calcetines con patitos y cerditos, peleles rojos, rosa y azul celeste, camisetas, cepillos… Todo lo que le parecía bonito lo compraba. Como no tenía ni idea de si su hijo sería niño o niña, decidió llevarse también algunos vestiditos.

El dinero ya no era un problema para ella. La cantidad que había recibido por la fórmula del perfume de Notre-Dame había permitido cubrir por entero la parte de Monique y mucho más. Absolue no vendería solo perfumes del alma, sino una línea entera en homenaje a las mujeres de su familia.

—¿Qué le parece este cochecito? —le preguntó Geneviève.

—No sé, es azul marino…

—¿Y no le gusta ese color?

No, no le gustaba. Para su pequeño quería amarillo, el color del sol, o azul celeste, como el cielo.

—Quisiera algo más claro, como un azul turquesa.

Geneviève miró alrededor.

—Ahí, mire. ¡Pero qué preciosidad! —exclamó, acercándose.

Elena la siguió despacio. Ahora debía moverse con cuidado, si hacía movimientos bruscos, el niño empezaba a dar patadas. Pronto lo vería, y eso era lo que le ayudaba a seguir adelante sin Cail.

Elena era un experta en abandonos, pero ese abismo en medio del pecho no lo había sentido nunca. Era un vacío absoluto, la esencia de la nada. Bastaba un instante para perderse en su interior. Por eso se mantenía ocupada en lo que fuera. Para no pensar, para no caer dentro.

El cochecito fue un regalo de Geneviève. Elena no sabía qué decir, eran todos tan amables con ella que a veces le entraban ganas de acurrucarse en un rincón y gritar. Se obligó a dar las gracias, a sonreír, a seguir adelante.

Debía acordarse de respirar, eso era importante: una respiración, otra... Un paso adelante, otro...

Continuaron con la elección de sábanas, mantitas y pijamas. Y luego gorritos, biberones, chupetes y tetinas. Habían comprado muchísimas cosas y, cuando la dependienta le tendió una tarjeta, Elena empezó a preocuparse por cómo iban a transportar todo aquello.

—No tiene más que llamarnos, señora —le dijo con una amplia sonrisa—. En cuanto el niño nazca, nos ocuparemos de entregárselo todo. Transporte, montaje, todo va a nuestro cargo. Usted no tiene que preocuparse de nada.

Alivio. De nuevo gracias, le parecía no haber hecho otra cosa últimamente que dar las gracias. Todos esperaban que estuviera alegre, que sonriera. Pagó y siguió adelante un día más.

Solo debía tener paciencia hasta el parto, el resto vendría por sí solo. El niño era lo único que contaba de verdad, y también estaba Absolue. Tenía que repetírselo muchas veces al día, y algunas funcionaba. A veces le bastaba.

Durante el día se arreglaba razonablemente bien. Aurore iba a echarle una mano al salir de clase; Eloise se acercaba siempre que podía. Y lo mismo Ben. También Colette pasaba a verla muy a menudo, cocinaba a mediodía y por la noche y lo metía todo en *tuppers* individuales que guardaba en el congelador. Elena solo tenía que meterlos en el microondas y asunto resuelto. No la dejaban nunca sola, ni un momento.

Al día siguiente Elena recibió una invitación.

Monsieur Lagose y Babette acababan de irse de la tienda. Parecía que la situación entre ellos se había calmado, aunque continuaban pinchándose. En cualquier caso, no debía de ser muy grave, puesto que durante las discusiones se sonreían de aquel modo… Si al principio verlos juntos le gustaba y la alegraba, ahora su felicidad era algo que provocaba que le picaran los ojos y se le formara un nudo en la garganta.

—Es para ti. Parece una invitación —le dijo Adeline sin quitar la vista del sobre, de grueso papel color marfil.

Había pasado a saludarla y, una vez allí, decidió quedarse. Elena levantó la cabeza del libro de cuentas que estaba poniendo al día y le lanzó una mirada distraída.

—¿Puedes abrirla?

—Claro —respondió Adeline—. ¿Has participado en un concurso? —le preguntó.

Elena frunció el entrecejo.

—No, en ninguno.

—Pues aquí dice que tienes que recoger un premio.

—Será un error —contestó Elena, volviendo a concentrarse en el libro.

—Lleva el logo del Concurso Internacional de Rosas Nuevas de París-Bagatelle. He oído hablar de él. Es un acontecimiento muy importante. Se celebra en los jardines más bonitos de París. Ha ganado *Floribunda Hélène*.

Silencio, incertidumbre. Después, titubeó.

—Déjame ver —susurró alargando una mano, con el corazón desbocado.

Ese era el concurso de Cail, al que había presentado la rosa de su creación. Lo sabía porque iban a ir juntos.

411

Adeline le tendió la carta. Elena la leyó de arriba abajo varias veces.

—No lo entiendo —dijo bajito.

—¿Estás segura? ¿Puede que alguno de tus conocidos haya pensado en darte una sorpresa?

Sí, podía ser. Cail. Pero él había decidido no verla, no hablar con ella. Era imposible…

—Es para el sábado —susurró—. No tengo nada que ponerme.

Qué ocurrencia más tonta, pensó. Cail hacía que le mandaran una invitación después de esos días en los que prácticamente había desaparecido de su vida, y lo primero que le venía a la mente era que no tenía un maldito vestido que ponerse.

—Conozco una tienda que es una maravilla. Podemos ir en cuanto llegue Aurore, ¿qué te parece?

Elena cerró los dedos sobre la tarjeta.

—No sé, no creo que vaya.

Dejó la invitación en el mostrador y se puso de nuevo a revisar el libro de cuentas. Adeline no dijo nada. Se limitó a mirarla con su habitual expresión dulce, detrás de sus gafas de media luna. Elena sentía el peso de aquella mirada paciente. Intentó no hacer caso, pero al final se decidió a levantar la cabeza.

—Se trata de Cail. —Hizo una pausa—. Pero ni siquiera contesta a mis llamadas, así que, ¿qué sentido tiene que vaya?

—¿Para decirle cuatro cosas?

Oh, sí. ¡Le encantaría! Se moría de ganas de decirle un par o tres de cosas a la cara.

—Es complicado —susurró.

—Si no lo fuera, no valdría la pena perder el tiempo, ¿no crees?

—Lo he mantenido a distancia…, ¿sabes? Por el niño… Quería estar segura de que había una posibilidad para nosotros tres. Porque yo no estoy sola, Adeline. Yo tengo un hijo. Mejor dicho, pronto lo tendré, y él formará parte de mi vida. Yo no lo dejaré nunca, no se lo dejaré a nadie.

No sabía cómo aquel susurro se había convertido en un grito. Se sorprendió escuchándose, con los ojos desorbitados y el corazón a punto de estallarle en el pecho. Adeline se acercó a ella y le acarició la mano.

—Cálmate, Elena, tu hijo lo oye todo y ahora se estará preguntando por qué su mamá está tan alterada.

Se rehízo enseguida.

—Perdona, no quería… —susurró—. Es un momento un poco difícil. —Sonrió o, mejor dicho, se empeñó en intentarlo—. He perdido el control, discúlpame, Adeline. Pensarás que estoy loca.

—Cielo, estás embarazada y acabas de pelearte con tu compañero. Lo normal es que estés al menos un poco tocada, no eres de piedra, ¿verdad? Bueno, ahora sécate la cara. Muy bien, así.

Elena estaba temblando. Las palabras le habían salido como un torrente, empujadas desde el pasado por el espectro de Maurice. Su padrastro la había odiado profundamente porque era hija de otro. No pondría nunca a su propio hijo en una situación similar. Antes se quedaría sola.

—Yo… De niña, mi vida fue difícil —dijo con un hilo de voz—. Tengo que estar segura de que mi hijo será un niño querido y protegido. Debería haber hablado de eso con Cail, en vez de darlo por hecho. Cometí una locura yendo a Florencia sin siquiera consultárselo. Habría podido esperar, hacerlo partícipe de mi decisión.

Adeline le sonrió.

—No tengo ni la menor idea de qué me hablas. No conozco los detalles, pero sí he tenido ocasión de conocer a Cail. Aparte de que es un pedazo de hombre, tiene los ojos que hay que tener.

—¿Los ojos?

—Exacto. Los ojos. Se reconoce la pasta de la que está hecha un hombre por algunos detalles. Y, aparte de la evidencia del comportamiento, la mirada da unos indicios precisos. Cail se ilumina cuando te mira. Y está siempre a tu lado. He tenido ocasión de observaros con atención. Mirar a quien te apetece sin preocuparte de que te malinterpreten es una de las ventajas que tiene ser una viejecita que ya está fuera del mercado.

Y sobre el hecho de que él la hubiera abandonado sin mirar atrás, Adeline tenía algunas dudas. Le había parecido verlo un par de veces en las inmediaciones de Absolue.

—¿Y si hubiera decidido que no vale la pena? Miremos las cosas tal como son. Estoy embarazada de mi ex y quiero tener este hijo. ¿Qué hombre aceptaría una situación así?

—¡Vamos, Elena! —exclamó Adeline—. No es un león que quiere deshacerse de sus cachorros, es simplemente un hombre —añadió con una sonrisa—. Lo que cuenta de verdad son los hechos. ¿Te ha invitado a la entrega de premios? Sí. ¿Ha creado una rosa y le ha puesto tu nombre? Sí. ¿Qué más pruebas necesitas? La pregunta a la que deberías responder de verdad es: ¿qué quieres tú?

Después de tantas vueltas, al final habían llegado al meollo de la cuestión. No cabía ninguna duda de que ella quería a Cail. Estaba perdidamente enamorada de él desde hacía mucho tiempo. Pero era lo bastante inteligente como para saber que el amor por sí solo no bastaba.

—Estoy enfadada. Estoy furiosa. Me ha mostrado cómo podría ser, me ha querido por lo que era. Con Cail me sentía yo misma, y... no estoy segura de poder prescindir de él. Es un dolor físico, que se me queda atravesado en la garganta. De noche me despierto y creo que todo es un sueño. Un día subí a su casa, me parecía haberlo oído volver, pero eran imaginaciones mías.

Su voz era un hilo de acero, fino y cortante. Cada palabra le hería la garganta.

—Si no vas hasta el fondo, si no aclaras las cosas, no te librarás nunca de esto. Sé muy bien que no es asunto mío —dijo Adeline—, pero yo iría, aunque solo fuera para decirle adiós. Ya sabes, como es debido, mirándolo a la cara.

Adiós. Definitivamente. Elena pensó en ello y suspiró. Sí, después de todo, eso era algo que podría hacer.

—¿Dónde has dicho que está esa tienda?

A pesar de que todos se habían ofrecido a acompañarla a la entrega de premios de la nueva rosa en el Château de Bagatelle, Elena decidió que quería ir sola.

Los jardines eran una extensión de verde brillante en la que los rosales rebosaban de flores de diferentes formas, colores y tamaños. Los caminos estaban divididos de forma regular por decenas de parterres que recordaban a un jardín italiano. Y en medio, rosas de todos los colores: desde los tonos amarillos y rosa más tenues hasta los rojos vivos y brillantes; los granates, los blancos puros casi imposibles, de pétalos cambiantes, carnosos o ligeros como la más fina organza.

Dio un corto paseo, pero tuvo que sentarse. Estaba cansada y tenía miedo. Había un poco de todo en su temor. Al final, cuando la rabia se iba atenuando, solo quedaba una profunda sensación de desolación. Quería que Cail la abrazara, quería que las cosas volvieran a ser como antes. Se sentía ridícula por esos deseos, y muy tonta.

Cerró los ojos un momento, el sol de junio le calentó la cara. Lentamente, el perfume que flotaba en el aire penetró en su mente y la calmó. Cuando se levantó para acercarse al lugar donde tendría lugar la entrega de premios, ya se sentía mejor.

Había procurado no dejarse ver nunca. La rabia pronto pasó y solo había quedado el vacío.

No fue capaz de dejarla. Se había quedado en París y había ido al Marais al menos una vez al día para comprobar si estaba bien.

La había echado muchísimo de menos, a ella y también todas esas tonterías que se le ocurrían. Montarse en el primer avión e ir a Florencia, embarazada de casi nueve meses. Otro golpe así y se quedaría en el sitio, pensó Cail.

Ahí estaba, por fin la veía. Se desplazó para observarla mejor. Le pareció que estaba muy triste, desolada. Tuvo que obligarse a retroceder. Debía esperar el momento idóneo. Antes de hablar con ella debía estar seguro de que comprendería.

Era guapa. Siempre lo había sido, de un modo sereno, con una belleza casi inconsciente que, junto con su voz y su dulzura, le fascinó enseguida. Pero ahora, mientras caminaba erguida con aquel vestido negro y el pelo trenzado, le pareció verla por primera vez.

Se mantuvo apartado. No quería que lo viese, todavía no. Pero no se habría perdido aquel momento por ninguna razón del mundo. Era su homenaje.

—La señora Elena Rossini recoge el premio por *Floribunda Hélène,* creación de Caillen McLean, de McLean Roses.

Por fin había llegado el momento. Cail notó que se le aceleraba el corazón. Elena se levantó y, despacio, entre los aplausos del público, llegó al estrado y dio las gracias al presentador.

—Hemos tenido ocasión de admirar muchas creaciones firmadas por McLean. Sin embargo, debo decir que *Hélène* es una de mis preferidas. El perfume es, sin duda, uno de sus puntos fuertes. Afrutado e intenso, se desliza suavemente hacia notas especiadas. Un contraste excelente. Cada ramo está compuesto de una decena de capullos en forma de cáliz que se abren para dar vida a un *bouquet* extraordinario. Y el color, ese rojo púrpura con un corazón dorado, merece una mención por su pureza y su intensidad cromática. Sí, sin duda es una de las rosas más relevantes de la temporada.

Elena escuchó pacientemente y se hizo una idea de cómo podía ser la rosa.

—¿Puedo verla?

La pregunta descolocó al presentador, aunque se repuso enseguida. Tras hacerle una seña a un colaborador, le dirigió una amplia sonrisa.

—Por supuesto.

Cail había llegado a la puerta cuando se dio cuenta de lo que estaba ocurriendo. Inclinó la cabeza y regresó a su sitio. Quería verla, quería conservar la expresión de su rostro. Al día siguiente iría a hablar con ella, no estaba dispuesto a dejar que las cosas acabaran así.

La vida era extraña. A Juliette la conocía desde siempre, habían crecido juntos, había sido casi natural pensar en formar una familia con ella. No lo había pensado mucho. Había sucedido y punto. Después ocurrió el accidente. Y no pudo hacer otra cosa que recoger los restos de su propia existencia. Unos segundos y todo había acabado.

A Elena, en cambio, la había elegido y deseado. La había querido más que a cualquier otra cosa. No había hecho más que planificar atentamente cada detalle, de modo que no pudiera suceder ningún imprevisto. Y ella le había demostrado que no era sino un iluso. No tenía ningún poder de decisión, no podía hacer otra cosa que quedarse mirando. Exactamente igual que en el pasado.

Y esa profunda sensación de impotencia era algo con lo que Cail no había logrado llegar a un acuerdo. Le pareció entonces que toda su vida y la historia de ellos no era más que un enorme castillo de naipes, un montón de hojas a punto de salir volando al menor soplo. Y por un momento, se echó atrás.

Ahora Elena estaba dando las gracias, estrechaba la placa que acababan de entregarle contra el pecho y sonreía al público.

Y entonces sus miradas se cruzaron. Ella alargó la mano hacia el presentador pidiendo el aplauso para él y, sin apartar la mirada, bajó la escalera en dirección a Cail.

—Viene hacia mí —susurró él.

De repente Elena se tocó la barriga y se detuvo.

Aspiró hondo y expulsó el aire. Pero aquella sensación no se atenuaba, al contrario, iba en aumento. De pronto notó una fuerte punzada en el vientre y un desgarrón.

—Creo que he roto aguas —susurró con incredulidad.

Y a partir de ese momento no le importó nada más. Quería a Cail, inmediatamente. Le daba igual toda aquella gente que se le había acercado y le preguntaba cómo se encontraba. ¿Acaso no lo veían? ¡Estaba a punto de parir!

—¡Cail! —gritó con todo el aliento que tenía.

Ese grito. A Cail se le heló la sangre en las venas. Se abrió paso entre la multitud y llegó hasta Elena. Solo le hizo falta una mirada para darse cuenta de que había llegado el momento.

—Tranquila, amor mío, no pasa nada. Todo irá bien.

—No, no va bien. Te has ido y el niño ha decidido nacer ahora. En este momento. Ni siquiera tengo la maleta aquí. La doctora dijo que tenía que llevarla al hospital. ¿Por qué no has querido escucharme? Me lo habías prometido y te creí. He encontrado la fórmula de Beatrice, quería decírtelo, quería decírtelo, pero tú no estabas…

Cail le rodeó el rostro con las manos.

—Mírame, Elena, escúchame. Voy a llevarte al hospital, entraré contigo, estaré a tu lado.

—No me dejes. No vuelvas a hacerlo nunca más.

Fue solo un susurro, pero Cail lo oyó perfectamente. Se le metió en el corazón. No le contestó, la besó. Allí, delante de todos. Después la levantó en brazos.

–Tengo el coche aquí afuera. Saca el móvil de mi bolsillo –le ordenó a su hermana, Sophie, que, atraída por el revuelo, se había abierto paso entre el grupito de personas que los rodeaba.

–Elena, cielo, ¿estás bien? –preguntó, acercándose.

–El niño va a nacer, Sophie, llama al hospital, el número está en la agenda. Di que vamos para allá.

Elena estaba demasiado asustada para protestar o hacer cualquier otra cosa que no fuera abrazar a Cail. Pero, una vez en el coche, mientras él conducía hacia el hospital, las palabras que había imaginado que le diría se abrieron camino solas.

–¿Por qué no has contestado al teléfono? ¿Por qué no has hablado conmigo?

–No había nada que decir, Elena. El error ha sido mío, simplemente ha sido un malentendido. Ya te lo he dicho.

No era el momento de aclaraciones. Cambió de marcha y pasó al otro carril.

–Me habías dicho que me querrías pasara lo que pasara, que daba igual lo que hiciera o cómo me comportara. Me lo habías prometido, yo confiaba en ti. ¡Me has engañado, Cail, me has mentido!

–Después hablaremos de eso, después. ¡Ahora trata de estar tranquila!

Elena quería replicar, necesitaba hacerlo, pero no era capaz de respirar bien. Alargó la mano y se agarró a la camisa de Cail, que pisó el acelerador. Y no hubo tiempo de nada más.

Cail discutió con la ginecóloga porque no quería dejarlo entrar en la sala de partos, pero al final se salió con la suya. Estuvo con Elena todo el tiempo, agarrándola de la mano incluso cuando la cosa se puso difícil y ella perdió el conocimiento. Solo consiguieron apartarlo mientras le practicaban una cesárea de urgencia. Pero permaneció pegado al cristal del quirófano, a unos metros de ella.

Nada ni nadie lo mantendría alejado de Elena. No mientras él respirase o estuviera consciente, porque, para ser sinceros, en un par de ocasiones había visto un montón de puntitos luminosos delante de los ojos.

—Todo va bien —repetía una y otra vez en voz alta.

Cuando el primer gemido rasgó el silencio, a Cail se le paró el corazón.

—¡Es una niña! Bienvenida, pequeña —dijo la ginecóloga, que levantó al bebé y se lo tendió a la enfermera, que enseguida la envolvió en un paño.

Cail estaba lívido. Otra enfermera abrió la puerta y le dio una bata y una mascarilla. Le ayudó a ponérselas y entonces le permitió entrar. Cail asió con delicadeza la mano de Elena, que, sedada por la anestesia, se había adormilado un momento. Mantuvo los ojos firmemente clavados en el pequeño fardo que se agitaba entre las manos de los médicos, en los movimientos frenéticos de la enfermera y el pediatra.

—¿Qué pasa? —La voz le salió entrecortada.

Elena no sobreviviría si a su hija le ocurriera algo. No lograba pensar en otra cosa.

—Nada, tranquilo. Ahora aspiramos el líquido que esta señorita ha ingerido y después podrá ver a su hija. Debo decir que es muy guapa —dijo el pediatra mientras ponía a la pequeña sobre la balanza.

El llanto de la recién nacida se hizo cada vez más seguro y fuerte, al igual que sus movimientos.

Cail alargó el cuello y distinguió un puñito que hendía el aire, furioso.

Una niña, Elena tenía una hija. Una súbita emoción le abrasó la garganta y le empañó los ojos.

—Bueno, ya está casi lista —dijo la enfermera.

Pero él no lograba ver nada. Y entonces se la pusieron entre los brazos. Fue muy difícil sostenerla sin soltar la mano de Elena, pero Caillen McLean era un hombre capaz de improvisar, así que se las ingenió para hacer las dos cosas.

—¡Qué pequeña, madre mía, qué pequeña es! —susurró, aterrorizado—. ¿Seguro que está bien?

—Tranquilo, su hija está sanísima. Las pruebas son excelentes. Dos kilos setecientos gramos y cincuenta centímetros, absolutamente normal.

Pero Cail había dejado de escuchar después de la primera frase. Y ahora miraba a la niña, que lo miraba a su vez. Había parado de llorar, pero seguía moviendo las manitas. Con una le golpeó el jersey; instintivamente, los deditos se cerraron sobre el tejido y lo agarraron con fuerza. Elena hacía lo mismo.

Una súbita vaharada de calor disolvió aquel coágulo helado que había soportado todo ese tiempo.

—Hola, cariño —susurró. Lentamente, con mucho cuidado, apoyó los labios en la cabecita de la pequeña, que seguía teniéndolo agarrado—. Eres preciosa, eres como tu mamá…

Elena siempre había temido ese momento y, a la vez, lo había esperado con ansiedad. Miró a Cail y comprendió que había sido una tonta no confiando en su propio corazón. Él seguía hablándole a la niña, le sonreía sin soltarle a ella la mano. No la había dejado ni un momento.

—¿Está bien? —murmuró.

Cail se volvió y le sonrió, se inclinó hacia ella y le rozó los labios con un beso.

—Es maravillosa —susurró.

Elena notó el sabor salado de su emoción y le devolvió la sonrisa. Estaba conmocionado, era maravilloso. Miró a su hija. La niña parecía enfurruñada, peor aún, ceñuda; estaba roja, arrugada, completamente pelada. Y Cail la veía preciosa. Entonces comprendió que era realmente el hombre idóneo.

—¿Me la das?

Necesitaba tocarla, sentirla. Su hija, su niña. Cail acercó la pequeña al rostro de Elena.

—Hola, pequeñina —susurró ella. Despacio, con delicadeza, le acarició la naricita, y siguió con el perfil, el contorno de la pequeña cara—. No tiene ni un pelo —murmuró.

—Bueno, ya le crecerá —dijo Cail—. Tampoco tiene cejas… Es perfecta, ¿verdad?

Por toda respuesta, la niña bostezó y cerró los ojos.

Cuando Elena la besó y la estrechó contra su pecho, experimentó una felicidad que jamás había sentido hasta entonces. Mientras la acunaba, la conciencia de tener entre los brazos a su hija se abrió paso en aquella maraña de emociones que era su alma, hasta que todo lo demás desapareció. Quedó solo ella, su niña, su peso, la respiración caliente, el perfume leve y delicado que se desprendía de su piel. Y comprendió que ese momento era una frontera clara entre lo que ella, Elena Rossini, había sido y lo que era ahora.

Tuvieron que trasladarla a una habitación individual. Y allí Cail no se atenía a razones. Dejaba a Elena solo el tiempo necesario para las curas y las visitas y volvía enseguida con ella. Y aunque había hecho una excepción por la noche, de día no había manera de mantenerlo alejado.

Luego empezó a comportarse de un modo extraño. No paraba de dar vueltas alrededor de la cuna, lanzando miradas a Elena, en silencio. Ella no acababa de entender lo que pasaba. Cail parecía un alma en pena.

—Tengo que decirte una cosa —soltó de pronto.

—¿Te importa decírmela sentado a mi lado?

Pero él no se movió de al lado de la cuna.

–Vale. –Elena suspiró–. Tómala en brazos, pero tendrás que hacerlo siempre, incluso cuando pese diez kilos, ¿entendido?

Cail sonrió. Con mucha delicadeza, tomó a la niña y la acomodó entre sus brazos. Después se sentó junto a Elena.

–¿Hablabas en serio antes?

–¿Antes cuándo? –replicó Elena, perpleja.

Él suspiró.

–Cuando has dicho lo de tenerla en brazos.

–¿Por qué? ¿No debería haberlo hecho?

Cail no respondió y desvió la mirada hacia la niña.

–Escúchame bien. Mis células cerebrales han encogido. Oh, no te preocupes, volverán a la normalidad en cuanto deje de amamantar a la niña. Verás, es una manera que la naturaleza ha encontrado para impedir que las madres se ocupen de demasiadas cosas a la vez. Así que no hay ninguna posibilidad de que entienda a qué narices te refieres, si no me lo dices alto y claro.

Cail movió la cabeza, pero muy pronto la sonrisa dejó paso a una mirada seria.

–He firmado los papeles. Los que corresponden al padre.

–Que… ¿qué?

Elena se había quedado sin habla. No acababa de dar crédito a sus oídos.

–Todos creen que soy el padre, hasta la doctora Rochelle lo ha pensado. Y también lo pone en tu historial –se apresuró a especificar.

Elena tragó saliva y miró hacia la ventana. Al cabo de un minuto dirigió de nuevo la mirada hacia Cail.

–¿Lo has hecho por eso? ¿Porque todos piensan que es tu hija?

La pregunta era clara, directa.

Cail negó con la cabeza.

–No, no ha sido por eso. Yo, no sé explicártelo, Elena. Hay muchas cosas de las que tenemos que hablar. Hay cosas que no sabes. Es todo muy complicado. Pero yo te quiero, te quiero —susurró despacio.

Elena necesitó unos minutos para asimilar lo que acababa de decirle. Sintió calor y luego un escalofrío. Le entraron ganas de llorar, de reír y de abrazarlo. Pero lo que hizo fue tragar saliva y seguir mirándolo.

—Entonces, ¿es por eso por lo que quieres reconocerla? ¿Porque me quieres?

Cail negó con la cabeza.

—Yo la siento mía —dijo—. Es hija de mi alma, de mi amor por ti. —Hizo una pausa—. Por eso he escrito en esos papeles que soy su padre.

No había mucho que hacer, aquel hombre sabía dónde encontrar su corazón, conocía su ubicación exacta, tenía las llaves.

—¿Y ahora por qué lloras? —le preguntó, desconcertado—. Ya sé que debería habértelo preguntado antes —dijo.

Pero no parecía arrepentido, no lo estaba en absoluto. Seguía con la niña en brazos y tenía una expresión decidida pintada en el rostro.

Elena sorbió por la nariz, se secó lo ojos y lo fulminó con la mirada.

—También se llora de alegría, qué crees…

Un destello de felicidad pasó por los ojos de Cail. Agachó la cabeza y le dio un beso a la niña, que seguía durmiendo plácidamente. Después se levantó y la dejó en la cuna.

—Creo que nos hemos saltado un paso —dijo, volviendo junto a Elena.

Se sentó a su lado y le rodeó la cara con las manos.

—Pues más vale que le pongas remedio.

—Sí, eso pienso yo también.

Le rozó los labios y le dio un beso. Le dijo lo que tenía en el corazón, cómo habían sido esas semanas en las que había permanecido alejado, la abrazó y la besó de nuevo.

Ahora todo estaba claro entre ellos. Ahora solo eran un hombre, una mujer... y una hija.

—Me gustaría llamarla Beatrice. Será feliz, será querida, tendrá un futuro hermosísimo. Y otra cosa... —Hizo una pausa y buscó la mano de Cail—. ¿Crees que a Elizabeth le molestará que le pongamos también su nombre?

Cail sintió un culebreo en el pecho. Su madre se desmayaría de alegría.

—No sé —respondió—, tendrás que preguntárselo a ella. Llegará de un momento a otro. Me ha mandado un mensaje hace un rato. También viene mi padre. ¿Te molesta?

Lo agarró del jersey y, después de atraerlo hacia sí, lo besó. Estaba harta de llorar y deseaba salir del hospital. Tenía prisa, prisa por vivir.

Durante los días que Elena pasó en el hospital, hablaron mucho. Cail le habló de Juliette y de su muerte. De cómo lo fascinaban sus proezas y su despreocupación. Él la había seguido y secundado en sus locuras, la había amado sin hacerse preguntas, como si no existiera un mañana. Y esa irresponsabilidad, al final, le había costado cara, peor aún, le había costado cara a ella, a Juliette, que había muerto porque él nunca supo ni quiso decirle que no.

No fue fácil explicarse, había cosas que a él mismo le costaba comprender. Pero la sensación de profunda impotencia lo había atormentado durante todos aquellos años, junto a los remordimientos, eso lo tenía clarísimo. Como también la desesperación, que no quería saber nada de irse, las preguntas que lo asaltaban, la incertidumbre, el no saber si habría podido evitar de algún modo el accidente. Era joven entonces, y había llevado ese dolor en el alma como una admonición que le impedía seguir adelante. Hasta que Elena lo cambió todo.

Ante él había aparecido una nueva oportunidad que no tenía ninguna relación con el pasado. Elena no era Juliette, y él no era el mismo hombre de entonces.

Remover lo que había sucedido no tenía sentido; él no quería hacerlo.

Había decidido, pues, mirar adelante, dejarlo todo atrás. Había llegado el momento de sonreír, de vivir, de amar.

Al principio Elena se ofendió por aquella omisión, pero luego tuvo que reconocer ante sí misma que no estaba siendo justa. Tampoco ella, por lo demás, había sido sincera del todo. Empezó a reflexionar en las palabras que él le había dicho y poco a poco comprendió lo que lo impulsó a salir de su relación. Pero quería un relato detallado del pasado de Cail, cosa que él se guardó mucho de ofrecerle distrayéndola con excelentes argumentos.

El pasado estaba muerto y sepultado. A ellos solo les interesaba el futuro.

En ese momento Elena se dio cuenta de que tenía una familia. Una verdadera familia. El sentimiento de pertenencia era intenso, reconfortante.

Fue un ir y venir continuo de personas. Geneviève Binoche y Adeline, *monsieur* Lagose y Babette, Ben, Colette, Eloise y Aurore, que era incapaz de apartarse de la cuna y ya imaginaba los perfumes que compondría para la pequeña Beatrice. Y luego llegaron los padres de Monique, su hermano y sus hermanas. Elena habló un poco con Jasmine a solas. Al parecer, Susanna le había hecho una visita. Habían hablado largo y tendido, sobre todo de Elena.

Y ella, pese a la amargura que la invadía cada vez que pensaba en su madre, descubrió que ya no sentía ese agudo dolor que siempre había acompañado sus recuerdos.

Monique llamaba por teléfono desde Nueva York todos los días. Elena se alegró muchísimo de notarla más serena. Quizá también era mérito, en parte, del *parfumeur maison* con el que había trabajado recientemente, ese del nombre exótico: Ilya. La había invitado a salir un par de veces. Elena no sabía si Monique estaba interesada en él, pero de una cosa estaba segura: el amor trae consigo dicha. El dolor y la desesperación son otra cosa.

Llega un momento en que es necesario deshacerse de lo que te envenena el alma. Es una cuestión de supervivencia.

Esperaba que Monique consiguiera algún día olvidarse de Jacques Montier y mirara más allá, hacia el horizonte iluminado por el sol que salía todos los días para dar esperanza y vida.

Epílogo

Énula. Perfume precioso, dorado como las flores que reciben el sol. Acompaña el crecimiento interior, da seguridad y ayuda a expresar los sentimientos del corazón. Ahuyenta toda clase de temor.

Habían decidido que el apartamento de Cail sería más apropiado para vivir. La habitación junto a la suya había sido transformada en el dormitorio de la pequeña Beatrice. Cail la había pintado de azul turquesa y amarillo, y en una pared pegó decenas de estrellas que brillaban en la oscuridad. La cuna estaba colocada en el centro, y alrededor, se disponían varios muebles blancos; todo debía ser luminoso y acogedor.

Cail había cambiado también su cama por una de matrimonio. Ya estaba allí cuando Elena volvió del hospital. Preparada para recibirla. Al principio simplemente durmieron juntos, limitándose a buscarse en medio de la noche y estar abrazados. Pero muy pronto sus gestos demostraron esa necesidad que había aumentado con el tiempo hasta convertirse en un enorme deseo. Ahora ya no había motivos para reprimirse. Piel contra piel, las respiraciones mezcladas. La posesión y la satisfacción eran cosas que creían conocer, pero que descubrieron de nuevo juntos, mientras su mundo adquiría consistencia y se perdían el uno en el otro.

A Elena le gustaba con locura aquella cama, sobre todo cuando se quedaban hasta tarde abrazados, recuperando el

429

tiempo perdido, o las noches que pasaban cuidando a Bea.

La felicidad había penetrado poco a poco en su vida y había tomado posesión de ella. Todo había adquirido aspectos distintos. Los errores parecían viejos recuerdos que ni siquiera el perfume conseguía traer a la memoria. Era un fenómeno extraño y llevaba a tomar en consideración situaciones que hasta poco antes habrían sido inconcebibles.

Esa mañana Elena se despertó temprano. Abrió los ojos y observó la luz del alba que iluminaba su dormitorio. Cail estaba a su lado, percibía su calor, su olor, el bisbiseo de esas conversaciones extravagantes con su hija, a la que tenía sentada sobre el tórax.

—Buenos días, amor mío —le dijo al percatarse de que se había despertado.

Elena lo besó en el pecho, le mordisqueó un pie a Bea, que chilló, feliz, y tras un largo bostezo se levantó y fue a la cocina.

—¿Te apetece un poco de té? —preguntó.

—Sí, gracias —le contestó Cail.

Elena abrió las ventanas, encendió el gas bajo el hervidor y después preparó la cafetera para ella.

París estaba en plena actividad, del exterior llegaban los ruidos de la vida cotidiana. Aquella mañana tenía un par de citas importantes para dos perfumes de encargo, y después iría a ver al representante de un consorcio de pequeñas perfumerías artísticas que quería comercializar algunas de sus creaciones totalmente naturales. Ahora que Aurore iba al ISIPCA, en Versalles, tenía menos tiempo libre. Por suerte, Adeline le echaba una mano.

Cail le era también de gran ayuda. Esa mañana se quedaría con Beatrice y la llevaría a los jardines.

De pronto una ráfaga de aire levantó los visillos y entró en la cocina. El café eligió ese momento para subir, difundiendo su aroma. El té reposaba ya en la taza de Cail. *John* movió la cola, Elena le sonrió y le llenó el comedero. El animal esperó a que ella lo acariciara para acercarse. Aún le costaba tocarlo, pero, con un poco de decisión, estaba consiguiéndolo. A decir verdad, con la misma decisión con que había conseguido hacer muchas, muchísimas cosas.

Vertió el café en su taza, con cuidado para no salpicar la postal que había dejado sobre la mesa la noche anterior. La puso junto a las otras. Jean-Baptiste estaba de vacaciones con Babette y, por lo que escribía, se diría que todo iba sobre ruedas. Recordó cuando fueron a despedirlos, antes de partir. Los había visto muy emocionados. Sonrió para sus adentros y colocó la miel entre las dos tazas. Todo estaba a punto.

Se disponía a llamar a Cail cuando su mirada se posó sobre una cajita azul turquesa que había dejado encima del aparador. Era el perfume que Susanna había hecho para ella muchos años antes, el que se trajo de Florencia. Lo había dejado allí, bien a la vista. Un día u otro lo abriría.

Dispuso las tazas y un plato con galletas en una bandeja. Pero su mirada volvió a la cajita. La miró unos instantes y al final se decidió a abrirla. Sacó la botellita. No pesaba nada, pensó, sosteniéndola en la palma de la mano.

Por un instante estuvo tentada de volver a guardarla en su sitio, de seguir retrasando aquel momento. Ahora su vida era hermosa, ¿qué le importaba ese perfume?

Lo miró y cerró los ojos. Cuando volvió a abrirlos, desenroscó lentamente el tapón y se acercó el frasco a la nariz.

El primer impacto la dejó sin respiración. Era fuerte y penetrante. ¿Sería posible que se hubiera deteriorado? No, no podía ser, había permanecido cerrado y protegido.

Alejó el perfume de la nariz y decidió ponérselo. Un par de gotas en la muñeca, y aguardó.

Una tras otra, las moléculas que componían las notas de salida se elevaron, activadas por el calor de la piel. Fuerte y penetrante, se repitió. Como ella, como la relación conflictiva que la unía a su madre. Pero enseguida se produjo una especie de explosión floral y un fogonazo de vainilla. El corazón del perfume.

El calor de un abrazo, una nana oculta en los meandros de su memoria... ¿Cómo era aquel estribillo? «Duerme la gallina con su pollito, duerme la mamá con su hijito...»

Y entonces se hizo más estable, envolvente y cálido. Como un abrazo. Era maravilloso. Era una de las cosas más maravillosas que Elena había olido jamás.

Hasta que por fin lo reconoció. Frunció el ceño y un leve estremecimiento la recorrió por dentro. Tragó saliva, de pronto la boca se le había quedado seca. Volvió a mirarlo y pensó que se había equivocado. Pero no, era verdad. No había ninguna posibilidad de error y lo sabía.

Ese era el perfume que ella había preparado para su madre cuando no era más que una niña. Solo que había algo nuevo, distinto. Y entonces comprendió. Susanna había conservado el perfume y lo había completado.

Y ahora era perfecto. Era su Perfume Perfecto.

Lo olió de nuevo y la rosa asomó entre las notas, y después le tocó a la vainilla, y en aquel corazón floral Elena encontró el significado del mensaje.

Era la respuesta de su madre, era su abrazo, era su amor por ella. Leve y a la vez intenso, áspero y también un poco dulce. Cálido, envolvente. Era el perfume de la vida, era el perfume de la felicidad.

Se quedó inmóvil, aspirándolo lentamente, con los ojos cerrados, sumergida en su magia. Luego los abrió. Había llegado el momento.

Mientras Cail seguía hablando con Beatrice y la niña le contestaba a su manera, sacó el móvil del bolso, se sentó en una silla y marcó un número. Esperó con el corazón latiéndole fuerte, contando las señales.

—Diga…

—Hola, mamá, soy yo, Elena.

Diccionario de perfumes

Angélica: Conócete a ti mismo. Hierba de los ángeles, que desvela la esencia oculta de las cosas. Remedio para todos los males, perfume suavísimo, meloso y envolvente. Favorece un conocimiento que va a lo profundo.

Caléndula: No tengas miedo. Flor del sol, alivia y refresca. Reconforta con su deliciosa fragancia. Libera de los malos pensamientos.

Énula: No seas tímido. Perfume precioso, dorado como las flores que reciben la luz del sol. Acompaña el crecimiento interior, da seguridad y ayuda a expresar los sentimientos del corazón. Ahuyenta toda clase de temor.

Franchipán: Fascinación sin igual. Extraído de la flor de la Plumeria, es rotundo, voluptuoso, intensamente floral. Es la esencia de la feminidad que nace y se abre a la vida.

Genista: Valor. Rico como el color de las flores, es un perfume embriagador, fresco, con una nota floral emocionante. Anuncia la primavera, el paso de lo viejo a lo nuevo. Ayuda a no desanimarse.

Geranio: Intensidad. Perfume concreto y enérgico, recuerda al de la rosa sin poseer su refinamiento. Flor femenina por excelencia, es símbolo de belleza, decoro y humildad.

Helicriso: Te comprendo. Dulce como la miel y amargo como un alba cuando no ha habido descanso, su perfume es intenso, potente como la bondad. Hay que usarlo con moderación, mezclándolo con fragancias delicadas como las rosas, capaces de abrazar su sensibilidad. Une el corazón y la mente, la pasión y la sensatez. Evoca la compasión.

Jaguarzo: Sonríe. Semejante a una pequeña rosa, delicado y gracioso, tiene un aroma envolvente, penetrante y especiado que infunde calor al deshacer el hielo del alma. Evoca la capacidad de sonreír y amar.

Jazmín: Sensualidad. Flor de la noche, solo desprende su perfume al amanecer o al anochecer. Embriagador, cálido, evoca el mundo mágico, reduce sus confines. Sensual, fácilmente adaptable. El placer está escondido en sus pequeños pétalos blancos, percibirlo no es más que el comienzo.

Lavanda: Contra el estrés. Este complejo perfume seduce y hechiza. Refresca y purifica el espíritu, aleja el cansancio, el miedo y la ansiedad.

Lirio azul: Confía en mí. Precioso y esencial como el agua, el aire, la tierra y el fuego, es un perfume intenso y luminoso. Aleja las tensiones y renueva la confianza del alma.

Magnolia: Verdad. Una mirada no basta, raramente los ojos perciben lo que se oculta detrás de las apariencias. Perfume intenso, brillante, ilumina la mente y favorece el conocimiento interior, libera la energía necesaria para afrontar los secretos, las mentiras, lo que parece pero raras veces es.

Manzanilla: Serenidad. Es el perfume de la calma. Intensamente floral y cálido. Potencia la claridad de pensamiento. Combate la agitación mental.

Milenrama: Equilibrio interior. Es el perfume del cielo y la tierra juntos. Aromático y resinoso, favorece la armonía donde reina el contraste, induce a la claridad, anima el espíritu.

Mimosa: Sé feliz. Intensamente floral, el perfume de las flores de mimosa proporciona alegría y vitalidad. Atenúa la tristeza, induce al diálogo.

Narciso: Deseo. Intensamente sensual y embriagador, es el perfume del placer y del erotismo.

Nardo: No temas cambiar. Blanco, intenso, dulce y seductor, es el perfume de la audacia y de la conciencia. Estimula la creatividad, evoca la fuerza del cambio.

Neroli: Cásate conmigo. Extraído de las flores del naranjo, es la esencia celestial de los pétalos de la flor. Es el perfume de la paz. Evoca los buenos sentimientos. Abre el camino al amor.

Rosa: Amor. Esencia difícil de obtener, dulce y leve, es el símbolo de los sentimientos y de las emociones. Favorece la iniciativa personal y las artes.

Verbena: Está de buen humor. Cálido y envolvente, el perfume de verbena calma y alegra. Favorece la socialización.

Violeta: Elegancia y discreción. Es el perfume de la feminidad dulce y delicada. Tranquiliza y tonifica.

Ylang-ylang: Libera los sentimientos ocultos. Cálido y femenino, otorga la capacidad de superar la desilusión y la ofensa. Debido a su naturaleza, ayuda a expresar la poesía que anida en el alma.

Perfumes de frutos, bayas y hierbas aromáticas

Albahaca: Está contento. Perfume espléndido, profundamente aromático, fresco y especiado. Eleva la mente y el espíritu, además de liberar al corazón de la melancolía.

Bergamota: Esperanza. Ágil y burbujeante, proporciona energía y ligereza cuando las expectativas se marchitan bajo el peso de la monotonía. Ilumina el camino y ayuda a vislumbrar las alternativas.

Canela: Te seduzco. Perfume denso, sensual, intensamente femenino. Exótico y especiado. Pasional y cálido como el sol de los lugares lejanos donde nace.

Cardamomo: Atracción. Envolvente, dulce y levemente especiado, es el perfume del eros. Estimula el espíritu y evoca la predisposición a compartir.

Citronela: Entusiasmo. Estimulante, dirige las energías. Perfume de limón, aromático e intenso.

Clavo: Dulzura. Intensamente especiado, dulce y aromático, es el perfume de la ternura, ayuda a soportar la espera, favorece la transición.

Comino: Pasión. Misterioso, profundo, delicado pero al mismo tiempo cálido y envolvente. Induce a la apertura, refuerza el eros.

Enebro: Purifica el espíritu. Intenso y balsámico. Neutraliza la negatividad, apacigua, aleja los malestares y los miedos. Purifica el ambiente y el alma.

Haba tonka: Generosidad. Alegre como un rayo de sol, es un perfume suave, cálido. Relaja el ánimo más inquieto, induce a la armonía y a la predisposición a compartir.

Heno: Calma. Perfume antiguo, ancestral como los del fuego, el mar y la tierra. Profundamente grabado en el alma antigua que todos poseemos. Evoca la tranquilidad.

Hinojo: Ahuyenta los pensamientos negativos. Agradable, aromático. Aleja el miedo, las dudas, y ayuda a afrontar las situaciones difíciles.

Hisopo: Pureza. Es el perfume suave y fresquísimo de un amanecer recién nacido. Conserva de la mañana la ligereza y la despreocupación. Estimula la concentración, aclara las ideas. Como todas las hierbas rituales, favorece la meditación.

Limón: Racionalidad. Es el perfume de la razón. Intenso, fresquísimo, envolvente. Destierra el exceso, induce a la reflexión. Modera la inestabilidad. Rechaza el peso oscuro del alma.

Mandarina: Despreocupación. Delicado, burbujeante y fresco. Conduce a la ingenuidad de la infancia. Alegra y proporciona ligereza.

Mejorana: Contra el dolor. Calmante y reconfortante. Aleja el temor de la soledad, refuerza el espíritu, alivia el sufrimiento de la pérdida.

Melisa: Consuelo. Proporciona alivio y disipa el temor de lo desconocido. Ayuda a superar los disgustos, induce a la conciencia del propio yo.

Menta: Creatividad. Fresco y tonificante, aúna las ideas y las aclara, estimula la fantasía, atenúa la arrogancia y favorece el juicio.

Naranja: Alegría. El fruto dorado del jardín de las Hespérides prospera al sol y mantiene su luz y su calor. El precioso aceite se concentra en la corteza. Combate la tristeza.

Nuez moscada: Determinación. Perfume especiado, profundo, picante. Favorece la decisión, estimula el valor, induce a la acción.

Pimienta negra: Perseverancia. Despierta los sentidos, concentra la fuerza interior. Enseña que, cuando parece que uno ha perdido el camino, con frecuencia solo está desorientado.

Romero: Me ocupo de ti. Rocío marino que protege y anima, estimula el valor, evoca la fortaleza. Induce a la perspicacia y a la claridad.

Salvia: Sabiduría. Perfume fresco y suave, ahuyenta la duda. Favorece el sentido común, la agudeza de los sentidos y la memoria.

Tomillo: Da energía. Reconstituyente. Disipa la confusión, predispone a la lógica, desvanece la incertidumbre del sueño. Renueva la estabilidad mental.

Vainilla: Te protejo. El perfume de la infancia, dulce y cálido. Proporciona bienestar, buen humor, ayuda a afrontar las dificultades, mitiga las tensiones. Armoniza con la piel. Unas gotas unen y guían los gestos del corazón.

Perfumes de maderas, resinas y hojas de árbol

Abedul: Bienestar. Perfume intenso y aromático, envolvente y terapéutico. Libera la mente del peso del dolor, relaja el espíritu, favorece la recuperación física e intelectual.

Alcanfor: Sé decidido. Fuerte y profundamente balsámico, es el perfume del valor, de la firmeza. Refuerza la voluntad.

Benjuí: Combate la ansiedad. Al igual que el gran árbol del que se extrae su oscura resina infunde serenidad, así su esencia balsámica, densa y penetrante, ahuyenta las preocupaciones. Permite a la energía espiritual encontrar fuerza y prepara para la meditación.

Cedro: Reflexión. Su esencia, extraída de la madera, es una de las más antiguas. Fortalece el espíritu y lo protege. Ayuda a mantener la lucidez, el equilibrio, el sentido de las proporciones. Evoca la observación más profunda.

Ciprés: Te apoyo. Agradable, delicado y aromático, el perfume de su madera refresca, relaja y ahuyenta los problemas. Ayuda en los cambios, fortalece el alma y la prepara para afrontar las pruebas más arduas.

Elemí: Conciencia. Perfume aromático y penetrante. Reequilibrante, evoca la paz. Agrupa los miedos más ocultos y los saca a la luz. Aparta las ilusiones y conduce de vuelta a la realidad.

Eucalipto: Positividad. Intenso, vegetal, purificante. Ahuyenta la negatividad, induce a la respiración profunda, conduce de vuelta a la razón.

Gálbano: Armonía. Intensamente especiado y vegetal, es el perfume de la naturaleza y del bosque. Atenúa la cólera.

Incienso: Medita. Su perfume es único, fresco y suavemente alcanforado. Ralentiza la respiración e induce a un estado de calma y serenidad, evocando la espiritualidad más profunda. Predispone a la meditación y a la oración.

Mirra: Seguridad. Más terrenal y concreto que el incienso, es un perfume que representa el vínculo entre el espíritu y la realidad. Fuerte, sólido, ninguna vacilación. Es el perfume de la constancia y de la transparencia de los sentimientos.

Mirto: Perdóname. Sempervirente, mágico, precioso. Intenso y profundamente aromático, serena el espíritu, ahuyenta la rabia y el rencor. Es el perfume de la serenidad, de la esencia misma del alma.

Musgo de roble. No sientas añoranza. Intenso, penetrante, ancestral, es el perfume de la constancia y de la fuerza. Destierra la decepción que oprime el alma cuando la conciencia del error se filtra en las certezas ilusorias. Atenúa la nostalgia de lo que podía ser y no ha sido.

Opopónaco o mirra dulce: Optimismo. Delicado, balsámico, intensamente floral, es el perfume de la serenidad.

Pachulí: Sé misterioso. Sensual y exótico, es el perfume embriagador de la vida. Favorece la decisión.

Palo de rosa: No esperes. Suave, afrutada, con leves toques especiados, esta esencia de árboles tropicales es el perfume de la confianza, de la serenidad. Evoca el dulce dolor de la espera y de la esperanza.

Petitgrain: Concentración. Extraído de las preciosas hojas de la naranja, este perfume despierta el espíritu, despeja la mente, ayuda a tomar decisiones importantes.

Pino: Firmeza. Sólido y tenaz, es el árbol de la fortaleza. No se dobla ni se parte. Su perfume es balsámico, aromático; induce al valor, estimula la confianza en uno mismo.

Sándalo: Tentación. Potente, misterioso y envolvente, es el perfume del eros. Enormemente complejo, agudiza los sentidos, abre el corazón y renueva los sentimientos.

Vetiver: Resistencia. Tenaz e invencible, es el perfume cargado y complejo de la tierra. Fresco, húmedo, vegetal. Da fuerza, induce a la apertura hacia el prójimo, al perdón de uno mismo.

Perfumes de origen animal

Ámbar gris: Belleza. Delicioso y seductor, es el perfume más antiguo que atrae a las mujeres. Transportado por el mar, que lo deposita en las playas como un don precioso, conserva su fascinación misteriosa y profunda. Evoca el despertar de la feminidad, la elegancia, el calor de una noche de verano.

Cera de abeja: Delicadeza. Cálido y amable, el perfume de la cera conserva el poder de la naturaleza, de las flores y de los pólenes.

Cuero: Sé fuerte. Animal, intenso, de vigorosa personalidad, es el perfume de la energía primordial y de la fuerza viril.

Nota de la autora

Siempre me han gustado los perfumes, pero a partir de un determinado momento entraron en mi vida de un modo arrollador. Cuando tu bienestar depende de las flores que brotan y regalan su néctar a las abejas que crías, tu percepción de la naturaleza cambia. Las floraciones y su perfume marcan los días y los meses, los subdividen según las cosechas. Fue entonces cuando empecé a oler el mundo que me rodeaba y la idea de escribir una novela cobró vida.

Hablar de perfumes, sin embargo, no es fácil. Los conceptos olfativos son muy difíciles de mostrar. Con todo, es posible. Lo han hecho de forma espléndida dos jóvenes perfumistas italianas: Marika Vecchiattini y Caterina Roncati, *fragrance designer* de la Farmacia del Castello de Génova. En su Profumificio, ambas crean perfumes a medida, los del alma. Y un día, después de haberles hablado de mi libro, recibí tres: el perfume de Beatrice, el de Aurore y el maravilloso perfume de Elena. Mi sorpresa fue enorme. No solo habían respondido a mis preguntas con paciencia y amabilidad, abriendo de par en par las puertas de un mundo que yo apenas había intuido, sino que, partiendo de mis descripciones, habían creado los perfumes de las protagonistas. Así que, quien quiera oler los tres perfumes puede hacerlo en el Profumificio del Castello.

Marika, además, ha escrito un ensayo, *Il linguaggio segreto del profumo* (El lenguaje secreto del perfume), que me fue muy útil durante la redacción de la novela, al igual que su blog «Bergamotto e Benzoino». Un recorrido olfativo continuo, lleno de sugerencias, profesionalidad y magia. Así descubrí una perfumería distinta a la más conocida y sofisticada: la perfumería artística. Por todo ello, gracias, Marika, y gracias, Caterina.

Quiero precisar que, aunque utilizo escenarios reales, *La estela de los perfumes* es una obra de ficción y recurre a las licencias propias de las narraciones. Con las balanzas de precisión, los gramos han sustituido hace mucho tiempo las gotas que aquí se emplean como unidad de medida. Beatrice Rossini y sus descendientes, Caillen McLean y sus espléndidas rosas, Absolue, Narcissus y La Fougérie son fruto de mi imaginación, al igual que la obra más famosa de Giulia Rossini. Así pues, si buscáis *Giardino Incantato* en la Osmoteca de París, no lo encontraréis, porque solo vive en esta novela.

Agradecimientos

«Pronuncia la palabra mágica "gracias". Dila en voz alta, grítala desde los tejados, susúrratela a ti mismo, declámala en tu mente y escúchala en tu corazón: lo importante es que, a partir de hoy, la lleves siempre contigo.»
Rhonda Byrne, *La magia*

Gracias a mi familia por apoyarme, aceptarme y quererme tal como soy. Gracias a mi marido porque, mientras yo escribo, él saca adelante mi vida, la de nuestros hijos y, sobre todo, se asegura de que coman como es debido.

Gracias a Silvia Zucca por ser mi amiga, haberme prestado sus libros sobre perfumes, haberme hablado de Marika Vecchiattini y habérmela presentado. Gracias a Anna por haber estado siempre a mi lado, a Andreina por haberme animado, a Lory por su dulzura y a Eleonora, que siempre me hace reír de corazón. Gracias a Antonella por haberme apoyado cuando me desanimaba y por haberse alegrado conmigo por cada conquista. Un agradecimiento de corazón a Garzanti por haberme aceptado entre ellos, al equipo que ha cuidado de mi novela, a mi editora, Elisabetta Migliavada, para la que no existen suficientes palabras. Y por último, gracias a la agencia que me representa. A Laura Ceccacci, que fue la primera en creer en mí, que es mucho más que una amiga y a la que estoy profundamente agradecida. A Anna Chiatto, que me recibió con una preciosa sonrisa, y a Kylee Doust, que me abrió las puertas de un mundo nuevo.

A todos vosotros, gracias de corazón.

Otros libros que te gustará leer

LA ISLA DE LAS MARIPOSAS

Corina Bomann

Una carta misteriosa, una plantación de té heredada, una casa llena de secretos.

LAS AMIGAS DE OJOS OSCUROS

Judith Lennox

Una novela sobre el poder de la auténtica amistad, con el trasfondo de las tumultuosas décadas de los años setenta y ochenta.

LAS AMIGAS
DE LOS MARTES
EN EL BALNEARIO

Monika Peetz

Una novela irresistible
y divertida en la que
las amigas de los martes
se proponen adelgazar
y relajarse sin que
la unidad del grupo
sufra las consecuencias.

EL JARDÍN A LA LUZ
DE LA LUNA

Corina Bomann

Un antiguo violín, un
misterioso jardín y un viaje a
la exótica isla de Sumatra.